赵遵生 著

以民为镜 照肝胆

張瀾

岳麓書社·长沙

目　录

contents

序

赵遵生同志发来长篇纪实文学《以民为镜照肝胆——张澜》书稿，嘱我代序。

认识遵生，还是十几年前的事。因为要酝酿拍摄一部反映张澜先生生平的影视作品，经梁晓声同志引见，我在杭州的赞成宾馆见到了浙江籍的作家赵遵生。至于晓声为什么要推荐遵生，我想，除了因为是他复旦大学中文系的同窗好友，擅长影视剧、话剧、纪实文学创作外，更在于他的文学理念，他一直坚持只写与自己有共鸣的人物题材，尤其对古今“先天下之忧而忧，后天下之乐而乐”“位卑未敢忘忧国”的志士仁人情有独钟，用晓声的话说，“赵遵生是有人文情怀的作家，是有文化自觉意识的作家，是咬定青山不放松的人”。所以写好《张澜》这部文学作品，他是最合适不过的人选了。

为了创作这部作品，遵生倾注了极大的心血和热情。为了让他能够更直观地了解张澜，感受张澜的人格与精神魅力，全方位地展现张澜波澜壮阔的人生历程，晓声和我冒着酷暑，分别陪同他去四川等地采访、体验，与张澜的亲属、同时代的民盟同志，张澜的学生、同事、故交广泛接触，以便他获得更多的创作素材和灵感，可以说这样的采访同时也兼具抢救的性质，因为这种口口相传的资料往往随着当事人的辞世便永远地湮灭了。遵生不负重托，在搜集到大量有关张澜的著述、文电、信函、报刊、档案史料、口述和回忆文章等历史资料后，就一头扎进他那用作书房的仅有九平方米的斗室里，直到《无悔的狂澜——张澜传》这部纪实文学作品的问世。

这次即将出版的《以民为镜照肝胆——张澜》，就是在《无悔的狂澜——张澜传》的基础上加以重新修订的。我以为，以当代政治人物为题材的纪实文学作品是最难拿捏的，因为既要尊重基本史实，突出人物在风云际会的历史变迁中的独特地位和作用，又要辅以合理的文学想象。这部作品，于无声中带领读者走进了张澜的世界，其中有几个场景更是使人如临其境，引人入胜。比如张澜回乡途中遇匪的情节，听说劫到了做过省长的大官，满心欢喜的土匪把行李翻了个遍，可是除了一些书籍和杂物，连一件值钱的东西都没有，正在百思不得其解的时候，听说眼前这位大官就是大灾之年救下上千条人命的“川北圣人”张澜，首领裘一春“扑通”一声跪落地下……张澜一心为民、清正廉洁的形象跃然纸上。再如，1946 年 11 月，国民党撕毁政协决议，对第三方的民盟进行威胁利诱，迫使限期交出参加国大的代表名单，企图以此彻底孤立共产党，当青年党、民社党纷纷背叛自己的政治信念交出名单后，民盟内部莫衷一是，陷入严重的意见分歧。在这个重大的历史关头，远在重庆的张澜一锤定音，他在打给民盟总部的电话中斩钉截铁地说：“参加不得，参加不得，参加不得呀！我们民盟必须在政协会议程序全部完成以后，才能参加国大。单方面召开国大，我们断不能接受，否则，就失去了民盟的原则立场，失去了民盟赖以取信于民的政治品格。”一个不畏强权，不受利诱，始终坚守自己的政治底线，与共产党肝胆相照的可亲可敬的民盟领袖形象呼之欲出。书中还穿插着小张畬、蒲瑛、蒲生、周锋等小角色的活动，烘托出主人公的悲欢离合、喜怒哀乐，使得情节更加丰满，塑造出的人物贴近生活、有血有肉、真实可感。

作者在写作中始终贯穿着一条主线，从张澜主持《晨报》，撰文传播社会主义，到写《中国需要真正民主政治》，用大量事实揭露蒋介石假民主、真独裁的面目；从抗战胜利后毛泽东三访特园，张澜在国共两党中积极奔走、居中调停，为千疮百孔的国家重建争取和平、民主的前途，到拒绝李宗仁斡旋和谈的请求，公开发表谈话，义正辞严地指出“和谈，已经被蒋介石彻底葬送”；从在成都召开的李、闻追悼会上决心为民主、和平前仆后继而遭特务毒打，到被囚禁在上海虹桥疗养院险被国民党军警沉江，作者在创作中与主人公达成了心灵的高度契合与共鸣，从这位世纪老人身上获得了不竭的创作源泉，从而鲜明地再现了一位追求真理、与时俱进，坚持正义、不畏强暴，明辨是非、爱憎分明，心系民生、廉洁奉公的革命老人的光辉人生。历史的选择、人民的呼声就是张澜的政治立场，为此他走上了与中国共产党真诚合作、肝胆相照的政治道路，这也是该书修订再版时取名为“以民为镜照肝胆”的寓意所在吧。

习近平总书记在十九大报告中开宗明义提出：不忘初心，牢记使命。这个初心就是为人民谋幸福，为民族谋复兴，这也正是张澜先生毕生为之奋斗的目标，是各民主党派与中国共产党肝胆相照、亲密合作的政治基础。中国特色社会主义进入新时代，我们更要不忘合作初心，继续携手前进，把我国新型政党制度坚持好、发展好、完善好，把全体中华儿女的智慧和力量最大限度地凝聚在民族复兴的伟大事业中来。这部书的出版适逢其时，很有现实和教育意义。

是为序。

張梅穎

2021 年 5 月 1 日

第一章　在“五四”激流中

1919 年“五四”前夕的北京。

这是一个清朝达官显贵留下的花园山庄，草木扶疏，楼台错落，小桥流水横陈其间，于显赫中透出一份莫测的阴森与神秘。

小池畔，亭阁内外，稍显晦暗的大红灯笼下，三五一桌的记者、官绅、军人，有的还带着家眷，似在品茶消闲；细加审视，他们大多有点心不在焉，似在恭候着谁。

“段祺瑞总理这个时候接见我们，倒是……没有想到。”一个携着少妇的绅士觉着意外。

“他是聪明人，总不会重蹈袁世凯的覆辙……”一名军人方直言而出，即被对过的中年记者打断：“诸位、诸位，我们是不是就集中在这几个问题上——德国在山东的特权绝不能出让给日本，取消袁世凯卖国的‘二十一条’，中国代表绝不能在巴黎和会上签字……”

冷不丁冒出一串不屑的耻笑。

“真是‘天下兴亡，匹夫有责’呀！一帮蠢蛋！”

耻笑人一言，顿让众“宾客”心神抽紧，正寻望说话人，岂料从假山后、树丛里，机关枪已斜扫而出，子弹如飞雨一般，几乎还来不及醒神的各界代表们立马便一个个歪倒下去。

那少妇瞄住了什么人，几步上前跪求：“不、不要杀我，我没有……”

那耻笑人在暗影里，难辨庐山真貌，声音却明明白白：“你是没有，但斩草不能不除根哪。”

“砰！”一声枪响，少妇应声倒地。

淋漓的鲜血中，但见一张张不甘闭上的嘴，一双双不忍闭下的眼……

段祺瑞的府第，自然见不到那一摊摊淋漓的鲜血。

一身长袍马褂的段祺瑞正专心致志地跟属下章宗祥下着围棋。

此时的国务总理段祺瑞正年富力强，五十四岁。章宗祥，四十岁，是驻日本国的公使。

段祺瑞，两撇八字须，颇有点少小从军的威势，从他娴熟与果断的出子进袭看，是个弈林高手。

章宗祥料所不及：“段公，你这可是一着险棋呀！”

段祺瑞回说得不紧不慢：“不险，无以制胜。”

章宗祥听出弦外之音：“想定了？让代表在巴黎和会上签字？”

段祺瑞习惯性地轻轻一拽右边的八字须：“不出让山东，不背靠这个有财有势的日本帝国，它怎么肯出手助我段某一统中国？”

“啪！”他终于打出一黑子。

“好，承蒙大帅不弃，我章宗祥身为驻日本国公使，一定敦请大日本帝国出枪、出钱，助段公一臂之力。”“啪！”章宗祥慰悦之下，着即跟出一白子。

段祺瑞略作沉吟地低“嗯”出一声。

章宗祥忽有所想道：“听说那个在京的四川省长办了个《晨报》？”

“你是说……张澜？”

“他可不是一个安分的人。”

段祺瑞亮出一子：“他就是四川保路风潮的领头羊？”

章宗祥着即首肯。

段祺瑞颇不以为然：“他这个反倒是造得不大不小！哼哼，秀才造反，无非是想出人头地，闹个一官半职的。”

章宗祥颇世故地提着醒：“总理可不要小看了此公。”

“怎讲？”

“此公有‘川北圣人’之称，声名很响；段公只要收服了他，至少就是收服了四川。”

段祺瑞倒是不曾想到，轻“噢”出一声。

有人进门，打断了段、章两人的私下话。

此公叫徐树铮，陆军次长，国务院秘书长，时年三十九。

段祺瑞头不回，习惯地一拽八字须：“妥了？”

徐树铮头一点：“嗯。”

段祺瑞似乎有意张扬一下，有心反诘道：“怎么样？我段某治下，绝不容造反者！”

章宗祥打出一子：“也得留心。”

段祺瑞自信地又一拽八字须：“哈哈，我段祺瑞很少输过棋。”他决然地回出一子。

仿佛是为了回敬段祺瑞，1919 年 4 月 28 日的北京《晨报》也打出一“子”，这可是非同寻常的一粒“子”——

标题触目：“答梁乔山先生书”。署名：某君。

有意思的是一帮穷苦报童。别看他们没有什么大文化，感悟力特好，对“某君”特有好感，在大街小巷吆喝得也特卖力。你听听——

“《晨报》《晨报》，大好的《晨报》！”

“请看‘社会之革命’！……”

路客行人有的新奇地驻足买报，有的大有共鸣地兴叹，也有的避之有如瘟神……

一个戴眼镜、学者模样的青年，方脸平头，此刻闻“革命”而停下匆匆的脚步：“小先生，你也赞成‘社会革命’？”

报童真做出一副“先生”情状：“当然，当然。买一份？”

学者学着小先生的“当仁不让”状：“十份。”

“十份？！”报童愣了一下，立时大为兴奋，“先生你真——‘革命’！”

学者哈哈大笑："是吗？"

这名学者就是李大钊，虽才而立之年，可已经是北京大学教授、图书馆主任，两年后还是中国共产党的创始人之一。

李大钊着即翻开报纸。

"某君"的声音仿佛跃然而出："……时下变乱不断，地方不宁，百业凋敝，民众生计之窘苦十倍于欧美工人……"

李大钊像是目睹到——

一个瘦骨嶙峋的人力车夫拉着一个脑满肠肥的阔佬在艰难行进，兜里还揣着来不及啃完的半只烧饼。他喘着气，洒着汗，实在有些力不从心。

在北京大学校园内，一些学生在浏览着《晨报》，泻溢出深深的共鸣！

学生们也仿佛听见了"某君"的声音："……近来奢靡之风日盛，由城市至乡村，消费增大，物价又贵，穷人实在活不下去了……"

他们也像是目睹到了——

人力车经过哄闹的米店。一个小女孩被挤倒在地上，车夫连忙停下车，将小女孩扶起，把自己舍不得吃的半只烧饼给了小女孩。

"啪"的一声，文明杖打落了小女孩手里的半只烧饼。

车夫怒而不敢言。

阔佬不屑一顾地把文明杖一顿。

恼恨中的小女孩猝然捡过地上的烧饼，掷向车中阔佬。阔佬不防，肥脑袋"中弹"。转瞬间的愣神后，阔佬挥起了文明杖。还不待棍杖击落下来，车夫连连拉起人力车就走，还回首看了一眼挂着泪、瘪着嘴的勇敢女孩。

就连国会的会议厅里也不例外，一些个议员扬着《晨报》，在大发宏论。

一身戎装的段祺瑞不期而至，一声训斥，满厅诺诺。

议员，甚而段总理从报纸里也仿佛听到了“某君”的声音：“……民众对于政治的恶劣，早已不堪忍受，对于财产阶级已早有不平！……”

他们也像是莫可回避地见到了——

一群乞讨的小儿追着人力车中的阔佬祈求赏赐，阔佬文明杖一扫，拨开小讨饭。蓦然，他眼睛一亮，原来怡春院大门口的少妓正在跟老熟客的自己频飞秋波。

可怜车夫已是筋疲力竭，无奈地慢了下来。

《答梁乔山先生书》说得有理有据。

可怜可敬的车夫还不及拉到“新兴煤矿”大门口，终于倒下了。阔佬大是不悦，用文明杖敲拨着催促车夫。车夫挣动了一下，还是趴下了。

阔佬鄙夷地骂了句什么臭话，刚抬脚走，门内已迎出一帮高贵帮办，都是实业界的大亨。

我们仍可听到“某君”的声音：“……今日兴办的所谓实业，其实都是贵族实业，强权实业，每每不求利民，反而夺民之利。”

我们也像是又目睹到了——

一批灰黑、失望的煤矿工人，被逐出“新兴”矿。这是又一批新的“车夫”……

依然是一身戎装的段祺瑞玩味着《晨报》上的《答梁乔山先生书》，那“晴雨表”式的鼻子，已歪向左边。这是此公生气时独有的先兆。谁个一见到此公鼻子歪往左边，可就得提心留神啦！

一旁的徐树铮替主公思量着：“难道我们跟冯总统几个合办煤矿的事，这‘某君’知道了？”

“某君”的声音仍不依不饶：“……果真能以社会主义而为社会革命，忍受短暂的痛苦，换得长久的平安，虽痛又何妨？……”

“啪！”段祺瑞一掌将《晨报》拍在茶几上，震得心爱的围棋子狂滚乱跳。

“这个张澜，怎么管的《晨报》？！”

“这‘某君’是谁？”

“我看他这四川省长是不想当了！给我把张澜叫来。”

“是。”

徐树铮刚转身，章宗祥引领着两个同道进来。

段祺瑞歪向左边的鼻子渐渐回复了一些，手往座椅上一指。

知趣的章宗祥随即去拾掇地下的棋子。

一个同道有点迫不及待地直奔主题：“段公，赴巴黎的代表不敢签这个字……”

说这话的是陆宗舆，四十三岁已当上了币制局总裁、中华汇业银行总理。

“怕什么？民众？”段祺瑞目光一斜，手在《晨报》上一击，“我看该怕的倒应是日本，那是我们得罪不起的。”

另一同道揣摩出上峰心意，试探地问：“那就……签了？”

这是曹汝霖，比陆宗舆还小一岁，已是交通总长。

正在地上捡棋子的章宗祥停住了，似顾忌到什么，沉吟着，倒是曹汝霖道出了公使的顾忌：“不会闹事吧？”

段祺瑞即口下令：“给我封死巴黎和会的消息，再不许捅出什么娄子！”说着，他抓过“出事”的《晨报》一亮。

也算得是雷厉风行。当天，徐树铮就打上《晨报》社。

一个记者模样的女秘书连连劝拦着长驱直入报社的大军官：“张澜先生不在。”

徐树铮听若不闻，信手推开门，见室内空空如也：“他人呢？”

“去见一位朋友了。”

徐树铮极敏感地追究着：“朋友？”

朋友就是住在南池子的四川籍的北京学子王光祈。他在替一位师长模样的彬彬君子介绍着新书。

彬彬君子大感新鲜，那一对眼睛似能说话传意，此刻恬淡的眸子里掠出两缕炽热的波光。此公左眼内角上长着一颗小痣，周正而清瘦的脸颊上颧骨稍突，身材颀长，看得出，这是个一书在手便可进入忘我境地的文化人，时年四十七。

——他便是张澜，三十年后中华人民共和国开国大典时站在毛泽东主席身旁的大胡子，共和国副主席，眼下在四川省长行署行代省长之职，《晨报》执行董事。

张澜兴味盎然地翻览着：《社会主义浅析》《〈资本论〉概述》《辩证唯物史观》……

王光祈还是不无惋惜地喟叹：“介绍社会主义的书太少了。当局不许印，只能偷偷地挖掘出几本。”

张澜拍拍自己翻览着的书道：“我已经大饱眼福啦。早听说‘社会主义’，就是找不到介绍的书，日文懂一点，可英文版、德文版的，我就是睁眼瞎——看不懂了，只有干着急，不晓得这到底是个什么样的‘主义’？”

王光祈有点神秘地透露道：“为了弄清这个主义，救治病得快要断气的中国，我们在筹备成立‘少年中国学会’。”

张澜心神一提，问：“少年中国学会？”

“用李大钊、陈独秀先生的话来说，埋葬旧中国的，必是青年！”

“欸，可不能把我们不是青年的中国人排除在外唷。”

“哪里哪里！”

张澜收起打趣的目光，又问：“不都是北京的吧？”

王光祈连连声明：“不，不，全国都有。大钊先生是北京的，恽代英是湖北的，毛泽东是湖南的。噢，李大钊特别推荐湖南的毛泽东，他可是湖南学生运动的领袖。”

“喔？！”张澜目光在毛泽东名字上一顿，“振兴中华的重任要靠你们来担负！”

轻碎而稍显不安的敲门声“咚咚”响起。

王光祈条件反射地心一提：“嗯？！”他小心翼翼地打开门，竟是那个记者模样的报社女秘书。

女秘书有点惶惶不安：“张先生在吗？”

张澜随声而出，问：“出什么事了？”

女秘书急急报告："就是先生'答梁乔山'的文章……"

"原来是你……写的？"王光祈大吃一惊。

张澜并没有点头，只是提醒地一睃女秘书。

惊讶之余，王光祈不无感佩了："表方啊，你竟敢在段祺瑞眼皮底下'放火'？！"

张澜倒处之坦然："有那么严重？"

王光祈兴叹着："好。好。"

女秘书嘟囔着："还好哇，段祺瑞总理都派人打上门来啦！"

张澜也有点意外："喔？"

"哎，我们可不是'打'上门来的唷。"随声踱出徐树铮。

女秘书不由得大惊大乍："你……你在跟踪我？"

徐树铮并不理会，目光锁定张澜："张省长，段总理有请。"没有半点寒暄客气的"有请"中，透出一股莫名的寒气。

女秘书的心抽上了。

王光祈的心揪紧了。

张澜脑子里迅疾打出一个问号，脸上声色不动："我还要取一份关于'五一节'的稿子。"

徐树铮倒是一愣："怎么？"

张澜道："报纸等着排样。取了稿子，我自会去拜会段总理。"

徐树铮也是声色不动，只是蜇人的眸子叮咬住眼门前这个竟敢抗命的秀才先生。

有心的张澜，没有道出稿子的作者正是李大钊先生。

待张澜来到北大图书馆，写好稿子的大钊先生却踌躇了："表方兄，我这篇《"五一节"May Day杂感》的小文章还是不要登了。"

张澜不解地以目询问。

李大钊解释道："我写了俄国的十月革命，写了马克思，段祺瑞必会迁怒于你这位《晨报》的领军人物。你那篇'某君'的文章，已经触痛段祺瑞政府的神经了，我怕你再授人以柄。"

“要想干点事，总逃不了这个‘柄’——我习惯了。”张澜苦笑道，“身为四川省长管不了四川内战……这《晨报》总可以管。我今天还要正式聘请你这位‘新青年’的统帅人物做《晨报》自由论坛的‘坛主’！”

李大钊大生兴味：“小弟很乐意效命。”

他俩很是投缘，边说边从主任屋踱到阅览室。听张澜问起王光祈介绍的毛泽东，李大钊倍觉心动：“毛泽东君是杨昌济先生极力推荐的，蔡元培校长特地介绍来图书馆。我就给他安排在这里，当助理员。实在是委屈他了！”

张澜抬眼搜寻着。

李大钊一笑，道：“他母亲病重，赶回湖南了。还是个大孝子呀！”

张澜着即横生出共鸣：“噢。”

李大钊扶扶眼镜，仿佛此刻又目睹到什么：“他很好学，很关心时局，见到像傅斯年、段锡朋这样的学生领袖，总想去讨论讨论，可人家没给他面子，他居然也并不介意。”

“呵呵，大将风度哇！”张澜反倒来了兴趣，目光投落到李大钊身上。

李大钊感同身受一般追溯着：“我就几次见到毛泽东遭人白眼。他忍受了，还是不改初衷，想问的，照问；想学的，照学。我借他书，他没命地看，那个‘痴劲’啊，咳！……”

张澜感悟到李大钊言辞间的称许。

“我没有想到，你表方先生也断然不会想到，就是这个毛泽东君，还在湖南第一师范读书的时候，居然在南北军阀混战中，率领他一师的学生志愿军，智夺了北洋军王汝贤旅长溃兵的枪支，保住了学校，也保住了长沙；一个堂堂老牌军阀栽在区区一个学生娃娃手里！”

李大钊的由衷兴叹，叩动了张澜久来苦痛的心：“喔？！倒真不简单哪！嗯，看来我们多难的中国……还是……有指望！”

李大钊窥察到什么：“表方兄？”

张澜苦痛地闭闭眼睛，俄而道：“没完没了的军阀混战，把四川打烂了；跑到北京来，一个样。老百姓还怎么活呀？我失望，大失望！……”

李大钊心心相通，一把攥住张澜的手。

张澜端详着李大钊道：“见到你，见到独秀，还有你说的毛泽东诸君，我才看到一线光明……”

李大钊幽上一默：“哎，这‘光明’里，可少不了‘保路风潮’的大将——你呀！你一定得多培养出几个像毛泽东、蔡和森、邓中夏这样的报国学子来呀！”

张澜心一提，感受到对方由衷的企盼：“不敢、不敢，大钊先生希望太重，张澜恐怕……”

李大钊握着张澜的手没有松开：“说定了呀！……我们多难的中国，再不造出一批栋梁之材来，这座泱泱五千年的‘大厦’，真要给这腐败的政治、吃人的军阀给闹塌啦！”

张澜顿生共鸣，神情变得悲沉，翻滚的脑海里条件反射般地闪划出揪心的往事——

纷杂的枪炮声中，打着“滇”“黔”“川”字大纛的军阀迭相厮杀……

在成都——焚烧的街屋，烟火冲天，呼爹叫娘的凄惨之声不绝于耳！

在重庆——满目焦土，老少妇幼，尸横遍野，死寂得骇人！

张澜依然沉浸在揪心的悲沉中，眼里浮涌着泪光，慨然道：“再不能这样折腾下去了！”

李大钊仿佛揣摩到张澜的悲沉：“段祺瑞可不这么想。他怕是还想大折腾一番……”

张澜一怔，着即提上心：“喔？”

李大钊思量着：“近期一个叫什么‘西原’的神秘日本人物，不时造访总理大人……”

“会有什么勾搭？”

“我想，不外是借款、要枪炮，暗暗借助日本帝国的势力，一统天下。”

张澜嘴角掠出一缕苦笑，犀利的目光往那无形的目标一瞄：“他敢再背袁世凯的骂名？”

轮到李大钊苦笑了。他头一摆，叮问着：“你真要去见段祺瑞？”

张澜话中有话：“既是总理大人有令，我一个下属省长能不‘从命’吗？”

李大钊不能不关照新相识的“老”朋友了：“段祺瑞崇尚武力，过去连袁世凯都礼让三分。表方兄千万当心！”

国务总理府位于铁狮子胡同。段祺瑞公馆也在大院内。

两侧石雕似的卫兵，身着北洋军服，虎视眈眈，与总统府的威风可谓“同步”，以致过往路人，大多避身而过，头不敢抬。

张澜看在眼里，眉梢不觉皱起。

徐树铮已踱出府门，目光在张澜脸上一掠：“请——”

列队的卫士，石雕般的脸上个个泄出寒气，不禁令人心收气缩。

张澜深藏的目光一闪，他立时浮想起什么……

那是 1911 年 9 月 7 日。为川汉铁路路权，张澜、蒲殿俊一行代表应四川总督赵尔丰之请来到督署，哪料想大门内外两侧，卫士们横枪架刀，一个个虎视眈眈。一行人刚进入和悦宜人的花园，即被从天而降的捕手逮捕，一个个被绳捆索绑。风云骤变，一行人猝不及防。有人吓趴下了，有人急哭了，有人瞠目结舌了。

一兵弁突然横枪顶着张澜胸口，另一捕手挥刀架在张澜后颈。同时间，赵尔丰唯我独尊的呵斥声从花厅深处钻将出来：“保路、保路，居然敢‘保’出风潮来，跟我发难！今天我赵尔丰是‘请君入瓮’，你们这几个‘代表’都不用想活着出去了！”

八年前命悬一线的噩梦又重现眼下！

徐树铮斜眼一乜张澜，仿佛猜度到什么，嘴角掠出一丝讪笑。

张澜似乎预感到什么……

李大钊的提醒应时从脑际闪出：“段祺瑞崇尚武力……千万当心！”

到了会客厅，大出所料，一身戎装的段祺瑞一脸祥和地迎候着张澜，手往茶几边一引：“请。”

茶几上摆着围棋，两头是“对阵”的檀香木雕花木椅，皆古色古香。

张澜不能不退避三舍：“久闻段总理下得一手好棋，我张澜可不是你的对手。”

段祺瑞此时此际鼻不歪，须不拽，棋兴甚高：“哈哈，过奖。听说表方老弟是真人不露底，偶尔显峥嵘。坐——”

段祺瑞于祥和中迫人就范。

徐树铮待送茶的侍女退出，即道出主公未便道明之辞：“张省长会不会下，只要一出子，总理便立知分晓。”

张澜只能搪塞道：“赶鸭子上架，看来……只有拼一盘了。”

段祺瑞着即抓住“拼”字，弦外有音地发挥：“好，段某就喜欢这‘拼’字。不拼杀，何以得天下？”

张澜无意苟同：“拼是难免，杀就未必。”

段祺瑞半戏半真：“表方老弟还有妇人之仁哪。哈哈！我就不客气了——”他打出一子。

张澜观棋识人：“看来段总理是要一统天下？”

段祺瑞乘势直入：“你——张省长愿助一臂之力吗？”

张澜不量总理大人会如此单刀直入，不留余地。

一旁观战的徐树铮双眸直趋张澜。

段祺瑞眼观棋，耳直竖。

张澜已没有躲避的余地：“呵呵，一介书生，有何力可助？”他不能不以退为进，锋芒不露。

徐树铮替主公单刀直入：“张省长是不想……”

段祺瑞抬手止住了心腹的进逼：“有有有，眼下你就有力可出。”

张澜习惯性地以目询问。

段祺瑞一把抓过茶几角上备着的《晨报》，直指《答梁乔山先生书》的作者“某君”：“我要这个人！”口气极严厉，大有问罪之势。

张澜心下一揪，仍作不经意状：“总理想怎样？”

徐树铮出言：“抓！”

张澜心一记抽搐，未几，又淡然一笑：“那倒不用费力了，鄙人就是。”

段祺瑞一拽右边胡须，鼻子明显歪向左边——这是他动怒的条件反射。

徐树铮一瞟主公追问：“真是你？这可开不得玩笑！”

张澜回道：“绝无戏言。”

段祺瑞拍案怒起：“你一个四川省长，人在北京，也是地方长官，怎么教唆百姓民众来闹什么‘社会革命’，跟自己的政府作对？嗯？！”

事已挑明，张澜反倒踏实了：“正因为张澜身在地方，才亲眼看到走马灯一样的军阀混战。政府要么参与其中，满世界杀戮；要么各人当自己的官，发自己的财。总理晓得眼下老百姓的处境吗？我认识四川的一个刘木匠，三天吃不上饭，一家五口跳了江！多少街区被战火焚烧，多少农田变成了焦土……我此番来京，一路上碰到多少饿死的老人！失去亲人的娃娃！……跳楼的跳楼，上吊的上吊，到处是逃难的穷苦老百姓啊！四川、陕西、河北……”他有点泪不能禁！

“够了！”段祺瑞厉声喝止，“段某我自己就是从饿一餐、饱一顿里煎熬出来的。不打下江山，不一统中国，哪里来的国泰民安？”

张澜欲究其详，问：“段总理还是要‘拼杀’？”

段祺瑞直言回复：“你不是也说了，拼是难免的；我要再加一句，杀也必不可少！”

张澜凄然一叹，缄默了。

徐树铮看在眼里，要寻根刨底：“你张省长是要这个——‘社会主义’？”他又从总理的眼皮底下特地挪过《晨报》。

张澜的目光不由得投落到自己的报纸上，他自嘲地一笑：“不瞒总理先生，我也是才碰到这个‘社会主义’，还没有搞清楚它。眼下什么‘无政府’啊，‘基尔特’啊，‘罗素’啊，都挂着‘社会主义’的牌子……嘿！”

段祺瑞直捣黄龙：“你张澜呢？信什么？”

张澜也不遮不掩：“我信救国的主义、救老百姓的主义。”

“好！”段祺瑞拍案称赞，“段某我施行的就是‘救国主义’！”

徐树铮立马呼应：“哈，段总理和张省长的‘主义’不谋而合呀！”

段祺瑞没让张澜多说，猝然打出一“子”：“以你的资质，到中央政府出任监察院长之类倒是个好人选。”

段祺瑞的这一“子”，不啻张澜本人，就连心腹徐树铮也未曾料到。

张澜自嘲地一叹：“一个省长都当不好，又何谈……”

“来，来。”段祺瑞不想让钓饵脱钩，有如对“知己”一般地招呼张澜，“为‘救国主义’，接着下我们的棋——”

张澜一指盘中棋：“没法下了。”

“嗯？你张澜？！”恼怒的段祺瑞一掌击下，对阵的棋局，顿时“满目疮痍”！

署名守常（李大钊）的《“五一节”May day 杂感》——载着“主义”的《晨报》居然不屈地从印刷机里源源倾吐出来。这是1919年5月1日。

> ……1890年的5月1日是什么日子？……那个日子是世界工党第一次举行大祝典的日子！是世界工人的唯一武器——“直接行动”（Direct Action）造成的日子！是世界工人的神圣经典颁布的日子！

这回的“杂感”似乎没有惹祸。《晨报》的董事室里亦无风无潮，只是死寂得有点揪人。

一声热切的“爸爸”，打断了张澜的凝思。他头一回，大儿子已然来到眼皮下，手里拎着一摞象棋。儿子跟父亲一般高，大脸，周正的五官溢泻出年轻学子的锐气。他叫张峻（乔啬），张澜长子，清华学堂中等科学生，刚十七岁。

张澜眼里透出关爱，神情却是严肃的：“怎么不在学校里？”

张乔啬将手里棋盒一亮：“学校让我出来买象棋，我是象棋队队长啊！”他很有一点自豪。

“英语跟上去了？”

“嗯。外籍教师的课，能听下来了。”

张澜头微微一点，并没流露出太多的高兴。

乔啬抽出一盒棋子：“爸爸，我们来杀一盘？”

“杀”字触发了做父亲的心思。张澜直视着棋子：“你爸爸早些天刚刚跟人‘杀’过一局。”

“爸爸赢了？”

张澜头微微一摆：“现在还看不出输赢……”

儿子一时懵懂不解。那是什么棋呀，还看不出输赢？

也是“无风无潮”的死寂中，徐树铮一路小跑地奔进段祺瑞总理室：“‘巴黎和会’外交代表陆徵祥密电。”

段祺瑞条件反射般地身子一欠：“念。”

徐树铮应声念道：“中国对日本之关系，如不在公约上签字，日本仍可根据1915年条约，直接要求延续；与其作城下之盟，还不如现在就主动签押。……”

段祺瑞低“嗯”一声，八字须一拽问：“外面有什么动静？”

徐树铮显然有些担心：“消息不知怎么还是走漏了。外交部已接到抗议的信函、电报；还有在法国的团体直接找到参加和会的我们政府代表……”

“啪！”段祺瑞一掌击在密电上，鼻子因动怒而歪向左边：“给我调集别动队，准备好枪炮。不给他们一点颜色看看，他们真不知方今中国到底是谁说了算！”

《晨报》董事室里，张澜正在奋笔写信。

他把笔飞书，寻思中，情难自已。

……时下军阀混战，真有点像春秋战国，独独苦了没职没权没势的老百姓。我痛苦，因为找不到出路；我彷徨，因为看不见希望。不想如今来了个新的主义，出了些新的人……

从澎湃的心潮中，张澜脑际鱼贯回闪出——

李大钊、陈独秀选印出《新青年》《社会主义浅析》《〈资本论〉概述》……

张澜澎湃的心潮宣泄着：

我终于呼吸到了一股从未有过的新鲜空气——虽然我还不晓得这空气能不能赶走中国的污浊……

女秘书轻手轻脚地送点心进来，张澜一无所知；直待女秘书放下点心，轻趋门口，关了灯，他才察觉晨光早已透窗而入。

张澜循着晨光欠起身，打开窗。

张澜的心声："哦，这空气毕竟是新鲜的！四川的希望、中国的希望，怕就在这个'新'字上！……"

东方，破云而出的一抹朝霞，闪烁出隐隐的橘红色的光焰。张澜凝视着光焰，而这光焰，和张澜脑子里的"新"字仿佛就融合在一起了。

这光焰喷薄而出，是在难忘的1919年5月4日。北京学生爆发了反对帝国主义和封建主义的大游行、大示威。

翌日，《晨报》也如惊涛般地推出《山东问题中之学生界行动》一文，其中有"昨天北京之大事件"一节。大篇幅的文字，实实地透视出大示威的壮猛——

天安门广场。人流涌动，怒潮澎湃。白布横幅上中、英、法文字迹触目：

卖国四大金刚应处死刑

血色的竖幅更是刺破青天：

中国的土地可以征服而不可以断送

中国的人民可以杀戮而不可以低头

外争国权　内除国贼

演说者垂泪。聆听者痛哭。

段祺瑞还是失算了。震惊中外的五四爱国学生运动，奏响了中国新民主主义革命的序曲。

《晨报》还披露了——

赵家楼——曹汝霖公馆。众学生从屋里搜出一个人，竟是章宗祥。不猜可知，这章宗祥，少不了陆宗舆，在曹汝霖公馆密议的会是什么。目下，除了德国在青岛的特权与山东的主权奉送日本国，岂有他哉？爱国学生们纷纷呵斥之下，一个叫郭钦光的学生洒着泪，一手揪住章宗祥，一手挥出小旗——“还我山东”，却被曹宅一名壮硕的家丁打翻。学生们憋不住了，一拥而上，回击那凶毒的家丁，卖国贼章宗祥自然更逃脱不了。一时间，哭声、骂声、殴打声，搅作一团。

未几，后院突然升起一股黑烟，渐渐燃起冲天的火光。

段祺瑞再一次失算了。那只条件反射的鼻子彻底地歪向左边。他恼羞成怒：“你动嘴，我动手，看看我段某的枪杆子管不管用！”

于是乎，全城戒严，街头，尤其是校区，抓人的警车的呼鸣声，刺破了北京的上空。

一个个、一群群宣讲、控诉——要争回中国领土主权的爱国学生，连同记者，甚而路人，在学校、在广场、在街头，被全副武装的军警没完没了地抓捕着。

《晨报》似乎不买账，依旧我行我素，5 月 8 日赫然推出《国耻纪念日之国民大会》一文，中有“杀气腾腾之中央公园”一节。

它如实报道了——

中央公园大门紧闭，沿公路四周满布着武装警察，杀气腾腾，驱喝着集会的各式人群。

5 月 8 日，它又重磅推出《学生之牺牲》。

记者亲眼所见，提示出——

那个被曹汝霖家丁殴伤的学生郭钦光，在法国医院病房里不治身亡，嘴角仍流淌着一缕鲜血。几多几多认识不认识的男女同学，莫不洒泪相祭！

张澜的《晨报》还是招来了“报应”。

5 月 23 日晚 8 时，神不知，鬼不觉，一列武装警察汹汹然开进报社。

一名年过不惑、衣冠楚楚的四区署员冲进董事室就冷着脸告知张澜：“对不起，张先生，贵报的各类新闻稿，从今天起，必须经我们审核，不得擅自见报。”

张澜沉默着，眼里却分明折射出鄙夷的光。

门口的记者、编辑们可憋不住了：

“为什么？”

“难道爱国也有罪？”

“你们还想搞封锁？！”

署员充耳不闻，传令警察：“行动。”

武装警察闻命出击。

署员笃悠悠地坐到张澜的座椅上：“我嘛，只好舍命陪君子啰。”

“监视？”

“也可以这么说。”

署员的无赖相激怒了一直沉默的张澜：“请你起来，这边去——”一指墙边的座椅。

署员依旧充耳不闻，还“审视”起执行主编的公文来。

“请你自重，给我起来！”张澜一声怒喝，不只署员大人，进门的女秘书也吓了一大跳。

不知趣的署员只得挪位。

张澜坐回椅子上，再目不旁顾：“什么事？”

女秘书报告：“有个四川女学生要见你。”

张澜一怔，有点不知所以：“请她进来。”

女秘书招呼身后，一个年未足二十的少女便款款进来，衣着得体，模样水灵。

署员大人发现新大陆般地瞪起大眼。

张澜问：“找我什么事？”

少女不失机灵地一乜署员，署员故作不见。见对方没有回避的意思，她也只得将信掏出：“是您的学生杨森让我来的。”

“噢，杨森。他现在？……”

“早先是参谋长，现在刚脱离滇军。”

张澜接过信，内中即滑出一张杨森的近照：一身戎装，拉着缰绳，伫立在一匹战马旁。

张澜一时不解其意。

少女点而不露：“杨森问候老师。想请老师您在方便的时候，将照片呈送段总理。”

张澜这才恍然大悟：“他是要我引见？嘿，你没看见，我这个有名无实的省长，自己都叫人监视上了。何况……我不喜欢他‘唯马首是瞻’的潜台词。”随手交还照片。

少女眼睛里忽闪了一下，还是不无失望：“那？……”

署员闻得“段总理”，立马提上心，暗下掂量着美少女，即刻揣度出什么。他攫住机会道：“本署员替你引见！”

少女一瞟主动“请缨”的大员，似乎揣度出一点什么，不露喜恼轻吐一句：“有劳了。”

署员的“功夫”没有白费。

段祺瑞总理倒颇欣赏照片里的四川军阀杨森：“嗯，很有点军人的威武，‘唯马首是瞻’也没有什么不好；像那位‘某君’，唯马首不瞻，还没事找事——作乱，未必就好。”他一拽八字须，虽然着的长袍马褂，还是露出大军阀的自持。

紧挨着的署员不失时机地附和着：“就是！就是！”

少女一语双关：“段总理喜欢，就不枉小女此行了。”

段祺瑞看定美少女：“你主人的照片我收下，你可以回去了。”

少女乃至署员都觉着意外。

段祺瑞哈哈一笑："杨森的礼物我只能收一半，另一半，段某我没有兴趣。"

署员暗底下一阵庆幸！当然，这庆幸是在拜别总理，陪着美少女出得总理府之际，才宣泄出来。署员的目光里，附和之色没有了，变得淫邪，不遮不拦地直往美少女的胸口里乱钻："你在北京举目无亲，何不就跟上本署员？……"

美少女一睨对方："不，谢谢了。你……缺少一点东西。"说了，扭屁股径自离去。

署员顿时犯了傻："缺少'一点东西'？……我？！"

此刻，张澜和李大钊正徜徉在古老的"圣殿"外。如血的残阳把故宫——仿佛是中国的缩影洞照得"鲜血淋漓"。

四目凝注着"淋漓的鲜血"。

张澜道："这简直就是血，是火……"

李大钊头徐徐一点："没有这血和火的洗礼，中国是决计没有希望的！"

张澜沉吟着，轻轻一叹："是呀，生在这吃人的世道，岂能没有一点血气？一点火光？"

"'一点'还不够，要一团，要一片，像星火燎原！"李大钊镜片后的眼睛，闪烁着"青春"的激情。

张澜被青春的激情感染了，一笑："你明天就'燎'到天津？"

李大钊也回以一笑："那里的学生早约我去讲讲中国的、世界的大势。他们出了一份《天津学生联合会报》，很有一些好文章，其中有个叫周恩来的，是主编，那含着泪、凝着血的呼吁，不由得叫人怦然动心！"李大钊迅即又激奋起来。

"周恩来？"

"就是他代表天津学生界来约我的。"

张澜显然又想到了毛泽东诸君，锐目冲远处一投："看来段祺瑞们会有大麻烦了！”

不点而通。两人不觉相顾哂然！

“嘻嘻，嘿嘿，哈哈……”

不那么和谐的笑声从两人后面横插进来，待到回首，双双吃惊不小——

一个学生模样的青年，失神的目光无目标地顾盼着，嘴上挂着傻傻的笑——一个疯子。一些个小孩子围追着，还扔着石子，戏侮着毫不自知的他。

“彭云峰？”李大钊吃惊不小，抢步上前，“彭云峰？！你怎么了？”

彭云峰视若无睹，笑着，喃喃着：“死……死……都死了！……”

李大钊拉住彭云峰，提醒着：“我是你的老师李大钊哇！”

彭云峰傻看着李大钊道：“你死，我死，段政府死，嘻嘻，嘿嘿，哈哈……”他甩开李大钊，又踽踽独去。

李大钊像对张澜，像对自己说着：“他在‘五四’的时候被抓走，前天才放出来，怎么就？！……”

张澜不由得倒抽一口冷气，忧切的目光透着悲凉，久久注视着径自远去的彭云峰——

一个报国学子渐自消亡在故宫血与火的惨淡光影里……

“得想办法……”李大钊突然念及什么，“听光祈说，你的儿子也被抓了？”

张澜眼一闭，头一点。

李大钊思量着：“他们不知道这儿子的老爸是？……”

张澜凄然一笑：“省长的儿子又怎么样？我为儿子高兴！”

李大钊一下握住张澜的手，由衷信赖地一摇道：“当局抓了成千的学生，谅他们不敢动手！”

张澜亦思量着，眼里折射出灼热的光波。

《晨报》的“报应”接连不断，连印刷厂也遭了难。

这天，张澜亲自捏着一摞稿子，才跨进门，便听得哭吵声，还夹杂着什么东西的倒地声。

张澜似有估量，眉梢一皱。

首当其冲的是排字车间。

女秘书、男编辑与一些工人在跟督查的警察辩理。

地下散落着本已校排好版的铅字。

“董事，你看看，他们——”女秘书一见着张澜，指指地下，委屈的泪花便洒落下来。

男编辑一旁报告着：“就是‘疯子的由来’那篇稿子，记彭云峰的。”

署员先发制人道：“我们是例行公事，没办法。”

张澜凛冽的目光从署员挪往这帮还在捣着、砸着的警察：“你们不觉得可笑吗？”

“可笑？”

署员不觉一怔，突然瞄见悄然进门的美少女，便迭步迎上：“你到底还是来了？”

少女却径直朝张澜走去，使一脸热忱的大署员闹了个大尴尬。

少女局促地想央求什么：“张先生……”

张澜一乜署员，掠出些许奚落：“署员大人不是替你‘引见’段总理了？”

“嗯。”少女头一点，“我找你有点事。”

张澜没法回绝，只得先交代女秘书：“你跟小吴，代表报社去看看彭云峰。他今天刚住医院。”

女秘书爽然应诺。

少女的眼睛里又忽闪出什么，细细地巴望着杨森的老师——张澜。

张澜又斜乜一眼麻麻木木在捣着、砸着的警察们，即带着美少女来到董事室，这才粗粗弄明白原委。

“……就这样，我还在读中学，杨森就把我买下了……”少女垂着泪，伤心不已。

张澜毕竟是书生，不由得悲怜交集：“这个杨森，怎么能把你当作

‘礼物’？！”

“我……”

“你还想念书？”

少女又局促起来，少顷，心一硬，终于破出局促道：“我愿意……侍候……先生。”

张澜先是一愣，继而头一摇，接口回绝：“我在四川南充乡里有一个好妻子。”

“不，不！”少女迭忙剖白，“我只是想侍候先生，你……是个好人。”

“时下这个世道，做‘好人’可是件‘倒霉’的事。”张澜自嘲着，深邃的目光掠窗而出，少顷，“你既然到了北京，还是去念点书吧；念好了，将来也当个记者什么的，多为老百姓呐喊几声！”

少女的心被叩动了：“我……行吗？”

“有什么不行的？事在人为。”张澜激励着。

少女憋住的泪水终于夺眶而下，她“扑通”跪落地下，刚要叩头，即被张澜止住：“快起来。人的膝盖可不是用来跪的，尤其是你们女同胞。”

今昔对比，少女岂能不感慨万分？！她深深地、重重地点下了头：“嗯！”

还没有当上记者的美少女，如今关心上了报纸，尤其是恩人张澜先生办的《晨报》。

不走运的是她头一回买了《晨报》，就读到了——

直皖军阀重开战　百姓生灵又涂炭

她的心有点凉。怎么中国都像四川一样呢？没完没了地你斲我杀！透过《晨报》，她犹如看到了——

在纷乱的炮火中，北京的段祺瑞趾高气扬，东北的张作霖心怀诡诈，都不是好东西！

报上登的，恰中时弊。突发的直皖大战把段祺瑞打得跳脚！总理大人万万没有料到自己居然会打得那么苦，还打不赢！

段府里的人也乱了套。进来出去惶惶急急的，耳听着隐约的枪炮声，顿有一种大难临头的感觉。

总理室里的段祺瑞，焦躁归焦躁，兀自不失自信，只是鼻子又歪向左边。他将《晨报》一撂，地下另有一批《新青年》《每周评论》《时代号角》之类“进步”报刊。

徐树铮匆步进门禀报：“妥了。”

段祺瑞一瞥《晨报》，不堪窘恼地下令：“就让他自行了断！”

还是在序曲的那座私家花园里，卫兵带张澜入园，又往亭子一引：“请——”

张澜四下巡顾，阒无人踪，静默得有点惨淡。他似乎感触到潜伏的什么凶险。

在空灵中，他似有一种幻觉，好多挺机枪正瞄准着他。未几，张澜的目光捕捉到亭子里的石案。他踱步过去，发现石案上放着两只没有封口的大信封。他抓过一只信封，抽出的是一份“逮捕令”，下面附着一札四川财政专员的举报信——

……张澜在四川所谓保路运动中，私拿川汉铁路公款，数目不菲，应予追捕。

张澜大料不及，惊愤之下，不由得喟然苦笑。旋即，他又抓过另一只信封，抽出来的是一份委任状——

兹委任张澜为中央政府监察院总督

张澜几乎未见踌躇，毅然收下逮捕令，径自出亭而去。

隐约的机枪扫射声，仿佛从花园的假山后、树丛里“嗒嗒”涌出。

第二章　天理何在

1920年8月22日，张澜先生老母亲王太夫人逝世，张澜怀揣“逮捕令”，给了顶头上司一个不辞而别，径自奔丧回乡。

嘉陵江有情，奔流不息的江流，载着跟旧中国一样陈旧的火轮，艰难地行驶着。

张澜独立在船头上，深情的目光凝注在“夜来常入梦”的母亲河激流中……

段祺瑞又一次失算了。他还来不及报复这个不把高官厚禄当一回事的张省长，自己反被学生——直系军阀吴佩孚和曹锟算计了，被赶下了中央政府的舞台。20世纪初叶的中国，就像一个偌大的走马灯、万花筒，光怪陆离，变幻无常。谁个能奈何？！

此时此际的江水，卷着大浪，泛着血色，撞击着涌上船栏，打湿了船头人的双脚。

船头人——张澜不为所动。

而船头人此时此际的心潮亦正如江流般涌动着，不能自抑：“嘉陵江啊，你的儿子又回来啦！回来啦！……”

江流有情，回漾出老母亲久久企盼的面容……

“哎，查票，查票了！”

回到二等舱里查了票，检票员一走，邻床一个精瘦的汉子，紧瞄定张澜，旋即神秘兮兮地凑将上来。此人叫刘从云，五年后得“道”成仙，成了四川诸大军阀的教主，风光一时，号称“刘神仙”。此公道名白鹤，现在不过三十七岁。

“先生天庭方正，是大贵之相；地角尖突，又难免有莫名之灾。”

张澜斜眼一瞥对方，毫不经意地“喔”了一声。

刘神仙攫住什么：“唷，你好生了得——目光有神，神中带电。”

张澜一笑置之：“那我这么‘电’过来，你不早就？……”

此刻门口通道里投来两注目光，身影一晃而过。

刘神仙倒极机灵，滑溜的眸子往门口一瞄：“你信，还是不信，全在我说的一个‘准’字上。”

张澜无意算命，径自起身。

刘神仙似乎“算”出什么，跟在张澜屁股后头喋喋不休地招揽着：“我还没说完哪。先生你左眼角上有一颗痣……”

方才门口通道的两注目光，又从张澜背后探视过来。张澜全然不觉。

“到了。总算回家了！”张澜双眸间业已浮现出回归故乡的不尽慰悦与奋激。远眺中的朝天门码头，水映青山，山迭层楼，独具山城魅力。

“爸爸——”

码头上一声欣喜的呼唤，把张澜的视线立马攥了过去。

小火轮刚靠岸，儿子就狂奔上船，一把搂住别离了两年的父亲。

这是张澜的二儿子张慕良，时年十三。慕良长得像父亲，一看便知是一个早熟、懂事的孩子。

“奶奶一直睁着眼睛等你回来……”慕良憋不住伤感地抽泣了。

张澜不能不感到负疚，暗下咬住牙关。

一旁赶来迎候的是一个个子稍矮，留着长须的人，穿着一身得体的长袍马褂，此刻两手一拱：“表方兄！”长须人其实须长人不老，亦才三十五岁，大名鲜英，字特生，重庆铜元局局长，是张澜的知友。

张澜拱手回礼问道：“信收到了？”

鲜英点头回道：“四川太需要你那股‘新鲜空气’了！”

张澜忧切地念叨着：“是呀，新的人，新的主义……”

“爸，快回家。”

鲜英这才醒悟：“对、对，快回家！快回家！”

张澜示意，一个壮硕的扛夫便挑起一只装棉被的大黄布袋与一只大藤箱，开路先行。

接送乘客的人潮中，刘神仙仿佛感应到什么，滑溜的目光往扛夫后背一瞄：“嗯？”

一行三人乘的是四川“风味”的滑竿。张澜父子合乘一座，鲜英另乘一座。

沿途不时撞上山城独有的“棒棒军”在招揽生意，时不时有浓妆艳抹的妓女凑上来搭讪，老少乞丐跟屁股后讨钱。

张澜心底不由得又泛起一阵悲凉：“怎么还是老样子？”

鲜英摆首一叹：“各地军阀打个不休，哪里还会变样？不自己毁掉自己就阿弥陀佛了。”

扛夫埋首赶路，一言不发。

张澜关心地问道：“哎，挑担的朋友，要不要歇歇？”

扛夫头一摆，回谢了。

出了城郊，弯上山道，已是残阳西沉时分。

山高，林密，山里顿时显得昏暗。一风吹过，林涛呼鸣，犹似杂言乱语，叫人不寒而栗！

猛可里，扛夫打出一个尖厉的呼哨，霎时间，赤膊、布衣，执刀、挥棍的一群土匪“嗖溜溜”地从隐蔽的林子里冒将出来，把滑竿中人吓一大跳！

不过眨眼工夫，两座滑竿即被土匪铁桶似的死死箍住了。

鲜英壮起胆子喝问：“你们胆大包天！晓得他是谁吗？这是省长！”

扛夫这才露出真面道：“要的就是省长——大官！”

滑竿只得停下。

“我爸是好人——”小慕良又怕又急，下意识地大叫起来。

扛夫讽刺着："好人？！哼哼。"

张澜按住儿子，跨出滑竿道："你们是想要钱还是要命？"

"两样都要！"

"哈哈哈……"

鲜英绝望之下，不由得仰天悲叹："表方兄，你我就是大江大海都敢闯，今天却翻在阴沟里！"

扛夫——首领抽刀架在鲜英头颈上："你们才是臭'阴沟'！"随手极熟稔地扯脱"猎物"身上的马褂，一把扔到大黄布袋上。

仿佛这是信号，手下的兵将迭忙拥上，割断绳索，打开大黄布袋："啊，是棉被！"

首领颇有门道："瞎了狗眼，棉被里裹着什么？"

"噢——"

两个"瞎眼"人又几下拉开棉被，撒出一地的书。

一众瞠目。

首领实在没有想到！转而手一指："藤箱！"

不待强贼砍劈，张澜抢先一步："不用。我自己来。"

他用钥匙打开藤箱："请便。"

"火！"首领一声叮嘱，拨开众同道，上前翻拨。

火把光照中，箱中仅是几件卖不出钱的衣裤、毛巾、书刊与杂碎。

"莫不是撞见鬼了？"

谁一声嚷，急恼了领头的"扛夫"。他一下将藤箱翻了个底朝天——依然不见钱影子，连一件值钱的东西都没有！

张澜问："鲜英，你身上有多少钱？都给他们。"

十三岁的儿子可不情愿了："爸！他们是……"

"他们也是穷得活不下去，才……"

张澜第二次把穷土匪"击"蒙了！鲜英自认晦气地倾囊而出，把十几块光洋如数交出。

"你的尊姓大名是？"

张澜回说："姓张，名澜。"

“张……澜……”首领似乎联想到什么。

旁边的师爷也像是想到什么，咬起头领的耳朵。

扛夫恍然大悟：“你难道就是那个……大灾年救下上千条人命的‘川北圣人’？”

张澜视为平常，手一摆：“‘圣人’极不敢当。换了你们，也会去救的，对不对？”

首领哪里领受得了，不意间，“扑通”跪落地下：“裘一春有眼不识泰山，在下赔罪了！”叩首就拜。

张澜连忙将裘一春扶起：“快起，快请起，我张澜可消受不起。赔罪的不该是你们……”

儿子懵懂了。

鲜英费解了。

裘一春一班强人更糊涂了。

张澜笃诚有加道：“我是四川省长，没有让大家过上人的日子。张澜向各位弟兄赔罪了。”他拱手致歉。

“不——”裘一春消受不住了，泪眼一抹，手一挥，“弟兄们，给省长赔罪！”

众弟兄齐齐洒泪下跪！

张澜所料不差。在山村小客栈里听得裘一春一番辛酸的追忆，张澜坐不住了。他最不忍心听到、见到的就是穷人太受苦遭罪，活不下去。为了这个，哪怕得罪天王老子也在所不惜！他站着，感同身受一般道：“穷极、苦极，才‘逼上梁山’哪！”

鲜英这回是心甘情愿地将银洋往裘一春身边一推：“这一点钱，就分发给你的兄弟们。”

裘一春连连推拒：“不、不。”

张澜使出激将法：“你不嫌少，就收下。留几个给你妈治咳嗽，一定要让你妹妹读书，不识字，打不开眼界，会穷苦一辈子。”

裘一春噙着泪，点头应允。

张澜规劝道："就不要再打家劫舍了。你们打劫的虽是富有人家，毕竟不是长久之计。"

裘一春负疚又无奈地长叹一口气，重重点下头。

"这个污浊的社会，做好人不容易……"张澜将遐想的思绪收回，"一春哪，一个真正的好人，不是光为自己，而是为天下的穷苦人。"

一星烛火仿佛意会，闪烁着，似乎亮堂开来。

翌日张澜醒来，见桌上仍端端地放着一摞银元，一块未动，裘一春他们却不见了。他赶将出门，抬滑竿的扛夫早已恭候着。

"裘一春他们走了？"

扛夫点头回说："嗯。他让我们早早送你们到西充老家。"

"噢……西充。"直待此刻，张澜才惦挂起生养自己的故地。

他们紧赶慢赶，回到西充张观沟已是夜半时分。

流云走月。白烛垂泪。

虬曲老迈的松树下，死而复生的野草地里，立着一座新坟——"王太夫人之墓"。

天阴。树静。唯闻抽泣之声，伤人衷肠。

张澜端跪在坟头，两眼凝泪道："妈，孩儿来看你了！……"

紧旁端跪着爱妻，合身的粗布土衣遮不住一脸的秀丽，一身的清纯。丈夫的话一出，做妻子的已憋不住热泪长泻。

她叫刘慧征，张澜之妻。

张澜的泪眼中，渐自浮现出母亲操劳的面容……

那面容有灵，竟开口了："三儿，你来了！"

哦，那是母子难得团聚的日子呀！

茅屋里，张澜拎着一块腊肉、两串香肠进门："妈，我回来了。"

王太夫人满是皱纹的老脸上，立时绽出一朵花："好，好！是得常回家看看。"她细细地巴望着三儿张澜，眼里渐浮出热泪。

夫人刘慧征这时不过二十一岁，暗自抹一把喜泪，连连接过丈夫带来的腊肉、香肠。

张澜恭敬地扶携母亲坐落竹椅上。

王太夫人定定地望着张澜道："三儿，你在外面当大官，什么……国会……"

刘慧征细声接上："议员。"

王太夫人自嘲着："看我这记性！嗯。现在又当什么'嘉陵道'？"

张澜乐了："妈，是嘉陵道尹。"

王太夫人自己也乐了："这清朝、北洋的官名太拗口，不如叫青菜、萝卜的方便。"

张澜夫妇相顾失笑。

"妈，三儿不孝。"张澜觉着愧对母亲，"我官不小，薪水不少，却没有寄一个钱回家……"

王太夫人没让儿子再自责："慧征都告诉我了，你把钱都救济穷人了。好，当官就要当个清官、好官，可不能像现在的这些军阀老爷、当官的，又贪又腐，只顾着自己、自己的家，哪顾着穷老百姓的死活？！听说有的官一屋子一屋子的金条、银元……这官还会好？坏，只会是大坏官！"

张澜心里一热，一把抚抱住母亲："妈，你说得太对、太对啦！时下的中国，太多大坏官！……"

做母亲的嘟囔着："嗯，把这些没心没肺的坏东西除了就太平啦！"

抚抱着老母亲的张澜，不胜慰藉！母亲虽老，心里却明镜似的。做儿子的，很有些庆幸与自豪！……

哦，那真是难得团聚的温馨日子呀！

茅屋后的三座小坟堆跟前，张澜在凭吊着，自责之心依然难平："我也对不起你们，三个好兄妹！……"他欲说又止，不觉唉声长叹！

王太夫人感觉到什么："三儿，你……有心事？"

张澜不想拖累母亲，搪塞地头一摆。

刘慧征见母亲依然怀疑，只得悄声"揭秘"："几次接济灾民，他借了六百吊钱的债还……"

张澜眼一瞪，低声喝止："慧征！"

王太夫人着即替儿媳挡了话："是逼你还债了？"

张澜只得如实禀告："逼倒不敢，只是……"

刘慧征立马省悟："是还债期限到了？"

张澜头一点，开解着："我正在贷一笔款，回去也许就可以……"

"不，要不得，三儿。"做母亲的当即告诫，"不要又去贷款，再去背个人情债。"

张澜愣了。他又何曾想举债？可不举债，这六百吊钱到期没法还哪。人不能失信，到期就必须还债。

刘慧征也愣了："妈？借人家的钱，总得……"

"还，当然要按期还。做人就要讲信誉！"王太夫人转瞬之间就拿定主意，眼光同时间投落到不远处的山地里，"嗯。把祖上传下来的这四亩田地……卖掉！"

张澜与刘慧征大吃一惊！

"不、不，妈，这是你的命根子呀！"做儿子的如何敢当？张澜还想劝拦，被母亲止住了："妈还有一点积蓄，加起来就差不多够六百吊钱。"

做媳妇与夫人的刘慧征不能不接着劝拦："不行，不行！妈，那是你一辈子的血汗，你天天织布织到半夜，一大早又去割猪草……"

王太夫人倔强的本性此刻一泻而出："不用说了。求人总不如求己，宁愿自家苦一点……"

…… ……

难得团聚的日子再没有了。至爱的老母亲竟也去了，去了……

坟头上，两行灼热的泪水，从张澜眼里长流直下："妈，三儿会记住的。记住您，记住天底下的穷苦百姓。您的儿子张澜决不会做贪官、昏官——只顾着自己、自己家而不顾天下老百姓的大坏官，您老在九泉之下放心！"

刘慧征洒泪瞩目着自己心爱的丈夫，溢泻出由衷的信赖。

其实，难得团聚的岂止是母子，夫妻不也一样吗？聚少离多，离得太多、太多啦！

二楼卧房里，没有点蜡烛，趁着难得的日子，张澜与刘慧征借着床前月光在说悄悄话。常年在外，可没人说个悄悄话呀！回家了，温馨的悄悄话亦是“回归”了。呵呵！没有离别，不识伴侣的可贵、悄悄话的暖心哪！

张澜手里捏着好些张还账的单子，情难自禁：“这六百吊钱的还账单，够我张澜记一辈子的……”

刘慧征虽同怀感慨，可又半明不白。

张澜爱抚着还账单：“这是妈妈给一个儿子的爱，也是对儿子最好的教诲！”

刘慧征顿时省悟了！

追念的泪珠在做儿子的眼里漾动：“妈妈一辈子受穷，缺钱，一辈子都在念叨穷人，帮助穷人。……”

刘慧征深情地依偎着丈夫：“你也像妈！”她自己觉着满心的慰藉。

“那夫人你怕要吃大苦头。”

“我高兴！”

张澜看定夫人，不尽的慰藉之下，一把拥住与他心相通、情相共的好夫人！人生的最大幸运，其实莫过于邂逅投缘的知音，或谓伴侣；多半人，大约只能是凑合凑合着过。张澜自觉着庆幸！

“噢，对了。我还剩下几块银元，明天去换点散钱。左邻右舍的，给每家三斤肉钱两斤半盐钱。你看好不好？”

“那还有不好的？唉，都活得太苦太累啦！”

第二天，夫妻双双携手穿堂走户。

在东头邻家，一个大着肚子的孕妇拉着刘慧征的手，跟丈夫从屋里送出门来：“我们没有一点东西回送……”

张澜佯作生气：“你这就把我张澜当外人啦！”

在西头阿婆家，刘慧征就床而坐，拉着婆婆，将一摞铜板送到床上婆婆的手心里，道：“这点钱，是表方的一点心意，婆婆去称点肉、买点盐。”

“怎么敢当呢？老是花你的……”婆婆要欠身致谢，被张澜劝住了。

“难为你在外头做官，还惦挂着我们！……”

“老邻老舍的，你们可忘记不得呀！”

在河岸头的弯道上，张澜、刘慧征跟一些个左邻右舍，一家人似的边说边走。

“爸——”

张澜与刘慧征循声回望。

刘慧征爱嗔着：“又在玩水！”

张澜也似发了童心：“我去去。”

刘慧征大惑不解：“你这个当爸的，也？！……”

“这个当爸的”人还没到观音桥河边，光屁股、穿小短裤的一帮子小娃娃“呼啦”一下就把他围了个水泄不通，大家又笑又嚷又拉的，张澜俨然成了儿童团司令。

光屁股的晓岩“抢回”自己的爸爸。他是张澜的三儿子，刚七岁。他扯着问：“爸爸，你会不会像哥，在水底下……”

“躲猛子！”做哥哥的慕良替晓岩道出了“专用词”。

张澜用目光爱抚着大多赤条条的小娃娃们，头一点：“小时候，也像你们一样。”

“哦——”

“我们比比！”

张澜连连摆首：“现在老了，几十年没有游啦……”爱抚的目光从稚气的童子挪向观音桥河，挪向河水汇往嘉陵江的远去的波涛……

直到正午时分，小娃娃们被大人吆唤回去吃饭了，张澜一个人仍禁不住流连忘返。他踱到状若青蛙的“跳水台”下，儿时的情景即刻浮现出来——

那时自己就像现在的慕良一般，赤膊短裤，浑身黝黑，从跳水台上一下插入水中，直潜泳到老远老远才冒出水面，活似一条泥鳅。

张澜的目光追随着远去的波涛……

他自己也觉着奇怪，对水，尤其是对四川的母亲河——嘉陵江，总有一种缠绵悱恻的情愫。自己的性格，可是从来不喜缠绵悱恻的呀！他觉着自己的心、自己的魂，维系着眼门前的滔滔碧水。

“你就是从这里汇入母亲河——嘉陵江的呀！……”

“表方！”

一声轻唤，将张澜从滔滔思绪中唤回转来：“噢，慧征啊。”

刘慧征揣摩着这河水、那江涛：“你好像对这……水特别有感情？”

“我名字叫‘澜’，就是大波涛哇。”张澜打着趣，浮想悠远，“妈说生我的时候梦见一片大海，大海里有一只小船，沉啊，浮啊，就这么远远地漂去了……爸干脆把我取名作‘张澜’。”

“难怪！……”

“我这一生，怕真离不开大起大落的波澜了。说不定什么时候，那只梦里的小船就……”

刘慧征听不得不吉利的话，迭忙用手掩住丈夫的嘴：“不许说，说不得！”

张澜心下慰藉，嘴里嗔怪：“你呀！”

刘慧征依傍着丈夫：“是不是又想着办学校的事？”

“你怎么晓得？”

“你呀，梦里都没有少喊……什么青年啊，人才啊……”

张澜有点意外，不由得自嘲地呵呵一笑：“李大钊、陈独秀先生说得好，我们这个多灾多难的中国只有多造出一些忧国忧民的栋梁之材，才有救！”他深情的目光不觉又投向眼门前这生生不息的江流……

可谓天遂人愿。

1926 年 4 月 6 日，张澜离开故乡南充，出任成都大学校长。

刘慧征一手抚着微微隆起的肚子，一手携着晓岩乘上一条小舟。慕良一手抱着小妹，一手牵着大妹，在替父亲送行，也是辞别。大妹叫张茂延，时年五岁。小妹叫张继延，时年两岁。

“爸，孩儿记住了。爸这次去办成都大学，一定会办出个四川的北大。”

“倒不敢有此奢望。”张澜就此站定，接抱过继延，牵过茂延，那特有的深重目光在儿子身上重重一顿，叮嘱道，“慕良啊，你要去的北京大学，是五四运动的摇篮，是个好学校。不晓得大钊、独秀他俩还在不在……在的话，替我致意。”

慕良深深地应诺着：“嗯。”

张澜携着两女儿登上小舟。

小舟启程。

作乱的风掀起大浪，不过转瞬之间，即将小舟高高托起，又狠狠摔入谷底。

四川开天辟地的第一所高等学府——成都大学的校牌亮出来啦！

学生、教员、路客、军人、士绅无不新奇地仰瞻着这见所未见的大学校牌，三五一堆地啧啧称叹着：

“我们四川也有大学啦！”

“这世道……咳，还真难说。”

“所以益发要办大学呀！”

议论风生的不只是校门口、社会上，张澜的校长室里也纷争不断。

一名很有些遮掩不住自得的军官此刻缓缓起身，一扫众人：“鄙人受省主席、川康边防总指挥刘文辉的委托，有几句话要交代。”此公叫杨廷铨，四川省主席刘文辉的秘书，二十余岁。

张澜斜乜对方，掠出几丝奚落：“杨秘书不是被省主席任命为省第一中学的校长了？怎么？……”

杨廷铨自然听出奚落，反唇相讥：“张校长你可不要把北大的五四运动带进四川来唷。”说得也够不遮不拦的！

张澜心下一怔，问：“怎么说？”

杨廷铨不阴不阳地回复：“什么‘科学’啊，‘民主’啊，在四川，都得听省主席的。你的师资队伍鱼龙混杂，像吴虞这种激进分子，还当过《新青年》的主编，你居然也请来了！……”

张澜回了个不冷不热：“这好像不是你的权限？”

杨廷铨气得顿时噎住。

敲门声。

张澜一声："请进。"一个屠姓的男秘书便推门进来："校长，曾济实先生来报到了。"

说着，屠秘书随身引进一位极年轻的先生，一副书生相。来人叫曾济实，日本东京帝国大学化学科毕业生。

张澜迅步迎上，握住对方的手："欢迎。介绍一下，这是我从日本请来的曾济实教授，二十六岁，主教化学。"

张澜有心一点"二十六"，再度把一众人士搞晕乎了：

"二十六岁？当教授？！"

"简直乱套啦！"

"……"

"乱不乱套，看真才实学。"张澜淡然置之，旋即，直言自白，"本人对日本帝国，毫无兴趣，不瞒大家，留学时发给我的日本毕业文凭，我一回国就撕了。"

杨廷铨明知故问："那校长先生怎么又……"他一睃曾济实。

张澜继续着不遮不掩的自白："日本也罢，德国也罢，侵略我国的列强必有报应；而引进列强的科学技术人才，我不反对；非但不反对，还要大力招来。科学技术，没有国界。成大的方针是兼收并蓄，为我所用。所以，我也请来二十三位欧美籍的外国教授。"

一众哗然。

门开，一名荷枪警卫直趋杨延铨，亟亟报告着什么。

杨廷铨略一思量，挥手而去，至门口又回身儆告："校长先生，杨某方才的交代，最好记着点。不然……"他大有潜台词地阴阴一笑，走了。

原来两名武装的刘文辉"国民革命军"，也是杨廷铨的部下，押解着一个书生刚出成都市的界桥。

书生年逾五十，颇有点"挥斥方遒"的意气。他是张澜久盼的吴虞教授，五四运动中新青年、新文化的一员大将。

吴虞踏上界桥，冷冷一笑："告诉刘文辉，驱逐得了一个吴虞，驱逐得了新成大的新精神吗？呵呵！……”

班长模样的兵士枪一横，驱喝着：“别自找枪子儿吃！滚回你的……”

“老家”两字还不及出口，两响喇叭声中，一辆甲壳虫似的黑色小轿车已追到桥头。车门一开，迈下张澜：“吴先生留步。”

两押解的兵士一时愣神：“哎、哎，干什么？你干什么？”

张澜眼一横道：“不干什么。请我们的教授回学校。”

班长模样的人脸一拉，喝令道：“站住！杨秘书交代了，他是危险分子，成都不欢迎。”

“我欢迎。”

“你？你是谁？”

“我是成都大学校长张澜。”

同来的屠秘书故意一点：“你们那个杨廷铨只是省立一中的校长，还没法比呀！”

吴虞也故意爽声地呵呵大笑。

班长模样的人拉下的脸面挂不住了，枪栓一拨：“我看你们都是想吃枪子儿？”

猛然间，张澜抓过对方的枪管直冲自己胸口道：“我倒要尝尝你的枪子儿。”

班长模样的人反被逼得犯了晕乎。

吴虞与屠秘书不由得心下一阵抽紧。万一……

张澜绵里藏针道：“我看你们的省主席刘文辉也未必有这个胆量！吴先生，上车。”

吴虞又呵呵一笑：“遵命。遵命。”嘴里说着，人已钻入小车。

小车驶走。

兵士傻眼。

“他娘的，什、什么来头？！”

当天晚上，张澜特地邀吴虞来到自家小居所的客堂。张澜玻璃杯一擎："我以水代酒，替吴先生压惊。"

吴虞也举起小酒盅一碰："士为知己者死。看来我吴虞是'死'定啰？！"

屠秘书也把杯相碰，一座欢颜。

吴虞把盅相邀："来，为成大的北大精神！"

张澜还未及举杯，便见两个学生兴冲冲赶进门来："张校长、吴老师，北伐军直逼武汉啦！我们'社科社'准备大游行。"此生叫李正恩，生物系学生、社科社的主要领导人、中共成都市委领导成员，时年二十。他人不高，很精悍，眉宇间横溢着喜庆。

吴虞瞄住李正恩："噢，就是你'打'到南充，动员我们表方兄出山——来成大的？"

李正恩如实相告："我们早听说校长领导的保路风潮，威震四川，把北洋政府都震晕乎啦！"

"我们还集体拜读过《晨报》，有棱有角，充满民族气节！"另一个学生补充着。此生叫王向忠，成大预科学生、中共成大特支宣传委员、成都市委领导成员，时年二十余。

王向忠人稍高，言辞颇有点鼓动性；尤其那绛红色的中山装，颇有点醒目，像一团燃烧的火焰。

张澜淡然一笑，推出吴虞："'民族气节'在这里。"

一座哂然。

"来来来，为我们新成大的北大精神——民族气节！"

吴虞酒盅一举，张澜与秘书、学生把杯相庆。

"校长，"王向忠递上一份报告，"我们社科社想办一份《野火》周刊。"

张澜略作思量："好，希望你们'烧不尽'。"他着即取过毛笔，批下"同意"。

王向忠很知礼地鞠了一躬："谢谢校长。"

李正恩想起什么："噢，那个杨廷铨秘书去一中上任，被同学们赶走啦！"

吴虞胸臆大快："呵呵，报应！报应！"

张澜却置之一笑，少顷，关切地问道："中文系的三名女将怎么样？"

屠秘书摇摇头说："听说……"

张澜不满意了："不能'听说'。她们可是打破男子大学天下的先锋！"

校区的女生宿舍，身为校长的张澜已来过多次。这天他人还在楼道里，就闻得女寝室里传来哭泣声。他快走几步，跨进寝室不由得一愣——

两名女生爱莫能助地陪着哭泣的室友，亦都挂着泪花。哭泣的女生机械人似的收拾着行李铺盖，床上散落着银元。张澜进门见状，大惑不解地问："怎么？不想读书了？"

陪伴的女生见是校长，迭忙报告："她叔叔做生意亏了本，没钱替她交学费了。"

张澜的目光即刻捕捉到床上的银元。

陪伴的女生不屑地道出："哼，这是一中校长杨廷铨派人送来的。"

张澜倍觉意外："他？"

女生一语道破："他早就盯上我们了，想乘人之危，用这几个臭钱来要她的人。"

张澜恍然大悟："你叫什么名字？"

"蒲瑛。"

"噢。那你自己的意思呢？"

蒲瑛哽咽着，硬气地表示："宁可不读书，我也不要……不要！……"益发伤感的哭声，剖白出了主人的心底对读书的渴望。

"这就好。"张澜宽心地头一点，下意识一掏衣兜，空的，"嗯？……你就安心留下读书吧。"

"那……学费？"

张澜宽抚道："我替你交。"

蒲瑛始而一愣，继而如对父亲般一下扑住张澜："校长！……"

两作陪的女同窗也庆贺地双双紧搂住蒲瑛。

窗外传来操场上游行出发的壮歌：

打倒列强，
打倒列强，
除军阀！
除军阀！
……

张澜和三个女生正听得心动，"咚咚咚"地奔进一个男生来。此生叫乐伯勋，成大中文系学生，时年二十出头。

"快、快，要出发了……"乐伯勋猛见到张澜，"校长？"

两女生将蒲瑛往乐伯勋身边一推："快去吧！"

乐伯勋的目光往铺盖边的银元一掠，他催道："走！"

张澜微微一笑："还不去'除军阀'？"

两女生也相顾一笑，拔脚而去。

国民革命成功，
国民革命成功，
齐欢唱！
齐欢唱！

张澜慨然聆听着……

"姐姐！姐姐！"随声奔来一个小家伙，不过十来岁，却挎着一只与他极不相称的大皮鞋箱，油黑的小手中紧捏着一把铜板，进门，眼珠子一扫，"咦？我姐呢？"

张澜问："你姐是谁？"

小家伙极警惕地反问："你是谁？在我姐寝室里做什么？"

张澜倒被问乐了："我是你姐的老师，可不是小偷。你……是蒲瑛的弟弟？在擦皮鞋赚钱，想供姐姐读书？"

小家伙愣了："咦？你怎么晓得？"

张澜的判断没有错。他伸手揽过十岁的赚钱人，心下酸涩："你叫什么？"

"蒲生。"

"你姐姐有你这个蒲生兄弟，应该骄傲。"

小蒲生顿时打消疑虑，不无信赖地仰顾着这个姐姐的老师，真还泻出些许为姐姐读书而赚钱的自得。张澜拍拍小家伙自得的小脑瓜，怀情的目光不觉投往窗外——

但见窗外蓝天不净，云浪起伏。

正是北伐战争大胜利的形势下，谁都不曾料想会风云骤变。

1927 年 3 月 31 日，一个震惊全国的血腥的日子。在重庆打枪坝，一挺挺机枪喷着火，一批批青壮男女教授、学生、市民，甚而官员倒下了。近千名报国志士——共产党、国民党左派和进步学生，几乎还来不及思量、来不及应变，就被枪杀了！大胜利转眼变成了大牺牲、大动荡。

如实报道了这场大屠杀的《新蜀报》，一送到成大校长室，张澜几乎不敢置信。一则屠杀太过突然，二则制造血案的竟就是他过去的下属。惊愤、失望之下他只蹦出两个字："刘湘！……"

鲜英也痛心莫名："我们《新蜀报》的主编漆南薰也！……"

张澜追想到什么："刘湘的背后……会不会另有名堂？"

"背后？"

"刘湘是我做川北宣慰使时的警卫营副营长。他虽有谋略，也有心计，但办事不果断。这次怎么敢冒天下之大不韪？"

张澜校长的寻思没有错。"三・三一"惨案十二天后的 1927 年 4 月 12 日，上海宝山路上，市总工会发起大游行。队伍群情悲愤，口号声声：

“打倒新军阀！”

“为死难工友复仇！”

“……”

猛可间，埋伏在里弄内的国民党匪军分兵几路杀将出来，横过机枪就扫。

大雨如注，血流成河。

其实重庆“三·三一”惨案乃是蒋介石总司令的一次预演。北伐军攻下了武汉，大局已定，总司令蒋介石在帝国列强的暗中支持下，翻脸即背弃了信义与合作，发动了“四·一二”反革命政变，妄图一举消灭共产党，独霸天下；也由此拉开了中国两种命运、两种前途持续了二十二年的大搏杀。

且看《中央日报》推出的大标题：

四川刘湘、刘文辉、杨森、邓锡侯军长连名拥护蒋总司令清党反共

四川的四大军阀齐齐加盟“清党反共”，自然都各怀图谋，整个天府之国都大大地震荡了！

身为四川省政府主席的刘文辉自然是春风得意。此公宣泄得意，莫过于打猎，因为万般飞禽走兽都在他的枪口之下，林间草莽间已洒落下一串串淋漓的鲜血。得意的杨廷铨替得势的主子刘文辉拎着胜利的果实：山鸡、野兔……

此公还是国民革命军第二十四军军长，时年三十三，长着一副猫状的圆脸，高个子，着一身猎装，很有点威风八面。

刘文辉又瞄见了猎物。

扳机一扣，“砰”！

“中了！又打中了！”杨廷铨飞步奔去，拎起一只还在挣扎的小鹿，“啃，还是一只雌的！”

刘文辉笑了："你真有几分像第二十军军长杨森。"

"杨森？"

"他从来离不开女人，你也差不多少。"

杨廷铨有点窘迫。

刘文辉并不介意："女人你尽管去泡，但学校的共产党一定要给我盯死。"

杨廷铨慰藉之下，挺身应命："是！"

"刘湘替蒋总司令演了一出戏，我刘文辉也不能不演一出戏给总司令看看。"刘文辉见小鹿还在挣扎，又补了一枪。

汩汩直淌的鲜血。

直面着可怜小鹿的淋漓鲜血，刘文辉泻出几丝冷厉。

仿佛是鲜血的启迪，一回到刘公馆，杨廷铨就迫不及待地掏出一份花名册。他颇有点邀功地自许："这是我跟警察局侦查出的成都危险分子。成大'惕社'头头提供的情况没错，'社科社'里有共产党，说不定……"

红木躺椅里的刘文辉此刻全然没有八面的威风，惬意地迷醉在大烟中，信手一翻名册："麻烦的还是那个'刺头'！……"

"司令是说张澜？"

聪明的杨廷铨已洞察出上峰未便明说的图谋。他自然绝不会放弃机会。刘湘既然能"演戏"给蒋介石看，自己何不也"演戏"给顶头上司刘文辉看看呢？

连续一些天，他在一中抓出不少有通共之嫌的学生与教师，闹得全校鸡犬不宁。

这天，便衣卫士押来了成都大学的蒲瑛。

蒲瑛心下打鼓："你骗我出来想干什么？"

杨廷铨挥手打发走两卫士，淫邪的目光在蒲瑛身上一阵游移："听说你也'革命'上了？"

蒲瑛一愣，回以沉默。

杨廷铨于不经意间突然一击：“是张澜校长‘教’的？”

蒲瑛即刻悟出对方意图：“你不配说我们张校长。”

“那倒是——”杨廷铨一手揪过蒲瑛，“那你是配我啰？是不是？”

门外一阵响动，硬钻进乐伯勋来：“杨校长，请你放了她！　蒲瑛她真的什么也没有做。”

杨廷铨眉头一皱：“你是他什么人？噢，你蒲瑛小姐名花有主了？”

蒲瑛喊着：“你放手！”

乐伯勋求着：“求求您，杨校长……”

杨廷铨不为所动，不想轻易放弃到手的猎物：“她‘做没做’什么，我晚上一试就晓得了。你明天来领人。”

乐伯勋急了：“杨、杨校长不能……”

“什么能不能？走你的！”杨廷铨下了驱逐令。

蒲瑛两眼一瞪，气得一时没了言语：“你！”

杨廷铨哈哈大笑，又戛然收住：“你只要说出张澜校长……”

话没说完，只听得窗门一声响，猛可里砸进一只罐子，不偏不倚，正中杨廷铨——是一罐子的屎尿！

顿时臭气扑鼻，杨廷铨窘恼不堪。

几乎同时间，从窗外“嗖”地翻进一个小家伙，正是蒲瑛的小弟蒲生。

“再送你一只！”小家伙话一出，一手扔出“飞弹”，一手拉过蒲瑛，“姐，快逃！”

杨廷铨闪身想躲，肩头还是被击中，“弹花”一开，满身污浊：“来人！来人！”

一卫士推门而进，见状大惊。

杨廷铨一指窗口吼道：“把那个小贼给我抓来！”

那卫士似乎明白了什么，破窗追出。

“校长，她们……”另一个卫士刚开门报告，见校长满身污浊，也傻眼了。

“什么事？”

“你要的人，带来了。”

杨廷铨还来不及打发，荷枪的警卫已押进一个女教师、六个女学生。

她们突见校长这一身粪便的尊容，不由得扪嘴掩鼻。

杨廷铨发泄地喝令：“先禁闭起来，我晚上审问！”

晚间，这个一中校长果然不辞辛苦，一个接一个地“审问”，审了整整一个通宵。天放亮，他才从后院密室里整着衣裤出门来。

密室内传来女生一阵阵嘤嘤的抽泣，还夹杂着模糊的诅咒：“杨廷铨！……”

杨廷铨如听音乐，交代门口的两个守卫：“看住，今晚本校长还要再‘审’。噢，南头屋里两个不老实的，你两个去‘教训’一下。”

两守卫喜出望外，裤腰一提，应声急入。

杨廷铨踱到院中间水井头，吊上一桶水，清醒一下太过熬神的神经，顿觉着快意无比。

“杨校长！”

一响不客气的招呼，惹恼了杨廷铨。他头从水桶里抬起，见是一批男女学生。

“我们同学被抓走了，校长你为什么不救？”

“还开除！”

“你算个什么校长？”

“混账！造反哪？”杨廷铨毫不退让，“当局抓的是共党，是危险分子。你们难道是同党不成？”

“我们不晓得什么党不党，我们要校长你撤销开除同学的成命。”

“救回被抓的同学！”

无巧不巧，密室里想是听到外面的争吵，也呼号起来，声音模糊可闻：“救救我们！……”

有学生听到了：“里面有人！”

一些学生循声往后院密室寻去。

杨廷铨乘机想溜，被几个男学生截住：“今天你不收回成命、不救人，就别想走！”

杨廷铨被激恼了：“好，今天本校长就成全你们——你们都被开除了！”

“你这狗校长，我们今天就‘开除’你！”

“把他赶出学校！”

这里正动手，那头密室里也传来打斗声，旋即有几个女学生被救了出来，有的半裸着，有的已瘫软。

“他是……禽兽！”

像是一道命令，无可忍耐的学生们一拥而上。杨廷铨左避右闪：“来人！警卫——！”

密室里的两个守卫提着裤子，踉跄出门，反被众学生围住。

“把他抓起来！”

“审判！”

“看看谁审判谁！我就让你们尝尝坐大牢的滋味！……”杨廷铨不想认输，边威胁，边挣扎着往院门退去，不想慌乱中一脚绊在井口边翘石上，便摔倒下去，脑袋又恰恰叩在井口子上，“扑”的一声，竟成了校长大人的绝响。

有人在杨廷铨鼻子上一试：“死了？！”

众男女学生一时傻了眼，僵住了。

“一不做，二不休，扔到井里去！”

“活该死！”

半裸的受害女学生竟然打了头阵，跟男同学一起将“禽兽”搡入水井中。

杨廷铨的“失踪”，使刘文辉在震恼之余，使出了毒招——来了个“儆一杀百”。

1926 年 2 月 16 日凌晨，军警团三军联合办事处密遣一批批荷枪实弹的军警，或乘车，或跑步，分路突袭——

省第一中学宿舍。一个个学生从被窝里被拖出来，军警对照着名册、照片，验明“正身”，着即抓捕。

师范大学。包抄的军警将大铁门关死，直扑校区。

志诚法政专科学校大礼堂。一个个被叫到名字的学生，如犯人般被带到“审判台”前。

台口已有一批男女学生被抓捕。

成都大学大操场。四周满是军警，场中是待审挨宰的学生，甚而工友。

李正恩、王向忠、乐伯勋、蒲生几个均在人丛里。

李正恩悄声问蒲生：“你姐呢？”

蒲生机灵地咬着对方的耳朵：“躲在……”

李正恩不由得乐了，夸奖地一拍小蒲生。

“哈，是你？”杨廷铨的卫士认出了蒲生，“出来，小贼！”

小蒲生小脑袋一扬道：“姓杨的才是贼，他偷我姐；我就‘请’他吃屎。”

人丛里蹦出戏笑。

军警大恼：“抓了！”

李正恩紧护住小蒲生：“你们凭什么抓人？”

王向忠追问：“杨廷铨的死，是不是咎由自取，自有公论。何况我们成都大学跟他的死丝毫不相干，你们怎么抓人抓到我们成大来了？”

好些学生顿起义愤：

“这分明是项庄舞剑！”

“就是。”

军警队长冲天一枪：“都死到临头，还敢嘴硬？！都是‘社科社’的？”

李正恩反问：“‘社科社’怎么了？讲科学、要民主，这也……”

横肚里一枪托，打翻了李正恩。

“这几个，先押走。”队长转身对下属，“念，念到名字的，都给我站出来！”

“钱芳祥、王道文、胡景瑗、韩钟霖……”

单调、冷厉的报名声，在低伏的层云下，在惨淡的天光里回响着，透出阵阵肃杀的寒气。

当日早上。正在客堂里吃早饭的张澜听了蒲瑛几个学生的报讯，震惊不小："什么？抓人抓到学校来了？"

等张澜匆匆赶到学校，操场上已人去场空，只有几只大胆的乌鸦在不知所以地盘旋。

"张校长！……"

从树荫下蓦然奔出三五个学生，拉着校长的手哭诉开来："正恩、向忠他们都……抓走了！"

蒲瑛提着心问："伯勋呢？"

"没见到。你小弟也……"

蒲瑛倒抽一口冷气："小弟？！……"

张澜的眼睛里渐渐折射出两道不常见到的冷峻的光，从空寂的操场直穿而出："你们先回去，我去会会刘文辉！"

"张校长千万别去，他们正愁抓不到把柄整您！"

"他们是杀鸡儆猴。"

蒲瑛心里想求，又不忍："张校长，您就……别去了，这帮人……"

张澜抬手制止道："学生有事，校长岂能旁观？我倒要看看刘文辉又能把我张澜怎么样！"

当日中午。张澜跑了省政府又赶到刘公馆时，刘文辉正犯着烟瘾。

警卫队长进门报告："省座，张澜来了。"

小姨太给刘文辉递上烟枪，点上火，老爷子连连吸上两口，信手一拨："不见。"

队长只得返回会客厅打发张澜："不巧，省座去省政府了。"

张澜气不打一处来："我刚从省政府来！"

队长顿时哑口一阵，才做作地肩一耸道："那我就没办法了。"

张澜心底的怒火尽泄于双眸："刘文辉他见是不见？"

队长感受到一种无形的压迫，支吾着："我……只能让他姨太太再找找看。”

队长再回到卧室，还没有开口，就被刘文辉烟枪一叩，打住了：“抓来的人呢？”

队长回答：“正在突击审问。”

刘文辉思忖着，俄而决定下什么：“不用审了。”

队长莫名其妙。

刘文辉又一叩烟枪：“马上枪毙！”

队长一时没拐过弯：“马上？……”

刘文辉目光往客厅方向一瞄：“夜长梦多。只要人还在，这个张澜就不会死心，就会给我添乱。快去，立即执行！”

队长一个立正：“是。”急从边门穿出。

刘文辉换上军装，让小姨太替自己整理妥当。

小姨太不解地问：“还去见他？”

刘文辉嗤声一笑：“四川的大司令刘湘都做过他的副警卫营长，我这个半大不小的军长、省主席也不能不去应付一下。”

省主席下楼来到大客厅，推门而入，一副尊师爱道的模样：“张……”

“张”字才出口，嘴就这么僵住了。

厅内早已空空如也。

他捕捉到什么，几步踱到临窗的长案上，只见素纸上写着几个刺目的大字——

流芳耶？遗臭耶？

宛如遭人一击，气恼的刘文辉真还一阵晕乎。

“‘流芳’？‘遗臭’？那蒋介石呢？现在天下是他的，他是‘芳’，还是‘臭’？哼！”

当日下午4时。成都下莲池。

李正恩、王向忠、钱芳祥、王道文、胡景瑗、韩钟霖等一行十四人，戴着手铐，拖着脚镣，在军警团三军办事处武装军警的押解下，哼着《国际歌》，沉沉走来。

正当张澜准备发动四川学界、商界，甚而政界的朋友、志士大规模行动——营救十四名进步师生之际，刘文辉抢先一步，挥出了屠刀。

“共产党人是杀不完的！”

“人民的新中国万岁！”

悲壮的口号在云空间回荡，罪恶的枪声没有遏止住缭绕不绝的口号的余音。透过乌黑的云层，仍可见到一线清碧的蓝天。

在省府的省长专务室里，刘文辉端端地聆听着新秘书念完电报。

新秘书不无巴结地感叹着：“蒋总司令对省座很赞许！”

刘文辉不无自得：“传令警察局局长，任何学校、任何人不得收尸。我要把他们‘展览展览’！”

于是，下莲池的荒地里，插上了一块如古时候斩牌一般的木牌——“收尸者死”。

屠秘书显然晓得了险情，捧着采购棺材的银元无功而返：“校长，这棺材怕是……”

张澜眼睛一睁：“怎么？”

“其他学校都没有动静。”

“其他学校我没法管，成大牺牲的学生，必须全部请回来。”

屠秘书仍有犹豫：“刑场里插着警告牌……”

张澜愤怒了：“不要理它！”

张澜的成都大学，冲破了“死牌”的禁令。

六具大长的黑棺材被护送到杜甫草堂畔，比肩而列，不禁令人肃然起敬。垂泪、哭啜的学生、老师，不仅有来自成大的，还有来自一中、师大诸多学校的。

张澜安抚着蒲瑛：“你弟弟还在，我会想办法的。伯勋呢？”

“他？！……”蒲瑛有点失落，有点怨恨，轻哼了一声。

张澜沉默着。有顷，他轻抚着棺材中心爱的学生，眼里不由得泛起泪花。

“你们面向着嘉陵江，那江涛是不会停息的，是不会被屠杀镇服的。”

江涛动地之声，仿佛訇然可闻。

垂泪谛听的莘莘学子。

张澜无可忍耐了：“借着杨廷铨的死，他们一不审问，二无证据，就把你们杀了。这样恶毒的先例一开，我们成大、我们四川的学子，还怎么读书？怎么报国？我们四川老百姓的性命岂不就像猪狗一般，任人斩割？！……”

草堂里，山林间，云天上，回荡着张澜的天问：“良心何在？！天理何在？！……”

回荡的声浪久久不去：“何在？！……何在？！……”

第三章　成大风云

1928 年 7 月。重庆机场。

军机降落，步下一名脸上溢泻出春风的军官。此公大名孙铭，系蒋介石总司令的特派员。

迎候的刘湘、刘文辉立马恭敬地上前握手致意。

这刘湘，便是国民革命军第二十一军军长，算得是四川首屈一指的大牌军阀了，时年三十八。

刘湘握住特派员的手道："大驾光临，四川有幸。"

刘文辉接着致意："欢迎特派员。"

孙铭则当仁不让："蒋总司令对二位'清党'的表现甚为满意。"

两刘相顾意会。

"请、请。"

乘上吉普车，孙铭从反光镜中一瞄后座相陪的两刘："听说二位还是叔侄辈分？肃清共党，是当务之急，自己就不要再窝里斗了，还有那位杨森兄。"

两刘尴尬地诺诺称是，彼此心都悬着，蒋总司令连这个都知晓？……

直到步入刘湘的官邸，坐定，孙铭才亮出聘书："任命刘湘为四川省善后督办。"

刘湘立正受聘："感谢总司令信任。"

"任命刘文辉仍为四川省政府主席。"

刘文辉立正受聘："有劳总司令栽培。"

孙铭于"不经意"中道出来意："只要跟定总司令，何愁四川不平，天下不定？"

二刘自然吃下了"定心丸"，双双挺身："是！"

张澜是从《新蜀报》知晓孙铭其人的，直觉告诉他：来者不善。性格使然，来者归他来，自己照做自己的事。

这一天，张澜跋涉来到杜甫草堂畔的坟茔头，吁出口长气，目光旋即凝注在一围坟茔上，仿佛要跟坟中的学生们倾谈。他蓦然发现王向忠的墓碑上不晓何时披上了一件向忠平素常穿的火焰似的绛红色中山装，正觉着奇怪，又闻得隐隐的哭泣之声。他几步过去，发现——

一个小姑娘倚着王向忠的墓碑，泪珠儿直掉。

张澜心下一动，扶过小姑娘："你是谁？怎么一个人到这里来了？"

小姑娘嘤嘤着："我是来送衣服的。"

张澜摸着碑上衣衫问："这件吗？"他依旧莫名其妙。

小姑娘头一点道："我妈是洗衣服的，我送。……昨天妈把向忠哥哥的红衣服洗了一遍又一遍……妈说向忠哥哥他们是好人，看得起人，将来一定有……出息；今天我来、我来……"小姑娘说不下去，抱着红衣裹着的墓碑，益发悲凉地号啕开来。

张澜一把抱过小姑娘，自己也禁不住悲泪涔涔："你妈说得对，你向忠哥哥他们是好人，是为你，为我，是为天下穷苦人才被坏蛋杀害的！"

张澜的夫人刘慧征是在草堂畔的山路口中听到这番话的。她扛着背篓，暗自动情地抹一把眼泪。

还是丈夫关切的声音："你叫什么名字？"

小姑娘抽噎着回答："赵育明。"

在坟茔头这边，张澜很动情地搂着可爱又懂事的小姑娘，径自咀嚼着："育……明……好名字！你爸是老师？"

赵育明头又一点，泪水益发地泛滥开来："我爸也是被坏蛋……杀、杀害的。"

张澜心一记抽搐："是哪个坏蛋？"

赵育明摇摇头。

"在哪里？"

"万县。"

张澜即刻捕捉到什么："万县？难道是……杨森？！"

赵育明眨巴着小眼睛问："你认识坏蛋？"

张澜苦苦一笑："他和另外一个大司令都保护过我，现在……他们有枪、有炮、有军队，还有撑腰的，到处杀人，可'威风'啰！"

山路口子上的刘慧征不忍心打断丈夫难平的思绪，就这么伫立着，暗自摇首叹息着。

赵育明小姑娘的声音："你是谁呀？"

丈夫的声音："和你爸爸一样，也是个教书的。"这声音带着童趣，又极认真。

赵育明的声音："你像向忠哥哥，也是个好人！"

刘慧征挂着泪花的眼睛笑了，她这才拔脚而上，搂抱过太可爱的小姑娘。

杜甫草堂畔，后人坟茔头。六串纸钱，六炷香烟。

刘慧征抱着小育明，默然祈祷着。

张澜沉沉地凝视着香烟，须臾间，仿佛李正恩、王向忠等六个学生鲜活的身影又重现出来，似在诉说，更在企盼……

江涛轰鸣，犹如生命的洗礼。

这洗礼铸就了一封辞职信，张澜亲自将信递到成都市教育局局长手里。

局长一脸为难："张校长，成大是我们四川的旗帜，你不能……"

张澜言外有意："堂堂大学，什么三军联合办事处的军警要抓人就抓人，要砍头就砍头，还要我这个校长做什么？难道学校只用来培养奴才不成？”

局长心头不由得一震，不无共鸣，又无言以对。

既同情而又无奈的教育局局长只能将矛盾上交，当天就将烫手的辞职信呈送省府主席刘文辉。

刘文辉捏着辞职信，仿佛就听到了写信主人的抗议……

“……杨廷铨一案真相尚不明，而成大学生却被指为嫌疑犯，不加审问，没有证据，匆匆于逮捕之日枪决；死者不服，生者不平！……”

刘文辉猝然将信掷于案头：“难怪当年四川督军赵尔丰会呵斥他‘太强横’！居然还敢来问罪？！”

局长踌躇着还是替张澜说了话：“张校长禀性刚直，从来独立独行，也是出于……”

刘文辉没有让下属说“出于”下去，手一止，笔一提：“我就成全他。”

“省座且慢。”局长忍不下了，“他一走，谁来顶替？”

刘文辉大不以为然：“成都、四川，就找不出一个校长人选了？”

局长不能不委婉地解释：“这可不比小学、中学……”

窗外渐渐涌来一阵阵嘈杂的声浪。

刘文辉一乜：“嗯？”同时间，见到副手急步进门呈上一函：“成大的《请愿书》。”这副手叫向育仁，系国民革命军第二十四军副军长。别看他才过而立之年，却很有点武气与“肚才”。

窗外的口号声勃然响起：

“张校长不能走！”

“成大坚决挽留张校长！”

刘文辉冷冷一笑：“倒是杀不怕呀。”目光一斜，即盯住案头上的《二·一六血案专刊》上。

向育仁思忖着道：“一定有漏网之鱼！”

刘文辉没有吭声，沉吟中又抓起份材料一亮：“还有这份共产党的《为成都惨案宣言》。”

向育仁进着言：“先让他走人，再——”就势作着抓人状。

刘文辉思谋定当，手一摆。

窗外响亮的口号又汹涌起来——

“成大——张校长！”

“张校长——成大！”

刘文辉漠然一笑：“我且顺着你。”他挥笔批上“辞职不准”四个字，便将辞职信退还给教育局局长。

局长终于如释重负：“那我就去宣布？”

刘文辉只在鼻子里低“嗯”一声。

局长唯恐生变，不敢多滞留，着即快步出门。

向育仁有些不解：“省座？”

刘文辉着意一点：“张澜若一走，这漏网之鱼如何浮出水面？”

向育仁茅塞顿开：“省座明鉴。那这份——”他不由得抓过桌上的《三军部通令各县查缉杨案在逃学生》。

刘文辉稳坐钓鱼台道：“先……不忙。”

批复着“辞职不准”的辞职信连同挽留书已然摊在张澜居室的小书斋案角上。

张澜在静心研读《孟子》，不觉感慨系之，心底的声音不抑自出：“孟子生在战国，也是乱世。他所提倡的‘仁政’，哪里能够实行呢？反而是不仁之人和不仁之政遍布天下！”

张澜抚卷兴叹：“跟当今世道，何其相似！”他眸子里的光波是悲凉的。悲凉的光波不觉在挽留信上一顿。

夫人刘慧征匆步而至：“表方，重庆电报。”

“哦？”张澜接过，拆开，“嚯，是刘湘这位大督办来的。”

> ……教育顿失保障，学生惨罹形戮，军警仓猝，干渎尊严，遂听之余，深为浩叹。……

刘慧征提着心问道：“怎么说？”

张澜淡然一笑："劝我不要走。"

"那个刘文辉呢？"刘慧征的眼光不觉挪到刘文辉的信上。

"他呀，"张澜抓过信一瞥——

> ……处理此案，原系肃清乱党，维持治安。……与此案无关之教职员学生，尽可安心……

张澜徐徐一点，"他也想装装门面。"

刘慧征判断着，心存狐疑："这两个姓刘的！"

"都各有各的算盘。不过他——"张澜一晃刘湘的电报，"倒也说的是人话。"

"爸！爸——！"

茂延、继延两小姐妹乐颠颠争先恐后地奔了进来，一左一右，拉过父亲就往外拖："来了好多叔叔、阿姨！"

客堂里，果然是半屋子的学生与教员。学生中有蒲瑛、乐伯勋们，教员有吴虞、曾济实们。

吴虞开门见山道："表方兄你如辞职，我们全都辞职！"

曾济实动情地剖白："难得知遇之恩。张校长务请留任！"

蒲瑛拉住张澜，全然如亲人一般："张校长您要走，大家会……很伤心的。"

乐伯勋连连颔首道："就是。同学们都舍不得张校长！"

众口相共，学生、教员个个真情挽留。

一个男学生恭敬地呈上函件，很庄严地宣告："我代表临时学生会，恳请张校长复职。成大是您一手办起来的，特别是现在……一定不能没有您。"他是周锋，中文系学生，时年二十余。

蒲瑛跟茂延、继延已经很熟，两人接得蒲瑛姐的示意，也加盟挽留行列："爸，你就留下嘛！我们也舍不得蒲瑛姐他们。"

张澜不能不为学生与同仁们的真情所动，眼里浮映出稀微的泪光："你们真叫我盛情难却了！……待我办完一件小事，就从命复职。"

“哦——”

众师生顿时雀跃开来，简直把一整座木屋子都撼动了！

原来张澜要办的“一件小事”是救蒲瑛的小弟蒲生。

翌日一早，张澜径直赶到成都市警察局，跟局长要人。

局长面有难色：“蒲犯是三军联合办事处抓的，本局……”

张澜直截了当：“局长是不放人啰？”

“他是杨廷铨一案的直接参与人。”

“就因为请杨廷铨吃屎？”

“那倒……”

“我看是该吃。你晓得杨廷铨是怎么‘偷走’他姐姐的？”

局长摇头。

“蒲生是教训这个偷人的人。”张澜故意将刘文辉的挽留信一摔，“你看看省主席写的，蒲生算得上‘乱党’吗？嗯？”

局长不明所以地抽信一看，有顷：“人……你带走。不过……”

张澜还是甩出一句话：“出事，找我。”

局长立马抓住这句话：“有张校长你这句话——就行。”

颇有些英勇的小蒲生在张澜的守护下，大不以为意地跨出了成都市拘留所的铁门。

“小弟！”久候着的姐姐扑身迎上，一把搂住蒲生。

蒲生一副老道儿的情状：“没啥、没啥。里头有得吃、有得睡，咳。舒服！舒服！”

怪话一出，怪相一做，把一起来的几个女同学和乐伯勋连同张澜都逗乐了。

小蒲生瞄住乐伯勋：“你有没有欺侮我姐？”

乐伯勋也故作夸张地回说：“有你在，怎么敢？”

一众嬉笑！

1928 年 3 月 12 日。成都大学致公堂。

横幅高悬："隆重欢迎张澜校长复职大会"。

此时此际，讲台上的张澜横溢着当年李大钊一般"青春"的朝气："……我之所以辞职，是不忍心见到我们的同学、我们的民众以后也会接连地枉死！幸好本校教职工、先生、同学，本着大无畏的精神，主持正义，虽未达到圆满的目的，社会上也已明白了这次惨案的是非，滥杀无辜的军警团也得到了警告！"

掌声即刻发出响应，犹似警告的延续。

后几排一些个鼓掌不合调的人，显然不是成大师生。他们左右旁顾，似别有所图。

张澜继续道："……我之所以复职，实在是有感于教职员同仁和同学们的奋斗不息的精神与热忱。成大的希望，也正在这万万不能少的精神与热忱上。我张澜愿与大家共勉！"

周锋、蒲瑛姐弟、乐伯勋，吴虞、曾济实与外国籍先生们的眼神里、鼓掌中，莫不流泻出不敢懈怠的精、气、神！

留职的张澜，给成大的第一份"见面礼"是一张极不一般的《校告》——

> 大学为最高学府，包罗众有。学生对于各种主义之学说，均可尽量研究，以求真理之所在。言论思想，固不禁人之自由，不得因某某因研究某种主义之学说，而辄牵入政治问题……

布告栏前人头攒动，众说纷纭。

"各种'主义'？那学校不成大杂烩了？"

"这叫兼收并蓄。"

"也未免太'民主'啦！"

"哎，新的救国主义，说不定啊，就在这'民主'里头诞生呢！"

诧异的、怀疑的、认同的评说着，不一而足。

犹如呼应《校告》，一份特殊的刊物，“烧”出来了。

在校区花坛口，蒲瑛姐弟在散发刊物：“我们社科社的野火没有熄灭，重新烧起来了！”

封面上，衬底的字便是“野火烧不尽，春风吹又生”，那“野火”的刊名，犹似一簇正跳荡着的火焰！

“哎，看‘火’、看‘火’，都来看看‘野火’呀！”

蒲生的吆唤引来一片“生意”。

乐伯勋急着赶来，拉过蒲瑛，蒲瑛摆首不去。

当然有人不喜欢《野火》。比如文科教室里那个架着黑圈眼镜的书生：“我们惕社可不能像这社科社——”他一晃《野火》，“做无谓的牺牲。中国的出路，应该在教育。”

呼应的惕社同学油然拍起巴掌。

再比如操场大树下，那个衣冠楚楚，很有点帅气的同学：“他们还没有死够吗？他们必会死得更惨！蒋总司令的国民革命政府，没有谁能颠覆得了。我们健行社是做撼树的蚍蜉呢，还是做这树上的一片叶、一条枝呢？”

围者兴意盎然：“那还用说？”

为首的同学当仁不让：“我们是天下的一分子！”

乐伯勋隐在一角，眼里不由得划闪出细微的波光。

当然，有的人就不在这“比如”之列了。且看此刻在郊外山包上狩猎的刘文辉与向育仁。他俩不急不忙地监视着猎物，但见荒野里，野兔追逐着山鸡，山鸡反击着野兔，惹得相邻的飞禽走兽争相哄闹。

刘文辉话中有话：“你看，‘漏网之鱼’不是就浮出水面来了？”

向育仁听出弦外之音：“省座远见！”

“成大的那个惕社不足道。”

“一帮可爱的书虫。健行社倒还听话。我看……”

刘文辉随手一拨，制止了急着请命的下属：“先让他们鹬蚌相争，而后再——”还未及说了，已然瞄见什么，手里扳机着即扣动。

声落，枪响。“砰砰！”“砰砰砰！”

刹那间，野兔、山鸡，飞禽走兽们死的死，伤的伤，逃的逃，犹似一幅“亡命图”！

刘文辉自恃一笑，颇有一些猎手的快意！

向育仁自然憬悟出了什么。

此时此际的张澜正在成大化学实验室里，饶有兴趣地看着年轻的曾济实教授为学生们做着示范实验。

屠秘书迭步寻来，神色紧张：“张校长。”

张澜并不在意：“辩论会开始了？”

屠秘书头一点：“健行社请来了第二十四军的副军长向育仁。”

张澜也不由得暗下一惊：“哦？”

“看来今天的‘大辩论’里有……名堂？！”

“嗯。……”

“要不就暂时取消‘辩论会’？”

张澜决然摇头：“兵来将挡，水来土掩。”说着，抽身而去。

“张校长！”屠秘书叫住了心仪的上司，“您还是不去为好，万一出个什么事，也有个回旋的余地。”

张澜决然回绝：“不必。”

学校大礼堂内，在“‘学生与出路’辩论会”的横幅下，辩论可谓热浪翻滚。

惕社的那个黑眼镜书生在一片纷争中，结束发言：“……一言以蔽之，我们惕社的宗旨是：远离军阀，不谈政治，学好本领，报效国家！”

“你这国家主义行不通！”

“一派空论！”

“我们拥护！”

叫好的、批驳的，各种声浪交相混杂。就便坐在最后一排的张澜倒气定神闲，未置可否。一旁的屠秘书旁顾着，却担心得手心、脸上直冒汗。

张澜见着反而笑了："你紧张什么？还怕天塌下来？"

屠秘书刚放松下神经，不过转瞬之间见着什么，突又抽紧起来："向育仁他怎么？……"

张澜扭首望去——

向育仁军装笔挺，在两侍卫的守护下，从台下正步登上讲台。

举场为之愕然！

健行社的头头很有点得意地向大家介绍："我们健行社今天特地请来第二十四军副军长向育仁先生发表演讲。大家欢迎！"

掌声稀落不齐。

前排学生会的周锋立身责问："今天是我们学生辩论，健行社怎么请'外援'了！"

场内卷起一阵奚落的笑浪。

向育仁止住了健行社头头的反驳，不失雍容地点了一将："同学贵姓啊？"

周锋不躲不闪："周锋。"

张澜不觉警惕起来。

泥鳅似的小蒲生不晓从何处一冒而出，钻到张澜的鼻子下，咬着耳朵："在关我的拘留所里我看到过他，那帮警察都听他指挥。"

张澜"噢"了一声，不能不多留一个心眼。

讲台上的向育仁依然雍容大度："你们张校长领导有方，学校的气氛跟其他学校就是不一样，很开放、很活跃，各种思想、各种主义都有，我看很好嘛！省主席也是很赞成的！"

意料之外的开场白，把举场听众都搞蒙了，包括屠秘书。未几，响起了一些掌声。

谁也不会料到，就在向育仁"雍容大度"的同一时间，秘密印刷厂里，一份份"通缉令"业已从机器肚子里汹汹然喷吐而出。

标题吓人："三军部通令各县查缉杨案在逃学生"。

胜券在握的向育仁，此刻置身辩论台上，又变得仁慈有加："'二·一六'一案过去了，本人和省主席都不希望再发生这类不幸事件。你们的《校告》不是也说了，言论也罢，思想也罢，你们是自由的；什么国家主义、社会主义都可以研究。只是小心，不要上了共产党的当！你们学生的前途不在别处，全在蒋总司令的‘三民主义’里。”

健行社的学生闻“蒋总司令”而跟着台上人挺身立正。

一些学生虽欠身，却愣着。一些学生仍坐着。

向育仁训导了：“蒋总司令是一国之主，从今往后，开会、上课，提到‘总司令’就必须立正。全体师生注意了，立正！”

又有一些学生开始不习惯地立上正。有些仍犹豫着，有些则不想起身。举场气氛顿时变得紧张起来。

张澜依旧稳稳坐着，语气不慌不忙：“我看，就不必了。”

轻轻一语，在“立正”的肃然中，格外入耳。同学们这才发现最后一排的张校长。

向育仁一时进退不是：“张校长，正好，请做个表率。”他故意将了张澜一军。

台上台下的目光刹那间集中到张澜身上。

张澜“坐而论道”：“从来只有国家至上，民族至上，正义至上，而没有个人至上的道理，难道还要回到清王朝以前的封建社会去吗？要立正，包括蒋总司令在内，都要向国家立正才对。”

坐着的屁股不稳了，犹豫的、不习惯欠起身的又悄悄坐下了。

周锋、蒲瑛几个社科社的掌一鼓，连响起一片呼应的掌声！

台上的向育仁一时无言以对。转瞬间，他嘴角掠出一丝笑意：“好、好，张校长不愧是‘民主’‘自由’的表率；噢，应该还是‘先锋’啊！”他的目光迅疾由张澜而扫向蒲瑛、周锋几个“危险分子”。

几乎与向育仁的眼神同步，一辆军用吉普车，载着“通缉令”从秘密印刷厂驶出，直趋军警团三军联合办事处。

而成大辩论会上，“两军”对峙的气氛益发地紧张了。

周锋站在前排抗辩：“向军长说的‘三民主义’，其实不是蒋介石的，而是孙中山先生的。‘联俄、联共、扶助农工’，说得何其明白！

现在怎么一提俄国，一提共产党，一提农工，就是犯了死罪？就要被抓，就要砍头呢？我实在不明白！我实在糊涂了！自由在哪里？民主在哪里？新的四川、新的中国在哪里呢？”

向育仁倒是始料不及，别有考量的目光锁定周锋。

全场肃然！

全场惊愕！

多少同学心都提到嗓子眼里，大气不敢出！

空气沉重得仿佛凝固了。

不意间，后排响起一个人的鼓掌，犹如空谷雷鸣。

众人惊回首——那是自己的校长！

蒲瑛和一些同学霎时间，眼里涌上泪花。乐伯勋的心一直悬着，他觉着吃紧，敏感地察觉到潜伏的危机！

张澜慢慢站起身子，朝着周锋，对着全场学生，并未发一言，只是沉沉地、深深地鼓着掌。

这无言的鼓掌似乎胜过万语千言，冲破肃杀的死寂，终于引发出了屠秘书、蒲瑛，引发出了一层又一层学生们的一样沉沉的、深深的掌声！

向育仁叵测的眼光直驱张澜，少顷，脸上居然浮出些许笑意，也低低地拍起巴掌……

紧张而显然透出“动荡”的白天过去了。夜晚的成大，安静了许多。不过这安静之中已然摆脱不了似可感知的“动荡”。

自修室里，在赞成与反对的争嚷中，惕社的黑眼镜同学有如先生一般地在黑板上写下：

《论语》说：“《书》云孝乎，惟孝友于兄弟。”

“这才是正确的断句。堂堂《新新新闻报》，也会犯这种低级错误！”他将报纸掷到地下。

巡视自修的张澜闻得争嚷，已悄悄步入自修室。

另一同学从地上捡起报纸：“《新新新闻报》的反批评真的‘错’了吗？没有！”说着，两步登上讲台，写下——

《书》云：“孝乎为孝，友于兄弟。”

他也一样地自信：“这才是‘学问’！”

纷争再起！

“张校长？！”

有同学发现张澜，一声唤，两派人马争相拉起“裁判”：“张校长，您来评评！”

张澜微微一笑，徐步登上讲台，在两个断句后都打上“√”。

两派人马大不解了。

张澜手往前者一指：“徐先生的依据出自《朱熹集注》，而报纸上的依据出自《何晏集解》。”他手又往后者一顿。

两派恍然大悟。

张澜抚爱的目光在同学们身上一巡，他说道：“两种断句都有‘学问’，不必厚此薄彼。”

有同学在底下悄悄嘀咕：

“这才是学问！”

“嗯，张校长……”

张澜下面的感慨还未及道出，小蒲生泥鳅一样地滑溜进来，神色很有些惶恐不安：“张校长不好了，一帮警察在搜您家！您快回去！”

事发突兀，张澜也是大料不及！

自修的同学也被闷雷打晕了似的，傻看着校长：

“真的？”

“怎……怎么会？！”

“不会吧？”

周锋、蒲瑛与乐伯勋一些同学也赶了进来：

“张校长，我们陪您回去！”

“走！”

张澜冲着无形的敌手漠然一笑：“他要搜，就搜吧。”

周锋跟蒲瑛几个低语关照：“那……我们去。”

蒲瑛点头：“嗯。”

小蒲生一副大英雄架势，手一扬道：“走！”

“不要去。”张澜思量着什么，“搜我的家，怕更是冲着你们。”

周锋、蒲瑛等一时脑子竟没有拐过弯来，面面相觑着……

张澜的思量只对了一半。冲着学生——“危险分子”不假，最终还是冲着他——成大的领军人物。

还是那个“二・一六”抓人的警卫队长，领着一班军警在张澜家卧房里翻箱倒柜地搜查。

刘慧征抱着哭号的小继延喝问着：“你们还有没有王法？青天白日，跑到人家屋里来瞎翻腾！”

队长面无表情地支应着：“对不起夫人，奉命行事！”

老实巴交的刘慧征倒偏不依不饶：“奉谁的命令？你们省主席刘文辉、省督办刘湘还给我先生来信，你们竟敢乱来？……”

队长被这“妇道人家”端出的刘文辉、刘湘闹了个顶头呆，还没来得及醒神，茂延已直冲进来：“妈，他们到爸的书斋里……”显然，她担心着什么。

队长像是被提了醒，即刻拐了出去。

小书斋这一下可遭了难。队长与手下在案头、橱里翻了个底朝天。

刚放学归来的晓岩在门口顿时傻了眼：“你们干什么？我爸是成大校长！”

队长“嗤”声一笑：“不是成大校长我们还不来呢！”

晓岩也“哼”地回敬了一声。

刘慧征依旧紧抱着继延，横眼瞪着军警道：“叫他们搜，看他们能搜出什么名堂！”

茂延人小胆子不小，冲口就骂："坏蛋！我爸饶不了你们……"

成大自修室里，依旧充溢着学问之气。

张澜气定神闲地继续着与学生们的沟通："……韩愈是位大学问家，他自称'非三代两汉之书不敢观，非圣人之志不敢存'，可见他的才气与傲气。就是这位大才子，读到《仪礼》这部古代的经典，也感叹太难读。"

张澜说着，在黑板上写下书名：

仪礼

学子们不免亦很有点望洋兴叹了。

张澜自剖着："我少年时候，在尊经书院读书，就专门啃读过这部'天书'。像刚才的断句，还是小事。做学问跟做人是一个道理，要知难而进，要追求大的学问。你们说对不对？"

两派的纷争平息于无形之中，彼此都有些尴尬，却又分明感悟到了什么……

张澜从做学问的殿堂回到自家屋里，儿女们搂住父亲既伤心而又气愤地哭诉开来。

茂延气鼓鼓嚷着："爸，您是校长，把坏蛋都抓了！"

张澜安抚着长女："爸只会教人，不会抓人。"

继延替姐姐帮着腔："他们好……好凶！"

张澜揽住两个女儿，替她俩抹掉泪珠："不怕。这些坏蛋，你可不能怕他们；你们越怕，他们就越凶。"

茂延、继延两个女儿听着很新鲜，又很入耳，半懂不懂地点着头。

晓岩很觉着不平又委屈："爸，他们为什么？……"

张澜深邃的目光往门外一睃，他徐徐点出："他们怕爸爸学校里的学生为这个不民主、不公平的社会，跟他们斗。好，你们先帮着妈收拾。"

习惯使然。张澜踱进书斋，下意识地往书橱上头一看——牛皮纸袋不见了，心下一惊。

“在我这里。”刘慧征放下小女淑延，从怀里抽出牛皮纸袋。

张澜接过纸袋，打开，里面是几册《野火》杂志、《二·一六惨案专刊》与《为成都惨案宣言》。他翻览着，目光变得庄肃、悠远……

夫人也油然变得庄肃起来：“又想正恩、向忠他们……”

张澜沉沉地点下头，闭上眼。

“可惜他们……”刘慧征不忍心再说下去。

张澜一口冲出：“他们是死了，还会有新的正恩、向忠起来，绝杀不完的！”

随着丈夫的目光，刘慧征也不由得注意到《为成都惨案宣言》上头。张澜抓过《宣言》，寻究着：“看来，他们很有正义感，能说真话。”

刘慧征揣摩着问：“谁？”

“共产党。”

“共产党？”

“他们倒是想着救中国，不怕掉脑袋。……”

“就像正恩、向忠他们？”

“嗯。正是大钊先生他们所希望的……”

莫道刘慧征目不识丁，脑子里的“想经”一分不少，这天晚上就没有睡安稳。早晨送丈夫出门上班，她仍放心不下：“你还是乘小车保险一点。”

“不用。我就是要让他们看看！”做丈夫的回送夫人一个宽慰的眼神。

做夫人的又哪里放心得下，一直忐忑地目送着。

张澜来到学校，在校长室刚落座，随手挪过正在写作中的论文稿。那题目就是“中国学生底出路”。

他习惯地浏览了一下前文，旋即抓过毛笔，稍做思量，刚要挥写下去，“嗖”的一声，从窗外飞来一个纸团，砸在办公桌上，“啪”的一声脆响，又弹落到地下。他一怔，俯身捡起，是一封揉皱的信，撕开封口，竟倒出一颗子弹！

张澜双眉一耸，眼光往窗外一瞄，并无意去追寻，只是鄙视地“哼”一声。他只在子弹上稍稍一瞥，便决然地把笔写落下去。

张澜心底涌动的潮流随着笔端汩汩流出：

> ……现在有许多学生，就也投入土匪中去了。至于因生产不发达，使失业工农当兵、当匪，不又是很显著的事实么？……

张澜深沉的目光不觉又投落到那颗警告的子弹上……

> 我们可以看出要改造腐化青年学生底环境，要改造构成中国社会底经济，只有扫除帝国主义及其工具——军阀、官僚、资商、豪绅底势力……

少顷，屠秘书走进来，报告着：“校长，周锋他们来了。”

张澜笔未停，道：“好，进来。”

周锋、蒲瑛惦挂地询问：“张校长，您家里？……”

“没事。”张澜见细心的蒲瑛盯看着“子弹信”，随即不经意一般地把信放进抽屉，“上次‘辩论会’上，向育仁演的是一出‘引蛇出洞’，背后不外是刘文辉一批军阀。”

周锋着即反应过来：“难道他们还想重演‘二·一六’惨案？”

同学们顿时感到形势吃紧！

张澜缓缓而言：“眼下是蒋介石得势，他们自然要投靠蒋介石。这位蒋大先生座位现在还不稳，刘文辉、刘湘、杨森的座位也跟着摇晃，都想要把共产党、进步势力吃掉。我看他们怕是……又想动手了。”

屠秘书与周锋、蒲瑛几个顿时心下揪紧！

果不其然。那秘密印制的通缉令，眼下已然堂而皇之地贴往学校、街头、庙堂、集市……

同时间，从军警团三军联合办事处内，全副武装的军警跑步的、乘吉普车的，奔袭而出。

大不协调的是成都市中心的丽人咖啡屋。

迷醉的乐曲中，朦胧的灯光里，向育仁请惕社的黑眼镜、健行社那个总是衣冠楚楚的头头与“特邀嘉宾”乐伯勋在喝咖啡。

三个大学生身旁都有一名佳丽相伴。

向育仁环指着佳丽、彩灯、咖啡，颇有寄意地发挥着：“人生很短暂。其实，生活原就该是这样的。咖啡加美女，这人生是什么滋味？嗯？”

黑眼镜大不习惯道：“这……这还怎么救国？”

向育仁哈哈大笑：“就凭你？还‘教育救国’？”

黑眼镜显然底气不足，不过还是嘟囔着：“天下兴亡，匹夫有责。”

衣冠楚楚者手摸住佳丽的乳房，一瞥黑眼镜，笑道：“真是书虫一只！”

向育仁咖啡杯一擎，引向乐伯勋说：“那个社科社的周锋把你的女朋友拐到哪里去了？”

乐伯勋不无失落，又很有点愤懑。

作陪的佳丽接得向育仁眼色，拉过乐伯勋的手轻摸过自己的粉脸，滑向自己鼓突的乳房，嗲声嗲气地说：“唷，真没有的话，我做你的女朋友吧？”

似乎于漫不经心中，向育仁直捣要旨：“可人的漂亮小姐都归你们了。三位只要把周锋几个能去的地方探出来，当然，更不能忘了你们那位大校长——张澜。”数落的口气里泄出报复的凶机。

刘文辉、向育仁的“醉翁之意”是明白无误的。

还是那个队长，驾驶着军用吉普车，率着荷枪实弹的军警再度奔袭张澜家，吓得左邻右舍、小店摊贩迭忙关门的关门，收摊的收摊。

紧闭的大门被擂响了。

情报倒真是摸准了。向育仁的咖啡加美女没有白送。这一天，周锋、蒲瑛几个同学是在校长家里，此刻要想出门，已是不能。怎么办？自己被捕事小，必然连累上大家敬重的校长。

周锋横心豁出去了："师母，我们做的事我们承担，不能再给你们……"

刘慧征一把掩住周锋的嘴，把他直往回攥："你还找死呀？留得青山在，不怕没柴烧。快，从后院翻墙走！"

"跟我来！"晓岩也来了胆子，引周锋他们迅步回转。

蒲瑛一把握住刘慧征的手，叮嘱道："师母，您千万当心。"

刘慧征又催又搡的："快走你们的！"

擂门声揪人心肺！

刘慧征几乎未见思索，一把拖倒大女儿茂延，挥手就打。

茂延连同继延一时没有醒过神来，一个挨打哭，一个跟着哭，都很有点莫名其妙地晕乎了。

刘慧征边打边骂："你这个该死的东西，成天没事找事，是想毁了我张家是怎么的？没那么容易！看我不打断你的腿！……"

擂门声夹着吆喝声："再不开门我要砸啦！"

"砸你个鬼！我打女儿有你们什么屁事？"刘慧征说着抡开手掌，"看你还凶？凶？！"

继延似乎半明不白，茂延此刻明白了，于是拼力哭叫开来。

"哐当！"大门被砸开了。

刘慧征斜眼一扫道："怎么？你们还没有搜够？又来搜家？！"

队长没好气地说："来抓人！"

刘慧征更没好气地回敬："你们还让不让我们老百姓活了？"

队长被缠得心火直冒，一声喊："搜！"

刘慧征却不依："慢点！你们砸坏了我大门，看看，门栓都断了，你们赔我钱！"

队长见手下还傻愣着益发火了："还不快搜？搜！"

卧房是放不过的。

队长趴身窥探着床下。

手下鱼贯来报：

“书房没有。”

“客堂、厨房也没有。”

“不可能！这情报不会错。……”俄而，队长幡然醒神，“后院！”

此刻后院里，只有张晓岩一个人捏着本英语书，口中念念有词，他心里紧张，面上依然强作镇静。

队长直冲而来：“喂，见没见人——几个大学生？”

晓岩用书本紧捂着猛跳的心，道：“我就是‘人’哪！不过现在还不是大学生，以后会是。”又念出一串英语。

“放什么洋屁！”队长一掌将英语书打落地下。

而此时此际逃脱了追捕的蒲瑛、周锋几个同学在院外池塘口，仍心有余悸！

蒲瑛回望着院内喃喃着：“师母，多亏您了！”

同学们感慨与共！

再度无功而返的军警队长，在军警团三军联合办事处里，挨了向育仁一记重重的耳光！

“你晓得在张澜家里抓到共党，意味着什么？那就是钓着了张澜这条大鱼。大鱼！你……你误了我的大事！”

1930 年 7 月，在风风雨雨中，成都大学大礼堂里举行了首届学生毕业典礼。

一堂师生喜气洋洋！

泪花凝聚在同学们的眼眶深处，而主讲人张澜的千般感慨与情思同样不能自已：“……你们到底毕业了，要走了。有的同学先你们一步，踏进了社会。在学校，你们曾经是有志气、有抱负的。你们不满政府腐败，声讨军阀害民；多少难忘的日子里，你们流过泪、洒过血，有的还丢了性命……”

主讲人张澜的思绪，已然延伸到杜甫草堂畔的坟茔间。

三年了！草已盛，树长高，花圈未绝。

奇怪的是那件被风雨剥融的红上衣，依旧披盖在王向忠的墓碑上，远看去，犹如复活主人的灵魂。

“去的已经去了，可他们又似没有去，且看看生还的‘他们’……”

大学生们仿佛也探入到已去人与生还者的行列中……

尤其是前排毕业生的心显然被校长的话叩动了，一个个神思庄肃，包括乐伯勋与黑眼镜几个。

“被你们骂过的社会上的军阀、官僚、学究、士绅，他们中间大多数人也是由学生蜕化的。你们从学校走上社会，会不会重蹈他们的覆辙，又被后来的学生再骂呢？”

一个个毕业生被问住了！不能不被震撼了！他们没有想到！是呀，会不会自己又重蹈覆辙？又被后来的学生所唾骂？

张澜饱含着一腔真情：“我希望你们不要重蹈覆辙，不要再做旧军阀、旧官僚、旧学究、旧士绅，而要立志做一个——”

一个个毕业学生与未毕业学生不由得仰起充满憧憬的热忱的脸。

向育仁的瘦脸也在其中。在他似乎笃诚的情状中，只有眸子里透出叵测的寒光。

张澜深深的期望已尽泻于言表：“新军人、新官员、新学者、新人士！总之，是新的人——创造新中国的人！”

泪水、掌声把血色的横幅渲染得益发地鲜活！明亮！

谁人又能知晓，这竟是张澜校长对寄予大期望的成大学子的最后赠言！

举行完典礼，张澜像平素一样，只身踱到校门口。他彳亍着，去而又住，深情地回望着一手创办的成都大学，流连难舍。是呀，又怎能舍得呢？……

三天后，依然是无人不知，张澜要回南充老家过暑假去了。刘慧征夫人与四个儿女已乘上一辆黑色轿车。

一身警服的司机看了张澜一眼，眼神有点异样。不知有意还是无意，他将帽檐压到了眉梢。

同仁、学生、近邻们频频挥泪作别。

教育局局长仍拉着张澜交代：“张校长，我们可说好了，你回南充过完暑假，务必回来呀！”

张澜只是挥手辞行，并未直接作答：“有一首贾谊的诗，局长该记得吧？‘黄鹄之一举兮，知山川之纡曲；再举兮，睹天地之圜方！’”不觉又巡顾一眼“方圜”，便跨上小车。

局长心下一提，渐自悟出什么：“张校长？……”

小车离去。

在张澜看来，他是惜别成都了。

在向育仁看来，张澜是离开人世了。因为向育仁于神不知、鬼不觉中，已设下了一个死亡陷阱。

向育仁独断独行这一狠招，也吓了主子刘文辉一大跳。

在刘公馆的大客厅里，刘文辉烟枪一摔，大光其火：“你怎么？！……我只要他走人，不是要他的性命！”

向育仁并不苟同：“省座，留着张澜总是后患。”

“若是要除掉他，我早就除了！他不是一般人，一旦张扬出去，谁来背这口黑锅？我刘文辉还是你向育仁？”

“省座尽可放心。小车是教育局的，司机是我的人，山路本就‘难走’，翻车是常有的事故。”向育仁如述家常一般，算计得天衣无缝。

刘文辉欲阻已迟，徒唤奈何。

第四章　二入虎穴

载着险毒使命的黑色小车此刻已驶入急拐弯的“蜀道”鹰嘴崖口，越来越近、越来越近……

车中人自然一无所知。

张澜习惯性地在闭目养神。

从没有乘过小车的晓岩和三个妹妹可顾不上母亲的“训斥”，兴奋得一惊一乍的：

“唷——”

车子逼近悬崖，除了不谙世事的淑延，三兄妹吓得尖叫不迭！刘慧征也暗下抽紧，连连拉扯丈夫。

小车犹似要飞落悬崖！

张澜刚睁开眼，车子已在悬崖口子上刹住。

司机拉了一下帽檐，从反光镜里看看五口之家，关照着：“你们先下车歇口气。”

四兄妹这才喘出大气，拉开门就往外逃。

刘慧征扶丈夫跨出车门，不忘招呼着驾驶员：“小兄弟辛苦了，也下来歇口气呀。”

“嗯。”车里的司机应允着，却没有欠身，马达一发动，竟往悬崖直冲而出。

张澜夫妻大惊不止！

四兄妹惊吓得大呼狂叫开来：“救命——”

就在小车如离弦之箭般地射出悬崖口子的刹那，但见司机横身一跃而出，几乎同时间，小车已然冲出崖口，在半空里画出一道美丽的弧圈，便飞出视线。

转瞬间，只听得山谷间一声爆炸，火光黑烟一蹿半天高！

张澜心下惊疑，脸上仍不失沉静："兄弟你这是干什么？"

司机警衣一整，一个立正："先生认不出我了？"随即除下警帽。

张澜恍惚难识："好像在哪里见过？……"

"我就是'拦路打劫'的裘一春哪！"裘一春亮明真身。

这一"拦路打劫"，着实把张澜一家人吓得不轻。

继延咬着姐姐的耳朵，姐姐茂延即一口冲出："你是强盗？"

张澜与裘一春相顾失笑。

裘一春这才如实道出真相："向育仁要加害先生，我是奉命制造翻车事故。好了，在规定的时间、规定的地点，车翻了，我的'任务'也算完成了。"

张澜恍然大悟！

刘慧征与儿女们闻言仍止不住后怕，脸色都变了。

张澜笃诚地手一拱道："谢谢一春兄弟！"

"别别别，我裘一春可担当不起。"裘一春仍禁不住回首汗颜，"要不是老校长当年的指点，我说不定真做上'强盗'了。"

刘慧征关切地问道："那一春小兄弟现在？……"

裘一春回说："我早就想离开警察局了。这趟'任务'我是特地争取来的。一了百了！"

张澜略作思量，便关照道："你到重庆，去找我的好友鲜英；他住在特园，会替你想办法的。"

裘一春感激地应诺着："现在我先送你们回南充。"

继延犯疑了："走回去？"

晓岩做出兄长的样子道："命都差点没了，还怕走？"

四岁的淑延不知路途遥远，小嗓子一扯："我就走。"一个人"啪嗒啪嗒"地开起路来。

裘一春也乐了，随即打出一个响响的呼哨。

呼哨声未了，犹如当年“打劫”情状，从隐蔽的岩穴中、树丛里“嗖嗖嗖”钻出三乘滑竿。

三姐妹喜出望外，蜂拥而上。

约莫两顿饭的工夫，三乘滑竿总算走出山道。县城已迢迢在望。

裘一春也舒出一口气：“看，快到县城了。”

晓岩和妹妹们一阵雀跃！

当南充县城门就在眼鼻子下时，晓岩猝然发现什么，人一抖，失声喊出：“爸——”

眼尖的三姐妹已然望见，吓得失声大叫！

顺着视线瞄去，滑竿中人猛然见到城楼上悬吊着几颗人头，有女的，有男的。

张澜心下一抽，再一巡望，又见到城墙上涂着血色大字——

宁可错杀三千，决不放走一个。

裘一春与张澜眼光一碰，彼此都始料不及！

他俩更始料不及的是——

进出城门的人，一个个在挨身搜查，有的叫罚款，有的被抓走，他俩正见到两个模样俊俏的姑娘被拖攥出人丛。四周一片哭嚷叫骂声。

两个赤脚的农民也被喝住了，横枪的守卫往他俩的光脚板一指：“交税！”

两农民满脸困惑：“我们没穿鞋，还要交税呀？”

“交赤脚税。”

“赤脚也要交税？”滑竿上的张澜闻所未闻，习惯使然，便想跨下滑竿，被裘一春止住。

“来、来，让开！让开！”裘一春此刻又戴上警帽，吆三喝四着，把守卫架开。

“站、站住。”守卫被闹得半明不白的，“他、什么人？”

裘一春亮开嗓门：“没长眼？堂堂成都大学校长。兄弟奉第二十四军之命，专程护送他老人家。”

守卫一时拿捏不准，刚想放行，一名值勤班长踱了过来：“这里可是我第二十军的地盘。”

小班长很有点狐假虎威的架势，目光在两个俊俏姑娘身上一掠，随手用枪口在她俩脸蛋上一拨，胸乳上一摁，即将枪口往门楼里边一拨。

张澜不觉上了火：“你是说杨森吗？”

“大胆！我们军长现在是地方领袖，也轮得到你来叫名字？！……”

“你们‘领袖’还叫我老师哩。走，去见你们的杨森！”张澜嗓子一提，手往城门内一指，真把神气的小班长给镇晕乎了。

裘一春手一拨，抬人直进。

到了茧市街，原先熙来攘往的人气，已荡然无存，最刺眼的莫过城墙。目睹着厚厚重重的城墙，张澜感受到一种莫名的禁锢和迫压。一地一藩篱、一领袖，怕是封建中国的痼疾了！大而言之，一个神州古国，又何尝不如此？这太厚重、太窒息人的藩篱呀！

张澜望见了什么——

城墙上，“打倒共产党”的涂鸦上头，浸染着斑驳的血迹。

刘慧征直抽着冷气：“这里叫人透不过气。”

对于“地方领袖”杨森来说，现在可是心顺气畅的岁月。且看——

遛狗场上的这个个子稍高，身坯结实，穿着猎装的汉子，觉着是特别解气，岂止是解气，实在是惬意。你看，他牵着一对奇特的洋狗在亲昵地戏耍。此公正是早先遣美少女呈给段祺瑞的照片中之人杨森——四川军阀，国民革命军第二十军军长，时年四十六。

陪伴杨森的是他新近“娶”下的小姨太。小姨太自然很有几分姿色，她替主人审核着刚从城门口拦截下来的两个俊俏姑娘。

周围几个贴身警卫替主人牵着各具特色的大洋狗，听凭主人召唤。

看得出，这是一名对洋狗情有独钟的怪异军阀。

那个守卫班长笔挺地侍立在一旁。

“定是张澜这个倔老头。”杨森猜度出竟敢自称“老师”的人，“哼，当年他在北京，我派一个小美人去，要他引见段祺瑞，他居然回绝了！”

小姨太揣摩着主子的心思，问：“你想？”

杨森不置可否，亲热地拍了拍大洋狗，目光着即瞄住押来的猎物。

小姨太很行家里手地拨拉着两个姑娘，“点评”着：“这个还过得去，这个太瘦，你看——”

杨森嘴里支应着，大手一把捏住瘦姑娘的乳房：“养几个月，多抓抓捏捏，就大了。”除了洋狗，他对女人也情有独钟。刘文辉说得没错，他片刻离不开各种姿色、滋味的女人。

姑娘央求着：“大人行行好，我在乡里已经定亲了。大人……”

“有主了？”杨森剑眉一耸，“太遗憾了。”

还没等姑娘叩谢，杨森在就近的洋狗屁股上一拍，洋狗领悟主子的意思，着即一响吠叫，纵身扑住姑娘，眨眼之间，一注鲜血从可怜姑娘的喉头喷射而出。

杨森见怪不怪，鉴赏地拨看着另一姑娘：“你有主吗？”

姑娘吓得脸色惨白，头摇得像拨浪鼓：“没、没有。”

“没有就好。”杨森眼光一旋，瞄住班长道，“你去请我那位——‘老师’。”

张澜总算回到青岗山南溪口的故居。

客堂里，一星烛火下，散坐着一众学界同仁，内中有避难而来的周锋、蒲瑛几个成大学生与南充的肖子群几名教员。

周锋紧拉着张澜解释道：“我们没去接校长，是被杨森逼的。……”

张澜打住学生的道歉：“我见到了。看来……今日的杨森已非昨日当我警卫营长那时候的杨森了！”

蒲瑛愤愤不平：“除了杀共产党，就晓得玩女人、洋狗。”

周锋不由得悲从中来：“他把我们南充中学视为眼中钉，谁冒个头，他就杀谁。”

肖子群一语点破：“简直成了南充的土皇帝！”他是南充教员。

张澜脑际顿时浮现令人窒息的厚厚重重的城墙、城墙上的斑驳的血迹。

蒲瑛越想越气恼：“怎么这么晦气？在成都大学，碰上个刘文辉；躲到南充中学，又撞上个杨森！”

张澜苦笑了：“南京有个蒋介石，武汉有个汪精卫，天津还藏着个段祺瑞，东南西北，中国现在哪里没有军阀？哪里还有一块净土？”

大家沉默了。人人感觉着厚重的迫压。是呀，时下的神州古国，哪里容得下一块净土呢？！不堪痛苦的沉默……

晓岩与小蒲生一溜烟似的奔了进来。

“爸，那个城门口的兵刚送来的。”晓岩递上一札红信封。

是杨森的请柬。

张澜自己也没有想到：“这个杨森，要请我？”

大家也倍觉意外。

杨森“行宫”大堂里的宴请是颇具土皇帝的豪奢的。

一围大圆桌，满坐着杨森特邀的嘉宾，除了得力副手，就是社会贤达、要员。杨森有小姨太做伴，众宾客均有佳丽相陪。

门口传来吆喝：“成都大学校长张澜先生到——”

杨森携着小姨太出迎，众宾客亦随之欠身迎迓。不过在转身之间，迎候的人个个变得目瞪口呆——

张澜身上长袍马褂，脚下赤裸着，未着鞋袜。

杨森还是拱手为礼：“老师光临鄙县，学生不知，没有前去恭迎，失敬了。”

张澜绵里藏针：“你现在是一军之长，还做了‘领袖’，岂敢劳动大驾？”

“见笑，见笑。”杨森故作糊涂，一面引领，一面止不住直瞟张澜的光脚，“老师今天赤脚是……何意？”

正中下怀。张澜也就不遮不掩道破：“张某从教以来，今天是第一次打着光脚走路，不晓得要交多少‘赤脚税’？”

众宾客闻言变色。

杨森一阵尴尬后，叹起苦经：“一军的人要吃喝拉撒，蒋总司令拨下的军费，哪够开销？我也是不得已而为之呀。请、请——”

张澜落座，仍不放过：“你想没想过，一个赤脚板的穷人，还交得起你的税吗？你听没听说过，普天之下还有要交‘赤脚税’的？”

“好，听老师的。这个税……就免了。”

杨森慨然允诺，激出一围的称许。

“来来来，诸位，今晚是替我的老师——成大的张校长洗尘，干了。”杨森举起酒杯。

我行我素的张澜有点大煞风景，徐徐道：“张某从不沾酒，只能以水代酒了。”他举杯回敬。

“干。”

众客呼应，觥筹交错。

杨森疑信参半，问：“老师还是烟酒不沾？”

张澜自嘲地一叹：“这一辈子，怕是改不了啰。”

杨森不由得兴叹了：“如今的世道，能不沾烟酒的人，怕是凤毛麟角啦！学生佩服！”

杨森的副手有点言不由衷：“张校长真是清清君子呀！”这人也姓向，不过跟向育仁倒不沾亲带故，大名廷瑞，国民革命军第二十军副军长，号称“精练司令”，时年三十开外。

张澜听出话中的奚落，来而有往：“这也叫禀性不一，各有所好吧？”

举座诺诺。

杨森套着近乎：“自从光绪三十年（1904年）老师从日本留学回来，在顺庆府中学堂教我们，一晃都二十六年了。”

张澜哂然一揭：“你还不到五十岁。”

杨森还没有听出潜台词，依旧套着近乎：“老师今年？”

张澜煞有介事地喟叹：“一百开外了吧。”

举座宾客始而一怔，继而都捧场地畅笑开来。

杨森也笑了：“近三十年不见，老师也爱开玩笑了。好！好！”

张澜却一脸肃然：“现在是民国十九年（1930年），听说你的农田税都征收到一百年了，我还不该一百多岁吗？”

众宾客的笑脸瞬间僵住了。

杨森笑脸未收，剑眉下的眸子却分明闪着窘恼的寒光。

在回廊相连的邻室里，一窗相隔的是大小姨太们的宴席，此刻一个个收声敛气。

“这是什么人？真吃了豹子胆！”年少的姨太冷不丁冒出一句。

年长的姨太嘘声警告：“小心挨鞭子！”

隔壁小姨太的声音应声传到：“哪有这种事呀？多收几年也不会收到一百年哪！”

又有姨太从鼻子里发出对外面小姨太吃醋的“哼哼”声。

大堂里的张澜有心一锤敲实：“但愿这是‘误传’。”

杨森眼里的寒光到底还是发泄了出来：“老师还听说了我杨森什么？女人？洋狗？还有马？我是都喜欢；我这里还有一位‘蒋介石’、一位‘吴佩孚’哇！来呀。”

但见主人名一呼，手一拍，堂外真还穿进两只方才遛狗场里见过的大洋狗来。

几个胆子小的宾客下意识地被吓得退身闪避。

杨森将一块肉往半空里一扔，两洋狗居然能跃身半空中，叼住大块肉。

满座喝彩。

张澜不无兴味地笑问：“你就不怕蒋介石、吴佩孚晓得了问罪？”

杨森爱抚着心爱的“蒋介石”与“吴佩孚”：“不是我喜欢的人，还配不上我喜欢的洋狗呢！”

张澜佯作不经意地一点：“那不喜欢的人呢？”

“比如共产党。蒋介石不喜欢，吴佩孚不喜欢，我也不喜欢。”杨森直截了当，意在警告，“我不喜欢，就要他在我面前消失。”

众宾客顿时噤若寒蝉。

“喔？”张澜睃一眼杨森，不卑不亢地喝着白开水。

杨森“点题”了：“我也听说南充中学要聘先生当校长？”

张澜反问着：“怎么？”

杨森直言相告：“我奉劝老师还是不去的好。”

张澜碰触到对方眼里的寒光，以目询问。

杨森摊牌了：“那是共产党的窝。”

张澜探究着：“怎见得？”

杨森避实就虚，再曲言敬告：“老师是一定要去啰？”

张澜以其人之道相还：“教书先生不教书，又能做什么？”

“好。请——”杨森猝然举起酒杯。

“好像这不是‘敬酒’？”张澜点到即止，照样徐徐端起水杯。

于无形之中的撞击，令举座惶惶！

跟杨森的大宴大不一样。蒲瑛、肖子群一些男女学生在嘉陵江畔尽情地戏水、游泳，那可就无拘无束、自由自在啦！泥鳅似的小蒲生就不用说了。他的什么笑话，加上不会游泳那“旱青蛙”的滑稽动作，引得同学们实在乐不可支。

周锋与另几位教员跟同学们一起，围聚着张澜，听得会神。张澜往江里一引，问道：“你们看见什么了？”

“嘉陵江啊。”

“浪头，一排接一排的。”

是呀，江流中澎湃的激浪层层相衔，滔滔而去。

仿佛是滔滔的激浪载着张澜沧桑的感慨：“我们要涤荡污浊的中国，要冲破污浊的社会，是不是应该像它一样？不退缩，不停歇，就晓得往前，再往前！……”

千波万浪汇成的激流在一个个同学、教员眸子里奔涌、澎湃，就仿佛自己也成了一簇簇、一排排的激浪……

虽然张澜与同仁、同学们有感于眼下的江流，还是怎么也没有想到，1931 年 9 月 18 日，日本，不再是威逼中国签订‘二十一条’，强要山东的特权，而是突然发动了旨在灭亡中国的侵略战争。

神州古国广阔的热土上，再也平静不下来，再也容忍不下了！且看偏僻的四川腹地南充，自发集聚在学校操场里的同学、教员、职工们，一个个抽噎着、诉说着、抗议着，悲愤盈怀！

领操台上，张澜扬着报纸，噙着悲泪，又像在发出“天问”：“……看看中国当局——仅仅十六个小时，才十六个小时呀，日寇竟然就占领了沈阳、长春、鞍山！对侵略者，如此软弱；对共产党，对爱国的同学、同胞又如此凶残，这中国还有不亡的吗？”

张澜说不下去了。

台下已是一片哀泣！

张澜再度亮出报纸，声音因太过激动而显出哽咽：“看看，你们再看看我们的同胞姐妹——”

师生们宛如从报纸上亲眼看到：

燃烧的村庄；

被活埋的人群；

鲜血染红的江河；

如江河般逃难的老弱妇孺；

…… ……

对于张澜来说，对于一个早在青年时代虽置身日本留学仍不忘反慈禧，声援光绪变革图强，把国事民瘼视作“生命的至重”的人来说，其内心的痛苦，是难以言表的。每天清晨，抑或黄昏，张澜每每情难自抑就会踱到嘉陵江边，仿佛那奔泻的江流就是他心底的狂潮！

这天一大早，张澜独坐在乱石间，面对灰暗而又惨淡的曙色，破天荒地捏着小瓷瓶在和泪自斟自酌：“中国呀中国，你怎么尽出一些个不肖子孙，全不把你放在心上？你怕是要亡了？！真要……亡了？！”

苦痛的热泪终于溢眶而出。

不光夫人刘慧征，连儿女们都替茶饭不思的张澜揪上心了。晓岩不安地拖着母亲出家门，往江边方向攥：“妈，爸一个人在喝、喝酒。

从来没有过！你快……”

刘慧征岂能不知？她是急在心里！她也拿不出办法去宽解丈夫。此时此际，她只能牵着儿子，泪眼汪汪地巴望着江边上的丈夫，缓缓道：“你爸他心里堵得慌，就让他一个人……坐坐。”

身披着惨淡曙色的张澜，犹如临江的一尊石雕。只是这尊石雕，心事万端。

张澜心底的声音一如江涛般地涌出：

眼前百事尽悲观，
薄酒孤斟强自宽。
忽念方张华北寇，
又令通夜寝难安。

张澜难抒悲观的胸臆，积压着万般的酸苦。良久良久，他把酒对江，泪不能禁：“内乱不止，又来外患！我苦难的中国呀，你……真命苦！真多灾！你……真的就没有救了吗？又会有谁能来救你呢？……张澜无能，我……无力回天！无力呀！……”

江流与把酒人一样地呜咽着起伏东去；极目处，烟霭渺茫……

亡国奴与匹夫

——教室的大黑板上端地写着作文题。

同学们有的把笔凝思，有的很悲愤、很动情地在写。

张澜寄有深意的目光往凝思的同学们身上巡探着，不时目光还交会上了。师生彼此似乎意会，一个个同学即刻重重地把笔直下。

张澜反身凝眸着黑板上自己出的题目，不觉苦痛地闭上了双眸。他的心潮不可遏抑地涌动着：“自古天下兴亡，匹夫有责。可仅仅有匹夫的责任，‘兴’得了天下吗？……”

未几，周锋匆步赶来，在教室外跟张澜亟亟招手示意：“校长！”

张澜不觉心下一抽，几步踱到教室门口，待到听得消息，抽着的心不觉一记颤动！

周锋痛心地叹息："可惜暴动失败了！眼下杨森像疯狗一样到处在捕杀。"

共产党人先后发动的广汉兵变、升钟寺暴动……给了张澜痛苦的心灵很大的震动！在蒋介石"攘外必先安内"的"大计方针"下，国民党大军压境，各地大小军阀乘人之危，欲剿灭"共党势力"；而共产党的红军、游击队居然还敢直面"围剿"，奋力抗争！……这大略是五四运动后，张澜第二次"触摸"到共产党人。他不由得又想起李大钊、陈独秀先生，以及大钊先生举荐过的毛泽东、周恩来等后起之秀。

"抗日救国有什么罪？！"被激恼的张澜跟周锋一样愤愤不平，冲着无形的敌手一瞥，"我们南充的几个学校欢迎救国志士来当'教员'；我来安排。你再去找邓灵轩乡长，让他也帮助危难中的爱国同胞疏散到各村里去。"

老校长挺身相救，令做学生的倍觉温馨。周锋紧紧握住老校长的手，不敢延误，立马行动。

周锋刚拐出街口，猛听得两声枪响，但见又一名青年栽倒下去。他即刻反身钻入小巷，迎面又撞上蒲瑛姐弟。蒲生俨然成了姐姐的保镖。

周锋急了："你怎么还出来？"

蒲瑛此刻哪还顾及自己，告诉周锋："任觉非、唐真几个老师被抓走了。"

周锋吃惊不小："这么快？！张校长会不会也……"

蒲瑛的心倏然揪紧！

学生们对老校长的担心是必然的。因为这是在南充，有一个比刘文辉还刘文辉的杨森——他可是个翻脸不认人的人。而张澜脾性使然，对此还感触不深。

这天，张澜在自己的校长办公室里正与几位新来的"教员"在聚谈，门不敲而被推开，闯进向廷瑞："打搅了，校长先生。奉命搜查。"

张澜心里一紧，脸上声色不动："有搜查令吗？"

向廷瑞嗤之以鼻："现在是'非常时期'。"

"哼哼。枪在你手里，兵在你后面，你要搜查，区区一介老夫我又能如何？"张澜以守为攻，继而将出一军，"假如你真搜出了什么共产党危险分子，我张澜跟你走；假如搜不出？"

"怎样？"

"我要杨森给学校一个说法。"

向廷瑞只在嘴角浮出一个冷笑。他笑眼下的这个大书生，太不了解自己的司令官，也太不通政治了！应该说，这个杨森的下属，"笑"得也没有错。

那个很"通"政治的杨大司令，也很"通"生活。你看，大司令在遛狗场，跟洋狗"蒋介石"戏耍得正欢，一旁作陪的那个俊秀姑娘看得直颤抖。

杨森扫兴地一瞟姑娘，一声"蒋介石"，招过洋狗："来，亲亲我这个胆小的美人儿。"

"蒋介石"身子一竖，吓得姑娘连连退避："不要。大人，不、不要。"

杨森益发来气："亲！"

"蒋介石"意会，追扑两步，姑娘吓得瘫倒在地下，洋狗就势骑住，尖嘴直嗅往姑娘的脸面。杨森十分快意："哈哈哈……"

向廷瑞几步赶来报告："军长，这些个溃退的暴动分子消失得太怪！只抓了十四个。"

杨森似乎意料到了："先把抓到的人，捅了！"

向廷瑞转身欲去，又被叫回，杨森一板一眼地交代："我得到密报，川东红一路军廖玉璧的华蓥山游击队露头了。你带队伍，给我灭了他，也让总司令高兴高兴。"邀功的眼神不由得投向正得意着的"蒋介石"。

向廷瑞求之不得，很是兴奋地回命："是。"

土皇帝一声令下，南充即刻戒严。这杨森地盘里的戒严，谁都能闻到一股扑鼻的血腥味。

偏偏这个“太不了解”杨大司令的张澜又自己撞将上来。他是听了蒲瑛的消息才带着蒲生赶到茧市街城墙口的。

几个武装岗哨拦住了张澜与蒲生：“不许上。”

张澜隐隐听得呻吟，目光循声往城墙上一瞄道：“听说上头在杀人，而且还是我们教育界同事。请让开。”

岗哨觉得匪夷所思：“你是发神经怎么的？人家躲还躲不及！”

小蒲生做出神气状：“你没长眼睛？张校长是你们军长的‘军长’！”

岗哨一时蒙住：“军长的军长？”

张澜拨开刺刀，拾级而上。

登到城墙上，张澜那三位南充同事已经倒在血泊里，皮开肚破，体无完肤，是被刺刀活活捅死的。

三位就是南充学生深深敬重的老师任觉非、唐真与刘启南。

张澜不忍目睹，不能不紧闭上眼睛。

小蒲生眼一横，咬牙切齿道：“这帮杀人魔鬼！”

然而魔鬼归魔鬼，杨森土皇帝当得还是威风八面的，毕竟是一方的皇帝，至高无上啊，谁能奈何？！

他要冲胆敢太岁头上动土的昔日师长、今日眼中钉的张澜动手了。

杨森先礼后兵的放话是在南充土门市的大操坝上。

杨森军装笔挺，一脸武气地训诫市民百姓：“本军长对共党分子，还有危险分子，绝不留情；‘宁可错杀三千，绝不放走一个’！”

刺刀下的百姓民众，大气不敢出；一些人虽眼泄憎恶，却嘴巴紧闭。

杨森话锋一转：“南充有一个不安分、讨人嫌的老头，倚老卖老，还想爬到本军长头上拉屎……”

几乎同时间，真的应声从半空里飞掷来一罐屎尿，没有击中杨森，却砸在台子上，飞溅了杨大军长一身。

一众大愕！

狼狈的杨大军长岂甘如此丢人现眼？他勃然大怒："给我抓出来，我要当众开他的膛！"

张澜携着儿女与蒲瑛姐弟攀登而来，晓岩兄妹簇拥着蒲生，大家听着小蒲生的"屎尿绝活"，乐得合不上嘴。

茂延拍着小巴掌，煞是庆幸："大军长吃屎！"

众人大笑。

一行人信步来到陈以勤读书台。这读书台在两壁唐朝摩崖石刻前面，确实是天造地设的读书之地。蒲瑛紧盯着读书台问："谁在这里读书哇？"

张澜神思悠远地缅怀着："明朝忠心报国的大学士陈以勤。"

大家这才恍然大悟，也不由得恭敬起来。

张澜犹如目睹这个与自己志同道合的古人，沉浸在悠悠思路里："当时有个奸臣叫严嵩，搞阴谋——想换掉太子，自己来专权，被陈以勤识破了。太子当了皇帝，自然很器重他，他还是始终不忘老百姓，敢提意见，还要皇帝能听得进批评，铲除害国害民的贪官、昏官……"

茂延神往地说："他真好！"

张澜点点头道："是呀。所以他那个时候，国家安定，老百姓安心，不像现在……"

话未尽，周锋一头大汗地赶来报警："校长，杨森要冲您动手了！"

蒲瑛心下一揪："怎么？"

周锋急急相告："他在校长家周围派了不少便衣，腰里都藏着手枪。"

张澜反倒来了倔脾气："我倒要看看他怎么取我这颗人头！"

蒲瑛哪敢掉以轻心，亟亟关照："校长，您一定得走！"

周锋卖了一个小小的关子："校长，上天给您安排了一件最好的送别礼品。"

张澜不明所以。

众人也莫名其妙。

周锋很有点“幸灾乐祸”：“杨森派向廷瑞带了一支别动队去偷袭川东红一路军廖玉璧的游击队，反而中了廖玉璧的妙计，钻进了他的口袋，赔了夫人又折兵——杨森这回吃了个大大的败仗！”

张澜抚髯而笑：“天意！天意！”

不过张澜还是听从了众同仁、学生的呼请，有点违心地暂时避开杨森；按他的脾性，是决计不会退避的。

夜晚的嘉陵江，泛着月色的万千涟漪，载着一叶小舟缓缓离开南充。这是 1933 年的初春。

蒲瑛姐弟与周锋悄悄挥手跟张校长告别。

有情的江流发出“哗哗”的絮语，溢泻着主人满腹的离情别绪。

春寒料峭。自然气候与社会气候差不多。

离别故乡的张澜来到重庆。第三天，在既是学生亦是友人的鲜英陪同下，他拜访了一位非同等闲之辈——刘湘。

张澜与鲜英还未及踏进大门，刘湘便迎将出来。

刘湘欲上前握手，张澜只是拱手为礼。

刘湘只得自行开解：“还在为 1927 年‘三·三一’的事怪罪刘某？”

张澜自嘲地一笑：“张澜如今被人追捕，岂敢‘怪罪’？”

刘湘久经沙场，哪会听不出话中的嘲讽，径自苦笑道：“我也是……迫不得已。”

张澜的目光抛出一个大问号。

刘湘解释：“上有蒋介石逼着，我们几个地方军阀哪个是他的对手？下有蒋介石看重的王陵基顶着，我还不叫‘逼上梁山’？”他说的也是大实话，只是隐去了自己作为“山大王”的小算盘。

鲜英随即介绍：“王陵基是一名亲蒋的铁杆战将，打仗、杀人都来硬的。”

刘湘叹着苦经：“蒋介石肚子里早就算计着四川，要想不叫他吃掉，就得听他的；不然，老本一丢，那就只有任他斩割的份啰！”

张澜尖利的目光在叹苦人脸上一顿：“那也不能滥杀无辜哇！”

刘湘似有难言之隐，欲言又止。

张澜仿佛窥探到什么，质问道：“他们有何罪？罪在爱国吗？他们是不忍心中国亡国灭种啊！”

“我刘湘难道希望‘亡国灭种’？绝不至于。”

“那是再好不过。”

张澜不失时机，紧咬住刘湘的“宣言”。

鲜英也抓住时机道：“同有救国之心，那还有什么不好商量的？”

刘湘也进了一言，以示友好：“鲜英兄的提议刘某赞成。先生何不乘此机会去各地走走，考察一下教育现状和国情？”

这对于张澜来说，不失为一大好事。考察中国的教育现状，是他的夙愿。他深知，一个国家、一个民族，其兴衰存亡，乃在民众，民众乃在素质，素质乃在教育。

“刘湘倒也善解人意。”张澜以他特有的目光掂量着眼前这个也曾与杨森共过事，当过自己警卫营副营长官的“属下”。“好，我也是想出去走走、看看。”

倒也是极难得在“罗网”中的“天遂人愿”哪！

随着轮船的汽笛一响，在大中国地图上，红色的箭头即由重庆出发直向武汉、九江、南京、上海、广州、香港、广西。

整整一年的考察，收益是不言而喻的。像在上海会晤的黄炎培、沈钧儒等，以后都成为他患难与共的民主先锋、生死相依的战友。这是后话。

考察临近尾声的大暑天，居然又横生出一个意外的惊喜……

在江西庐山，已经三十一岁的长子张乔啬，在山脚下的道口上，迭步迎住父亲：“爸爸！”连忙从扛夫手里接过旧藤箱。

张澜疼爱地打量着阔别的大儿子道：“一晃十四年。五四运动时坐了‘牢’，如今都从美国留学回来了。哈哈。”

乔啬也是回首感慨：“还成了家，做了父亲。”

当上爷爷的张澜一样地感慨：“华芳呢？”

乔啬手往山里一引："喏，带着维扬、幼芳，就盼着爷爷呀！"

走在山道曲径上，乔啬几次想问什么，没敢启口。

张澜不时瞩目着大儿子，显然联想到什么……

"爸爸，慕良没有消息？真的……"乔啬脱口而出，又没有勇气再探问下去，怕父亲伤感。

张澜眼睛一闭，点下头，有顷，才缓缓道出："去年，希特勒上台，他在德国待不住了，组织上安排他离开，可到了法国马赛，还是被跟踪的国民党军统局的人暗算了！……"

乔啬紧咬着牙关，可热泪还是溢泻了出来。

张澜仰天长叹："救中国就像脚下走弯道，慕良没有走完，可总有人能走出去的！"

一年的考察，虽不能确认中国的出路何在，但他和他新结识的同仁、朋友们人生重要的一页，也是由此打开的。

1934 年 8 月，张澜回到南充。

土皇帝杨森的密探无处不在，就在张澜回归故里的当天，在作战室里商议"大计"的杨大司令便得到了密报。

"张澜回来了？哈哈，他还有这个胆气？！好，等我收拾了红军，再来收拾老家伙！"杨森重又转向悬挂着的作战地图，往仪陇县一点，"中共红军的指挥部在仪陇县的马鞍场。他不是想再击溃我的主力部队吗？好，我就投其所好，将他诱骗到蓬安县——到这里，他一过河，然后嘛……"

杨森双手死命一箍，又一砸！

有将领心存狐疑："要是骗不动呢？"

杨森哈哈一笑，从案头抓过一份东西一亮："这是我和红军私底下签订的协议，保证互不侵犯。他们很看重承诺，却不晓得'兵不厌诈'的简单常识。哈哈……"

狐疑人不觉皱起眉峰。

大多将领跃跃欲试：

“这一下，也好报我们那次在华蓥山的一箭之仇！”

“一不做，二不休，这回杀他个鸡犬不留！”

向廷瑞挺身请命：“军长！……”

杨森头一摆，截住：“这一次，我亲自出马，也好对蒋总司令有个交代。”

张澜是在南充中学教室里，看到由蒲瑛紧急送来的密信的。他开始并不太在意，拿着信，依旧在跟同学们介绍着出外考察的情况。

“现在是民众要抗日，我们所到的武汉、南京、上海都一样；爱国的军阀也要抗日，像广西的白崇禧、重庆的刘湘，他们都亲口做了承诺。特别是工农红军，去年2月还建立了川陕苏维埃政权。……”

“校长！校长！”

张澜回首，见是台角上的蒲瑛在招呼，便凑身过去。

一旁的蒲瑛直催道：“这是一个军官送来的，要号房马上送您，一分钟也不要耽误！”

“喔?！”张澜心一提，这才撕开封口，一瞄：

杨森要诱歼仪陇红军于蓬安县！

张澜一惊不小！

蒲瑛一看也顿时蒙了：“怎么办?”

张澜追问：“送信人呢?”

蒲瑛说：“放下信就走了。”

张澜判断着：“情报不会假。得马上去仪陇报信！”

蒲瑛已顾不了许多：“我去！”

“不，不行。杨森就愁抓不到你。”张澜寻思着又问，“周锋还在乡下?”

蒲瑛头一点回答：“他和邓灵轩乡长送枪械进山了。”

“唰啦”一声响，那份密信已被抢走。张澜与蒲瑛惊回首——

竟是蒲生。

蒲生大不满意："就不记得我这个'老朋友'了？校长太不够义气啦！"

"小弟，这可是……"

没等蒲瑛做姐姐的"担心"完，张澜一言敲定："小蒲生行的！"

同样火急的一辆吉普车出得城门，便疾驶开来，到弯道便冷不丁一个紧急刹车。原来路中瘫坐着一个后生，揉着伤腿，正"哎唷"着。

正是蒲生。

向廷瑞从车窗里探出身子呵斥道："快滚开！"

蒲生一脸痛苦地哽咽着："我腿跌伤了，带我一段路吧，求求你啦。"

向廷瑞手枪一拨："再不滚，你就不光是腿伤了！"

蒲生嘀咕着，瘸着腿撑起身子，磨蹭着。

"开！"向廷瑞亟亟喝令。

车子从蒲生身边一冲而过。小蒲生猝然反身一把抓住车后边角，一个猴子攀树，居然鬼精灵地爬上了车屁股，随车疾去。

杨森是粗中有细的精明人。他就防着张澜，在张澜家前前后后的山腰江头派出了一天二十四小时轮换的盯梢便衣。

已是夜深人静，连狗都懒得空吠了，可屋后山脚里，屋前江滩上，还游荡着幽灵似的特遣便衣们。

刘慧征气恼地冲着便衣直吼："你们别像鬼魂一样荡来荡去，要抓就来抓！"

而那些个"鬼魂"都不理不睬，依旧游荡着：

"咦，怎么不见那个老家伙？"

"不会又逃了？"

"逃？咳，这回除非他真长上翅膀！"

依杨森对老上司张澜的心理剖析，这回老家伙不会逃，也逃不了。他呢，先安心一意灭了眼皮下的红军。为此，他从刘湘身边特地"挖"

来了军师刘神仙，要先测它个吉凶祸福出来。

刘神仙今日好威风！身披道袍来到南充杨大将军的作战室里，看一眼战区地图，闭一阵眼，口念符咒，在替杨森诱歼红军一役占卜测算凶吉。

杨森急不可耐地交代："我把你从刘湘那里请过来，一定得替我算准了！"

刘神仙手往图上仪陇县一划道："马鞍场风水流转，不是红军久留之地。"

杨森问："那能将他们诱骗出来吗？"

刘神仙避实就虚道："你爱马太甚，性情太急，马、马相争，胜败……"

刘神仙还没有道出胜败，小姨太已轻步来报："大人要抓的人，自己来了。"

杨森始料不及："张澜？！"

令杨大军长更大料不及的是他刚一脚跨进客堂，张澜即刻直言道出："听说杨军长要我这颗人头，张某今天自己献来了。"

早有此想的杨森不料"老家伙"如此开门见山，一时倒不知所对。俄而，脑瓜子一转道："哈哈，误传、误传。人头是要的，不过我只要红军的人头，跟我作对之人的人头。老师何至于此？"他反守为攻了。

张澜自然听出弦外之音，软言一击："张某只是不懂，杨军长为何不去要日本鬼子的人头？"

杨森一怔，着即圆转："日本鬼子的人头当然要，只是……蒋总司令有令，当务之急是要红军的人头。"

张澜探究的眼光斜趋对方，对方也正迫视着张澜。

四目相撞，尽在不言中。

隔窗的刘神仙一面谛听着，一面亲着小姨太，画符的手慢慢画进对方的胸衣内。

小姨太按住那只不安分的手："到底谁胜谁败？"

刘神仙高深莫测地回答："这一仗，悬！"他挪开小姨太的手，又在她的胸衣内有滋有味地“画”起符来。

小姨太只好听之任之：“那这个姓张的？”

刘神仙一副得意情状，又“玄”开了：“他不请自来，你家老爷是悬上加悬。”

只听得隔壁杯子击案的声音“砰”的一响，小姨太心一跳，迭忙又按住刘神仙在胸衣里“画符”的手。

客堂里的张澜这时候已立身而起：“中国真要是到了亡国灭种的一天，不晓得唯谁是问？！”他目光在杨森马脸上一横，撂下一封信，扭身自去。

杨森不堪恼羞，指着老家伙出客堂的背影道：“看我杨森不杀了你！”

刘神仙与小姨太接踵而至。

“谁的信？”小姨太问着，拿过信，“唷，是刘湘？”

刘神仙脸上顿漾起一阵风光，道：“哈，我的首席大弟子！看看……”

杨森极不耐烦地抓过信，两目扫过，即掷于茶几上，一语双关道：“你就看我杨森的！”

这“双关”之一是张澜，之二是川东红一路军！

诱歼战眼看打响，杨森亲自领军，自觉着胜券在握。

他手下的精锐之师潜伏在险山峰口，俯看着一条依山傍水的蜀道。

杨森喝令着：“弟兄们，今天是我们报仇雪恨的日子，消灭了川东红一路军，重重有赏！”

“军长，看——”

不知谁一声低嚷，杨森扭首俯瞰，只见一辆我们见过的吉普车从临河的蜀道上颠簸而来。

杨森眉梢一跳，觉着有异，立马急火火地大步下坡。在山腰间，他迎住了满脸油汗的向廷瑞。向廷瑞懊丧而又无奈地报告了噩耗：“有人走漏了消息，我们非但没有从仪陇诱骗出指挥部里的红军，先遣队还让他们扣了！”

“什么？！”杨森气火攻心，连扣扳机，手枪连连喷吐出主人泄恨的硝烟。

“砰砰砰！”

向廷瑞忽然记起什么：“难道会是他？”

杨森一脸铁青，喝问着：“谁？”

“我们在半道上撞见一个要搭车的后生，转眼又不见了……”向廷瑞如梦方醒一般，“他是扒我们车去的仪陇？！”

杨森挥手一个耳光：“搜捕不到这个人，我就崩了你！”

向廷瑞不得不挺身受命：“是！”

“慢！”杨森猛可省悟到什么，“张澜来拜访我……是想探我的虚实？还是……施放烟幕？”

受军长省悟的启迪，向廷瑞也追想到什么：“对了，我好像在南充中学见过这个人！……”

杨森抬臂止住下属，眼中杀气直泄往青岗山下的无形目标：“不管是你不是你，今天了断！马上派一个便衣队，给我结果了张澜！”

向廷瑞应命：“是！”

杨森发了狠，下死令：“怎么都行，就是不准用枪，不准声张！”

向廷瑞心领神会：“军座放心。”

特缉队闻命出击，算得雷厉风行，当日就包抄了青岗山下的张澜家。

一窝便衣里里外外搜查着，破门倒柜之声不绝于耳。

刘慧征抱着已出世的小儿子张崙斥问着：“你们是什么人？光天化日的，也敢？！……”

搜查的便衣从内间里回出，冲头领摇头。

头领大刀一扬，撇下刘慧征，着即喝令：“学校！”

众便衣又夺门而去。

十三岁的茂延和十岁的继延害怕地扑住母亲问道：“妈，爸爸他？”

刘慧征自己也紧抽着心……

特缉队又追捕到南充中学校长室。

执刀拿棍的便衣，夺门而入，室内空空如也，只有办公桌上留着一幅字——

> 国恨家仇何所惜，
> 我自为官升三级。

“墨宝”交到杨森手里，大将军愤盈之下，居然“当仁不让”地勃然喷笑：“哈哈哈……”

正在跟洋狗“蒋介石”与“吴佩孚”亲热着的众大小姨太太，顿时被主人杀气腾腾的笑声给吓蒙了！

第五章　秀才锄顽劣

想紧步蒋介石后尘，独霸四川的杨森，没有能够砍下张澜的这颗人头。虽然他收买了叛徒，得以捕杀了令地方军阀——包括杨森本人闻声窘恼又胆寒的华蓥山游击队司令廖玉璧，但还是官运不畅，收归到省主席刘湘旗下；而大难不死的张澜重又回到南充。

1936 年初春。南充中学的大操场里，在庆祝的爆竹与鞭炮声中，但见横幅条条相衔：“南充中学”“南充民众教育馆”“南充蚕桑改良场”……横幅后即是各路、各式人马，算得上摩肩接踵，声势不小！

周锋抑制不住兴奋地介绍着：“现在请省公务人员惩戒委员会委员长张澜先生讲话！”

前排的蒲瑛、蒲生、肖子群们率先响响地拍起巴掌。

爆竹连着鞭炮，呼应而起。

张澜夹着《新蜀报》稳步登台，却并不怎么兴奋地开始了致辞：“这鞭炮若说是送瘟神，倒应该。”

听众意会，一场开颜。

张澜自己却不笑：“若说是庆祝，那还太早、太早。”说着，打开报纸，亮出一张放大的照片。

欢庆的人们即刻肃穆下来。

这是一张资料照片：临刑前，遍体鳞伤的华蓥山游击队司令廖玉璧被绑在一乘滑竿上示众。

张澜愤切的声音在操场上空回荡着：“这是我从城墙上揭下来的照

片，照片里的人就是华蓥山游击队司令员廖玉璧，我们四川人民的好儿郎！是谁杀害了他？”

听众们的心显然被触动了。

张澜眼里的闪电又折射出来，他一针见血道：“是一个叫什么‘精练司令’的向廷瑞，是第二十军军长杨森，背后当然还有发号施令的。为什么要杀害他呢？因为他、他们要消灭侵犯我中华的日寇，要打倒不抗日的卖国军阀。”

蒲瑛按捺不住了，扬臂一呼：“消灭日寇！”

群起呼喝。

周锋继而一吼：“打倒不抗日的反动军阀！”

全场响应！

鲜英赶来了，挤到前排，跟蒲瑛、周锋他们亟亟通报着，掏出一封信，往台上张澜处示意。

张澜高扬着廖玉璧的遗照：“杨森他们不是拿廖玉璧烈士在‘示众’吗？好，我们就贴到‘纪念窗’里去。”

纪念会一结束，廖玉璧临刑前的照片被镶上黑框，已端放在校门口的橱窗里，下面是一行血色行书：

让我们记住英烈。

从重庆赶来的鲜英，被纪念会上张澜引带出的廖玉璧深深感染了。他跟张澜来到青岗山下，依旧思量着那位威名赫赫的烈士。他目睹着张澜家小坪前的一片碧绿的梅树林，还没启口，一旁的张澜心意相通地一语道出：“真像是一片不屈的生命！”

两人不由得相顾会心一笑！

少顷，张澜才将目光又注落到鲜英送来的信上：“蒋介石是步步紧逼呀！什么事都得请示他，还要逼刘湘把省会从重庆迁到成都！”他不由得也为刘湘抱起不平。

鲜英乘势游说：“刘湘这个继任的省主席当得实在憋屈。所以，他一定要请表方兄你出山。”

张澜头一摇，不觉中目光透过梅林，投向可望可即的嘉陵江。

那嘉陵江，浮沉的波涛轻轻地“哗哗”着，似在倾听，似在企盼。

张澜的声音犹如与波涛的声音是同步的：“刘湘这官当得这么窝囊，我去又有何用？假如他真有心要商议抗日大计，我倒乐意效命。”

鲜英亟亟抓住时机，一锤敲实：“刘湘正有此意。就说定了？！”

随着堂屋里一阵轻松的吆喝，茂延、继延欢步奔来：

“下课啰！”

“爸爸！”

后面是讲完课的蒲瑛，抱着三岁多的小张崙。

十五岁的茂延已很有点成熟了。她见鲜英叔叔在，便提着醒：“爸，今天该带我们去玩了。”

继延不由分说地攥着父亲就走。

张澜还念叨着刘湘这边的事，想支开女儿：“爸爸跟你鲜英叔叔还有事。”

“不不不。”鲜英连连将师友往茂延、继延身边推送，“去去去，我这里有蒲瑛陪着。”

张澜不苟言笑，儿女们都有些怕他，怕他那张严肃的胡子脸。当然，也有例外。比如今天，好不容易被拽出家门，在江滩上，张澜竟也“老夫聊发少年狂”，光着脚，跟儿女们挑拣着花色斑斓的各式贝壳、卵石。

继延捡过块怪石，左瞄右看道：“嘻，它长着‘角’，嘻，像不像羊？”

小张崙着即将手里的卵石一扔，抢了过来：“我要‘羊’！”

茂延也发现了宝贝，捡过一亮：“爸，你看——还有像人的！”

张澜接过，煞是欣赏：“嗯，像。这个‘人’可硬得很，有骨气。”

茂延半明不白地“嗯”出一声。

张澜油然思念起什么，生怕惊扰了谁似的，轻轻地问女儿：“还记得你们二哥吗？他就像这块石头，有理想、有骨气……”

茂延姐弟的目光不由得汇聚到“有骨气”的石头上。他们自然不会忘记自己敬重的二哥慕良。

鲜英留在张澜家里，由淑延引领着，和蒲瑛一起游赏着家里堂前屋后的树。

这里有杏树、桂花树、玉兰树、橘子树、橙子树，看去，委实悦人心目。蒲瑛虽常来校长家，好像今天才发现“新大陆”似的。她感慨不迭：“都成花果园啦！”

十岁的小淑延很有些自豪道：“我爸就爱开花、结果的树。”

鲜英立时意会，又明知故问：“那你晓得为什么吗？”

淑延歪着脑袋一想，小嘴一啧：“好看、好吃呀。”

鲜英摇摇头，娓娓而叙：“这些树就像是你爸爸的学生，把他们辛辛苦苦培养长大，做不了事，派不了用，要他们做什么？”

莫说淑延，就是蒲瑛也大受启迪！这天经鲜英提议，他们就别开生面地在梅树林里吃的晚饭。

老习惯，就像在重庆的鲜英宅第一样，张澜陪着鲜英，饭后百步走，踱到竹林里。张澜记挂起什么：“哎，请刘湘支援的两百杆枪支弹药的事？”

鲜英一笑：“表方兄的这点面子，他刘湘还敢不卖？”

张澜依然认真地叮嘱：“你还是盯紧点，邓乡长他们等着用。”

鲜英爽然应允。

张澜流连在竹林中，亲昵地爱抚着一杆杆挺挺的修竹，少顷，缓缓收住脚步。

鲜英头一扭，询问：“想什么呢？”

张澜喟然一叹！

鲜英着即省悟：“又想慕良？”

张澜默然。作为父亲，他看得出二儿子少小就有屈原“路漫漫其修远兮，吾将上下而求索”的抱负；十八岁只身进北大，后来又去德国留学——那可不是一般学子企盼的出国镀镀金，而是为救中国。

“唉——”张澜手抚青竹，就如对二儿子一般，显出人前少有的温情。

常言道，苍天有眼。有时候，倒也不假；有时候，就未必了。

正是夏秋之交的时候，在重庆的一个普通茶馆里，一个后生刚买了一大碗茶喝下，提起小藤箱要走，忽被二楼的评书吸引——

“……这个从日本留洋回来的张澜好生了得！一介文弱书生，撞上了一个号称‘大屠夫’的四川督军赵尔丰！”

后生心一提，眼一瞄，不由得循声上了楼。

二楼是茶堂，较开阔。一围茶客，一个个屏息凝神地直睃着中央台前的评书人。

评书人惊堂木一拍，一声吆喝道：“听客您可听清楚了。张澜前胸顶着洋枪，后脑挨着大刀，性命悬于一发！赵尔丰志在必得，阴阴一笑说，你这个川汉铁路股东大会的副会长，要想留下命，就听从我的训令，立即停止‘保路风潮’！”

喝茶的忘了喝茶，连刚上楼来的后生也心抽气缩上了。

评书人已是情不自禁，挺身而起，做出书中人——张澜的情状：“要命，你拿去；要把百姓民众集资兴建的川汉铁路权出卖给英、美、法、德，万万不能！”

满堂喝彩！

后生欣悦之下，也倍觉感奋！

恰其时，刺耳的呼啸訇然大作，捕人的警车在楼下街口刹住车；骤起的警笛声中，只见一队人马破门而入。

后生惊悟出什么，反首急催：“先生快走——走！”

评书人也似早有防范，转瞬间即从后窗消失。

后生看在眼里，倒也不曾料到，心下一笑。他不便久留，很熟稔地混杂在四散的茶客间，转瞬也不见了。

饭后百步走的张澜，这次是携着三女儿淑延，在嘉陵江对岸的沙滩上看淘金人从沙里取金。

淑延懵懵懂懂地问："沙子里怎么会藏着金子？"

淘金人被问笑了，做父亲的也醒了神。须臾，张澜关心地问开淘金人："每天都能淘出一点吗？"

淘金人头一摆道："哪里。天天都有，就好啦！"

张澜"噢"了一声，瞩目着衣衫破旧的卖苦力的同胞，显出由衷的关注。

茂延的喊声从江对岸传来："爸爸——"

淑延攥着老父亲不松："姐又想来……爸今天是我的。"

张澜在淑延脑袋上轻轻一敲："真是个'小心眼'！"

茂延加上继延的喊声又传了过来："爸爸——二哥回来啦！"

淑延蒙了："二哥？说瞎话！"

张澜不敢置信地头一摇："不……可能。他……"

茂延与继延再次齐声喊话过来："二——哥——回——来——啦！"

张澜身心一振，自语道："真会？！……"

待到张澜携着淑延一脚跨进屋里，眼门前果然是十年未见、"死而复生"的次子慕良，也就是茶馆里出现的那个后生。他抱着小弟张嵩，人是显见成熟、干练了，远非昔日慕良可比啦！

他便是张澜一直默然念叨着的张慕良，名崿，中共留德学生支部书记，时年二十九。

"爸！"

"慕良？！你真还……"

"只差那么一点，国民党军统局还是没能在法国马赛抓住我。"

刘慧征抹着眼泪接抱过张嵩，父子俩不由得相拥而泣！

张澜没有去擦泪水，又扳过爱子细细地端详着："大了，变了，出息了。"

淑延还有点不敢相信："真的是二哥！"

茂延偷偷敲了一下二妹的屁股！

"是淑延？！"慕良又一把抱起三妹，在她小脸蛋上一亲。

张澜依旧不舍地凝眸着天上掉下的二儿子，眼里闪烁着一个做父亲的特有的快慰。这天降的太意外的快慰，无以言表！

不用说，当天晚上，父子俩就在书房里秉烛长谈。

张澜手里捏着一份发黄的德文《红旗报》，很是惊奇：“周恩来？！”

慕良点点头，没有留意到父亲的神态，径自沉浸在温馨的回忆里：“周恩来是1930年来的柏林，到我们留德学生党支部做了一次讲话……”

那是万木苏醒的春天，在德国柏林大学的中国学生宿舍里。

时任中共政治局常委、军委副书记，时年三十二的周恩来跟张慕良、成仿吾、谢唯进、章文晋等同学介绍着国内的形势：“……蒋介石没有料到，他的‘四·一二’政变，把我们逼上了‘梁山’——毛泽东和朱德在井冈山会师，建立了我们中国工农红军的第一个根据地。别看它眼下还是一簇星星之火，它是一定能够燎原的！这当然急坏了蒋总司令。我们中国的农村这么大，他再杀、再‘围剿’，也杀不光、‘剿’不尽哪！……”

张慕良他们也被讲笑了。

……

听着儿子的介绍，张澜从中深悟出什么，也抚髯笑了：“李大钊、陈独秀先生的眼光确实厉害！……”

做儿子的不由得一怔，有点不知所以。张澜爽心地微微一笑，告知着：“我在北京《晨报》时，他俩就跟我特别介绍过毛泽东、周恩来几个学生领袖！”

张慕良又兴奋，又惊讶地追问：“1919年？！”

张澜回首心动：“难忘的1919呀！”

隔壁的女儿卧室里，刘慧征赶着蚊帐里的蚊子，随即放下帐沿。她听得书屋里的笑声，也惬意地抹开一把开心的泪花。

书房里的慕良兴奋不已地追问个不休：“爸爸当年的《晨报》，还报道过《湘江评论》和《天津学生联合会报》？！”

张澜头徐徐一点，不由得感慨系之：“没想到，当年一个‘评论’的领袖，一个‘会报’的领袖，如今变作共产党的领袖了。呵呵！好！好！”

也不用说，这天晚上，身为老父亲的张澜，自然是惬意得睡不安稳了。

已习惯提着心睡觉的刘慧征潜意识地觉着什么，眼皮一睁，点上灯，四下里一看，并没有发现什么，却见着身旁的丈夫，嘴里念叨着什么，脸上挂着太难得的笑容。

刘慧征提着灯，就这么大胆地“欣赏”着仿佛变得天真的丈夫，眼里不觉又潮润起来。

似乎是眼皮下的灯，又似乎是心有灵犀，张澜忽地睁开了睡眼，似醒非醒地问：“嗯？慧征，你这是？……”

刘慧征也不遮不掩了：“你又笑又说的，我想看看今晚我的丈夫是犯了什么‘病’？”

“我又笑又说了？！”做丈夫的还有些儿半醒不醒的。

做夫人的关照着：“好了。梦也做了，笑也笑足了，说也说够了，我们的儿子再不会飞走了，你也该放心睡一觉了。”

刘慧征刚要吹灯，被张澜止住：“慢点、慢点。你来。”

刘慧征不知所以地跟着丈夫上到阁楼的小书屋。

刘慧征爱嗔着问：“哎呀老头子，天都快亮了，你还？……”

“嘘——”张澜轻声制止着，就着夫人的灯，纸一铺，笔一提，便奋笔写下标题：“喜次子崿从欧洲归”。他稍作沉吟，便走笔游龙。心底的声音同步涌动着——

游子音书断羽鳞，
重瀛一旦作归人。
老亲乍睹惟双泪，
异国远离已十春。

张澜此刻仿佛重又目睹：嘉陵江小码头，夫妻俩读知二儿子的噩耗，相对失语，不觉潸然泪下……

消息误传忧物化，
瞻依如昔见天真。

重又目睹：堂屋里，“大了，变了，出息了”的慕良。

时艰正是需才切，
爱汝应知善立身。

刘慧征意会的目光从题诗挪往题诗人，但见丈夫神色变得凝重，那幽深的眼光折射出做父亲的独有的殷切企盼……

而此刻的二儿子慕良呢？

他仰卧在床上，手里捏着一份油印件——毛泽东的《关于蒋介石声明的声明》。他一样了无睡意。

一个声音随之在脑际荡出：“这次组织上派你回父亲身边，你可得多学着点；要抗日、要救国，我们在四川离不开表老！……”

一连几天，父子俩形影相伴，早不识日夜轮回的时序。

家边上的嘉陵江，是他俩每天必到处。一到江边，他俩更有谈不完的话，更有无穷的遐想……

儿子介绍的苏联，对于张澜来说，是极新鲜的。看着眼下做父亲的那专注的神情便知晓。

“噢，苏联！……真是工农老百姓当家做主人了？”

张澜可远不只是感到新鲜，他被震撼了！这也是他——一个“先天下之忧而忧”的吁求民主、民生的中国知识分子所久久企盼的呀！

“嗯。我在那里三年，目睹了翻天覆地的变化！”

“中国什么时候……也能有这一天？！”

慕良毫不迟疑地回复：“爸，会有的。正是为了这一天，我们才提着脑袋——拼命！”他的目光不由自主地投向似乎一样在滔滔“奔命”的嘉陵江。

父亲注意到儿子的目光，不觉怦然心动："你也喜欢嘉陵江？"

饱含深情的嘉陵江奔涌不息。

"喜欢。不晓怎么，先在德国，后来到苏联，多少回睡梦里总是见到嘉陵江……"

"好，是我张澜的儿子！"

日落西山，父子俩浑然不觉。张澜干脆拉着儿子来到江边上。

"爸，你这是？"

父亲笑而不答，长衫一脱，穿着大头短裤就涉水而下。

儿子这才识出玄机，大喜过望："爸会游泳？"

父亲也不回答，身子一扑，即钻入水下。

儿子一看没了父亲的影踪，始而一急，继而笑了："爸还会扎猛子？"于是瞄准线路，也一头扎入水下。

父亲、儿子几乎同时冒出水面，双双相视开颜。

儿子划着水道："想不到爸的水性这么好！"

父亲童真焕发道："保密。这赤身光腿的，可不'文明'。"

儿子乐了："哈，爸还有孔老夫子思想。"

父亲幽出一默："留一点，对他老人家也算是个交代。"

远处传来刘慧征的喊话："老头子，你跟儿子在哪里呢？醪糟蛋都凉啦！"

张澜一怔，连连吩咐："天机不可泄露。你快打发你妈走。"自己一个猛子躲了开去。

慕良故意"泄露"："妈，爸说'天机不可泄露'，我们就回来。"

刘慧征半解不解地追问："什么天机不天机的？"

水里的儿子"扑哧"笑了。

对历经血与火、生与死的洗礼的张澜来说，他从不曾想到会有这一段人生太意外、太难忘的温馨插曲。只可惜天灾人祸……

天穹中高悬的烈日，将天际炙烤得都要燃出"火"来。

田野里一片枯黄，不少农田都龟裂了。甚而连飞鸟都会冷不丁地从半空里晕乎乎地坠落下来。丛山之中，有几处因不堪干热，自己燃出了山火，蹿起几股黑烟。

1936年秋，已经饱受蒋介石“清党”、“围剿”、捐税、抽丁以及军阀混战之苦的川北老百姓，又遭遇罕见的大旱。一片片的树林被剥皮吃了，观音土成了抢手的“米粮”，逃难成了活命的一条生路。

谁都能看到惨不忍睹的“难民图”——被剥了皮的光光林子、抢挖着观音土的嗷嗷饥民、一拨接一拨的逃难盲流……

不晓从什么时候起，青岗山的张澜家，就成了逃荒灾民的赈济所。

厨房自然是不够用的，锅灶早已搬到小坪中。烧好的稀饭才分发给难民，毗连的大锅里又开始放米下菜。刘慧征成了赈济的“指挥官”，蒲瑛与周锋做着“副指挥”，蒲生和茂延、继延、淑延甚而小张崙一个个忙不迭地淘米、洗菜、拎水、捡拾柴禾。慕良主要帮着老父亲接待。

前一批还没有走，后一批难民又拥进来。一些个妇女、老人见了张澜就拜。

“求老爷赏点吃的。”

张澜连忙扶起一个老妇，声明道：“我可不是老爷唷，拜不得的。”

诙谐的“声明”，惹笑了周遭的老弱妇孺。

慕良招呼着：“不要急，你们就等下一锅。”

有人还是等不及，有点底气不足地探着口风：“能不能割一点地里的小麦？”

继延正好过身，不得不低声关照：“爸，我们自己就剩那点吃的了；小弟还盼着吃麦饼。”

张澜也低声应诺着，交代一个老叟：“你们就去割一点带走。”

还没等老叟招呼，一批饥民就迫不及待地蜂拥而去。

蒲瑛赶来告急了：“校长，米快没了。”

张澜有点措手不及：“这么快？……”

“怎么办？难民还那么多。”

“去找邓灵轩乡长，无论如何再筹一些米来。”

蒲生已然是一个大小伙子，调皮相依然未改。他冷不丁地从人堆里钻了出来：“我去！”

张澜笑了：“你真像是程咬金，老是半途里杀出来。”

不远处，传来邓灵轩的声音：“咳、咳，都站住！你们这是干什么？”

蒲瑛听出声音：“是邓乡长！”

循着邓灵轩的声音，张澜与蒲瑛几个赶到坡地麦田里一看，也傻眼了——

麦田几乎被一扫而空。

蒲瑛怫然不悦地责怪着：“太过分了！”

闻声赶来的继延一望空空如也的麦田就哭了：“我说不让、不让，你偏不听！我们吃什么？小弟……”

“住嘴！”张澜也动了气，“割了就割了，不会饿死你。”

“别哭、别哭，你这个当爸爸的也真是。”邓灵轩安抚着继延，拉她到自己挑来的米担旁一拍道，“有你吃的。”

与邓灵轩一起挑米来的肖子群也拍拍自己的担子说：“还有这儿啊！”

张澜毫不领情：“这是筹来救济难民的。”

继延不满地狠狠瞪了父亲一眼。蒲瑛见了，不由得抿嘴一笑。

不能不说，这实在是一个奇特的赈济所，以老校长家为核心，学校教师、乡里近邻围着转。一锅菜粥刚开张，又一锅下了米菜。

蒲生捏着扛棒跟邓灵轩出来，佯作正经地盘问着：“哎，乡长，你是不是诸葛亮投胎的？”

邓灵轩一时丈二和尚摸不着头脑。

“校长刚要我来找你筹点米，你就来了，咳，也省得我跑空了肚子。哎——你真是有那么点像诸葛亮，这额头、下巴……”

刚要进屋的张澜、周锋、肖子群见状不禁失声喷笑。

蒲瑛不好意思，一戳兄弟：“你怎么不改改？老是油腔滑调！”

张澜不以为然：“不改好，不改好，我这个老古董就喜欢小活宝。”

蒲瑛半真半假地将兄弟往老校长身边一搡道：“那好，我这个兄弟就托付给您这个‘老古董’了。”

张澜呵呵一笑：“古董收活宝，好、好。”

一围尽开颜！

未待张澜他们进屋，一批人扛着一捆捆的麦子又回了转来——正是抢割麦子的饥民们。

那请求割麦子的老叟冲着张澜“扑通”跪下：“老先生，我们对不住你！……你地里的麦子全在这里，我们不该呀！……”

又一些妇女、老人、后生鱼贯跪落地下。

正接替母亲在大锅里“搗糨糊”——匀米的慕良与烧火的母亲、弟妹们呆住了。

继延更是惊住了，眼里的泪珠一滚，几步过去扶过老叟：“我们自己还有，你们挑回去……吃！”

张澜的眼里顿时闪出莫大的欣慰。不过才眨眼的工夫，又一大批难民拥了过来。

张澜着实吃惊了！

他不能不星夜赶赴省城，面见了省主席刘湘，直陈救灾之急，人命关天，已是刻不容缓！

刘湘不能不为师长辈的张澜这一股“先天下之忧而忧”的范仲淹襟怀所动。

1937 年 4 月 25 日，省政府为此专门成立赈务委员会，推选张澜为川北赈济会会长。经南充行政专员鲜英推荐，特邀张慕良为赈灾专员，分发赈济款。

赈济会这也可以说是张澜家赈济所的大延伸。政府介入，实力大增，张澜的视野已包容了大川北。借用鲜英的戏言：“这回表方兄可真的‘不得安生’了！”

可不，你看一大清早，他就出了省城郊区的驿站。张澜老人乘上滑竿，却见慕良咳嗽着回谢了扛夫，加入到步行的小分队行列中。

扛夫抬着滑竿，紧随不舍地黏着慕良道：“张先生，我们是奉命行事。”

慕良佯作正色：“好，现在‘张专员’命令你们回去。”

扛夫困惑地巴望着这个有福不晓得享的助理大先生。慕良在扛夫肩头友善地一拍："谢谢。"说完，慕良拔腿追上队伍。

扛夫觉得匪夷所思，自言自语着："真是奇了，这天底下竟还有这样的'专员'？！"是呀，他们生活在社会最底层，什么人没有见过呀！这个有心的扛夫禁不住暗暗寻思着，不用说打打杀杀的地方军阀里头，就是什么政府里头，都从来没有见过这般的人，还是"专员"哪！

张澜看在眼里，喜在心头。这个留洋回来的儿子真的变了，大变了！是呀，在如许军阀中、政府专员里，何曾见到儿子这般的"专员"？不晓怎么，他念起了李大钊、陈独秀先生，两位先生认定的"新的人""新的路"……自己的儿子，兴许就是"新的路"中"新的人"？做父亲的油然念及李大钊、陈独秀先生寄予厚望的毛泽东、周恩来们——他们该是苦难中国的希望！兴许儿子……就是共产党？不过，张澜认定：时下的中国，急需儿子这般心底里装着老百姓的人！

他们一行人，马不停蹄，走村过乡，送去的又何止是一点钱、一点米？天底下这样的"专员"，这样的赈济会同仁，大略不多——岂止不多，简直太稀缺啦！

这一天，他们从杨家场的山坞中出来，由一队保安护送着，不意来到岔路口一块青石界碑跟前，石碑上刻着三个字：杨家场。

界碑旁长着一株气势不凡的黄桷树。

保安队长送到碑前树下，便拱手辞别："有劳张会长了，恕不远送。"

张澜在滑竿中拱手回礼："费心了！"

出山弯，登蜀道，一些擦肩而过的难民，见着"赈济小分队"即奇怪地避开身去。

"停、停。"张澜叫住扛夫，先走下滑竿，见到一家老小从自己的来路上斜插出来，便上前有礼地问道，"大嫂，你们是杨家场的？"

"不、不，不是。"被称作大嫂的老妇携过大女儿、小儿子埋头就躲。

张澜觉着蹊跷，思量的目光不觉又回望不远处——

但见那气势不凡的黄桷树，遮掩着杨家场一片参差错落、气势不凡的瓦房。

“爸，这个杨家场，不一般……”

“嗯……不一般的怕是那个豪绅晏平。”

大汗淋漓的队员们歇在蜀道边树荫里，众说纷纭：

“那个晏平，样子倒和善。”

“听说跟杨森还是远房亲戚呀！”

蒲生听着就来气：“咳，一跟杨森攀上亲，这‘善人’怕就不善了！”

张澜跟思量着的儿子目光一碰。

走出蜀道，迎着他们的是一座破败的关帝庙。张澜一行刚要进庙，即被院内的哭嚷止住。但闻得院内的声音：

“妈，女儿就是饿死在外面，也不回杨家场！”

“唉！远远近近都是他拜把子的兄弟，哪里逃得出人家手心？”

“听说上头派来救灾的了？”

“只怕到不了我们手，早就……”

赈济会队员们顿时抽上心，面面相觑。

张澜骤然记起——

从北京回来的那年，在山野客栈里，裘一春告诉过自己和鲜英：“说来我家风水不错，紧挨着关帝庙，就可惜关老爷不保佑……”

“过了杨家场……关帝庙……对，就该在这里。”张澜判断着，着即吩咐，“慕良，你带队员进庙里了解情况，就地发款。”

慕良允诺着，又咳嗽起来。

张澜本就提着的心此刻又一拎，问道：“是不是太累了？你的体质不像从前……”

慕良强打起精神：“老毛病了，没事。”

张澜仍有些不放心地关照儿子：“你自己多留点意。蒲生，我们走。”

张澜的判断没有错。虽走了半个村的冤枉路，还险些摔下山崖，他们到底还是找到了裘一春家。

这哪里是什么家呀——徒见四壁，满目凄凉。

古稀之人的裘母，紧拉着张澜的手，悲泪涟涟道：“一春的小妹前天叫晏老爷的保安带走了！……恩人哪，你救了一春，再救救他小妹，我给你……”求着，要跪落下去。

张澜一把扶住裘母，安抚着：“别急、别急。你先坐下。”

裘母颤颤坐下。

蒲生几乎不敢相信：“这里的田、地、山，都是姓晏的？”

裘母叹息着：“一春赚钱买了三亩荒地，也叫他收走了。”

张澜留心问道：“县政府就不管？”

裘母摇着头一叹：“他有的是钱，势又大，县里县外的，手下的保安不下好几万！谁个见了不怕？”

蒲生不由得也大吃了一惊：“乖乖，姓晏的真有这么大的神通？”

张澜亦是没有想到，依旧留心探问着：“他跟一个叫杨森的军阀是远房亲戚？”

裘母摇摇头说：“只听说跟……省主席有来往。”

张澜心头好一记震撼，脱口而出：“刘湘？！”

蒲生立时吃着了分量，瞟瞟张澜。

裘母顿时也顾忌到什么，立时改变了主意：“恩人哪，小女命不好，就……就……听命了！”

张澜晓得老人的心思，从兜里摸出一叠钱票（申票）往老人手心里一按道：“你……等着。”

县署接待川北赈济会的张澜一行，不用说，是高规格的，这反倒惹恼了心思沉重的会长张澜。眼看会长大员都要走了，一县之长非得有所表示，硬是在中心花园里开了个茶话会。

茶话会布置得很艺术。在“欢送‘赈济会’”的横幅下，沿假山，傍水池，座席安排得错落有序。陪坐在张澜身边的瘦县长有些神不守舍。慕良不时瞟一眼父亲，估量着什么。赈济会队员们品着茶，也都摸不着边际。

蒲生咬着慕良的耳朵：“校长闷葫芦里卖的什么药？”

园外终于传来唱名：“晏平老爷到——”

声方了，但见一个很有点不凡气势的中年汉子步入花园，圆脸上镶着尖下巴，一身考究的丝质长袍马褂。

“来迟、来迟，恕罪、恕罪。”他拱手跟张澜、县长致着歉。

张澜见县长支吾着不开口，便“越俎代疱”：“那可得受罚。”

晏平心甘情愿道：“应该、应该。来，献上！”

众人莫名其妙间，已从园口飘进一列佳丽，个个花枝招展，闻笛声起舞，旋至队员跟前，个个抛长袖，送媚眼，频频施礼。

张澜目光一巡，攫住了佳丽丛中一双泪眼，而那泪眼亦正打量着张澜。

张澜目光一跳。

喝彩风起。

晏平不无得意道：“张会长，这个‘赔罪’如何？”

张澜一瞥对方，未置可否。

一曲方了，领舞的佳丽玉手一抖，将手中的白绢扇打开：“张会长给题几个字吧？”

县官、士绅连连附和：

“久闻张先生的诗才了得！”

“妙、妙。”

晏平干脆将案中长笔一递：“请。”

张澜一巡顾众佳丽，目光只在泪眼人脸上一顿，便挥笔而下：

裁锦绣罗丽绝伦，
纷纷装束斗时新。
可怜北道贫家女，
尚有经冬无裤人。

领头的佳丽大窘，暗瞟一眼主子。主子晏平也大为不快：“张会长未免……”

张澜接口应答："没错，本会长未免'不识抬举'。今天还要留晏老爷在县署交代一下赈灾款项的去处。另外还有几个案子……"

晏平大料不及，拍案而起："你区区一个会长还敢扣留我晏平？"

县长顶不住晏平逼视的眼光，避开了。

张澜却安之若素："何止是扣留？"

"哈哈哈……"晏平勃然喷笑，"方圆百里，谁敢动我晏某一根毫毛？我看你张澜是活得不耐烦了。"

张澜居然只是冷冷一笑："来人。"

一群荷枪警察应时横出。

"押走！"

风云突变，令满场地方的高宾贵客大傻眼！这对于他们来说，太匪夷所思啦！也确如晏平所放言的——方圆百里，大略只要他晏大老爷呛一声，都会令一方人众胆颤心寒！

威震一方的晏大老爷居然被扣留，这实在算得上是晴空响起霹雳，把一县的阔佬贵人给震晕乎了！他们估计晏老爷终究还是倒不了，这个当过成大校长的张会长，一介寒酸书生，不过是要个意气，做个样子而已。

于是，他们继晏老爷之后，在大顺饭庄，摆了个不是鸿门宴的鸿门宴。

二楼大堂里，可谓贵人聚集，宴席诱人。

大家交头接耳，说话声嗡嗡不绝：

"晏老爷不会有事吧？"

"嘿，不看晏老爷手下的十好几万袍哥兄弟，单是背后一个刘湘主席，谅他张澜也……"

楼下传来唱名："赈济会张会长到——"

富商豪绅们一阵雀跃：

"看，到底来了不是？"

"有戏，有戏！"

张澜由瘦县长陪同，由贵人簇拥着踱到主桌跟前。

一个显然是代表模样的绅士招呼大家落座："今天张会长大驾光临，是给了我们社会贤达一个大面子。来，为劳苦功高的会长先生，我们全体同好，敬上一杯！"

一众应和。

张澜只是淡淡一笑："不敢当。诸位'同好'都是贵县的上流人物，今天聚会，是不是为晏平的事，要我手下留情？"

"要旨"被一语点破！事发突兀，反令全场贵人犯了个顶头呆，一时无所适从了。

只能是举场愣神。

那"首席代表"睃一眼县长，笑得尴尬："嘿嘿，张会长真是神机妙算哪！"

一阵尴尬的笑声随之响起。

张澜抬手打住首席代表道："本人跟晏平素昧平生，无冤无仇，其实是无所谓留情不留情的。"

众绅士始料不及，觉着必有好戏。

首席代表迭忙接口："就是，还望张会长……"

县长估量地睃一眼张澜，制止了首席代表。

张澜如实自剖："我张澜留情，并无不可。"

短暂的惊愕后，举场鸿门宴中人顿时为之跃动！

县长一时犯蒙！

首席代表不失时机地再度擎过酒杯："来来来，全体同好再敬张会长一杯！"

一围酒杯当空擎起。

张澜抬手制止，沉沉道："只是受害者的家人不会答应，方圆百里的穷苦老百姓不会答应。所以，这个'情'张澜断不能留！"

情势急转，举场人众顿时又瞠目结舌了！

张澜巡看着桌桌酒菜，就势一指，补充道："这一屋子的美味佳肴，张澜心领了；就替我分送给门外、路上还饿着肚子的穷人朋友吧。

拜托！”交代了，即拱手而去。

护送张澜的蒲生，一离开饭庄，就止不住乐开了：“呵呵呵，校长，真有您的！”

张澜乘在滑竿上，不笑不乐，径自闭目思忖着什么。

蒲生嘴一噘，有点不解地问：“老校长，您又想什么心事？办了一件大好事，要高兴才对！”

“现在高兴还太早。”

“不早不早，正是时候。”

蒲生正半真半假地呵呵乐着，这笑就僵住了——眼门前又横钻出一些人，已拦住滑竿。

“你们干什么？是来告晏平状的？”蒲生自作聪明地估摸着。

来人正色道：“不、不，我们是来保晏老爷的。”

蒲生大惑不解：“什么？什么？你们还敢来保……”

张澜止住蒲生，审视的目光从来人鲜亮的长袍马褂上掠过：“你们先替赈济会办一件事，再来作保不迟。”

不消说来人，就连蒲生也心里一“咯噔”！

来人意外地松下一口气：“会长尽管吩咐。”

张澜神情肃然，问道：“晏平家有多少田地、山林？有多少大小老婆？他抢占了多少民女？杀害了多少百姓？”

事出意外，众人一个个大惊大骇！

蒲生则是大惊大喜之下，故作正色状：“还不去办？”

来人自然不会去办那些事，而报应却来得飞快。

已是凌晨时分，一帮持枪执刀的袍哥武装蜂拥而至，猛敲南充会馆大门。

领头的汉子吆喝着：“砸开它！抓住张澜，抢回晏老爷！”

一阵射击，又一阵猛砸，大门被破开了，亦匪亦兵的众“袍哥”一冲而进。

大客堂里一无人踪。

搜索的兵丁发现桌上有一张字条，叫了起来："头儿，看——"

领头的汉子一手捏着手枪，一手抓过纸条：

晏平已伏法，你们蹲班房。

领头心一记抽搐："嗯？！"

一名执刀的岗哨遑遑来报："头儿，我们被警察包围了！"

领头的一惊不小："好你个张澜！"

就在1937年卢沟桥事变爆发的第二天，张澜拍板，除掉了这个曾经人见人怕、"威震一方"的大恶霸晏平，令四方平民百姓喜出望外——那爆竹，那老少奔走相告的喜庆，犹如过上了天大的节日！

还是徒有四壁的裘一春家里，慕良将那个泪眼佳丽——正是裘一春的小妹送还到裘母眼皮下。

裘母还当是做梦，眨巴着眼睛，定睛盯着小女儿，又暗暗拧了一把自己的大腿。

蒲生连忙替老人揉开腿，宽抚道："您老眼睛睁大看，这可不是梦！"

"妈——"小女儿发出一声亦悲亦喜的痛呼，紧抱住老母亲。

老人家不由得喜泪纵横，喃喃着："不是梦？真的不是梦？！……"

慕良又一阵猛咳，直觉着气喘。

蒲生这回发了急，嗓子也提高了八度："这回一定得坐滑竿，再拼命不得！"

裘母迭忙拉过慕良道："恩人快坐，我去烧碗红糖老姜汤。"

"我来。"小女儿抢着钻进厨房。

"不用忙，不用忙，我们还得赶路。"慕良招呼着蒲生刚要出门，门外又骤然响起鞭炮，随声拥来一批扬眉吐气的穷苦乡亲。

慕良扶着一个老叟，目睹不相识的如许激奋的乡亲，不由得热泪盈眶。他没有去擦抹泪水，一样激奋地告诉大家："你们再不用怕了，欺压你们的大恶霸这回遭了报应！"

一石激起大波浪：

"该！该！"

"谁个敢动他呀？多少年……你、你们也敢'镇'了他！"

"这个挨千刀万剐的恶霸！"

山径里，不觉中，一乘滑竿已悄然而至。那是慕良的父亲张澜。做父亲的招呼掮夫停下，轻步插入到人丛里。

慕良的目光巡回在纯朴的乡亲们中间，他问道："假如又有新的晏平这样的大恶霸来欺侮你们，怎么办呢？"

冷不丁的一语，又把大家问住了。老少乡邻彼此探顾着，一时哑了口……

突然冒出一个声音："找你们告状！"

蒲生兴奋中有些许得意，赞同道："没错！"

张澜有心的目光透过人丛，投向儿子。

慕良却摇了摇头："最靠得住的，是你们自己。"

"我们自己？"

穷乡邻们面面相觑，人人心有余悸，很有点不敢置信。自己？！

人丛边上的张澜也不由得一怔。

慕良细细评说着："他晏平老爷有田有地又有钱，为什么还要组织方圆百里的民团武装呢？因为他害怕。"

不解的乡邻们大睁着双眼。

裘母的女儿端着姜汤出门，也听得愣神了。

慕良进而一点："他不是怕我，也不是怕你、你，而是怕我们——怕我们大家。天底下多的是穷苦人，穷苦人假如抱成团了，有自己的组织了，不要说一个晏平老爷，就是十个、百个晏平老爷都会害怕得发抖！"

不解的、愣神的乡邻们，甚而蒲生，都不由得新奇地大睁起双眼。

张澜心下一震，寻味着，点下头。

裘小妹见恩人又一阵咳嗽，连连送上姜汤："快喝一口姜汤。"

“谢谢。”慕良接过姜汤，依然沉浸在自己的思绪里，“为什么大大的蒋总司令会怕小小的红军呢？因为共产党的红军，心连着天下的受苦人，他们是为天下的穷苦人在打天下！”

做父亲的震撼之余，端详着今非昔比的爱子，目光深沉。做父亲的此时此际，已然憬悟出了自己曾经的估量所得。

在当地的山乡小客栈里，有心的父亲留住了儿子。

一星烛火跃动着。

父亲的目光一如烛火般地跃动着。少顷，他道出自己的估量：“慕良，你是共产党？”

儿子如实相告：“就是党派我来的。找我谈话的还是爸爸你的好朋友。”

张澜几近下意识地应道：“吴玉章？”

儿子点点头。

做父亲的放下了心。老人的目光从儿子慢慢移向窗外，神思悠远：“从清朝到民国，你爸爸目睹了多少的这个党那个派的，又有谁真心真意地为了穷苦老百姓？哼哼，到头来，无非是抢地盘、夺权力，为的是自己、自己的家人、自己的朋友，只怕又当了委员长的蒋总司令也逃不出这个怪圈。”

慕良顿生共鸣：“所以才有了我们共产党。”

张澜收回远望的目光，看定儿子：“你们……倒是向着老百姓！……”是呀，天下做父母的，无不望子成龙，抑或望女成凤，对于张澜来说，他只求自己的子女，心里能装着老百姓。一个心里装着老百姓的人，就是个堂堂正正的人、大写的人；一个为了老百姓的党，才是个公正的党，能立于不败之地的党。

“爸爸，”慕良从随身携带的小油纸袋里抽出一份油印件，“你说的，毛主席都写进去了。”

“哦？”张澜接手一看，“润之先生？！”

标题醒目——

关于蒋介石声明的声明

这份久违的毛泽东君的《声明》，张澜连看了两遍，整个晚上，都寻思着抗日救国与蒋介石、毛泽东……直到凌晨，条件反射般地醒过来，又看了第三遍。不晓怎么的，从儿子身上，从毛泽东君的《声明》里，他捕捉到了自己久久担忧甚而痛苦、失望的事情有了解析，有了希望。他心里觉着踏实了不少。

张澜由鲜英陪着再度去省府拜会刘湘，自然更有了几分前所未有的踏实感。

“我杀了晏平，今天专程来‘谢罪’。”

刘湘苦笑笑，欠身相迎：“告状的倒是一大堆，你看看——”

案头上，横七竖八一摊子的信函、电报之类。

鲜英机巧地点化着问：“他跟日本人勾结的事查清了？”

刘湘心事不轻，沉沉道：“他们要在成都开日本领事馆，蒋介石也让外交部来关照……”

鲜英一阵犯蒙：“这个总司令是怎么了？不去抗日，反倒……”

张澜锐目盯住对方，单刀直入：“你怎么考虑？”

刘湘如实自剖：“正想向先生讨教。”

张澜不能不直言相谏了：“日本人都宣战了，要灭我中华了，还让他开设领事馆？我看蒋介石也是想学段祺瑞，会把中国断送给日本人！”

门外传来一声“报告”。

“进来。”

一身军装的女秘书疾步进门，低声禀报：“蒋委员长急电。”她一瞟座中客，欲言又止。

“不是外人。念。”刘湘倒并不介意。

女秘书念道：“7 月 14 日召开国防会议，刘湘主席务必参加。”

刘湘手一拨：“不去！无非是借抗日的名头，吃掉我川军。”

张澜眉梢一皱，问：“刘主席既不当我们为外人，可否进一言？”

刘湘让女秘书回避，极慎重地踱到张澜跟前：“请赐教。”

张澜道："他开国防会议若要抗日，你不去，理亏在你。"

刘湘忧虑重重地点出："他是醉翁之意不在酒。"他一乜墙上的委员长像。

像中人也似乎在追视着他。

鲜英禁不住也点出："你不去，他的'醉翁之意'依旧在，而对你省主席的疑心必会更大。"

像中人似乎在抿嘴冷笑。

张澜注视着刘湘，有顷，道："甫澄兄，我做川北宣慰使时，杨森是守卫营长，你是副营长。他是……走上不归路了，我不想再看着你也毁掉！抗日是救国！是救民！抗日才称得上是军人，才对得起列祖列宗！国要是亡了，谁是罪人？扛枪的中国军人！"悲壮的热泪在老人眼里闪烁着。

刘湘身心一记猛震："罪——人——"

他近乎本能地僵住了！

身为四川省的头牌军阀，刘湘自认为爱省、忧国之心不灭，可他不能不听命于蒋介石，又不能不防着蒋介石。他晓得蒋总司令对于地方实力派，是不会放心的。时钟敲了十二下，可刘湘依然了无睡意。张澜留下的毛泽东的《关于蒋介石声明的声明》，使他不由得三思。

张澜的叮嘱又从耳际响开："润之先生的《声明》恰中时弊，甫澄兄不妨一读。"

刘湘不觉又拿起《声明》。

他咀嚼着毛泽东的评说：

> ……共产党坚决揭破日本帝国主义和中国讨伐派汪精卫、何应钦等的阴谋，坚决主张和平解决这次事变（西安事变）……这就是全国人民的主张，因为现在的内战是人民所痛恶的。

刘湘决然拍案定夺："我刘湘信你——毛泽东的！"

1937年9月5日。成都的少城公园。蓝天白云下，横幅耀眼：“四川各界民众欢送出川抗日将士大会”。

台下，出征将士第一次跟各界朋友、民众携手相联，同气相求。

台上，刘湘亲率所属师长、旅长与鲜英、慕良等各界代表出席，人人壮怀激烈，热泪盈眶。

演讲中的张澜须髯飘扬，激奋难抑：“……日本帝国漂洋过海，千里迢迢跑来打中国。它不敢长打、久打，因为它打不起；我们呢，偏偏要长打、久打。中国会不会亡？有抗日的红军在，有你们在，有四万万同胞在，就不会亡！”

刘湘率先鼓掌，雷鸣般的掌声漫卷而起。

慕良乘势鼓动，扬臂一喊：“抗战必胜！日寇必败！”

口号一出，回应有如海潮澎湃！

刘湘激奋之色尽溢于言表：“弟兄们，张澜先生为壮我出川将士的军威，特地送来一首诗，请看——”

两下属白布一拉，显出血色的大字：

华北鲸吞谋久蓄，
亚东狮吼睡初醒。
寇来便合迎头击，
直捣黄龙痛饮倾。

蓝天白云似乎被血色浸染，变得火红起来。

情重重，意烈烈，回旋着赋诗人的声浪，久久不绝：

寇来便合迎头击，
直捣黄龙痛饮倾。

第六章　短兵相接

给予自己的少，给予他人——饥民百姓的多，成天奔走在山里、乡间，几乎与穷村僻壤为伍，生命的过度透支，终于引发出旧病。

张慕良趴下了，住进成都四圣祠医院。

慕良在小憩，枕边摊着一篇写了多半的文稿。

父亲张澜陪护在床头，替儿子抚平乱发，随即又看起手中的信，刘湘的声音仿佛从信中可耳闻：

> ……不想在西安事变中，对于几度要剿灭共产党的总司令蒋介石，共产党居然不计怨仇，顺全国之民意，坚决主张和平解决，其爱国之苦心，气度之宏大，实在令我以及刘文辉、邓锡侯、潘文华诸军长辈汗颜！要不是听了先生的劝诫，尤其是毛泽东主席的“声明”，川军贸然反蒋，那就中了汪精卫、何应钦的算计！……

蒙眬中，慕良睁开了眼皮说：“爸，你还没去休息？”

张澜不让儿子说下去，将信一递道：“你看，刘湘刚从南京发来的。”

慕良一看，也为“汗颜”的军界朋友而欣慰。须臾，他又同怀不平了：“爸，你看——”

依然是刘湘的声音：

> 乘我养病，蒋介石竟把我属下的第二十二、二十三两个四川集团军，一个划拨给了阎锡山，一个打发去参加南京外围战，我一下变成个彻底的光杆司令！以“抗日”为名，到底把我刘湘“吃”掉了！……

张澜也一样地愤怒了：“阴谋！”

慕良不觉哀从中来：“本性难改。蒋介石心里的敌人，还是逼他抗日的人。”因悲愤，止不住又一阵猛咳。

张澜连忙替儿子轻轻敲抚背脊，又倒了一杯开水问：“慕良，你的体质怎么会？……”

慕良喝一口水，吁一口气：“留学德国、苏联时搞坏的，成天忙，营养根本谈不上，惹出了肺病。”

张澜轻揽住儿子，不胜爱怜莫名道：“你吃苦了！”

慕良眼里却闪烁着兴奋说：“爸，值得！我的生命毕竟和民众百姓、和自己国家的命运连上了，我感到从来没有过的踏实；哪怕真的不行了，我也……”

张澜不能不打住儿子下面的话，只觉着胸间涌动着热浪。须臾，他理解而又欣慰地在儿子手上重重一拍。

父子俩相与瞩目，尽在不言中……

嘉陵江激浪澎湃，声声可闻！

“张澜先生，请出来一下。”

趁亲属在，主任医生将病人的父亲张澜特地叫到医生值班室，将X光片往透视灯架上一插，告知张澜：“你儿子的肺病时间拖得太久。你看，这一片都是——”

张澜心下一紧，叮问着：“很严重？”

主任很明确地点下头，旋即补充道：“现在结果还很难说，必须治疗、观察一个时期。”

张澜显出窘迫。

主任留意到了，不解地问：“钱有问题？你不是当过省长、会长，怎么还？……”他有点不敢相信了。

张澜自我解嘲地一笑：“嗯，治病当紧，我一定再想办法……”

主任忽来“灵感”：“噢，对。你不用想办法了！”

张澜莫名其妙。

主任自作聪明道：“前前后后不是就有十来位你的同事、朋友要替你儿子付账吗？你不要再回绝就行了。就这么办！”

张澜抬手制止道：“还是我自己来想办法。谢谢主任了！”他转身出门。

主任连连摇头，自语着：“现在真还有这种人？如此公私分明？！”身为主任，什么人没有见到过？偏偏就是没有见到过张澜这般的人。太稀缺，甚而有点匪夷所思！

这回苍天没有开眼。

就在 1938 年 1 月 20 日，刘湘一半是病，一半是气，死在汉口万国医院的时候，仿佛是冥冥之中的触发，第二十二集团军总司令邓锡侯不顾张澜阻止，把张慕良硬接到成都百花潭疗养院康庄疗养。只可惜……晚了一步！秀美的百花潭，也没有能够留住一个充满希望且是那么年轻的共产党员的生命！……

苍天有情，泪雨霏霏。

南充南溪口青岗山下修竹丛，掩映着一座新坟。

坟前，端端地放着一碗慕良最爱吃的红薯粒煮醪糟，热气在雨雾中缭绕盘旋。

嘤嘤的哭泣之声，平添了坟地的肃穆与凄凉。

又是夜晚。又是嘉陵江畔。张澜仿佛重又带着儿子一般，一个人悄悄来到江边，不尽的思量中，老父亲半是有心半是无意，不由自主地一脱长衫，穿着大头短裤就涉水而下。

儿子慕良的声音又回荡出来：“爸会游泳？”

张澜也不回答，身子一扑，即钻入水中。

儿子慕良的声音继续传来：“爸还会扎猛子？”

张澜从水里钻出，追忆着父子俩当时开怀的欢笑声。

张澜噙着热泪的眼睛，从奔涌的江流中追逐着已成故人的亲爱儿子的幻想……

儿子慕良的感慰的声音依旧回荡着："爸，值得！我的生命毕竟和民众百姓、和自己国家的命运连上了，我感到从来没有过的踏实……"

热泪从老父亲的眼眶里一泻而出："我的儿子……"

融合着泪水，滔滔江水汩汩而去，归入长江，归入大海。

同年 7 月，怀着爱子的遗愿，张澜参加了在武汉召开的第一届国民参政会。他不曾想到，自五四运动后，他又会有意想不到的遭遇。

1938 年 7 月 6 日，在汉口两仪街的上海大戏院，召开了中国首届国民参政会。

这天大戏院上演的算是一台在抗战最危险时刻中国该何去何从的"大戏"。

横幅醒目："欢迎全国参政会代表"。

在步入戏院——会场的代表中，吴玉章一下认出了"美髯公"张澜，快步上前："表老！"

他便是代表中国共产党组织委派张慕良回四川的吴玉章，字树人，国民参政员，三个月后，即被补选为中共中央委员。

张澜也一样高兴地紧握住老朋友的手道："树人兄！什么时候从苏联回来的？"说到苏联，他即压低了嗓门。

吴玉章也低声回答："快两年了。"

张澜不尽感慨："南充一起搞地方自治，转眼就是十七年！"

"是呀！"吴玉章也是感慨系之，少顷，又说道，"给你介绍个人。"

张澜问："谁？"

吴玉章警惕地左右一瞄，卖了个关子："暂时保密。"

"嗄！"

两人相携步入会堂。

会堂里，堂堂中华民国首届国民参政会的大纷争，是由汪精卫的发言引发的。

此公便是名重一时的汪精卫，国民党副总裁、国民参政会议长、国防会议最高副主席，时年五十五。

主持人怕会议失控，不能不扬臂提醒：“安静，安静。”

他是张伯岭，国民参政会副议长。

汪精卫依旧口若悬河地演讲着：“大家的爱国之心，汪某岂能不知？中国自古‘以和为贵’，我想日本帝国也懂得这个道理。中国目下的出路在哪里？不在别处，就在携手和平，也就是‘大东亚共荣’！”

有人鼓掌了。

有人发出嘘声。

有人起身责问。

吴玉章不堪义愤：“简直不像是中国人说的话！”

张澜更是击座而起：“请问汪副总裁，你是不是要把中国拱手送给日本人哪？”

汪精卫屁股还没落座，窘恼的眼光一掷而出。

台上、台下，两人目光撞上了。

主持人张伯岭连连劝和，化解针尖与麦芒的对决：“下面请国民大会总裁蒋介石先生讲话，大家欢迎。”

主席台上的蒋介石不急不忙，踱到讲台跟前，眼光一抛，也盯住了下面的张澜。

这位便是声名显赫、权倾一时的蒋介石，国民党军事委员会委员长、国民党中央政治委员会委员长、国民党总裁，时年五十一。

蒋介石心底里对上了号：“噢，你就是那个四川保路运动的张澜？！”

张澜也掂量着蒋介石，心底里对上了号：“噢，久闻你的大名，蒋介石先生。”

蒋介石颇礼貌地手一招道：“表方先生，请坐。”

蒋介石并不像汪精卫那么张扬，而是内敛得多，还很有些天下舍我其谁的雍容："西安的事，闹得满天下沸沸扬扬。张学良将军已经向我认错，认错就好。抗日是要抗的，人家打到家门口来了，不抵抗行吗？"

台下响起一阵掌声。

台上汪精卫鼻子里不以为然地低"哼"了一声。

蒋介石益发地雍容起来："可怎么个'抗'法？你抗你的，我抗我的，乱抗一气，行吗？不行！必须要先把自己整合好，攘外必先安内！我们必须统一在一个主义、一个号令、一个步调之下。"那雍容的神情中，目光渐渐不那么雍容了。

张澜眉峰不由得慢慢耸起。

吴玉章轻"嗤"一声："独裁的逻辑！"

蒋介石的目光滑过吴玉章、董必武、邓颖超几位共产党代表，他有所指地说："有人听了可能会不高兴、不舒服。光扛着一面抗日的旗号是不行的。不行！"

蒋介石的雍容立时变得冷厉。

雍容也罢，冷厉也罢，蒋介石还是颇有分寸的。会议休息的时候，他很热忱地招呼了吴玉章，旋即紧握住张澜的手，恭敬有加道："表方先生大名，我是久仰了。"

张澜倒是没有料到，回应着："不敢当。委员长的大名，张某早就如雷贯耳。"

蒋介石极敏感地试探："但愿不是讨厌的'闷雷'。"

众人发出一阵半尴不尬的戏笑。

"坐，坐。"蒋介石一腔赤诚地表白着，"我的老师中山先生就跟我说过，要是没有你表方先生领导的那场四川保路运动，辛亥革命怕还要拖后一年半载的。"

张澜回以半点不虚的赤诚："孙中山先生过誉了。"

蒋介石已是"虚怀若谷"："先生对今天的抗日，有何高见？"

张澜掂量了一下问话人的问话："抛弃成见，一致抗日。"

蒋介石追问："你不是指我跟共产党吧？"口气里又掠出些许方才

的冷厉。

周围的一些男女代表神情也随之一变。

吴玉章径自呵呵一笑，倒很坦然。

张澜被蒋介石一激，倒激出了脾气：“共产党抗日有什么不好？为什么还去反它？还成立什么‘防共委员会’，这不是自己破坏抗日统一战线吗？”

众人面面相觑间，蒋介石却一笑置之：“这个‘罪名’可不小！”

张澜斩钉截铁地说道：“要抗日，就不能反共。”

蒋介石的目光逮着吴玉章，一石二鸟：“表方先生对共产党怕是有点偏心哪。”

吴玉章不卑不亢：“共产党抗日，对天可表。”

会议再度开始的时候，董必武首先发言。他开宗明义，直奔要旨，言语中显示的拳拳抗日之心，激起一阵奋切的掌声。

董必武，中共长江局委员兼群工部长、国民参政员，同年10月当选为中共中央委员和中央政治局委员，时年五十二。

待掌声稍歇，董必武没有回视汪精卫，也不去顾及蒋介石，依然直言不讳：“……这就是我们共产党的态度。用毛泽东主席来电的话说，就是‘三个坚持’——坚持抗战、坚持统一战线、坚持持久战。”

在张澜听来，既在情又在理。他眼里闪烁着光流，由衷赞赏地拍起巴掌。此时此际的张澜，已然心潮涌动，那是心的声音：“喔，润之先生。中国要不被日寇侵吞，怕也只能靠这‘三个坚持’了……”

应“暂时保密”的吴玉章之邀，张澜随老朋友来到八路军驻武汉办事处。刚上楼梯，就有两人迎将下来。

“表方先生！”来人两步上前，紧紧握住了张澜的手，重重地一摇。

“这是……”

未待老朋友吴玉章介绍，张澜已判断出来人：“恩来先生！久仰、久仰。”

迎候人是周恩来，中共南方局书记，时年四十。

周恩来笃诚地笑道："应该反过来说才对。"

张澜依旧沉浸在自己的思路中："我在北京办《晨报》时，李大钊先生就介绍了你们《天津学生联合会报》，特别称赞了你！"

周恩来缅怀之情油然而生："噢，大钊先生！我们请他来做过几次报告，对我们激励很大！……这是小超，邓颖超同志。"

"表老好哇。我也是久闻大名啦！"

邓颖超——周恩来夫人、中共中央长江局妇委会委员、国民参政会参政员。

"我们在参政会上已经见过面了。"张澜握住邓颖超伸出的手，"邓夫人可是巾帼不让须眉呀。"

大家相顾莞尔。

邓颖超手一引道："快请进。"

周恩来与邓颖超引领着张澜、吴玉章来到卧室的外间。

周恩来仍紧握着张澜的手："你养了个好儿子！他是一位很优秀的同志……"

吴玉章也感慨系之："我们派他回四川，本想让他协助你，多做一点团结抗日的工作……唉！"

张澜念之情牵："从慕良身上，我才真正认识了你们共产党。用他自己的话说，从贵党，他才找到了人生的价值。"

周恩来怦然心动，感怀地握着张澜的手又重重一摇。

"中华民族到了最危险的时候"，看看这武汉三镇的夜晚，便有大不同于寻常的感知。

盛大的火炬游行，宛若天上金龙在游戏人间。长江畔，岸头明灭变幻的火龙，犹如陪随着闲庭信步的周恩来与张澜，给人一种莫测的神秘感。

周恩来的目光不忍离开那一支支相连的火炬，说道："你看，要抗日，人民的情绪就高涨，把蒋介石也逼上了梁山。"

两人会心而笑。

张澜念及什么，感慨横生："西安事变，你们若不出面，张学良和杨虎城两位真怕劝不动蒋介石。"

周恩来延续着张澜的思路："那汪精卫、何应钦就会跟日本联上手，乘乱而入，这内战就不可避免了。"

倒映着灯火的江流，也浮现出两个时停时行之人相伴的身影。

火红的江流也仿佛在倾听——

张澜的声音："恩来先生，中国抗战的前途会如何？"

周恩来的声音："制胜的法宝就在毛主席说的'统一战线'。即便过去是敌人，只要你还有一点爱国心，不想让中国灭亡，我们就跟你携手合作。"

张澜的声音："有肚量，有肚量。"

周恩来的声音："蒋介石五次大'围剿'，非但'剿'不掉我们，还生出一个延安，连蒋介石的顾问、要员、美国的军人、记者们来过延安以后，也都替我们说话；你想想，他能不除掉我们这个'心腹大患'吗？可现在只要你抗日，我们就先同路，把华夏民族的敌人打回老家去再说！"

闪忽明灭的波涛，层层相衔，齐齐东去。

张澜从波涛里收回目光，深感共鸣："好，以民族大义为重！"

周恩来借题发挥着："我相信用人心筑起的城池，别说一个日本帝国，那是任何力量都攻不破的。"

震撼之下，张澜大受启迪，敬重的目光从周恩来油然投落到浩浩江流间，心底的声音亦油然震荡开来："说得何其好哇！这就是……共产党？！多难的中国真有指望啦！"

周恩来望一眼痴痴瞩目着江流的张澜，感悟到什么，不由得微微一笑："表方先生见到这长江，是不是又念起家乡的嘉陵江来了？"

张澜哂然颔首："嘉陵江汇入长江，长江又归入大海，生生不息呀！"

大江奔涌着归入大海。

大江上载浮着——

周恩来的声音："呵呵，难怪表方先生名'澜'哪。这狂澜一起，何愁日本鬼子不被冲跑？何愁恶社会的污泥浊水不被涤荡一新？”

张澜的声音：“呵呵呵……不敢当，不敢当。”

涤荡着污泥浊水的大江，滚滚东去，滔滔然，不可遏止。

他俩兴致盎然地回到张澜的住处——番阳街德明饭店。

张澜从藤箱里取出只黄布袋，又从布袋里取出那张发黄的报纸。

周恩来不无兴味地问：“呵呵，这是件什么古董？”

张澜笑而不答，将“古董”往周恩来手里一送。周恩来不知所以地接手展开，惊喜不小：“是我们在德国办的共产党《红旗报》？！”转瞬间，周恩来憬悟了，“噢，是慕良带回来的？这风险太大了！”

张澜半戏半真地一点：“恐怕是这上头的文章，壮了他的胆子。”

周恩来抚今思昔，一时竟感慨难言！

张澜也被感染了：“慕良回来就跟我说起你做的报告……看来，蒋委员长再要‘剿灭’你们，只能是一厢情愿啦！”

“谢谢！”周恩来感到温馨，目光从张澜又落到《红旗报》上，“有心的慕良啊，你实在走得太早太早了！……”

一张旧报，四注泪光。

空袭警报骤然响起，刺破了夜空。窗外纷杂的惊呼声不停传来：

“警报！警报！”

“散开！”

“快逃！”

旋即，停电了。房内、窗外，一片漆黑。

只听得周恩来吟哦的声音：“怒发冲冠，凭栏处，潇潇雨歇。”

张澜接口续上：“抬望眼，仰天长啸，壮怀激烈。……”

周恩来的声音：“这是日本帝国不会想到的。”

张澜的声音：“它正野心勃勃，要吞并掉中国，怎么还会想到？”

周恩来深以为然的声音：“嗯，武士道的狂想！”

张澜的声音：“没错。”

岳飞的《满江红》旋律冲破漆黑的小屋，飞扬而出！

也许是见多不怪，也许还有些逆反的民族心理，翌日的武汉街市，依旧是店家开业，行人不绝。

吴玉章知晓张澜有散步的习惯，于是做伴邀老朋友出外，顺便还能再商量一点事。巡视着“我行我素”的店家、行人，吴玉章不无感触：“你看，这战争是不是也锻炼人？”

张澜颔首。他无意间瞄见什么：“水塔那边在干什么？”

吴玉章随势望去，汉口中山路水塔下，摩肩接踵的人的长龙中，有农民、工人、士兵、艺人，有儿童、妇女，甚而乞丐，一个个手里捏着钱、捧着珠宝之类的东西，秩序井然，翘首踮足，一个个往前挪动着。

张澜一瞟吴玉章，调侃道：“这战争也‘锻炼’出典当了。”

吴玉章也挠头摸不着边际。

两人沿人龙踱来，发现头里白布围着半圈桌子，布上大字触目：

献金台

张澜与吴玉章这才恍然大悟！

吴玉章借机“反击”：“这战争锻炼的可不是‘典当’啊！”

张澜虽然大窘，却窘得高兴：“好，好。武汉的民众了不起！”

一些个本地妇女乃至儿童听到两人的对话，莫不冲着这个胡子老人笑了。张澜一掏长袍里的口袋，空的。吴玉章一掏，只有几个搭车的小钱。

张澜诡谲地一笑，将吴玉章往献金台志愿者这里一搡道：“我把好朋友押在这里，一会儿就来。”

张澜回到德明饭店，刚开门欲进，过来一个服务员：“张澜先生吗？”

张澜扭首应允：“嗯。有事？”

侍应生递上一轴宣纸：“刚才有位叫杨森的军长来看你留下的。”

张澜眉头一皱，不予理会。

侍应生为难地说："先生！你不拿，我会……"

张澜只得止步，随手接过，展开纸轴，是一首诗：

在前线

满天烽火遥相望，
切齿倭奴势正张。
指点三军杀敌处，
刀光如雪月如霜。

纸轴一角上附着一张小条：

这是我在保卫大上海时写的小诗，请先生指教。

杨森顿首

张澜倒是不曾想到："你杨森也敢抗日了？！……"

差不多已是夕阳西沉的时辰，张澜一身大汗，亟亟赶回献金台。

献金台的志愿者显然被感动了，几个有心留下来的与未知情的人龙中人也感动了，报以热忱的掌声。

"不用鼓掌，不用鼓掌，大家都一样。"张澜将小纸包里一叠银元往台上一送，"这是我跟这位想'典当'出去的先生两人的。"

人丛里又发出戏笑。

吴玉章低语关照："你可不要连重庆都回不去呀！"

张澜以其人之道相还："那简单，不是你，就是我，再'典当'出去。"

两人不觉相顾畅笑。张澜与吴玉章此时此际，心下是不尽的畅快！武汉的民众，能有这份"典当之举"，对于时下的中国，弥足珍贵呀！都道民心不齐，散沙一盘，倒也未必见得，未必尽然。他俩的心曲是相共的——只要不失这份"典当之举"，现在的中国就断然不会亡，将来的新中国就必然会大兴旺！

首届参政会的最后一天，周恩来夫妇设便宴替张澜与黄炎培两位新结识的老朋友饯行。

董必武、吴玉章自然少不了作陪。

那脸圆、微胖的是黄炎培，字任之，中华职业教育社理事长、国民参政员，时年六十。

张澜依然在振奋的感慨中："单看武汉献金台这一事，中国就不会亡。"

周恩来酒盅一举："好，就为这个'不会亡'，为中国的再生，干！"

一座碰杯畅饮。

黄炎培哂然一点："表方兄还是滴酒不沾？"

张澜自我解嘲道："只有在'九·一八'事件那回，日本人仅用十六个小时就占领了沈阳、长春、鞍山时，心里悲苦，沾了一次酒。是第一次，也该是最后一次。"

董必武也有心点明："表方兄是'君子之交淡如水'。"

邓颖超想到什么，笑了："那尊夫人刘慧征一定高兴。"

周恩来故作夸张道："唷，小超这是在批评我呀。"

一围哂然。

邓颖超笑盈盈地看定张澜说："表方先生好福气，有一个贤内助。"

张澜不解地以目相问。

邓颖超于是来了个"画龙点睛"："尊夫人炒得一手好菜，比我可强多了，听说还救护了不少进步学生？有一次还急中生智，用了'苦肉计'——把你的大女儿打委屈了。"

周恩来、董必武、吴玉章莫不大生感慨！

张澜大惑不解："小超女士怎么……"

周恩来又"夸张"开来："你可别小看了我们小超的'情报工作'唷。"

张澜的目光不觉瞄住吴玉章。吴玉章故作不见。

邓颖超酒盅一举："表方先生，我敬你夫人。"

张澜把杯而起："我替慧征谢谢你了。"

满座开颜。

扫兴的警报又在不远处响过，继而传来闷闷的爆炸声，揪人心肠。

大家心悬悬地谛听着。

周恩来锐目一瞥窗外，言归正题："这抗日的仗是打定了。现在国民政府已迁都重庆，我们少不了要跟方方面面的志士、朋友联络。表方先生能不能替我们在四川找一个方便的地方落脚？"

张澜立时应诺："可以，可以。"

这回轮到周恩来瞄定张澜："朱德同志很感谢你在川军里做的工作。表方先生德高望重，我们在四川军界、文教界、实业界的工作，还要多仰仗先生。"

张澜一口应承："抗日救国，义不容辞，况且还是慕良的引路人恩来先生。"

"哪里，哪里。"周恩来连连摆手辞谢，旋即看定黄炎培道，"上海方面就拜托任之兄和秉甫兄了。"

黄炎培着即允诺："一定，一定。"

吴玉章道："来，为我们的友谊与合作。"

满座擎起的酒盅在半空里团聚成一体。

1938 年 7 月 16 日，一个个可爱的小报童，风头抢过电台，报告了武汉市民一个大好消息："快来看哪，昨天汉阳上空激战，我军击落了一架小日本的飞机。"

一时间，购报者纷纷拥拥，人怀振奋！

这对张澜、黄炎培等来说应该是最佳的送行啦！

两名办事处的小八路替张澜与黄炎培提着藤箱、行李，先走出德明饭店，吴玉章陪着张澜、黄炎培随后步出。

人还未及进小车，只听得迟到的警报响起，飞机的轰鸣声已然迫在头顶心上。

众人惊抬首——

云天里，两架涂有太阳标识的日本战机已然俯冲而下。刚才还满街欢庆的行人路客，转眼间不能不四下奔逃。吴玉章毕竟有经验，着即大声叮嘱："快趴下！"

两名小八路胆子不小，一手一个，拉着张澜与黄炎培趴下。张澜偏偏不信邪，就是直身这么挺着："我倒要看看它怎么炸死我？！"

吴玉章哭笑不得地拉着倔老先生道："你这个表方兄啊！"

不远处一连串的爆炸，震耳欲聋，抬眼间，但见多处烟火腾空蹿起！

吴玉章冲口而出："不好！"

张澜拔脚就走："看看去。"

小八路提醒着："飞机要飞啦！"

黄炎培手一挥道："上车再说。"

爆炸的现场委实惨不忍睹，不过一天之隔，已是面目全非。墙倒、屋毁、路断，有的人压在塌屋下，有的人炸死在街路上，有的尸不见首，断体、残血、哭号，叫人不忍目睹耳闻。

救护队倒也神速，开着车，跑着步，先先后后赶来现场。

小车在一间塌屋前戛然刹住。

屋墙跟下，一个小女孩手里还端着小饭碗，身子歪靠在断壁下，头上淌着血。

张澜从小车里快步跨出，把压着女孩脸的墙砖拨开，把小姑娘手里的小饭碗拿下，就这么近近地端视着竟已不省人事的小孩，眼里渐蒙上一层泪水，说不出一句话！

黄炎培凝眸看去，难忍悲愤之情："小日本，造孽呀！"

吴玉章一字一顿道："这笔账，我们中国人——记着！"

两名小八路流着泪，咬着牙："我们一定要灭掉小日本鬼子！"

未几，响起刹车声，又一辆小车停了下来，步出周恩来："表方、任之先生，这里交给我们，你们快去机场。"

张澜紧握住周恩来的手。

同仇敌忾，尽在不言中。

飞机尖厉的轰鸣又从人们头顶上掠过。

又一支八路军救护队乘着吉普车赶到现场。

“我就不送你们了。”周恩来跟张澜的手重重一握，又跟黄炎培握别。

张澜未及跨进车门，仍不由自主地回眸看着那来到人世不过才几载的小女孩，但见周恩来已捧托起她，悲愤的目光直趋轰鸣的日本战机所在，犹如一尊不屈的雕塑。

张澜的眼里一热，顿时映出悲愤的波光！

1938 年 7 月 22 日，张澜、黄炎培、邵从恩、李璜等一行从武汉归来，回到重庆鲜英府第——特园。

好客的主人鲜英特地设宴为新老朋友们接风，亦禁不住心有余悸道：“诸位也算得是虎口余生，没有为国捐躯，值得庆贺！”

黄炎培笑问：“特生兄今天是为我们洗尘呢，还是压惊啊？”

鲜英连声道：“压惊、压惊。压惊重于洗尘。”

一座把杯相庆。

张澜权衡片刻，便直述心曲：“这里没有外人，我就直说了。特生老弟的这座特园，能不能就搞成个‘民主之家’？只要是抗日的同志、爱国的同胞，都可以来这里聚一聚。”

鲜英几乎未做思考，便爽然允诺：“老师有令，学生岂敢不从？何况我这个人跟表方老不一样，喜欢热闹。”

张澜手在宴桌上一拍：“好，就这么定了。”

呼应、赞成的掌声接踵而起。

一个小女娃从门外径自跑进来，全无顾忌，熟人似的一把拉过张澜：“张爷爷，茂延她们呢？”

女娃叫鲜继根，鲜英的五女儿，时年十二。

张澜一见娃娃就来了童趣，揽过继根，轻声慢气道：“她们都在南充乡里。想吃什么？”

继根眼光不屑地一扫宴桌，头一摇：“不吃，我要张爷爷陪我们玩。走！”她拖起老朋友就往外拉。

鲜英又乐又气地召唤：“竹生，竹生，你来管管女儿！”

听到喊声，竹生便匆匆赶来。

这位是鲜英内当家金竹生，时年四十余。

金竹生拉过小女连哄带劝道："张爷爷他们在吃饭，等有空了再玩，听话！你们慢用。"

继根小嘴一翘，一瞟宴桌，不屑地嘟囔着："饭有什么好吃的？！"瘪着小嘴，跟母亲出了门。

一围大人忍俊不禁了。

血与火的大搏杀把中华民族逼到了生死存亡的历史关口，不了了之的参政会又于同年10月28日在重庆召开；准确地说，是继续了武汉会议的较量——屈辱与抗争、殖民与独立的较量。

讲台上，已近古稀的张澜，气概一如青春当年。他一瞥主席台上的汪精卫，直言不讳道："汪精卫先生是不是跟海通社、路透社发表谈话时说了'如果日本提出议和条件，不妨碍中国国家之生存，可以接受为讨论的基础'？"说着，他亮出手中几份中外文报纸。

众目睽睽下的汪精卫略微显出困窘地支应着："没错。"

"'没错'？"张澜反诘着，"袁世凯的时候我也参过政。他那个'二十一条'，也是打着为国家'生存'的旗号。"

莫道汪精卫本人，旁边的蒋介石也神经抽紧了。

举场肃静，人人竖耳。

张澜言之凿凿："'二十一条'是卖国条约，袁世凯是卖国贼，在座的代表，谁有异议？"

举场同愤。

"没有！"

张澜的眼光里闪着电，直击汪精卫："你堂堂一个议长是要步袁世凯后尘，留下千古骂名吗？"

会场气氛顿时变得凝固，在即将爆发出什么的转瞬之间，善辩的汪精卫迅疾反守为攻："哼哼，你主张打，我们如此积贫积弱的中国，能打吗？经得起打吗？打得赢人家吗？"

张澜一捋长须，着即反唇相讥："照汪先生的逻辑，我们落后的中国就只有挨打的份啰？人家侦察机来了，就让它转悠？人家眼红中国这块大蛋糕，要分而食之——像八国联军一样，就让它吃？让它瓜分？让它把我们泱泱中国变成列强的殖民地？”

汪精卫感到窘迫，不能不申辩：“张澜先生不要误解了日本国‘大东亚共荣’的好意。”

台下有人憋不住挺身呵斥，随即也有响应的、责疑的，一时间庄肃的会场便嗡嗡骚动开来。

蒋介石眉端一皱，有心收兵：“安静，安静。救中华民国于水火，大家此心相共。……”

张澜手一劈，不想“收兵”：“不，不一样。真不晓得汪精卫先生有没有长眼睛、耳朵？单是武汉 7 月 19 号那天日寇的轰炸，就炸死了六百多位同胞；我就亲眼见到一个女娃娃，手里还端着碗，正吃着饭，就不明不白地死了！她才七八岁，生命才刚刚开始，就……”

台下有人唏嘘了。

张澜斜乜汪精卫，一针见血道：“这就是他们的‘好意’？这种‘好意’我们中国领教够了！够啦！”

掌声勃然喷发，响彻整个会场。

张澜的热泪憋压在眼眶内，由衷剖白着：“是的，落后是会挨打，但只要心不死——像武汉民众自觉自愿地献出自家的金银珠宝给国家抗日，那是人心筑起的城池，是任何力量都摧垮不了的！”

掌声经久不息。

这参政会，真一“参”政，又爆出了浓浓的火药味，人人都觉着呛人、憋人，又鞭策人！蒋介石就觉着头痛。头痛的倒主要不是想借日本人锋芒爬上参政会议长、国民党总裁宝座的汪某人；头痛的是共产党，那个从山沟沟里出来“学不成名誓不还”的毛泽东，还有就是这个不识时务的倔老夫子张澜。

听听，总司令兵权在握、委员长宝椅在座的蒋介石，就在自己桂园山庄的行署里，一边散着步，一边交代着：“这个张澜，身上很有股子异味了。给我多盯着点。”

“是。”一身戎装的戴笠自然唯命是从。他就是国民党军统局长，时年四十六。

“是不是在武汉受了共产党的影响？”狐疑的问话人叫张群，行政院副院长、国防最高委员会秘书长，时年四十一。

蒋介石头微微一摆：“据杨森的情报，应该早在武汉以前。你不是跟他还有点私交吗？我看就唱个白脸。”

张群略一思量，随即应诺。

蒋介石又瞄住戴笠，点拨着：“你军统局就唱个红脸。”

戴笠道：“学生明白。近一个月来，张澜一帮民主人士，不光四川的，还有上海、云南的，在特园进进出出，像是……有什么行动。”

蒋介石眼光一沉：“那你就给我‘守株待兔’。”

戴笠不及答“是”，“待”来的却是空袭警报。

戴笠随手扶过蒋介石催道：“委座快下地道。”

蒋介石不以为意：“慌什么？炸弹扔不下来的。”

张群半解不解：“是汪精卫在这里？”

蒋介石未置可否，点而不透：“他呀，聪明反被聪明误。”

张群与戴笠相觑失语。

不过为万无一失计，他俩还是伴扶着委员长下到地道口，往里望去，隐蔽的地道曲折幽深。

日本战机呼啸声从他们头顶心上飞掠而过。

蒋介石循呼啸声一瞥：“偏偏这个时候赶来添乱！”

张群往洞里引领：“委座。”

蒋介石想到什么，话锋急转：“你们看我亲自来兼四川省长如何？”

张群感到突兀，小心地回答：“您是国民党总裁，中央的军事委员长，来兼一个省的……”

蒋介石不以为意：“你不要小看了四川，它可是大西南的咽喉，人杰地灵，号称‘天府之国’，退可以守，进可以攻。刘湘死了，少了一个麻烦。不能让刘文辉、邓锡侯、潘文华几个又割地称王。”

张群顾虑到什么："是不是先造点舆论，做一点疏通？"

蒋介石忖度片刻，同意了："嗯。就交给你了。"

张群与蒋介石是保定陆军军官学校的同学，可如今蒋介石是总裁、总司令、委员长，差不多已是一国之君，自己岂敢如同学辈交往。张群深知蒋同学的为人，他交代的，可不能有丝毫的怠慢。一连几天，张群避开辩论激烈的大礼堂主会场，径自另开出一个会议室，邀集了一些社会贤达做着"疏通"工作。蒋介石每每一身军装，几番还亲自督阵。

这一天，颇有点洋派学者气度的中年汉子在慷慨陈词："时下国都迁来重庆，委员长能亲自兼任省长，于国、于川，都是顺理成章的大好事，更是川人的光荣。"此君叫张君劢，号立斋，中国民主社会党中央总务委员兼总秘书，时年五十一。

张群一睃蒋介石，很为自己的提议庆幸。

蒋介石心下慰藉，面上声色不露，只是礼节性地点点头。

张澜大不苟同，直言阻击："君劢先生多年在德国，对国情、对川情，恐怕不太了解。委员长以中华民国之首脑，来兼任一地方之省长，既无先例可循，而且还会造成地方上的误会，以为委员长太过专权，酿成不必要的是非。"

不露声色的蒋介石，脸色有点泛青。

张群见主子窘恼，不能不阻止："表方兄是不是……"

蒋介石微微抬手，制止住张群："让表方兄说，直言无妨，无妨的。"

黄炎培似乎看出端倪，拿眼色示意张澜。

张澜眼睛的余光自然捕捉到好友的示意，思量片刻后，还是直抒己见："要川军安，要川民服，要天府之国名副其实，莫过于用最通晓四川民心、民情的志士能人做省长为好。"

蒋介石拦腰一挑："表方先生在段祺瑞时候就当过省长，我不行，你来如何？"

风云急变，令与会者无所适从，心弦紧绷。

张澜也被闹了个顶头呆："我？呵呵！二十年前都没有当好省长，何况现在——半截子入土之人。"

蒋介石掉转枪口，瞄住黄炎培："任之兄怎么看？"

黄炎培已嗅触到枪口下的硝烟："表方兄直抒己见，并无私心，当不当省长，还是委员长自己定夺。"

张群瞪了踢皮球的黄炎培一眼，巡顾众人："诸位贤达的意见呢？"

"贤达"们在一阵困窘的沉默过后回道：

"可以。可以。"

"表老说得虽然不无道理，但省长一职……"

张君劢一睃张澜道："大敌当前，我们只能有一个领袖、一个信仰、一个主义。蒋委员长兼省长……"

蒋介石的目光欣赏地在张君劢脸上一顿，他抬手轻止道："我还是当我的委员长，这个省长就不兼了！"

口气不响，寒气自出，而且话中有话，令紧绷心弦的与会者不由得打出冷战。

张群这边，没弄成省长的事；戴笠那边，倒很有点声势。看看，在通往上清寺特园的必经之路上，一夜之间，就新摆出不少"鞋摊""水果摊""小吃摊"什么的，真假混杂，极巧妙地将上山的小径钳制得密不透风，过往路人，无不在"摊主"的眼皮底下。

对过的小山坡上，一名便衣在跟上峰闲聊似的禀报着，不时引指这边的特园。

上峰只低"嗯"一声，漠无表情，鹰隼般直钩而出的眼光掠出杀机。

这个上峰是徐中齐，系军统局属下特务头子，年逾三十。

徐中齐告诫道："这里是通往特园的唯一山道，给我盯紧点。"

便衣应命："是。"

徐中齐特别关照："告诉弟兄们，现在是小摊贩，不是特工。"

便衣意会："明白。"

其实张群这边的事还没有完。他与蒋总裁的目光，仍瞄着张澜其人。张群与戴笠的行动，是同步的。

一辆小车绕出幽径，在林园蒋介石官邸小坪间停下。张群先自从前座跨出，又开门请出张澜与鲜英。

张澜一瞟小楼："你带我们到这里来做什么？"

不等张群回话，一身长袍的蒋介石已从会客厅里迎将出来："欢迎二位大驾光临。请——"

蒋介石将贵客请进会客厅。

张澜与鲜英一落座，便瞄见茶几上的一张照片。蒋介石似乎并不经意地拿过一看，即递给张澜道："这是杨森送来的，有点意思。"

正是当年美少女受命托张澜呈送段祺瑞的那张照片，只是新洗印出来而已。战马紧旁，身着猎装的杨森牵着缰绳，精神抖擞地欲随军出征。

蒋介石注意到张澜的眼光，明知故问："怎么，表方先生难道见过？"

张澜漠然一笑："我在北京办《晨报》时，他托人带来一张照片，要我转送段祺瑞。"

蒋介石也煞是意外："就是这幅'牵马出征'图？哈哈哈，有心的杨森倒是'歪打正着'了。"

张澜与鲜英不解其意。

张群从旁点拨："委员长和我，都是段祺瑞保定军校时的学生。"

轮到张澜意外了："哦？倒是无巧不成书哇。"

蒋介石一晃照片，弦外有音地娓娓而述："杨森军长是个聪明人。段祺瑞他没投上，我这个段祺瑞的学生倒很欣赏他。人生苦短哪！一念之差，可以成就一个人，也可以毁掉一个人。"

鲜英心下一紧，暗睃张澜。

张群也弦外有音地帮衬着："杨森这人也许可以造就。"

蒋介石无意般地问道："听说他也是你表方先生顺庆府中学堂的学生？"

张群浅浅一笑："也是一对师生。"

蒋介石借题发挥："'无巧不成书'嘛。"

张澜无意纠缠于杨森，一语道破："委员长请我们来，不是只看一张'牵马出征'图吧？"

蒋介石沉吟片刻，直言点出："是的。请表方先生来，是想商议一件事。我想聘你为中央政府监察院院长。"

张澜倒是大料不及！

鲜英也吃惊不小！

张群敲着边鼓："委员长很仰重表方先生的人品，听说你儿子住院，你最后连治疗费都付不起了？一个做过省长，又做过会长、议员的人，清贫如此，实在难能可贵。莫道时下战乱中难得，即便将来……"

"将来我们国民党坐天下了，怕也一样难得。"蒋介石倒也是直抒心曲，转而回归正题，"上梁正下梁就不歪，监察院要的就是你——一介清清君子。"

张澜思谋定当："委员长的盛意，张澜心领了。只是本人无意官场，想立身党外，以一个参政员的身份，为抗日救亡尽一份中国人的责任，别无他图。"

张群还想说项："表方兄还是再……"

蒋介石抬手制止下属，道："我倒欣赏表方先生这颗'中国心'。不来我国民党，不去他共产党，立身自重。也……好！"

蒋介石请君入瓮不成，于"褒奖"中重重地将了张澜一军。这一军，蒋介石自有战略上的考量，着实非可等闲视之，张澜岂能不知？这其实是蒋介石总裁对自己的警告——勿越雷池！

第七章　异峰突起

如血的残阳，把嘉陵江浸染得有如血的江流，似乎还溢泻出血的腥味。

血色的波涛在两人身上漾动着。他俩即是张澜与黄炎培。张澜的目光追逐着血色的波涛，他思量着道："蒋介石这一军，倒将出了我的一个念头。"

黄炎培将目光挪往挚友，揣度着问："是不是在国民党和共产党之间，再建一个团体——由我们这些个非党、非军、非官的文化人来组合？"

"任之兄也有此想？好！好！"张澜循着团体的思路，"也不是什么文化人都可以，须是要抗日的、救国的，有独立人格，追求民主的人士。"

黄炎培很有点书生的兴奋，臂一挥，道："太对了！嗯，沈钧儒、罗隆基他们就要来重庆，一起合计合计。"

张澜刚说出"好"，一个黑衣警察驾着小吉普车疾驶而来。

随着尖利的急刹车声，车上人低声一唤："老校长。"

张澜一怔，再细一看，是裘一春。他的目光不由得在对方的一身警察服上一顿。

裘一春一瞟陌生的黄炎培，点到即止："国民党冲新四军下手了——平江刚发生了大惨案……"

张澜与黄炎培两人的心陡然拎起！

抗战抗战，抗的是日本侵略者，怎么杀起抗日的中国人自己来了?

此事关系到中国抗日救国的大计，延误不得。张澜和黄炎培即刻在鲜英的特园，召开了一个特殊的“聚餐会”。一厅的各界人士，此刻竖耳聆听着张澜他们专门邀来的共产党新四军方面的代表董必武陈述大惨案实情：“……他们找了个‘商量抗日’的幌子，把我们新四军通讯处的主任、上校参谋涂正坤，军需官吴渊骗了出去……”

这是1939年6月12日的晚上，国民党第二十军秘密刑讯室。

昏浊的灯光下，已遭关押多时的涂正坤和吴渊衣碎皮开，浑身血迹斑驳。

一个凶毒的声音在幽暗中喝问着：“还不招出你们新四军一支队一团的行军线路?”

涂正坤回以冷笑：“这是我们的军事秘密。”

又一个阴冷的声音：“你们组织的群众代表呢?”

吴渊讥刺：“我们的群众怎么能交给你们?”

枪声响了。“砰!”“砰!”涂正坤和吴渊应声倒下。

也就在当天夜里，湖南嘉义镇的新四军驻平江通讯处，一队国民党军又突袭搜捕出了五男一女六位新四军干部，那报务员还来不及除下发报的耳机。

“半夜三更，你们想干什么?”责问的是罗梓铭，八路军少校副官。

声才落，猝然机枪子弹横扫而出，六位抗日的儿女顷刻间挨个倒下。

…… ……

这一番揭露，是对撕毁协议的国民党的控诉，满场听众震惊了!

“台上和共产党联手抗日，台下竟如此背信弃义!”

“这到底是在抗日，还是抗共?”

张澜显然想起了武汉杨森的那首“抗日诗”，欲疑又信地问道：“这是杨森干的?”

董必武也在寻究着：“出头的是杨森，背后……就难说了……”

张澜也不由得义愤填膺：“要向蒋介石抗议!”

董必武凝重地告诉朋友："叶剑英和我奉中共中央之命，已向蒋介石提出了严重抗议！"

然而，善良的人们怎么会想到，湖南"平江惨案"只是一颗白色的讯号弹，它预示着蒋介石在中国将掀起更血腥、更残酷的反共逆浪！

打头阵，充当蒋总司令、委员长"排头兵"的自然非军统局戴笠莫属。而军统局的戴笠专务室又自然成了"排头"之头。

我们见过的那员大将——特务头子徐中齐可益发忙上劲了。你看此刻他又带着"鞋匠"，捏着份名册在报告局长："这是经常出入特园人的名单，有的人还对不上名字。"

戴笠一边审览着，一边叮嘱："要挖出共产党的人来，特别是来找张澜的。"

"鞋匠"回复："已经有一点眉目。"

戴笠继而厉色交代："杨森在平江已经动手，我们这里，等委座两个'限止异党'的办法一下，就立马动手！"

作为最高司令部的重庆林园，却是安安静静、优优雅雅的，实在与血腥无缘，尤其是美龄宫。

清雅而高贵的布设突显了独特女人的独特品位与情致。

蒋介石穿着睡衣，倚靠着床头，闭目聆听着收音机里播送的毛泽东的演讲："……抗日的战士，却被杀死了。什么人杀死的？军队杀死的。军队为什么杀死了抗日的战士？军队是执行命令，有人指使军队去杀的。什么人指使军队去杀？反动派在那里指使。……"

蒋介石如遭一击，蓦然睁开眼睛，斜乜着收音机里的敌手。

广播里，毛泽东进而一揭："……现在杀人的地方不是在上海、北平、天津、南京，不是在日寇汉奸占领的地方，而是在平江……"

声音戛然而止——宋美龄轻轻关掉了机子。

蒋介石幽深的眼光里泄出几丝阴冷、几丝愤懑。显然，毛泽东的话搅乱了他雍容的心境。

宋美龄身着典雅的睡袍，风姿婀娜，给丈夫送上一杯开水：“当今能跟你争天下的，怕就是这个爱吃辣椒的湖南人——毛泽东了。”甜润的声音将“政治”也说得很富浪漫情调。

这便是芳名久传、名重一时的宋美龄，蒋介石夫人，时年已四十一，但看上去不过而立方过，容貌姣好，举止高雅，也绝没有造作之态。

蒋介石很有点自恃：“他现在还不是我的对手，要跟我争天下？哼哼……”

宋美龄坐落床沿，端端地看着枕边人，似无意般一点拨：“你是要趁他羽翼未丰，解决掉？”

蒋介石将杯子一放，即把夫人揽入怀中：“夫人不光是我的外交家，还是我的好参谋哇。呵呵。”话虽是戏说，却也是真心之言。

宋美龄幽幽一笑，仍然放心不下：“平江的事，消息怕是封锁不住了。”

蒋介石却气定神闲：“共产党要查，张澜一些个叫民主的人士也要查，那我就组织几个人查。结果明摆着——是他共产党勾结土匪，借抗日之名，危害政府。”

宋美龄笑嗔道：“你真够鬼的。”

蒋介石实话实说：“那也是逼上梁山。不鬼，何以制服毛泽东，一统天下？”

宋美龄略带提醒：“那么自信？”

蒋介石笑以置之，情意缓缓地流淌开来：“现在该轮到我们夫妻‘鬼’一下了。”他一反冷峻的常态，热辣地拥住爱妻。

跟蒋介石不一样。在特园里，张澜不由得停下了整理“平江”材料的手，心有同感地谛听着收音机里毛泽东的演讲：“……在平江这个地方，在抗战的后方，被杀死的是新四军平江通讯处的负责同志涂正坤、罗梓铭等。很明显，是那班中国反动派接受了日本帝国主义和汪精卫的命令来杀人的。……”

张澜听着声音，就像真切地见到演讲人一样地径自兴叹着："噢，毛泽东。当年《湘江评论》的主笔现在真能'指点江山'了！……"

房门一响，随即走进一位西装笔挺、一头西式齐耳短发的高个子中年人。他是罗隆基，号努生，天津南开大学教授、北平《晨报》社长、国社党中央常委，时年四十三。

罗隆基一副激情之状道："表老！"两步上前，西方式地一把抱住张澜。

张澜笑问着："什么时候来的？"

罗隆基打着趣："刚到。我的第六感觉告诉我，你有一个大'念头'，就急如星火地赶来了。"还跟随后进门的黄炎培使了个眼色。

张澜一瞄黄炎培，自然就憬悟了。

罗隆基饶有兴致地追问："哎，刚才一个人在跟谁说话？"

张澜的眼光往收音机一引，他回复："毛泽东。"

罗隆基未解："嗯？"

黄炎培宛如也在"神交"之中："演讲有理、有节，柔中有刚。我看蒋介石怎么去应对毛泽东！"

罗隆基大拳一挥道："赶得早不如赶得巧，先把'平江惨案'这头一仗打出去！"

真可谓只争朝夕——未出三天，一份份整理出来的《平江惨案真况》《追悼新四军平江嘉义留守通讯处遇害烈士启事》等材料，已分发到中外记者的手里。

一时间，记者招待会上议论风起，人怀不平。

有外国记者问："国共既然联合抗日，为什么身为第二十七集团军总司令的杨森还要消灭新四军？这不是自相矛盾吗？"

张澜回复着："这个问题问得好。不过记者先生不应该问我张澜，而应该去问蒋介石才对。"

外国记者一时语塞："倒也……是。"

一个似曾相识的女记者始终凝视着长须飘拂的张澜："听说杨森司令是您三十四年前的学生，身为老师，您做何感想？"

黄炎培怕表老难堪，出面解围道："记者朋友的这个问题，问得未免……"

张澜一抬手，直言回复："作为老师，我管不了三十四年后的学生，就像清王朝的老师管不了我反抗清王朝，留日学生现在不能不反抗日本帝国主义一样。"

场上又爆发出一阵心照不宣的戏笑。

一个看得出别有所图的男记者抢断了女记者的发问："那怎么解释在平江的行动——"他挥起手中材料。

张澜委实按捺不住了："他怕八路军、新四军盖过他，怕共产党威胁到他争夺天下的大梦。当然，做这个梦的人，远不止杨司令一人，当然也包括背后指使的人。"

此话正中男记者下怀。他抓住大新闻卖点，刨根究底地问："你所说的'背后指使人'是谁？能说明白一点吗？"

满场缄默。

那个女记者不满同行的无礼，欲说又止。她很有点替主持人担心。

黄炎培提着心跟罗隆基耳语："这个记者有来头。"

罗隆基反应奇快，来了个"曲线救国"："听说你们四川出了个'刘神仙'，能未卜先知；你该去问你们'刘神仙'才是。我们张澜先生可不是'神仙'。"

戏笑又起。

男记者仍不依不饶："张澜先生能直接回答问题吗？"

张澜以闪烁的目光回敬着对方："蒋委员长不是已经成立了真相调查组吗？你与其问我，还不如直接问他。"

男记者噎住。

又有记者继续着刚才男记者的刨根究底："请问张澜先生，你是亲国民党还是亲共产党？"

张澜直截了当道："谁抗日我亲谁，谁不要两面派，真心救国，我就亲谁！"

掷地作响的回答激起了有良知的中外记者热切的喝彩！

那个男记者挤到张澜跟前，佯作无心一般将速写记录一递："这是你答记者问的记录稿，能在上面签个字吗？"那眼神中分明掠出要挟之意。

黄炎培不满了："你这是干什么？"

男记者不紧不慢地说道："不干什么。对新闻负责。"他又将记录稿往张澜的眼皮下一推。

张澜不卑不亢地回答："这么多证人还不够吗？我张澜对自己说的话绝对负责！"

双方都在"只争朝夕"——那份未签名的记录稿，此刻已摆在军统局长戴笠眼下："你这份记录、这个名单，我正需要。不愧是我中央报的大记者！"

男记者一副忠诚之状："愿为党国效力！"

戴笠的眼光捕捉着什么，他进而交代："一个是八路军驻重庆的办事处，一个就是特园，务必多去'串串门'，'采访采访'。"

"是。"

同样是记者的这个女笔杆子，似乎舍不下记者招待会，未待张澜跟黄炎培、罗隆基出门，便已拦在张澜身前。

张澜觉着唐突，却还是很友善地相问："记者朋友还有什么问题？"

女记者脸一仰，问："先生不记得我了？"

张澜辨认着，一无记忆。

女记者反倒对眼门前的老先生更生敬重。她缓缓"引领"着："1919 年，在北京《晨报》董事室里，您接待了一个无助的少女，给了他三十块银元作学费……"

张澜渐渐记起——

自己拳拳激励着："你既然到了北京，还是去念点书吧；念好了，将来也当个记者什么的，多为老百姓呐喊几声！"

少女的心被叩动了："我……行吗？"

自己继续激励着："有什么不行的？事在人为。"

对了，自己伸手止住跪地要叩头的少女："快起来。人的膝盖可不是用来跪的，尤其是你们女同胞。"

那少女感慨万端。她深深地、重重地点了下头。

…… ……

开启的记忆闸门，终于使张澜认出了眼皮下这个女记者就是那美少女。他还有点将信将疑："真的当上记者了？"

女记者回复："在《大公报》。"

张澜欣然开颜："报纸能'大公无私'就是好报纸。"

女记者端视着恩人问："先生什么时候留胡子了？"

张澜抚髯一笑："从北京回乡，母亲死了，中国眼看也快要死了，我干脆就留上胡子了。一晃……十九年了。"

女记者感悟深深地浩叹："十九年！"

嘉陵江接待了这两个相隔十九年再重逢的"故友"。是呀，人生能有几个十九年？何况是在青春盛年时段！

张澜的目光随浪浮沉着："只有她——不会老……"

女记者"扑哧"一笑，也不由得感悟到了什么。

岁月如流，悠悠自去。

嘉陵江载负着张澜的声音："她就像一部历史，公正地记录下昨天，还在记录着今天和明天。"

女记者："一部历史？！"

张澜将目光从江流又挪到女记者身上，想到什么，笑了："难怪招待会上你老叮问杨森。还跟他联系吗？"

女记者脸色一沉，语气是冷冷的："从在北京念书，他就在我心里死了。"

"那你今天怎么？"

"我不希望他成为历史的罪人。"

张澜颔首称许："好！到底为老百姓、为国家'喊'上了。"

女记者五味杂陈，直述心曲："没有先生当年你指点迷津，我怕还会是一只花瓶，仅仅供有钱有势之人观赏。……这种可怜的花瓶现在又多了！只怕多过了头，中国真会亡的。”

“深刻。”张澜笑了。对于时下的“花瓶”，他自然没有眼下这个面貌一新的女记者知晓得多，但笃信女记者所言不差。他不能不哀叹时下花瓶们靠青春与美色，博取短暂的虚荣。青春的女性，应该多一些人像眼下这个女记者一般——觉醒，投入与国家同命运的频道上就好！少顷，张澜欣赏又感怀地看定女记者，一拍脑门：“还没有请教你的大名哩！”

女记者嗔怪道：“我宋兰英这个小名，可是被老董事‘埋了’十九年才算见到天日！”

张澜半是自嘲半是致歉地呵呵大笑开了。

自出外考察中国教育现状归来，尤其是在武汉参加国民参政会见到周恩来后，张澜与新老相识的一代中国教育、文化界的精英们就卧不安枕，久久萦绕胸中的心念今天在特园的庭院里终于摊了开来。

小小的庭院今日却包容着大大的民事国是。

鲜英的女儿们在一边戏耍，张澜、黄炎培、罗隆基、张君劢、左舜生、梁漱溟、鲜英一些大人就着葡萄架、花坛、遮阳大树在商讨。

梁漱溟忧心忡忡：“现在抗日的战火还在烧，国民党就开始杀共产党，共产党又抗议国民党，两虎相争，搞不好真就毁了中国。”他乃是统一建国同志会发起人，时年四十六。

张君劢思量着：“我们筹建的民主团体，是不是应该不偏不倚，走第三条道路？”

罗隆基咀嚼着尔中深意：“第三条道路？”

张澜一睃张君劢，并不苟同他的“思量”：“我们要做的，是协调矛盾、反映民意、创导民权。”

左舜生有点壮怀激烈了：“不管怎么，立即分地区、分政团开始联络。”这位是中国青年党主要首领之一，时年四十六。

罗隆基立马响应：“好。时不我待！”

张澜顾虑到什么，叮嘱道："现在还不晓得当局会是怎么个态度，暂不宜张扬。"

张君劢不以为然："表方兄过虑了。"

黄炎培不敢大意："还是小心为是。"

会一散，这几位文坛教苑的骄子便分头联络。救国，自古以来本就是中国士大夫们的"天命"。此天命，岂能失？断不可！

张澜的联络地自然是故乡南充。

翌日一早，他就将简单的衣物、几本书收拾进旧藤箱；老外出，收拾起来驾轻就熟，很是快捷。

鲜英送罢客返回进来。

张澜头未抬，问："送走了？"

鲜英应声道："哎，这罗世文、周怡两人就是周恩来指派跟你联系的人？"

"嗯。印象如何？"

"现今这种乱世，还有这么肯为理想舍命的人，太难得了！只是……"

张澜以目询问。

"太纯真，是要吃大亏的。"

张澜身子一欠，也不由得兴叹了："是呀，他们吃了太多的亏。"

小继根三脚两步蹦了进来，笑口一张："爷爷，嘻嘻，张爷爷，有个滑稽的叔叔来找你。"

张澜与鲜英一时觉得莫名其妙。眨眼之间，张澜下意识地感应到了，抬眼间，门口传来一声"变"，旋即就突地冒出个人——正是活宝蒲生。

鲜英哈哈大叹："奇了，奇了，我刚想关照表老，下次出门就带上蒲瑛的兄弟，你……"

蒲生不无得意："我就是从你脑子里蹦出来的，这可是本事！"

小继根见状，又乐得嘻嘻直笑。

蒲生半个主人似的拎过藤箱急催："快、快！姐姐就等着您证婚哪！"

最叫张澜为难又高兴的是一回到南充，竟被学生“逮着”做红娘。生平他从来没有干过这类事，也从无兴趣凑那份世俗的热闹，这回却非干不可，他乐意！得意的弟子蒲瑛和周锋同学、同志，喜结同心，而且是在时下这国破家危的时刻，焉能不祝贺？！证婚，他一反常态——乐意！

箱子打开着，四十四岁的夫人刘慧征选挑着，又拣出一件长袍，依然是补丁叠补丁的。

刘慧征急了：“你还‘证婚’？看看，一件像样的衣服都没有……”

张澜反乐了：“人家要的是我证婚人这个人，不是看衣服。走吧。”

屋外小坪里响起一阵喜庆的鞭炮，接着传来一阵欢快的哄闹。

十五岁的继延携着六岁的小弟张崙迭步奔进门，一脸的兴奋：“爸、妈快点，新郎、新娘都来啦！”

张澜一怔：“怎么不在学校？”

张澜老两口刚走出堂屋，已从滑竿——花轿里下来的周锋和蒲瑛一对新人就迎住了他俩。

蒲瑛攥住张澜：“校长，我和周锋决定在您这里举行婚礼。”

刘慧征四下一看，连连摇头：“不行、不行，这破破旧旧的地方怎么能……”

周锋的神情变得肃穆：“就在慕良坟墓跟前举行我们的婚礼。”

决定一出，把一场贺喜的宾客惊得目瞪口呆！

张澜被震动了！

刘慧征从愣怔中回过神：“这、这怎么行？你们是办喜事，慕良他……已经在地下，这会冲了你们的喜气。”

蒲瑛亲昵地拉住刘慧征解释：“慕良是我们的榜样。现在国民党不是又挥起屠刀，要杀我们吗？既然出了‘平江惨案’，就还会杀出什么惨案来。我们是杀不完的！”

已经十八岁、在省立女中就读的茂延眼里噙着泪花，没有言语，紧紧握住蒲瑛的手！

张澜一样地浮漾着泪花，头重重一点道：“有你们这样的新人、这样的同伴，慕良在天有灵，一定会高兴的！”

青岗山下，慕良坟前，两支红烛，一对新人。

坟头左右站着证婚的张澜和刘慧征夫妇。新人的左右，一边是张茂延，一边是肖子群。

周锋拉着蒲瑛的手，凝视着墓中人，如对知己一般道：“慕良，我们今天很高兴能在你的墓前举行婚礼。我们是想让你见到，我们的心和你一样在跳动！”

蒲瑛止不住激动地接过丈夫的话头：“也许，有一天，我们会像你一样……去了，我们也无怨无悔！因为我们有过爱、有过恨，我们也软弱过，可我们毕竟挺过来了！我们活着不仅仅是为自己，更是为我们的同胞、我们的国家。我们为自己的选择——像你一样的选择感到骄傲！”

张澜胸头的暖流在涌动着：“慕良，你听见了吗？”

有情的坟墓中仿佛回映出慕良消瘦的面容——他也一般激动地回应道：“爸爸，我听见了，听见了。我真的感到很温暖。”

张澜道：“他们让你爸爸、妈妈证婚，我看该是你来证婚才对啊。”

刘慧征恍惚中像是见到慕良，下意识地呼唤着：“儿子！……”

慕良仿佛也在回应着：“妈妈，我今天好高兴！”

张澜噙着热泪的眸子巡顾着与儿子一样的学生、后生们，情重意长地倾吐着肺腑之言：“儿子呀，你看见了？蒲瑛、周锋、肖子群、蒲生、茂延……他们不就在延续着你的生命吗？！”

不远处，嘉陵江波涛阵阵，声声入耳。

谁也没有觉察，在坟墓前的梅花树下，伫立着乐伯勋。他手里捧着一束鲜花，就这么怅然若失地站着。

乐伯勋心底的声音宣泄着：“蒲瑛，你是……我的！是我乐伯勋的！”他想定什么，直视着鲜花的眼光渐渐透出毒辣的阴冷之气。

不啻坟墓与墓中人有情，就连早起的旭日也是情丝万缕。

你看，那一抹晨曦将坟墓映照得何其清清亮亮啊！

习惯早起的张澜抚摸着坟边青竹，思量着什么，间或将目光溶入坟墓上头的清亮曙色中。不晓多久，他听得大女儿茂延的叫唤："爸爸。"

张澜回首，茂延已走了过来。

张澜端详着大女儿，依旧思量着，问："省立女中毕业后，有什么考虑？"

茂延早有考虑，即刻回答："我想考金陵女子大学。"

张澜低"嗯"一声，目光从女儿挪向坟墓。

茂延轻倚着坟墓，如依偎着二哥一般，少顷，语气庄肃而带着些许的神秘，悄悄透露："爸爸，我加入共产党了。"

张澜心下一动，有点意外："什么时候？"

茂延如实相告："'平江惨案'后。"声音不响，却透出几分自豪。

张澜欣赏女儿的自豪："你们都选择了在'最危险的时候'——你入党，蒲瑛、周锋他们举行婚礼。好！你们确实是用自己的心在构筑希望的城池……"

茂延紧紧地依偎着老父亲："爸爸！"

张澜显然联想到什么："有个组织好。人多了，主意多了，力量大了……"

茂延"扑哧"一笑："怎么，爸爸也想'有个组织'？"

"嗯。"张澜的目光缓缓从墓穴挪开，投向不远处的嘉陵江。

也似心有灵犀的嘉陵江鼓涌起一簇簇拍岸的激浪，似在应和，若在呼应。

正是外侮未去，内祸突起，关系着中华民族生死存亡的抗日战争到了最严峻的时刻，1940 年 3 月，又横生出"非常事件"。

且看汹汹而至的报纸舆论——

共产党指使重庆银行粮食仓库遭劫

抢米事件背后共产党意欲何为？

接踵而至的便是警车呼啸、牢门撞响……一批批抗日的共产党员被抓捕。

但凡长着眼睛，有一点良心的中国人都心知肚明——这与正得志猖狂的德国纳粹制造的“国会纵火案”何其相似！

张澜跟这一“非常事件”的直接接触是在怀远山庄——他学生在怀远的一处养息所。

一个陌生的朋友把一封信送交给正在开会商讨筹组民主救国团体的张澜。

“董必武主任特地让我专程从重庆赶来，请表方先生一定设法营救。”原来这个送信人就是董必武的特使潘梓年。

张澜读罢信，一惊不小，头沉沉一点：“怎么，罗世文他们也被抓了？！”

潘梓年眼含泪花：“特委书记罗世文、车耀先……都……”

张澜即刻省悟道：“抓你们的人，他也冲着我！是周恩来让他们跟我联络的，却……”

“呵呵……”重庆军统局的大局长戴笠此刻不无得意了！一切在他的运筹帷幄之中，“这回干得还算漂亮，借潘文华的银行粮仓下手，叫他也哑巴吃黄连——有苦说不出！”

徐中齐顾忌到什么：“只怕张澜这些个多事的人又会……”

戴笠将半阴不阳的笑脸一收：“告诉成都军政界，委员长有令，谁要放走一个共产党，就拿他的命去顶！”

“是。”徐中齐仍不放心，“局长，夜长梦多，是不是就……”

戴笠稍作估量：“也好！”

特务头子徐中齐估量得没有错，张澜又在“多事”。受董必武之嘱托，他怎能不“多事”？

他专程赶到成都，拜访了在百花潭康庄疗养的四川军阀、国民革命军第二十二集团军总司令兼第四十五军军长邓锡侯。

张澜巡顾着秀美的院落：“慕良承你关心，在这里疗养，度过他短短一生的最后时刻。”

五十一岁的邓锡侯，已是满脸的风霜。他不由得喟叹道：“慕良是个难得的人才！”他也从心里觉着惋惜。

有顷，张澜转入正题：“我希望这次邓司令能救下他们。”

邓锡侯有点爱莫能助：“这次是军统局绕过我们川军直接抓捕的，蒋委员长跟我们川军是人心隔肚皮呀。”

张澜单刀直入：“就没有余地了？”

邓锡侯没有了“余地”，只得道：“只能……试试。”

张澜又马不停蹄地找了四川军阀、川陕鄂边区绥靖公署主任潘文华。此公比邓锡侯还大三岁，五十四。他是被借之刀——非常抢米事件的“当事人”。

潘文华忧愤地叹着苦：“哼哼，军统局是借我潘文华的银行粮仓做文章，既抓了共产党，又堵了我的嘴。”

张澜大不理解了：“你的银行粮仓，你不张嘴，谁能张嘴？”

潘文华自嘲着：“抢米的事分明有蹊跷；我要查，军统局挡驾，我还能怎么办？”

张澜气不打一处来，眼里的光闪是极悲愤的。这行径，真有如希特勒，何其卑劣！

潘文华也一样悲愤：“蒋介石从来就是软硬兼施，压着我。哼，也对，我潘文华根本就信不过他！”

张澜的恻隐之心油然而生，他反而宽抚地在潘文华肩头拍了几拍。

是呀，张澜一辈清清君子当然料想不到军统局会将“抢米事件”做得这么老辣，让这些四川军阀只能哑巴吃黄连——有苦说不出，有力使不上。

时间就是被捕人的生命！张澜回到怀远山庄，迅即邀请各界知名人士，磋商营救之策。

愤切之下，张澜情难自已：“欲加之罪，何患无辞？这同希特勒制造的‘国会纵火案’有什么两样？”

群情不由得为之愤慨：

“连潘文华军长自己都觉着‘蹊跷’，那就必是阴谋无疑。”

“要戳穿这个阴谋！”

“只怕永远戳不穿。‘平江惨案’不就是？……唉！”

张澜忧心如焚：“当务之急是救人！现在……”

蒲生匆步进门，来到张澜跟前，引指门外道：“有人找。”

张澜没有想到，来人会是一身便衣的裘一春！

裘一春将张澜引到回廊拐角处，神情沉重地通报：“罗世文、车耀先几个共产党，已经被军统秘密杀害。”

张澜身心一震：“什么？已经……”他顿时嗒然若失，久久无语！

裘一春郑重叮嘱：“老校长，你自己也得多加小心。”

张澜心火迭出：“我倒要见识见识，他们能把我这个无党无派的老头子怎么样！”

裘一春不能不提醒：“他们明里不一定，暗中就难说了。戴笠的爪牙，密布得像蜘蛛网，没有什么不敢做的。蒲生兄弟，你一定要保护好老校长。”

蒲生胸脯一挺道：“没说的！”

“我要赶回重庆，先走了。”裘一春方出回廊，又反首，“小妹的救命之恩，一春没齿不忘！”

张澜只抬手一摆，依然呆若木雕，有顷，不堪悲凉地自语：“他们得逞了！又得逞了！哼哼，呵呵……”

是呀，“欲加之罪，何患无辞”？“莫须有”的罪名，使乔装的刽子手们又一次得逞了。蒋介石精心策划的反共高潮得寸进尺，继续着前五次均以失败告终的“大围剿”。

1941 年 3 月 19 日，在重庆的上清寺特园里，正在召开一个秘密会议。与会的十七人里，我们见过的有张澜、鲜英、黄炎培、罗隆基、张君劢、梁漱溟、左舜生、李璜等。

蒋介石万万没有想到，“平江惨案”“抢米事件”，特别是 1941 年

1 月 6 日的“皖南事变”——多少心系家国、情系危亡的新四军、共产党人的热血和头颅——将引发出什么。

黄炎培在庄严宣示：“今天，我们中国民主政团同盟成立了，是在血和火的洗礼中诞生出来的。”

张君劢眉梢一皱，提出疑问：“这‘血和火’是不是太偏激了？”

张澜着即接过话头：“是明摆着的事实。”

张君劢并不苟同：“我们同盟的出路，就在远离血和火，太近了，怕会……被这血和火吞没。”

黄炎培听了有点疑惑，叮问道：“君劢兄能不能说明白一点？”

张澜一针见血：“在《致毛泽东先生一封公开信》里，君劢兄已经说明白了——拥护国民政府，要把共产党的解放区‘收归国有’。”

张君劢曲言回敬：“表方兄《致蒋介石书》也说得明白，警告蒋介石不要反共、不要专制……”

罗隆基哈哈笑了：“好、好、好。我们的同盟今天秘密成立，不妨就秘密打个赌如何？”

与会同仁不知所指，不过也被激出些许兴致。

鲜英问：“怎么赌？”

罗隆基娓娓道来：“你君劢兄给毛泽东写过信，你表方兄给蒋介石写了信。二位不妨赌一赌，一毛一蒋，谁能胜出？”他将案头的纸一摊，笔一递。

张君劢当仁不让，接过笔，略作思忖便挥写下去——

虎踞龙盘

张澜笔一提，眉一耸，便倾心写出——

天翻地覆

十七名同盟会员凝视着各有寄意，且大不一般的“心语”，思虑个中深意，有困惑、有赞可，当然亦有责疑的……

“虎踞龙盘”好理解，一毛一蒋，各有天地。这“天翻地覆”，是寄意毛泽东的共产党，还是蒋介石的国民党？似乎前者更多一些？既“天翻地覆”，应不该是而今的国民政府啰？再看看张君劢与张澜两人，但见张君劢斜乜一眼张澜，微微摇开了头；而张澜却仍凝视着“天翻地覆”，显然深深寄予了什么……

“就在你们的眼皮底下，居然杀出个民主政团同盟？！你张群当的什么省长？你戴笠当的什么局长？”在重庆的蒋介石官邸里，委员长一反雍容之常态，大发雷霆。

张群想亡羊补牢：“我一定查清它内中的‘底牌’。”

蒋介石极不耐烦地眼一瞪：“还用查吗？鹬蚌相争，渔翁得利。它是想在国民党和共产党之间做第三者，分权捞便宜。”

戴笠眼里射出职业的杀气。他着即请缨：“请委座明示。”

蒋介石一字一句地喝令：“给我封死它！绝不允许什么第三者在我眼皮底下存在！”

戴笠一个立正：“是！”

特园里，又恢复了惯常的宁静。

张澜在自己卧室内把笔写信，寄意绵绵：

茂延：

……立志甚好。但是如何才能够不为家庭所囿，而能为社会、人群及国家尽力？……

笔停下了。主人自己也不禁思量个中……

不远处的嘉陵江，涛声入耳，一如主人的绵绵思绪。

门被敲响。

鲜英推门而入，难抑喜色：“你看谁来了？”

张澜反首，见是三儿子晓岩！

“晓岩？”

“爸爸。”

“你们父子俩好好谈谈。呵呵，也真难得呀！”鲜英笑微微地身一退，带上门。

张澜打量着已是大学生、大小伙子的三儿子，脸上溢泻出不尽的快慰。晓岩却并不快慰，眼里还渗着泪花。张澜这才从忘情的快慰中回过神来：“怎么？出了什么事？”

晓岩眼眶里的泪水转悠着。他硬自憋着。

张澜想到什么，追问着：“还没到暑期，你是……从川大赶来的？”

晓岩头一点，泪水终于洒落了下来，哽咽着说：“他们硬要我加入‘三青团’，不加入就不发给我毕业证书。”

张澜一听就恼火：“堂堂高等学府，居然有这种混账事？！”

晓岩满腹委屈：“他们说我是张澜的儿子，非得加入不可。”

“加入‘三青团’？让张澜的儿子？做他们的蠢梦去！”张澜益发地恼火，俄而，攫住了什么，“你说的‘他们’是谁？”

“三青团支部。”

“区区一个支部，有那么大的权力？”张澜狐疑，“儿子，你怎么考虑？”

“没有文凭，我怕……会影响找工作。”

张澜道：“找工作主要靠自己的本事。你爸爸从日本一留学回来，就把文凭撕了，工作不是照样做？并不靠文凭，而是靠本事，靠进取心。”

张澜边说着，边与儿子信步登上达观楼。张澜凭窗远眺：“你看嘉陵江——”

晓岩随势眺望，但见嘉陵江波浪鼓涌着、呼喝着，奔流东进。

张澜寄意深远地倾吐着：“翻滚的波涛、奔流的气势，就是她的本事，就是她的进取心，谁想拦也拦不住。为人、做事，是不是也是这个理？”

"嗯！……"晓岩应着声，体察着。

张澜扭首端详着三儿，显然想到了什么，问道："晓得你大哥乔啬在北京五四运动时被抓的事吗？"

晓岩头微微一点，并不知其详。

"你道为什么？"做父亲的并没有让儿子回答，径自告诉着，"救国——这是做学生，也是做中国人最最要紧的。"

晓岩渐自省悟出父亲的点拨。

张澜的口气也渐自变得和缓："你大哥从美国回来了，现在就在这里。"

晓岩惊喜得叫了起来："大哥就在重庆？"

"嗯。在公共汽车公司，你去看看吧。"

"嗳，太好了！"

晓岩从父亲那里一出来，就直奔重庆公共汽车总公司。

一个工友将晓岩带到会议室门边，刚要敲门进去，一个熟识又久违的声音从室内传出："……我们公共汽车公司的文章，一定要做在'公共'两个字上，就是一百年、一千年以后，小车像美国、法国一样多了，甚至比他们还多，公共交通还是城市的首选。我们重庆、我们中国，人多，还集中在城市；要是不发展公共交通，都是私家车，这城市怕就堵死了！……"

"是大哥！"张晓岩兴致一提，"师傅，你先忙去，我就在这里……"

"那你怕要等一个下午。"工友还是替晓岩敲了门，"张总经理，你兄弟来了。"

张乔啬很有些意外，交代了副手，便赶了出来。

兄弟久别重逢，就在会议室门口双双忘情地搂抱在一起。

晓岩端详着大哥，很有点钦佩地兴叹："你都当上总经理了？爸怎么没说起过？"

乔啬淡然一笑："爸爸当议员、宣慰使、省长，又跟谁说了？人，不靠招牌，看本事。"

晓岩不觉失笑："跟爸说的一个样！"

乔啬自己也一怔："哦？"

不时有工人师傅跟张乔啬打招呼，熟识中透出随意与敬重。乔啬随手打开一辆在修的客车车门："来，车里安静点。"

进到车里，晓岩兴味盎然地四下巡望着："大哥你这公共交通的理念太对了；将来我们中国富强了，私家车更多了，公交车会不会……"

"应该不会，也不应该会。要是'会'，对城市就是灾难！任何国家，尤其是人口众多的国家，公共交通必是首选！这应该是国家与城市的交通运行法则。"

晓岩虽没有明确的感知，却极信赖地点了下头。少顷，他又将目光回落到大哥身上，禁不住问了老父亲跟他说起的往事。

乔啬摇头一笑："那是十年前的旧事了，爸爸还记得？"

晓岩寻踪觅迹着："那时大哥刚从美国回来？"

乔啬的目光透过车窗，眺望出去："那艘美国轮船上挂着各国的国旗，就是不见中国的。这不是漠视我们黄皮肤的中国人吗？我和回国的留学生一起找到大胡子船长，提出抗议，警告他，不挂中国的国旗，我们就把其他国家的国旗都降下来！"

晓岩大睁着双眼，看着大哥："大胡子船长怕了？"

乔啬的脸上浮现出当年的宽慰："怕了，道歉了，把中国的国旗挂起来了。"

晓岩一把攥住大哥："你们真行！"

乔啬也握住三弟："要是你碰上了，你也会的。"

"我？！……"晓岩的身心被撼动了！

这个"撼动"，令做兄弟的晚上睡在临时搭起的小钢丝床上都不能安神。

老父亲从儿子不安的辗转中感觉到了什么，哂然一笑，旋即又将目光投向案头，继续着白天不及给长女茂延写完的信：

……这是要有实际的知识、专门的技能、前进的毅力才能做得到的，不是空空的有理想、说大话可以做得到的。

…… ……

他不觉又回首看看儿子，拳拳的目光里寄寓着只有父母才有的深深的期望。

张晓岩不敢辜负老父亲与大哥的期望，这可惹恼了峨眉山四川大学的训育室主任乐伯勋："张晓岩不肯就范？"

一个学生头领模样的人不屑地说："乐主任，这种书呆子就是进了我们'三青团'，屁用也不顶。"

乐伯勋着即训斥："愚蠢！他是张澜的儿子你晓得吗？张澜！"

学生头领依旧半明不白。

乐伯勋只得"画龙点睛"："只要把他儿子拉进'三青团'，他父亲这张老脸就没地方搁。我看他还怎么跟我们国民党、蒋委员长作对！"

学生头领这才大彻大悟："懂了！要是张晓岩硬是不肯加入呢？"

乐伯勋很有点自信："苦熬了四年大学，我不信他会不想要这张'派司'。"

"大彻大悟"的"三青团"那个学生头领趁休息天，与同伴邀上了张晓岩，"游玩"上了峨眉山的古庙。

头领登上庙边的大崖口子，不觉诗兴大发道："看看，这云雾山中……多壮观！"

晓岩也被神奇的"壮观"吸引了，凭崖远眺着："峨眉山真是我们四川的骄傲！"

正是张晓岩沉醉于"骄傲"之际，头领一个眼色，几个"三青团"同学即一拥而上，将他扭捉住。

张晓岩毫无防备，挣扎着："你们干什么？干什么？"

头领不急不忙，全然没有了"诗兴"，道："不干什么。就是把你从这里'送'下去。"

张晓岩一阵颤抖，近乎本能地大叫："不！不——"

头领手一抬，喝问："最后再问你一次，加不加入我们'三青团'？"

张晓岩已被搡到悬崖边上。

同室操戈的"学友"们逼问着：

"要死还是要活？"

"就凭你一句话！"

生死一线之际，冷汗从张晓岩的额头上渗落下来。也是在这电光石火之刻，他的脑际猝然闪出——

特园达观楼上，父亲的拳拳教导；

公共汽车公司的汽车上，大哥乔啬的难忘追忆；

奔流不息的嘉陵江；

…… ……

是呀，张晓岩此刻犹如真的听到了那滚滚滔滔的激流。

也犹如受到急流的激发，他感悟到了什么，身子一挣，头一抬，挺然回答："张澜的儿子我就是死，也不加入！"

头领恼羞成怒："好，就叫你老不死的父亲张澜来收尸！"

同室操戈的"学友"们紧攥着张晓岩往悬崖下推，正是千钧一发之际，一声枪响，把在场之人大吓一跳。

一身警服的裘一春从庙里斜穿而出，厉声责问："光天化日，竟敢杀人？"枪口环指着领头的几个"三青团"分子。

头领渐自镇定下来："我们是'三青团'川大支部的，你是谁？……"他想打探对方底细。

裘一春焉能不知？他眼一瞪，呵斥道："什么谁不谁的，想活命就快滚！"他提枪的手往庙后一拨拉。

同时间，一帮同学迅疾赶来，领头的那个我们似曾相识，显然她年岁最小，看模样就知是新生。

"卑鄙！"小女生直言斥责着"三青团"分子，胆识着实不小。

裘一春倒是没有看出，眼神间不由得流泻出些许赞佩。

"晓岩！"几个同班同学拥着晓岩又哭又笑。

事发突兀，“三青团”的头领倒不忙不乱，还警告着：“给我当心着点！”嘴巴一噘，率同伴下山。

晓岩醒过神来，再待想回谢救命的壮士时，壮士已不见踪影。

晓岩乃至同窗学友们也宛如倾听到了“一样悲欢逐逝波”的嘉陵江，滚滚滔滔……

滚滚滔滔的嘉陵江激流迎来了中国“最危险的时候”。

正所谓东方不亮西方亮，1941 年 10 月 10 日，张澜继黄炎培之后，被推选为同盟主席，在香港《光明报》上推出“十大纲领”，同盟亦由此从秘密走向公开。蒋介石的“围剿”计划破产了。

也是同一天，重庆林园美龄宫里的蒋介石一扫雍容常态，气得把报纸捏作一团：“什么‘民主’‘团结’，跟共产党一个鼻孔出气——都冲着我国民政府！”

宋美龄半倚床头，软言宽慰着：“犯不着生这么大的气。张君劢他们的国社党、李璜他们的青年党，不都拥护你吗？对付张澜这样的倔老夫子，只能软着来。”

蒋介石稍稍平息了一下心火，眼里却依然倾泻着恼怒的寒光。

蒋介石先生不曾料到的是，民主同盟问世后，在紧接着的新一轮参政会上，可恼的这个倔老头张澜竟在会上又推出一个大提案：《实现民主以加强抗战力量，树立建国基础案》。

蒋先生更不曾料到的还是呼应者居然络绎不绝。

在会堂门口，拾级而上的众代表里，有人会神地翻览着。

张澜的声音仿佛从提案中跃然而出：“为凝聚民心，必须成立抗战非常时期的中央民意机构。”

共鸣之下，会神者拔笔签名。

在会堂内，有人饶有兴致地埋首浏览着。

张澜的声音：“要保证人民说话的自由、行动的自由，特务组织侵犯人权的行为必须停止！”

浏览人拍“案”而起，毅然签名。

在二楼小会议室，董必武和邓颖超心有灵犀地研读着。

张澜的声音在继续：“国民党应立即停止训政，实施民主宪政。”

两人相顾颔首，相继署名。

在总裁室里，蒋介石一掌击在二十三人联署签名的《实现民主以加强抗战力量，树立建国基础案》上，牙关一咬，道：“这个张澜，把我当成宣统皇帝了！他想干什么？还想改朝换代？！”

张群也替主人不平，附和着：“是太过分了，得寸进尺！”

“他是唯恐天下不乱！把这个提案给我撤了，不许讨论。”他下了死命令。

“嗯。”

“他们那个特园监视起来没有？”

“已经严密监视了。戴笠局长亲自坐镇在特园对面的小山包上。”

蒋介石余火难去，声色俱厉地喝令：“给我盯死它！”

军统局的戴笠吃着了分量——此事非同小可，自然不敢掉以轻心。不费吹灰之力，他打发走了上清寺特园对面小山包上的小楼主人，将该楼作为“盯死”特园的指挥中心。

应该说，戴笠还是颇有眼力的。这座小楼在山岩、绿树的掩映中，很是隐蔽。

此刻戴笠鹰隼似的目光往周遭一巡，便锁定对面小山坡上的特园，心里颇自负地耻笑开了：“张澜哪张澜，你这个迂老夫子还想取消我戴笠的军统？太自不量力！”

这回是戴笠唱白脸，红脸由张群牵头堂而皇之地在参政会上唱。

张群也算得是雷厉风行。第二天大会上，在一片纷争中，大会主持人便宣布：“因为会期紧，项目又太多，张澜先生的提案这次就不列入大会讨论了；另外三个……”

台下责问声连片响起：

“我们愿意讨论。”

“事关抗战救国，为什么不讨论？”

……

主持人拿出了“尚方宝剑”：“这是大会主席团的决定。”

张澜的书生脾气被触发了。会议中间的休息时间，他就在庭院的喷水池头截住蒋介石，毫不留情地“兴师问罪”。两个人一个火气炙人，一个雍容如故。

“请问委员长，是主席团的决定，还是你的决定？”

“主持人不是说了？”

“委员长又何必回避？提案不仅是我张澜的，也不仅是联署签名的二十三人的，是我们华夏儿女抗战救国的当务之急！”

蒋介石反而悠悠然地笑了：“表老不要急、不要急，火气太旺会伤身子骨。”

张澜益发被激恼了：“一时半刻绝死不了！”

蒋介石微露锋芒：“你不信任中央政府？”

张澜曲言问道：“你这是什么意思？”

蒋介石于声色不动中，掠出凶机：“你的那个提案，从要结束训政到成立什么中央民意机关……你置我们国民党于何地？置中央政府于何地？又置我蒋介石于何地？”

喷水池的水不晓什么时候小下去了。一些个与会代表原本想过来助言几句，此刻也揪上心，裹足不前了——那可是雷池！

轮到张澜呵呵笑了：“委员长是不是太小看自己的国民党、中央政府，小看自己了？”

“怎讲？”

“参政、议政，本就要提方案，能置谁于‘何地’呢？堂堂中央政府，不至于那么脆弱吧？”

蒋介石莞尔一笑，不失领袖风度：“恐怕不是我，而是表老你小看中央政府了。”话中的警告不言自明——那可是潜藏着叵测凶机的！

张澜立时接踵“咬定”：“那好，区区一个提案可以见见天日了？”

蒋介石不软不硬地盖棺定论：“我看表老你就不要固执己见了。目前结束训政是不现实的，一切等抗战结束了再说。要相信中央政府是……”

张澜不待蒋介石说完，便声明在先：“那还参个什么‘政’？还不如回家睡大觉！”他拂袖而去。

尴尬的蒋委员长倒也没有发作，只是暗下牙关一咬，冲这个烫手的老夫子掠出不屑的一笑。

喷水池的水一阵喷射后，终于止歇了。

第八章　国是座谈会

为国事民瘼而呕心沥血锻造出的提案被莫名其妙地否决，且都不让讨论，怎不叫张澜愤懑失望？他跟蒋大委员长这一拂袖，真就诀别了重庆，应邀来到成都慈惠堂街的慈惠堂。这是 1942 年 11 月 29 日。

一位清朝遗老模样的老先生谦恭地陪着张澜巡看着堂前屋后。

这个慈惠堂不简单。它是以仁慈为宗旨，惠及穷苦百姓的殿堂，其声名已越出四川腹地。那富有清朝遗风的古朴大院，回廊、天井、庭院、平房与两层楼错落相衔的布设，犹如一幅风情古朴的国画。

张澜兴叹着："噢，这就是大名鼎鼎的慈惠堂？！"

在外东九眼桥的培根火柴厂，更是吸引住了张澜的目光。

陪随的老先生从衣兜里掏出一盒"儿童牌火柴"，介绍道："这也算是我们四川的'名牌'产品了。"

张澜看着火柴，估量着："是慈惠堂经费的主要来源？"

老先生点着头回复："正是、正是。就是不安全，厂里工人老有中毒的，离城又远……不方便。"

张澜目光一沉，定下心道："我就住这里了。"

"住不得、住不得。太危险！"

"呵呵，我张澜这个人有点背时，老找'危险'。"

老先生茫然不解："嗯？"

张澜又想到什么，问："尹老前辈还有什么交代？"他早就耳闻已经作古的前西安府知府尹仲锡临终前就是闭不了眼，喃喃着非要享有“川北圣人”之誉的张澜继任主持不可。张澜虽然连见都没有见过这位“慈惠”的知府大人一面，但从心里对他还是很感怀的！这大略便是“神交”了？

陪随的老先生头一摇，道：“尹老知府遗言——只求表方先生你能来主持，他在九泉之下方能瞑目；老知府还再三交代，只求表方先生能来，其他都好说，薪水全由你自行定夺——五百、一千大洋都无问题。”

张澜笑笑：“我这个主持，不要一个钱。”

陪随的老先生闻言大跌眼镜！他不能不寻究起眼皮下这位老主持没见过、自己也才今天见上面的张澜大先生是戏言，还是当真？如今的昏昏天下，金钱近乎万能，几多达官贵人唯钱是重，有的居然有整屋子的金条、银元、钱币，而于人前却摆出一副正人君子模样。时下，这种为官者、显贵人，不能不是中国的大悲哀，亦不能不是中国的大祸害！眼下这位大跌眼镜的遗老，自然不能不觉得匪夷所思啦！是的，他没有见过，甚而都没有想到过，眼鼻子下，恰恰邂逅上了似乎是从天上掉下来的“真人”！当烦神劳心的主持，非但不要价，还不拿薪金？……

怪人？！不、不，简直就是奇人！

张澜见着老先生这副诧异的情状，也不觉失笑了：“怎么？”

老先生依旧在疑惑中，直言道出：“多少人争抢着要来做主持，十之八九就是冲着钱来的；官场的、生意场的、搞文化教育的，连军界的大员都想来接手，五百、一千的根本对付不了！尹仲锡知府实在闭不上眼、撒不了手哇！”老人禁不住有点泪眼汪汪了。

张澜却气定神闲，自剖衷肠：“既叫‘慈惠堂’，是做善事的，就要从堂主开始——立身自重。”

陪随的老先生算得上大清遗老了，见识不浅，惊叹之下，不觉唏嘘起来：“苍天有眼，请受不才一拜！”

张澜连连劝扶住对方：“老先生，千万使不得！”

不承想，他这一“临危受命”——当主持，先先后后，竟在成都慈惠堂待了将近五个年头。

作为一代文化精英、民主先锋的张澜，也免不了有中国大书生的通病——我行我素，一意做自己的善事、好事、正事，却每每不善估量对手，不善防范心怀叵测的无孔不入之辈。

谁人能知，他这位“堂主”的举动，其实全都在特务头子徐中齐无所不及的监视之中。

大礼拜天，徐中齐就赶到四川大学训育室，交代乐伯勋：“这个迂老夫子从重庆跑到成都，就在你川大附小的眼皮底下。”

乐伯勋心下一抽，恭敬地替徐中齐点上烟，小心翼翼地问：“我眼皮底下？……”

徐中齐一语点明：“培根火柴厂。”

乐伯勋不觉有点五味交杂。

徐中齐捕捉到对方“五味”的面色，点拨着：“又不是让你唱红脸，师生之情不是正好为你所用？”

乐伯勋仍不无踌躇。

“重庆的特园有戴局长亲自坐镇监视，成都这里的慈惠堂就交托你老弟了。委座密令：慈惠堂绝不能变作第二个特园！”

乐伯勋神经质地一颤，挺身立正：“是。”

大书生飞快进入角色，已经一门心思沉浸在自己“慈惠”的世界里。都半夜三更了，张澜又惦挂起什么，就着月光，悄然从床上欠身。

刘慧征也醒了：“还不放心？”

张澜头微微一点：“放不下心哪。”

他是来巡看工场的，见仍有人睡在烘烤火柴的木架上，几步过去，怫然在熟睡人的屁股上一拍：“起来！”

“天亮了？”

“啊，理事长！”

张澜一脸严肃地责问道：“怎么，嫌过去中毒的人还不够多？不晓得火柴有毒？”

工友支应着：“屋里睡不下。”

“嗯？”张澜一怔，转身踅到后院宿舍。

一看屋子，就知是新改建的，刚粉刷过。

一列上下铺的双人木床上齐齐睡着工友。

有工友被声响惊醒：“理事长？”

“对不起，吵醒你们了。睡吧睡吧。”张澜致着歉，一面点看着床位，一面自言自语着，“怎么会呢？”

随张澜进屋的人自己解释着：“我们几个是新来的。”

张澜释然了：“噢……跟我来。”他把工友引领到隔壁办公室，一指办公桌，“今晚先委屈一下，就睡这里，明天再想办法。”

同行工友嗫嚅着：

“这么干净的办公室，我们……”

“我们还是在烘架上将就将就吧。”

张澜抬手打住：“命可‘将就’不得！早先中毒的事，现在再不能发生。好了，辛苦了一天，早点睡，明天我让厂里新头头来安排。”

目送走理事长，几个新工友感慨难禁：

“真还没见过这样的老板！”

“嘿，不叫‘老板’，是慈惠堂理事长！”

劳神归劳神，张澜早年就养成散步的习惯，可谓风雨无阻。这天，刘慧征难得地陪伴劳累的丈夫信步在后院外的田坝上。

张澜问：“继延他们呢？”

刘慧征告知：“去川大附小看榜了。崙儿、惠延就想着读书。”

“能想着读书就好。时下，太多太多人，小小年纪，就想着当官，想着当明星，想着当老板发财……唉！”身为崙儿、惠延的父亲，张澜不觉体察到了做父亲的慰藉。

“校长！”

随着一声唤，蒲生从培根厂后门跃出：“我给你‘抓’来了——”

他手往身后一引，蒲瑛和周锋相携而出：

“校长！”

“师母！”

张澜与刘慧征反身迎上。

张澜很是欣喜：“真是雷厉风行啊！”

蒲瑛故作夸张地反问：“老校长有令，还敢不快？”

张澜一睃火柴厂，寄意深长地徐徐道出：“慈惠堂是个做善事的机构，我们就一起来把中国的善事做大、做好。”

周锋与蒲瑛，乃至蒲生，一点而悟，相顾振奋！

张崙与惠延激动的声音传来：“爸爸——妈妈——”

张澜笑着微微地一扬手：“你去看看，准定是中‘状元’了。”

川大附小的布告栏下，但见人头攒动，熙熙攘攘。

鲜红的“录取新生初榜”上，张崙、张惠延，一个第一、一个第三。

张崙生怕爸妈听不见似的，嗓子一提：“妈，我的名字在头一个。”

蒲瑛故作夸张地“点化”：“还是‘头名状元’哪！”

刘慧征喜滋滋地点着头，直抹泪花。

不意间，她听得一声带有试探性的招呼：“是……师母？”

刘慧征抬目，眼门前是两个女青年，年龄大点的在后，年纪小点的在前，别着“四川大学”校徽——正是峨眉山上见到的勇敢大学生。

刘慧征显然认不出对方了：“你是？”

女大学生认清楚了刘慧征，喜不自禁：“十五年前，成大‘二·一六’惨案时，在杜甫草堂边的坟地里，给向忠大哥的墓碑披上红衣服的……”

刘慧征的脑子里渐渐回闪出——

杜甫草堂畔的坟茔头，一个小姑娘饮泣着将一件洗净的绛红色中山装披在王向忠的墓碑上，旋即扑住墓碑，号啕大哭！

刘慧征慢慢记了起来：“你……就是那个送红衣服的小姑娘？！”

直到请这个重情明事的“小姑娘”赵育明吃饭时，大家仍禁不住那份意外的惊喜！

“呵，没有想到，真没有想到。那年你才这么点高——”张澜捏着筷子的手往地下一比画，“现在都长成个大姑娘了！”

女大学生赵育明道：“那时我才七岁，现在都二十二了。老啦！”

闻者莫不失笑。

赵育明有点不可思议地捉摸着：“真没想到，晓岩会是校长你的儿子！”

张澜也自觉着慰藉：“他到底没有被吓住。”

细心的蒲瑛留意到赵育明身上的红裙子，半戏半真道：“你这身红裙子，跟向忠同学的红衣服是不是‘一脉相承’啊？”

赵育明倒不回不避：“我不会忘记向忠大哥他们！”

蒲瑛与周锋相顾感慰！

周锋以水作酒，把杯而起：“为我们共同的这个‘不会忘记’，为我们永远的校长……”

“校长倒无须‘永远’，而我们这个共同的‘不会忘记’倒是应该，也必须永远记住！记住！……”老校长张澜沉沉地、缓缓地端起“酒杯”。

肃然中，一围举杯。

蒲瑛赶走了丈夫，在“夫妻房”里邀上了赵育明。此刻蒲瑛半倚在床头，大为诧异地看着在床边做俯卧撑的赵育明。

蒲瑛数着数：“四十八、四十九、五十！哈呀育明，我看你要破全国纪录啦！”

赵育明就势收住身，亲热地往蒲瑛身上一倒。

做学姐的捏捏育明的手臂，很有点惊讶：“你天天都这么练？”

“差不多。”做学妹的禁不住跟学姐神秘地透个风，“我还打过枪啊！”

“在学校？”

“在乡里游击队。”

学姐替学妹理着乱发，大为兴叹：“你呀，将来肯定是个人物！”

学妹“当仁不让”：“能做个像向忠大哥这样的人，我就死而无憾了！”

学姐一下掩住学妹的嘴：“又乱说！”

张澜的心境也格外好，晚上特地来到儿女的卧室，满心快慰地欣赏着张崙的“杰作”——

一只只大小不一、形态各异的纸船，好像要列队出海远航一样！

继延很有点做姐的自豪：“都是小弟做的！”

张澜也感染上了这份自豪：“我的儿子真不简单！”

惠延钻进父亲怀里撒开娇：“还有我呀。哥，噢？”

“有你！有你！”张澜故意又逗开小儿，“什么时候起航——开船哪？”

儿子头一斜，身一挺，回答：“上学了，就开！”

正式张榜这天，张澜当然又是好心境，携着在成都的一家子前来捧场，噢，不，是来当起航——开船的船长。呵呵！

“爸！”继延拽着小弟从榜前的人堆里忽地钻了出来，一脸惊诧，“张崙、惠延的名字没有了！”

小张崙一脸惊疑，憋不住小嘴一瘪，哭出声来。

刘慧征不敢置信地叮问：“你没看漏？我们是第一名、第三名。怎么会？”她抱着小女儿急匆匆地往人堆里挤。

继延与小弟并没有看漏。

“川大附小新生录取榜”中是没有了张崙、张惠延的名字。

惠延“哇”的一声哭号开来：“我要念书……”

继延冲口而出：“肯定有鬼！”

刘慧征本能地应承着：“嗯！他爸，你得去找找他们校长，问问清楚。”

张澜锁着眉，眼里宣泄着气愤，手一拨道：“回家。”

继延大不满了：“爸爸？！”

大家都不曾察觉，操场边的大树下，一道隔岸观火的目光正注视着张澜。

——那是肩负着“委座密令”的乐伯勋。

树下的乐伯勋还是亮相了。

他专程寻到火柴厂，看见张澜和工友们一起吃着大锅饭，商议着什么，觉着不便，特地让张继延去叫出张澜。

张澜跟着女儿来到食堂门外的黄桷树前，没有想到要见自己的会是过去川大的学生乐伯勋！

乐伯勋恭敬地鞠了一躬：“校长好。”

继延又兴奋起来：“爸，乐叔叔答应跟附小的校长去说说。”

乐伯勋立马表白：“我刚从峨眉山川大下来，是准备去我们附小看看。”

张澜淡然置之：“不必了。哪里没有书读？非得到川大附小？！”

“爸爸……”继延大不理解了，可是父亲投过来的肃然目光止住了她的央求。

乐伯勋一脸无辜：“校长可能有误解，‘三青团’的事，我也是后来才晓得的。我狠批了一顿那个川大的支部书记。文凭的事，我专门去找了教务主任，总算补上了。”

张澜并没有言语，用寻思的目光一瞥对方。

托着新扎的纸船兴冲冲来找姐姐的小张崙，听得大人说话，随即躲往黄桷树后。只听得父亲说：“‘名单’都公布了，何必再去说情？张崙可以进‘孤贫儿童工读所’。”小张崙心下一记“咯噔”！

莫道是小张崙，就是做母亲的刘慧征也“咯噔”上了！怎么能让一个父母双全的娃娃去念“孤贫”的工读学校呢？

夜晚，夫妻俩在卧室喁喁夜话。

刘慧征止不住半信半疑地叮问：“你真要让崙儿进工读所？”

张澜反问道：“你让我去求情？那正中了人家设下的圈套。”

“圈套？”

“记得晓岩的事吗？无缘无故不发毕业文凭，硬逼他加入‘三青团’，还想置人于死地！”

张澜的追述直叫刘慧征心里打鼓：“那跟崙儿上学……”

“一回事——都是冲着我张澜来的，想逼我就范，让我听他们的。哼，小人之心！”

门“咿呀”推开，小儿子张崙跑进来，手里仍托着只纸船道：“爸、妈，我去工读所，大起来照样开轮船！”小家伙脑袋一仰，将纸船一亮。

“真是爸爸的好儿子！”张澜动情地搂过爱子，不胜欣慰。旋即他轻轻接过纸船，做着航行状，“船在江里海里开，就要不怕风浪。”

张崙自然还不明就里，天真的小脑瓜一昂道：“嗯。我不怕！”

做母亲的对这简直无处不在的风浪，还是有些忌讳。她疼爱又不无忧心地揽过小儿，在那张稚气可掬的脸蛋上轻轻一吻。

懂事的小儿子让做父亲的倍感欣慰。晚上，张澜总算也睡了个甜甜的安稳觉，一觉醒来，仍带着甜甜的安稳感；不过这安稳转瞬之间即叫周锋给赶跑了。

他随周锋一脚跨进理事长室，已经等候着的鲜英与张群便欠身迎上。

张群开门见山：“我受蒋委员长之托，专程来请表老出山……”

张澜毫不迟疑：“不去！我不做摆设品。”

张群一愣，不能不连连抚慰：“表老息怒。蒋委员长已经训示，一定保证尊重你的意见。”

张澜未敢置信：“哼！”

鲜英开解道：“蒋委员长和胡宗南已致电朱德，表示五十万大军无意进犯边区；国共又要重开和谈了。表方兄？”

张澜自然听出老友的潜台词，沉思未语。

这“未语”之语，到了晚上，张澜把笔作书才宣泄出来——那是几多日子里涌动在心底的呐喊：

……近来在意大利创行法西斯独裁政治的始祖墨索里尼，迫于大势，骤然坍台。……

刘慧征轻手轻脚地端来一碗自制营养汤：“先吃一点，再写。”

张澜应声接过热汤：“唷，猪肝牛肉汤?！嗯——”嘴里喝着，思绪又进入角色。

呐喊在继续：

……从此独裁政治，将日渐趋于崩溃，民主政治，更将普遍地成为世界各国政治形态的唯一极则。……

待到委员长先生耳闻目睹到倔老头子的呐喊，呐喊已是一本高速流传的小册子。

重庆林园官邸里，穿着睡袍的蒋介石抓着小册子，也一脸怒容地“呐喊”上了：“你看看，这回他又把我蒋介石当作墨索里尼了！”

穿着丝质睡衣的宋美龄坐在沙发上写着英文信，见丈夫动了怒，不由得欠身接过册子。

小册子里的呐喊直戳委员长的耳膜——

……如其以一个人一群人一党人的意思，……把持政权，独裁专制，……不顾全国人民的主权，那就决不是民主政治，只可称为君主政治，贵族政治，党霸政治！……

宋美龄翻回封面，标题赫然入目——

中国需要真正民主政治

“这政治，能‘民主’吗?！不过一介坐不了天下的清谈君子！”蒋介石心火一泄而出，眼里射出寒光，“这个自命不凡的老迂夫子！我得给他点……”

宋美龄轻轻一扬手。她并不像作为“一国之君”的丈夫那么激恼，而自有她女人的视角：“你是不是应该找他谈一谈？你不谈，‘人家’谈，受‘人家’的影响自然就大了。”

蒋介石当然听出了弦外之音，沉吟少顷：“夫人高见。”

夫人的话还是很管用的。

蒋介石专门派张群把张澜约到自己国民政府总裁室。

“你看我像墨索里尼吗？”蒋介石单刀直入，口气又极平和。

张澜猝不及防：“他是意大利人，你是中国人，应该……不会像。”回答得极机巧。

“应该？你不是把我比作他了吗？”蒋介石亮出册子。

“委员长是不是太过敏感了？”

“是我蒋介石‘敏感’倒好了！表老哇表老，你难道不明白？我中华民国是二战的参战方，是反墨索里尼、反希特勒、反法西斯的！岂能和战犯同流？！”

“我并没有否认哪。”

“可我通篇读下来，只有两个字。”

“喔？”

“独裁。”蒋介石渐渐回归平和，甚而还捎带出笑容——这可是“功夫”——只是别样的眼神中泄出几缕叵测的寒气。他制止住即欲辩驳的老夫子，接着道，“我蒋介石真要那么‘独裁’，贵民盟还能存在吗？我还能请你来参政吗？共产党的延安还能不消失吗？”

张澜这回不想被激恼，一样回以淡淡的一笑，而灼热的目光却与那寒气对撞上了：“以委员长的实力，民盟实在不足道，‘足道’的是民心。说到延安，你们不是也曾调兵五十万去围剿吗？”

蒋介石终于憋不住：“张表老，你不要上了共产党的当！”

张澜顿时吃着分量，仍曲言回敬：“张某虽七十一岁，还不至于老眼昏花。”

蒋介石于平和中露出刀锋："我看表老你还是不要太过自信的好！"

张澜偏偏回以自信的一瞥。

双方僵持。

蒋介石绝非等闲之辈。毕竟时下的中国，他是"君主"——那可是君临天下，谁敢有二？当日，蒋介石即颁下密令，将《中国需要真正民主政治》列为禁书，就此封杀。

让贵为"君主"的蒋介石始料不及的是，那"政治"前头的"民主"，又岂能因一君之令而被灭杀？！这"民主政治"的猛烈反弹非同小可——

在延安、重庆、成都、昆明、广州等十多个城市，或公开或秘密地大量翻印出《中国需要真正民主政治》。

看看重庆——街市上，吆唤的报童比平素多了几分诡秘："卖报，卖报。谁要'民主'？"

购报人同样神秘："来，我要。"

报童旋即从报袋里掏出小册子，轻声道："给你'民主'，一元。"

购报人问："怎么涨价了？"

报童老里老气地回答："咳，这都不懂？现在'民主'值钱！"

购报人一愣，也认了："倒也是。"

看看成都——菜市里，报童穿梭在小摊间："卖报——特别的'民主报'喔！"

买菜人心照不宣："来、来——'民主'！"

报童赞许着："你先生是有心人，买菜不如买'民主'。给！"

忽闻得警笛响起，报童鬼精灵似的拔脚开溜："独裁来了！"

再看看延安——1944年2月22日，《解放日报》发表《参政员张澜著文抨击一党专政，要求实行真正民主政治》一文。

经毛泽东主席授意，延安《解放日报》发表专论，把老百姓关心的、盼望的"民主政治"毅然推向全国。

国民政府自然跟延安反了个个——赫然拒"民主政治"于门外。

又何止拒于门外？那是要灭之而后快！

重庆国民政府总裁室里，蒋介石把《解放日报》连同《民主政治》小册子扔给戴笠：“你军统的‘蜘蛛网’不是已经网到香港、澳门，网到马来西亚，甚至美国去了？怎么连一本小册子都没有网住？”

戴笠有苦难言：“学生知错。”

蒋介石一瞟忠诚的部下，又宽解道：“当然，也不全是你的错。……”

秘书亟亟来报：“委座！”

蒋介石不耐烦地喝住：“又是前线的事？”

秘书只得小心翼翼地禀告：“驻守河南的汤恩伯、胡宗南急电，日军攻势太猛，我军很难再死守。”

蒋介石怫然作色：“我什么时候叫他们‘死守’了？必须‘活守’，首先要防备有人乘虚而入！”

秘书一点而悟：“是。”

于是乎，在泱泱中国的大地图上，可以清晰目睹到——日寇的黑色魔爪，几乎是长驱直下，进而吞噬了贵州独山。

透过黑色魔爪直入的地图，我们似乎还能够依稀目睹到——城市在燃烧，农村变得荒芜，侥幸不死的老少难民穿行在成片的火烟尸体中……

贵州独山陷落，日军打开了进犯东南亚的大门。亡国之灾，震惊了每一个稍有点良心的中国人！

中华民族到了最危险的时刻。1944 年 9 月 19 日，在重庆上清寺的特园，召开了“中国民主政团同盟全国代表会议”。

张澜庄重宣示：“从今天起，我们中国民主政团同盟正式更名为中国民主同盟。”

毋庸赘言，那正是中国历史的关节口上，灭国的浓浓阴影就直直地笼罩着每一个炎黄子孙！中国民主同盟如开大会，那可是一种历史的担当！看看那特园外面，那树是挺拔挺拔的，那天是高洁高洁的。它们亦有感知不成？

听听那溢屋而出的同盟会主席张澜的声音："我们目前的主张是立即结束一党专政，响应林伯渠参政员紧急提出的呼吁，成立联合政府。"

小山下，不远处的嘉陵江波涛呼鸣着，亦似在发出不绝的回响。

民主的回响，在泱泱神州热土上，都能听见。四川算得上是排头兵。

你看在四川大学，开天辟地出现了"民主墙"，张贴出了《大公报》社论——《看重庆，念中原》。

愤怒的男女同学围聚着，有念的、叹的、骂的，个个同仇敌忾！

赵育明指着报纸道："看看，中原又失陷……国家都要亡了，达官贵人还在'灯红酒绿'！"

你看华西大学。操场里，演说者忧心如焚："同学们，任这帮腐败、无能之辈当政，国家还有不亡的？！"

有的女同学洒泪哀泣了！

人丛中有一位外国教授，微微谢顶的硕大脑袋上架着一副秀郎眼镜，其忧心之状一如中国同胞。这位国际友人叫文幼章，加拿大人，华西大学教授，时年近五十。

你看金陵大学。小会堂里，张茂延手里捏着报纸，噙着眼泪说着："……我们多少女同胞，被强迫做了日军的性奴隶，叫他们糟蹋了。看看——他们破开孕妇的肚子，挑出婴儿在戏耍！"

不少胆小的同学连连紧闭上眼皮。

你看燕京大学。汹汹然涌出的游行队伍势威撼人——

口号动地："抗日无罪！"

回应惊天："救国万岁！"

不少围观的市民百姓都不约而同地汇入汹汹然的游行队伍中。

爱国的中国学生，在中华民族到了最危险的时候，重又焕发出“五四”的精神，被迫发出“最后的吼声”！

《义勇军进行曲》的旋律如嘉陵江的波涛一般奔泻而出，不是吼声，亦是吼声！

且将我们的视线回落到华西大学体育馆。让我们记住今天这个历史性的时刻——1944 年 10 月 7 日下午。

仅可容纳五百人的体育馆却满挤着两千多名同学！过道无法走人，窗棂没法透光，墙壁上都贴满了大学生们的各式问题。

写着问题的纸条沿两壁而上，渐自汇集到主席台三围，似乎将七个主讲人包围在问题丛中，成了与常见的会议大异其趣的一道景观！这大略就是中国到了“最危险的时候”铸就的独特景观吧？危亡关口见真情、见真心！

由台上俯瞰台下，除了满而“不患”的人，就是第一排有序插着的四川大学、华西大学、燕京大学、金陵大学、齐鲁大学的五面校旗，颇为引人注目。川大掌旗的正是赵育明，华西大学旗下坐着文幼章。

《义勇军进行曲》的旋律仍在隆隆回荡。

就在“发出最后的吼声”的历史性的时刻，经中共地下党组织发动，华西大学、四川大学、燕京大学、齐鲁大学、金陵大学携手召开了“中国国是座谈会”。

黄建中的发言已近尾声。

黄建中，国民党代表。

“……谈民主政治，也不可操之过急。只要能彻底实行三民主义的民权主义，那我国就不难成为民主国家。”

会场里有人发出嘘声。

“空谈！”

“黄先生对国民党的腐败怎么看？”

黄建中有点窘迫，却又不得不回过身子道：“腐败是个人问题，不能用‘国民党腐败’的全称命题。”

仍不失礼貌的嘘声伴着嗡嗡的非议，送下了“国民党”。

主持人照程序宣布：“现在请李璜先生演讲。”会议主持人是刘克林，燕京大学学生会主席。

架着墨镜、颇有风度的学者模样的人登上讲台。他便是小有名气的李璜，青年党党首之一，民盟成员。

李璜扶扶墨镜道：“刚才谈到抗日，这个仗还怎么打？军队待遇太低，温饱都不能维持，何以养廉洁？一个陆军中将的薪水，还抵不过一个拉大板车的！”

听众席里发出稀微的笑声。

后座演讲的人憋不住插话：“日军对我国几乎到了战必胜、攻必克的地步。我们阻止的办法好像只有求它慢点，别太快了。”他是周奉池。

笑声又起，显然，无不带着无奈的悲凉！

后座演讲人中，只有端坐的张澜，兀自闭目不睁，犹如在入静打坐一般，在他自己的思想王国里……

李璜又习惯地扶扶墨镜，往插话人一乜道：“国军倒也不至于此。同学们担心政府的腐败，可以理解。小官小吏，政府倒是严办过，可惜放了大官；惩治腐败必须从大官开刀！”

张澜蓦然睁开眼睛，不由得向李璜投去赞可的目光。

终于掌声响起了。

馆外的氛围并不比馆内的逊色，一样热烈与激奋。

不光大学生，甚至赶来的不少中学生和市民百姓，都急着想往体育馆里挤。守门的学生纠察为难地劝阻着：

“里面已经爆满了！实在对不起大家。”

“那你们赶紧接个喇叭出来呀！”

“就是！关心‘国是’，人人有份。”

学生纠察恍然憬悟：“哎，这倒是个救急的办法！”

非常时刻的非常“国是座谈会”，必然地惊动了国民政府。

蒋介石坐在总裁室里，有点儿反常地神不守舍，紧捏着话筒的手已然出汗，黏黏的。他训斥着：“……‘座谈会’都开了才来报告，顶屁用！肯定又是共产党搞的名堂。你替我查清各大学的为首分子，尤其是演讲人；若再闹出个五四运动来，我唯你戴笠是问！”

军统局局长戴笠自然吃着了不同一般的分量，不能不挺身应命：“是！”

徐中齐很有点请缨、分忧的况味：“局座，我看……”

戴笠抬手一止，径自寻究着：“就让这些小泥鳅、大黑鱼的，都浮出水面来。”

徐中齐立马点下头，油然记起什么，阴阴一笑，又进了一言：“要不再来他个‘抢米事件’？人都怕死，抓来都杀了，看共产党和那个新出来的民盟要不要小命！”

“不忙。现在‘水’还浑着。”戴笠显然老辣多了，思忖着，不露形色。

体育馆内，但见张澜银须飘拂，挺直的腰板透出刚毅，眼里喷射出两注如同带电的光波。他引指着台下、墙壁上的如许问题字条：“你们不是受着种种干涉和限制，不让你们谈国是吗？”

深怀共鸣的大学生们企盼着。

“可你们提了这许多的问题，说明你们心里急、想救国，担心我们炎黄子孙的生死存亡；其实根本的问题只有一个，就是民主政治。如果实行民主，就不会有这许许多多的问题；现在既杀出这许多的问题，就反证了今天——不民主。”

众人企盼的心声顿时倾注于双掌，雷鸣般的掌声骤然击起！

“对、对！”

“不民主！”

激动的赵育明将插着的校旗一拔，一挥而起。另外四校的“旗号”也学着样，挥起旗帜。

群情更是奋切！

张澜痛心地喝问着：“小小一个日本，何以如此嚣张，居然能够长驱直入？从东北，到湖南，到广西，如今又攻陷了贵州独山，它不光是要吞灭我中国，还想以此为通道，进而染指越南乃至东南亚！……”

会场变得肃穆。

张澜徐徐追忆着：“前两天我见到一个从湖南逃难来的妇人，她就目睹了日军把一百来号老少村民赶进湘江里，逃跑的被开枪打死，回头求饶的被刺刀捅死。他们像在做游戏，逼着我们的同胞下水，一个个被激流卷走！他们呢？在岸上笑着！乐着！”

抽泣之声，清晰可闻。

“打倒日本帝国！”

一石激起波澜，呼应声震屋宇！

张澜一点而出：“老妇的儿子和你们一样，是湖南的一个大学生，因呼吁政府抗日，参加游行，竟叫杀害了；一起被害的有十几位好同学！”

肃穆的会场里分明涌动着大不平的悲愤！

体育馆外，喇叭已经安上，挤不进馆里的芸芸老少听众，就在外面伫足竖耳倾听着，肃穆中一样透出悲愤！

不少人在垂泪。

“抗日反倒有罪了？”

“这算是个什么政府？”

“哎哎，小声点。”

一些便衣与不请自来的一围大学生挤挨了过来，其中有我们见过的川大“三青团”学生。

纠察劝阻着：“同学，对不起，里面太挤。”

便衣拨开纠察，径自闯入。

体育馆内，张澜镇定了一下自己的情绪，又道：“军队没有不吃空额的。前方如此，后方也如此。兵到哪里去了？军官把他们吃掉了。”

台上台下，酸涩的笑声与掌声交相而出。

张澜接着道：“冯玉祥将军说得对——现在的兵由壮丁变成瘦丁，由瘦丁变成病丁，由病丁变成死丁，幸而不死的，放下枪杆，脱下军装，跟讨饭的乞丐没有什么两样。这还怎么去抗日？去杀敌？”

不协调的声音冷不丁地横插进来：

“这是污蔑我们抗日将士！”

“你是不是共产党？！”

举场为之愕然！

主席台的诸演讲人有的不由得紧张起来。

张澜循声投去一瞥，直言相告：“共产党言而有信，一心抗日、一心救国，有什么不好？我不是共产党，我为中国有共产党这样的朋友而庆幸！”

掷地作响的声明，激出回响阵阵！

体育馆外，围听的人丛又拓展出不少。一些学生、市民动情地拍起巴掌。

“这个大胡子叫什么？”

“张澜。”

“张胡子有种！”

“嘘——听听。”

喇叭中传出演讲人铿锵有力的声音：“当官有权的贪赃枉法，法令繁多，弄得大家无所适从；老百姓活得太辛苦，而国家的钱财都变戏法一样地‘变到’私人腰包里去了。”

体育馆内，大学生们觉得这话听着入耳、解气，大鼓其掌！

赵育明冲着尊敬的校长拍得手红脸热。

文质彬彬的加拿大友人文幼章也一个劲地点着大脑袋。

张澜家里，张崙又玩出了新花样，手里捏着个做工“精致”的纸喇叭在“收听”。

继延登上楼，见小弟的傻样劈头就问：“你在干什么？”

刘慧征笑了：“他在听你爸演讲啊。听见什么了？”

小张崙煞有介事地“引述”着：“爸在说，不打小日本鬼子的，都是大坏蛋！”

刘慧征往爱子的小鼻子上一点："那你可成了千里耳啦！"

惠延小妹也凑着趣："我也是'千里耳'，我也听到了！"

体育馆内狂烈的掌声已然令报国心切的莘莘学子一个个几乎都坐不住了。

此时此际的张澜，已一扫古稀人的老迈之态，慨然道："为什么我们的政治腐败到这种程度？为什么我们的国家危险到如此境地？都是政治腐败、一党专制的结果！是没有民主的结果！"

台下一角，几个便衣与"三青团"的学生面面相觑：

"这个老头是活腻了？"

"你这是反政府！"

漫卷的掌声淹没了不入调的插曲。

《大公报》的记者宋兰英和同行们畅快淋漓地记录着。中央报的那个男记者眼光往宋兰英的笔间一瞟，向几个同行摇头，冷笑着。

男记者想到了什么——

那是戴笠的叮嘱："现在'水'还浑着……我们要迫使我们的敌人显形，然后才能……"

男记者着即"迫使"上了："请问民盟主席张澜先生，你读过蒋委员长的《中国之命运》吗？"

张澜毫不回避："拜读过。"

男记者直奔主题："你同意委员长的看法和主张吗？"

宋兰英欲替张澜解围："这位同行，你这是什么意思？"

主席台上的演讲者们相顾哑口，只有黄建中表示欣赏。李璜未除墨镜，暧昧之状略约可观。

赵育明又唰地站了起来，响声厉气地警告："我们今天不是讨论委员长的'命运'的，我们是来听国是演讲的。"

主持人不失时机地圆着场："张澜先生请继续。"

殊不知，张澜虽年至古稀，而其性格偏偏一以贯之——乐意直面挑战。他看定男记者，回复："中国现阶段的命运关键在于挽救危局。

如何挽救危局呢？第一是立即结束一党专制，重开国共谈判，承认各党各派的合法存在，一味想消灭异党是不可取的！断然不可取！十七年的历史证明，那也是根本做不到的！”

多少男女同学激奋得洒下热泪！

赵育明、宋兰英、文幼章们泪眼婆娑地凝视着演讲的人——主讲人身上仿佛折射出莹莹的闪光！

体育馆外，那泪眼、掌声、激情，与馆内别无二致！

一辆黑色小轿车悄然驶来，车门一开，走下特务头子徐中齐，后面跟着一名侍卫官与一名挎着照相机的记者。

鬼马精灵的蒲生此刻显身了，一样地悄然尾随着。

人不知，鬼未觉，徐中齐悄然“隐身”进馆内，又悄然落座在最后一排的暗角里，而挎着照相机的记者已经挪到第一排的位置上。人方站定，镜头便瞄准主席台上的演讲者们。

一道闪光，一蓬黑烟。

张澜并不经意地往摄影记者这里一睃，兀自沉浸在自己亢奋的思绪里：“第二是还政于民，也就是主权在民，国家的事要以人民大众的意愿为归从；得民心者，才能得天下，才能治天下。”

掌声大作，犹如从大学生们的心田里奔泻出来一般。

台口的记者把镜头瞄准张澜，刚按下快门，镜头前却是一张做着怪相的脸——

正是活宝蒲生。

“谢谢，谢谢。照片印出来，别忘了寄给我。倒霉街晦气弄 4 号。”

记者哭笑不得：“你？！”

记者席那头的男记者从新到台口的那位同伴身上感应到身后必有“人物”，于是再进而“迫使”：“这就是你张澜先生的‘中国之命运’观？”

张澜笑以置之：“是的。没有我们所要求的民主、民众所盼望的民主，问题就得不到解决，那我们炎黄子孙脚下这片土地就真会有灭顶之灾！”

也许是“灭顶之灾”的威慑作用，满场的学生缄默了。

隐身在最后的暗角里的徐中齐冷不丁地冒出一句：“张澜先生能对今天的演讲负责吗？”

声音不响，却也裹夹着一种“威慑”。

有人循声而望，却望不见暗角里的发难之人。

台上的黄建中听声音辨出来者，不觉幸灾乐祸地一瞟张澜。李璜想是判断出暗角里的隐身人，自己也不由得提上心。

张澜却毫无顾忌地回复：“当着五个大学的同学代表演讲，岂能不负责？”

照相记者再度按下快门，镜头前竟是川大的校旗。他气得跳脚，怒目一寻，捣蛋鬼已无影无踪。

张澜深情的目光从五面校旗上掠过，他缓缓一点头：“受着干涉，受着限制，让你们‘莫谈国是’，今天这一谈，就来了个五校同堂！”

笑声又起。

张澜以“青春”的激情激励着青春学子：“同学们，你们应该是先觉者，是中国的骄子。民主政治开步走，就是成立联合政府，少不了同学们的呐喊。你们应该喊！喊！喊！民主政治听见了，就来了，会来得更快！”

赵育明身一起，高高挥舞起校旗，四面校旗交相高扬。

与会的同学鱼贯而起，犹如呐喊般的掌声在《义勇军进行曲》的旋律中，漫卷而出……

“民主！”

“民主！！”

“民主！！！”

激动不已的文幼章博士，此刻再也按捺不住，从座位上站起，几步登上讲台，因激动连声音都有些颤抖：“主持人同学，对不起，我不请就上来了。我是加拿大人，在华西大学教书，今天能有幸听到那么多救国之言，实在太高兴了！”他跟后座的演讲人也致着意。

大学生发出友善的戏笑。

文幼章并无笑意："特别是民盟主席张老先生，一个古稀之人，还有那样的锐气——那是许多年轻人都没有的呀！"

灵犀相通，掌声呼应而起。

文幼章很有点书生意气，直剖心曲："我要向加拿大政府报告今天的'国是座谈会'。有张老先生这样的民主先锋，有你们这样的热血青年，中国不会亡！亡的是希特勒、墨索里尼法西斯，亡的是惨无人道——如今有些得志张狂的小日本帝国！五千年的文明中国应该是'万岁'的！"

张澜起身鼓掌，表示对国际友人的由衷感激！

由台上而下，掌声如潮，涌托起心心相印的加拿大人文幼章。

1944年10月7日下午，中国民主同盟主席张澜老先生在"国是座谈会"上的这一次演讲，在中国的国统区，在政坛、文坛、教坛以及艺坛，乃至在念念于国亡家破的平民百姓中，激起了极大的反响。

《解放日报》、《新华日报》、《大公报》、《华西日报》、《时代》（美国）、《华人》（美国）等纷纷响应，

直击人心的标题如流水般地泻出：

七旬老人，畅谈国是；
一缕民主的曙光；
国共合作，势所必然；
人心筑起的城池，不可摧毁；
…… ……

张澜自己也没有料到的还是在军界。四川的大牌实力军阀刘文辉与潘文华也被撼动了！"国是座谈会"后不久，借着夜色的掩护，刘、潘二位秘密来到张澜家，庄重地从张澜手里双手接过《中国民主同盟入盟申请表》。

少顷，刘文辉、潘文华相继填了表，呈交给张澜："请民盟主席审览。"

张澜一样庄重地接过，审览了，分别签上字："从今天起，二位就是我们民主同盟的秘密盟员。为了二位的安全，我还是当着你们的面——"他划燃火柴，将正式生效的申请表烧化。

刘文辉与潘文华始而不解，继而省悟，双双感怀地紧握住民盟老主席的手。

屋里的会谈在秘密进行。

屋外培根火柴厂门口，放哨的蒲生如幽灵一般，在暗角里瞪着大眼，嘴上仍大不情愿地嘀咕着："哼，臭军阀！还有脸孔来……"

为万无一失起见，刘慧征特地守护在黄桷树下，一边纳着鞋底，一边在跟蒲瑛、周锋两口子"夜话"。

刘慧征笑劝着："你俩也该养个娃娃了！"

蒲瑛羞涩地一笑，埋下了头。

周锋一下抱住蒲瑛："真不晓得当爸爸是怎么个滋味？"

蒲瑛就势在丈夫脸上"羞"了一把。

刘慧征企盼地乐上了。

而卧室里的刘文辉，此刻已是深怀愧意："真要感谢表老的大度哇！过去，太糊涂，只盯着自己眼皮底下这个小山头。"

张澜谦辞着："要感谢，你去感谢周恩来先生。他们为抗日救国的大局，可谓仁至义尽。我从心里佩服！要不是他们，我跟你刘文辉说不定早就'一刀两断'啦！"

张澜说着，自己也不无自嘲地笑开了，而刘文辉倒是颇能理解地点着头，一时难禁唏嘘！

潘文华望着"火化"掉的盟员表，感慨不迭："我和自乾兄都见过周恩来先生，他跟蒋介石的为人就是不一样，像有股子吸引你的磁力。"

张澜感慨相共："要是共产党也都跟蒋介石一样，那中国就彻底没有救啰！"

三人会心而笑。

不久，又由张澜亲自吸收了桂系爱国将军、昆明行署主任龙云加入民盟。蒋介石视为眼中钉的中国民主同盟，其触角居然伸到了蒋介石自身的营垒，这或许是历史对于委员长先生莫大的嘲讽？

一个月后，在四川大学“民主墙”下，三位教授正贴出自己的政见小字报，但见一班“三青团”的同学与一些个显然并非学生的便衣撕扯开了“民主墙”上面的《新华日报》《大公报》《新中国日报》，连英文版的《时代》杂志剪页都难逃魔爪。

教授们看不下去了，气愤地斥责：“不许撕！”

“这是‘民主墙’！你们懂不懂‘民主’？”

领头的学生手指一点，威吓道：“白教授，我看你不姓白，姓红，是共产党吧？”

哄笑声中，不用说，教授们的小字报也遭了难。

教授也发了狠，连手以身体作掩护：

“不许践踏‘民主’！”

“你们‘三青团’还讲不讲理？”

一便衣从横里插出，冷笑道：“我可不是‘三青团’。”说着一把拖翻白教授。

“打人啦！”

不晓谁一声喊，墙下的、过路的同学、老师先先后后围聚过来。

“三青团”分子与便衣一不做二不休，干脆猛扯起“民主墙”上的小字报。

同学们火了！一些人迭步冲上，保护的保护，搡人的搡人。叫的、骂的、扯的、打的，顿时一场混战开始了。

混战间，一只白嫩的手一把抓住一只多毛的手，就这么一抓，再往斜里一撩，竟将便衣男人撩出个趔趄！这男人岂甘如此丢人现眼，窘恼中猛一抬头，愣了——

眼皮子底下，居然是一个清清丽丽的女大学生——赵育明。会是她——一个文弱女学生？

赵育明横眉冷对地喝问：“谁敢撕我们的‘民主墙’？”

实在不堪如是丢人现眼的便衣：“哈，哪里送来的美人儿？”说着，多毛的大手便冲对方鼓突的胸脯捏去。

有的女同学惊叫了："流氓！"

只见赵育明身子一侧，来了个"顺手牵羊"，借力带翻了多毛人。

始料不及的同学们一个个瞠目结舌，转瞬之间，大叫其好！

多毛便衣不谅"美人儿"还会拳脚，又冷冷一笑："我倒要看看你个学生娘儿还有多少能耐！"他乘其不备，突袭出手，竟也扯落了赵育明的一角衣襟。

还没让多毛人与同伙叫好，赵育明身一旋，飞起一脚，将多毛人踢了个狗吃屎！

满场叫好！

多毛人爬起身，自量不是对手，咬着牙："有种的，你就等着。我要让你见识见识什么叫'丢人现眼'。走！"他头一摆，带走了同伙。

赵育明着即招呼："同学们，今天他们来破坏我们的'民主墙'，他们是见不得民主的。参加'国是座谈会'的五所大学，成了他们的眼中钉。他们就连中学生也不放过，以为中学生好欺侮。他们错了，市中学的同学们昨天起来反抗了！"

有男同学赶来通报："队伍集合好了。"

赵育明臂一扬，呼喊："我们要声援市中学的同学。出发！"

"反迫害、要民主"的横幅破空而起。中学生为先导，大学生压阵，我们见过的大学校旗又久违地在街市上迎风飞展开来！开道的中学生用担架抬着两位仍"吊着"盐水的重伤同学，架子上悬挂着两纸白幅："无理毒打同学！""还我民主自由！"

成都市警察局大门外，加岗的武装警察一见游行队伍来势汹汹，有点拿捏不定，自然损了不少威风。

"打倒警察局局长方超！"

口号一起，呼应动地，连躲在屋檐下的麻雀也被惊吓得疾飞而出。

"方超出来！"

"惩办凶手！"

愤怒的示威队伍一如大海怒潮！

有大胆的同学居然当着警察的面，将“打倒方超”“严惩凶手”的标语贴到了当门口。

警察拦截着，却不敢开枪。同学们反击着，护的护，贴的贴。猝然间钻出个半大不小的蒲生，居然乘乱将“打倒方超”的标语贴到了一警察头头的后背，惹出一片窃笑，蒲生自己却装得正儿八经，还跟警察头头致着“意”。

赵育明赶到队伍前，一招手道：“同学们，方超做缩头乌龟不敢出来，我们去省政府！”

队伍启动，蒲生很“友善”地招来警察头头道：“你去通报一声方超，谢谢。”

背着“打倒方超”标语的警察头头丈二和尚摸不着头脑：“嗯？！”

抵达四川省政府后，游行示威的怒潮涌动着，将高院大门两侧“狮视眈眈”的一对石狮的威势也镇住了。

两中学生男女代表将一封抗议信呈递给一个秘书模样的省长助理：“这是我们的‘抗议信’。我们强烈要求省政府撤销余中英的市长职务！撤销方超的局长职务！”

“打倒市长余中英！”

“打倒警察局局长方超！”

示威的抗议声令地摇天震！

也不晓何时，游行队伍中加入了不少新奇又一样激愤的市民百姓。

远望去，横幅、标语、人潮，滚滚东进，声势了得！

1944 年 12 月 9 日，在延安的群众集会上，周恩来动情地宣示着：“新的‘一二·九’运动在成都爆发了！”

这实在又是一个讯号，是昏昏中国上空一支呼吁“民主政治”的强劲闪电！

第九章　毛泽东一访张澜

几曾哭泣的嘉陵江此时此际却咆哮着，迸发出裂岸的惊涛。

1945 年元旦，正当八路军、新四军、国民党爱国将士与全国同胞浴血抗战的紧要时刻，蒋介石在美国杜鲁门总统的暗中支持下，发出《新年文告》，迫不及待地要独家召开国民大会，进而制宪——要推选出所谓的“总统”了。

还是在培根火柴厂的黄桷树下，张澜接待着《华西晚报》的两名记者与《大公报》的老相识宋兰英。

张澜直冲着无形的目标，奚落着：“……不要以为有人在背后撑腰，就可以为所欲为。假如一意撇开其他党派，一手炮制独家的王朝，我敢断言，那绝对是短命的！”

宋兰英与两个同行记着、思量着，不觉也哀从中来。

黄桷树上的黄雀也眨着小眼，往下瞄瞄，仿佛也在倾听。

遥远的嘉陵江“哗哗”地宣泄着，此刻仿佛也隐约可闻。

成都的《华西晚报》不失时机地迅疾推出张澜题词——

革除官僚政治，实行民主集权，团结全国贤能，争取最后胜利。

几乎是一样迅疾，《华西晚报》首遭其殃。

晚报营业部里，各式玻璃柜台被砸了个稀巴烂。

“给我狠狠砸烂共产党的尾巴！”领头的便衣特务指使着。

“噼里啪啦！”疯狂的特务把壁橱，把所有能毁的东西都砸得面目全非！

因得意而颇解气的领头手一拨，指令：“报纸全都烧了！”

于是一捆捆的报纸被扔出门外，点上了火，即刻就燃起冲天的火烟……

待到便衣特务驾着吉普车扬长而去，营业部的几个营业员亲睹顿时化为灰烟的晚报，看着面目全非的“家”，憋不住哭了！

张澜在慈惠堂理事室里正跟蒲瑛、周锋一些个部门负责人商讨工作，听得此讯，老人不由得拍案而起：“一帮无赖！”

他驱车匆匆赶到《华西晚报》营业部，但见一帮大学生与工作人员在里里外外地忙着收拾。

进门一看，他愣住了：有的在装玻璃，有的在扛扶壁橱，有的在清扫地下，好像都憋着一股子气、一股子劲！

随张澜一起来的蒲生嘴里骂着：“这帮狗特务！”说着立马凑上去帮着摆扶大壁橱。

“校长！”赵育明猝然见到张澜，连忙迎上来，一语道破，“这帮特务是冲着你跟记者的谈话来的。”

张澜鄙视地一撇嘴道：“蠢人所为。”

蒲生扭过身子，不解地问：“那龟孙子方超局长不是被撤了吗？”

张澜道：“撤了方超，还可以有圆超、扁超什么的，换汤不换药。”

工作人员捧过一只分明是女性用的布拎袋报告：“张主席，她们几个大专院校的还帮我们筹了一笔款——”

“嗯。百姓民众的心声，岂是他们打砸得掉的？！”目睹着布拎袋中的筹款，一股温馨的暖流在张澜心里一荡而起，“谢谢同学们！有你们的这颗心、这份情，何愁小日本不垮，旧中国不新？！”

有情有义、径自奔流着的嘉陵江，又记载下了一段历史。

经过八年持久的浴血奋战，人民终于赢得了抗日战争的胜利。1945年8月10日，日本政府向中、苏、英、美四国发出请求投降照会；15日，宣布接受《波茨坦公告》，无条件投降！

对于被日本，当然还有德国法西斯蹂躏的世界人民，尤其是对濒临亡国灭种的东南亚列国来说，委实是喜莫大于此焉！独树一帜的中国文字，再罕有匹敌，此时此际也显得苍白无力。

不说世界与东南亚，单看四川成都，听听那震耳欲聋的惊天爆竹、动地锣鼓，就可感悟到人们沸腾如嘉陵江般的澎湃心潮啦！

游行的队伍似乎永远走不完。横幅破空掠出："中国赢了！"

横幅头里走着张澜一家及蒲瑛、周锋、蒲生，周围即是赵育明他们几个大中学的学生。

蜂拥而至的市民百姓也汇入游行庆祝的队伍里，大家哭着、笑着、喊着、跳着，不管相识不相识，是男是女，见了就抱，一个个狂喜难禁！

这无疑也是中国起死回生的盛大节日，正应验了唐朝大诗人杜甫的绝唱："剑外忽传收蓟北，初闻涕泪满衣裳！"

鸟瞰下的山城——爆竹鞭炮的硝烟、锣鼓唢呐的宣泄、金龙彩灯的光流，将山城装点得有如不夜城。

毕竟是总司令加委员长加总裁加议长，蒋介石并没有迷醉在疯狂的庆喜里，反倒极冷静地在运筹帷幄。连日来，他几乎不离开重庆国民政府军事委员会作战室一步。

这天，他在中国的大地图跟前，扬臂由南而北一画，对各战区司令官做着最后的部署："接受投降的，只能是我国军。一切照既定军事计划执行，推进、推进，给我争分夺秒地推进！"

有将官担心："共产党不肯原地驻防待命怎么办？"

蒋介石反问："你说该怎么办？"

将官脱口而出："吃掉它！"

蒋介石告诫道："你不吃掉它，它就吃掉你。"

秘书匆步进来，至蒋介石跟前，递上一份记录。

蒋介石斜眼一瞄道：“哼，共产党居然抢到我们前面去了！听听——‘中央关于日本投降后我党任务的决定’。”

秘书着即意会，转身去打开了收音机。

播音已近尾声：“……总之，抗战已经结束，难道还要再打内战吗？煎熬了八年的人民能接受吗？要和平、要团结、要民主，就要建立联合……”

蒋介石不屑地关掉了“联合政府”的声音：“照我的命令，立即行动！”这喝令，真可谓“争分夺秒”！

中华民族“最危险的时候”一过，转瞬间又到了“摘桃子”的关键时刻。

重庆上清寺的特园，张澜、黄炎培、罗隆基几位民盟中央常委在跟记者发表谈话。

张澜神情凝重，思绪悠远：“从甲午年起，中国被日本欺压了五十二年。五十二年哪，人一多半的生命！”

宋兰英的神情一样凝重，她不会忘记——

1919年在北京《晨报》社，神情一般凝重的张澜：“多为老百姓呐喊几声！……”

眼下是1945年，今天还在“喊”着的已是长须飘拂的胡子嘴：“痛定思痛，这胜利的得来不容易呀！内战决不能打，一打足以毁灭一切！”

大总司令跟大书生们的想法大相径庭。他有实力在握、胜利在望的自信。“天下舍我其谁？！”该布置的都布置了，他也不用老跑作战室了。在林园官邸，他似乎这才觉着胜券在握，舒心惬意。

傍晚时分，蒋介石习惯性地身着长袍，陪着宋美龄在闲庭信步。

秘书从身后匆步寻来报告：“委座，延安毛泽东回电。”

蒋介石嘴里“喔”了一声，手里接过电报一瞄，道：“哼，等于不回电！”

宋美龄不解，问："怎么？"

蒋介石一晃电报道："要我回答朱德的意见。他们要跟我争日军的受降权哪！哼，谅他毛泽东不敢来重庆。"

宋美龄头款款一摇。她有女外交家自己的思量："光听电台、看报纸，怕还不能评估人。我从美国记者的访问中多少了解一点内情，他是个奇特的人，往往会……出其不意。"

蒋介石捕捉到什么，即刻指令："追拍一份电报，再请毛泽东来重庆共商国是。"

秘书应命："是。"反身急去。

蒋介石喟然一叹："我的几位高参，也是众说不一。夫人说得也不错，我五次大'围剿'，眼看把红军逼上不归路，他居然敢冒兵家之大忌——闯雪山草地！真有点异想天开！"

不晓怎么，号称"中国第一人"的蒋委员长有一种隐隐的担心，这"第一人"心里觉着并不那么踏实……

蒋、宋这奇特的两口子信步来到小森林的蹊径岔口。

一方石案、石凳，仿佛在迎候什么人。宋美龄停住步，眼光无意在石凳上掠过，闪出一个疑问："毛泽东真要是来重庆呢？"

蒋介石淡淡一笑："夫人把我问住了。我现在准备的是用美国人的运输机、大海轮——运兵，调集部队。"

宋美龄以女人加夫人的细心，随即提醒："也不能不防备他万一来呀。"

蒋介石头一点，目光投落到石案、石凳间："嗯。"

不同寻常的夫人、不同寻常的提醒，也使当丈夫与做统帅的不敢掉以轻心。

张群也似揣摩出了主人的心思，委座一到政府总裁室上班，他便在第一时间通报："延安方面还是没有动静！"

蒋介石头微微一点，笑了，很有节制，但已溢泻出得意。

恰其时，秘书手持电报急入报告："委座，延安毛泽东回电。"

蒋介石与张群相顾一怔。蒋介石手一点："念。"

秘书照本宣读："兹为团结大计，特先派周恩来同志前来晋谒，希予接洽。"

张群立马插话："毛泽东是在使缓兵之计？"

蒋介石沉吟半晌，果断指令："我要中国的老百姓看看，是谁更诚心！追发第三封电报。"他蓦然记起什么……

是夫人宋美龄昨夜的提醒："电请毛泽东两次已够，不宜'过三'。"

张群也似乎感应到了什么："委座，此时动手，我们已顺理成章。"

蒋介石的眼里寒光一划："不。我要看看这个老对手到底有多奇、多怪！发！"

一个国民党的蒋介石，一个共产党的毛泽东，在这看不见硝烟的战场上，继续斗智斗勇，杀得彼此心知肚明。

上清寺的特园，今天特别的阒寂，阒寂得有点骇人。

张澜和鲜英正吃着午饭，评估着这场特殊的战争。兴许是这太过阒寂，使吃饭人都觉着不踏实。

鲜英一睃门外："今天怎么死静死静的？"

张澜置之一笑："静是静，'死'倒未必。"

骤然间，赶来一个人，身体微胖，大汗淋漓。来人是徐冰，八路军驻重庆办事处统战工作负责人，时年四十二。

张澜恍然认出："嗯？不是徐冰先生吗？"

徐冰顾不得擦汗，抑不住兴奋地通报："毛主席已经从延安飞来重庆，特地赶来奉告。"

不曾料想到的张澜与鲜英大惊诧之下转瞬间惊喜起来！

张澜仍有点难以置信："润之先生竟……来了？！"

徐冰明确首肯："嗯。没有事先告诉你们，是怕国民党方面随时可能生出什么'变故'。"

鲜英连连点头："理解。理解。"

徐冰屁股不及落座："我还有急事安排，先走一步。"

“先请、先请。”张澜知情地与鲜英相送到门口。

“二老留步。”徐冰恭敬地双手一拱，返身急去。

张澜还在未敢想象的惊诧中：“毛润之呀毛润之，你……居然真敢深入虎穴？！……”

蒋介石何曾想到，最后的第三道催发电报反而重重地将了自己一军，令大司令猝不及防。他实在是想不到，这个毛泽东居然敢来！

1945 年 8 月 28 日下午 3 时 36 分，一架绿色军用飞机映入迎候人们的视线，缓缓飞临重庆九龙坡机场。

“来了来了！”

“到底盼来了！”

人们好一阵雀跃。

标有 476650 号的飞机缓缓停下，急不可耐的人们，尤其是一众记者涌动着直往前冲。谁个不想抢头条，一睹共产党——毛泽东的风采？！

一双双眼睛紧盯着机舱门。

门，开了，步出穿着灰蓝色中山服、身材高大、双眸炯炯传神的毛泽东。时年五十二的毛泽东，已是中国共产党中央委员会主席。

泽东挥了一下手里的拿破仑帽致谢，欣悦中流泻出独有的沉稳。

周恩来相伴而出。时年四十七的周恩来，已是中共中央政治局委员、中央书记处书记。

赫尔利和张治中鱼贯而出。

赫尔利是美国驻华大使，时年六十二；张治中是蒋介石代表，国民政府军事委员会政治部部长，时年五十五。

王若飞及参谋团等八人压阵而出。时年四十九的王若飞是中共中央委员。

抢新闻的各报记者们此刻已顾不得礼仪，一哄而上，争着握手、递名片、抢先提问，场面热烈之余，也实在有点罕见的混乱。

宋兰英也拥挤在人潮中。她噙着热泪喊着：“毛主席，您好！”

在手臂丛中的这只小手太不起眼了。机敏的毛泽东还是捕捉到了那只弱小的手臂，伸手一握。

周恩来见众记者的汹汹阵势，不能不使出声东击西之计，将腋下早就备着的纸包一亮："新闻界的朋友们，你们要的新闻，在这里。"

一招奏效。记者们又呼啦一下将周恩来团团围住，争抢着材料。

毛泽东这才得以脱身。

迎候的各界代表这才得以向毛泽东围拥上去。国民党代表以主人的身份，抢先了一步。

乔冠华依次做了介绍。时年三十二的乔冠华，是中共《新华日报》国际评论专栏负责人。

毛泽东依次跟周至柔、邵力子、雷震等一一握手。

周至柔是蒋介石代表，邵力子是国民参政会秘书长，雷震是国民参政会副秘书长。

毛泽东拱手向人们致意："有劳诸位！"

不待乔冠华介绍，毛泽东一眼望见银须飘拂、身着灰布长袍的老人，便两步上前："您是张表老？您好！"

张澜用力握住毛泽东宽厚的手："润之先生好！"

四注彼此神交已久的目光终于交织了，融合了，闪烁着心有灵犀的火花！

毛泽东记忆犹新地追溯道："我在湘乡驻省中学读书时，就从报纸上拜读到先生领导四川'保路运动'的事迹了。了不得呀！"

张澜连连摇头道："哪里。润之先生的大名，我在北京《晨报》时就耳闻了；你那篇《民众的大联合》，把《晨报》和我都'联合'了进去。"

毛泽东自嘲地呵呵一笑。两人相见恨晚，相顾欣然。

毛泽东有点过意不去："大热的天气，表老您也亲自到机场来，真是不敢当！不敢当！"

张澜直剖心曲："你奔走国事，身负众望，欢迎还来不及呀！"

一众开颜。

旋即，毛泽东又一一跟沈钧儒、黄炎培、鲜英、冷遹等握手。

郭沫若双臂一伸："欢迎主席！"时年五十三的郭沫若是国民政府文化工作委员会主任。

毛泽东略作夸张地招呼："噢，大秀才！"

此刻周恩来已握住张澜的手，备如故友重逢！

周恩来理解大家的心愿，手一招："来，一起留个影吧。"

队形还未站好，宋兰英与同行早已抢拍开来。

少顷，周恩来见人们仍不想散去，尤其是嗷嗷待哺般的众记者朋友，不由得一笑，扭头道："主席，你不说几句，怕是过不了这道关哪。"

欢迎的人们顿时开心地拍起巴掌。

毛泽东面带微笑，会说话的眼睛巡顾着一众陌生的朋友："其实我要说的，飞机从延安能飞到重庆都已经说了。"

人们会心地笑了。

毛泽东实话实说："大家最关心的，也是目前最紧迫的问题，就是制止内战，应该在和平、民主、团结的大基础上解决分歧，实现全国的统一，建立一个人民天天盼望的民主、自由、富强的新中国。我们很愿意与朋友们一起努力！"说着，大手习惯地当空一劈！

热切的掌声迸发出彼此相共的心声。

林园官邸却是静幽幽的。还是蒋介石与宋美龄，还是小森林那通幽的曲径，还是那岔口的石案、石凳这里，寻踪赶来的秘书官急急报告着："委座委座！……"

蒋介石闻声止步，训导着："请注意，遇事不要慌忙，要学会处惊不乱。"

秘书官连连调整呼吸："是，委座。"

"什么事？"

"毛泽东从延安飞来重庆了。"

"嗯，晓得了。"

宋美龄轻轻一叹："你下错了一步棋。"

“没有想到这个爱吃辣椒的湖南人还真‘辣’上了。”蒋介石脑子里极迅速地运转着，转瞬之间拿定主意，“既来之，则安之。你密电阎锡山，照计划，给共产党一点颜色看看，让这个吃辣椒的毛泽东在谈判桌上翘不起尾巴。”

秘书官身子一挺：“是。”刚急奔几步，想到总裁“处惊不乱”的训诫，立马稳住神，正步转去。

宋美龄没吱声，一睃丈夫，眼里隐泄出作为知性夫人的细细忧虑。

张澜的心境是少有的好，难得有这样的欣慰呀！

习惯使然，他携着三女儿淑延，又登上达观楼，凭窗鸟瞰着不远处的嘉陵江。

淑延巴望着难得那么开心的老父亲，笑问着：“爸爸，你这两天好高兴！是见到了毛主席？”

张澜爽然颌首：“嗯。润之先生来了，蒋委员长可就犯难了。”

张澜见淑延没有了响声，这才留意起女儿来：“怎么，在幼儿师范念得不顺心？”

淑延心一横，冲口而出：“我不想做幼儿老师。成天跟着小娃娃转，像个孩子王，有什么意思！”

张澜眉一皱，眼里的目光便严厉起来：“你爸爸就是孩子王——从中学，到大学。做老师有什么不好？”

淑延小嘴一翘道：“我不想做。”

张澜不满意女儿了：“不想做？读普通中学，你说想学会计；会计学校读了没有半年，又转到幼儿师范；如今又想做什么？干一行，怨一行，你还能学出个什么真本事？”

楼梯上传来周恩来的声音：“哎唷唷，我们表老对女儿可不够‘民主’唷！”

张澜扭身相迎：“恩来先生！”

鲜英陪着周恩来登上达观楼。

淑延似乎很有点委屈，瘪着的小嘴一颤一颤的：“周叔叔！”她真还有点眼泪汪汪呢。

周恩来替淑延擦去泪花，抱打起“不平”：“周叔叔是得替你跟你爸讨论讨论‘民主’和‘专制’问题。”

淑延点点头，径自下楼。

周恩来透窗而望，也不由得兴叹开来：“好一座达观楼哇！”目光着即溶入嘉陵江中。

鲜英暗下一笑：“又来了一位喜欢江的！”

周恩来一睃张澜：“那可不是表老的专利唷。”

张澜与周恩来相顾会心。

周恩来言归正传：“毛主席要来特园看望你们。”

张澜与鲜英好生高兴，可又觉得不安。

张澜提议：“润之先生刚到重庆，操心的大事太多，应该在他方便的时候，我们去拜访才是。”

鲜英立马同意：“对，对。还是我们去拜访的好。”

周恩来理解地一笑：“毛主席既要亲自来拜访，你们就不用客气了。”

张澜只得接受道：“那……恭敬不如从命了。如果时间安排得过来，就请润之先生明天来如何？”

周恩来笑道：“好，客随主便。”

1945 年 8 月 30 日下午 3 时，周恩来陪着毛泽东抬脚跨进上清寺的特园，早早恭候的张澜与鲜英即抢先一步迎上。

张澜握住毛泽东伸出的手道：“润之先生！欢迎欢迎。”

鲜英也倍觉荣幸道：“大驾光临，蓬室生辉。”

毛泽东纵目巡望：“呵唷唷，这可不是‘蓬室’，要不是住着我们的‘民主先锋’表老哇，我还当是什么大富豪的大庄园嘞。”

众人相顾大笑。

张澜身后的蒲生想上前握手，又瞟瞟张澜。

毛泽东看见了，微微一笑，伸出长手跟蒲生一握。

毛泽东正随着张澜、鲜英信步往屋里行去，一眼瞄见在庭院里给花草添土的两名园工，自然而然地踱将过去："二位师傅辛苦了。"

毛泽东长手一伸，把两个园工给"伸"愣了。他俩相觑愕然，又不乏尴尬——自己的手上沾满泥巴。

毛泽东反倒乐了，诙谐地笑道："我在乡里呀，这双脚踩过牛屎，这双手扒过猪粪，嗯，现在还有股'香'味嘞。"

园工与在场人不由得也乐上了。

未待园工的泥手缩回去，毛泽东已握住了他俩的手。

张澜心下怦然一动，盯着三双泥手的眼睛顿时漾起一层从未有过的波浪。

张澜心底的声音猝然鼓涌起来："这就是久违的毛泽东……"

这一幕，也让躲在厢房里的淑延和鲜英之女继根几个从门缝里瞄得八九不离十。小家伙们一个个新奇又兴奋：

"毛主席真跟他们握手了！"

"咦——刘师傅他们的手那么脏，都是烂泥！"

…… ……

庭院里，毛泽东故意将手上沾着的泥巴往鼻下一闻："嗯，跟我的一样，也有股子'香'味嘞！"

一众开颜。

两个园工也颜赧地笑了。

张澜眼里那从未曾有过的波浪漾动着、起伏着。

周恩来笑得极童真、极富感染力，旋即，也紧紧跟园工一一握手。

不觉中，鲜英也有了张澜的惊诧。

一行人穿过"葡萄廊"，毛泽东撞见一个在锄草的女工，她正想要躲避，他赶上一步道："小大姐，你躲什么？"

女工瞟瞟主人鲜英："你是……当官的。"

毛泽东呵呵笑了："我这个当官的、他这个当官的，跟你没有什么两样；老百姓的官，也是老百姓。握个手吧？"

女工一瞟鲜英。

鲜英笑嗔着："咳，看我做什么？快呀。"

女工羞怯地握住了毛泽东伸来的手。

周恩来随即也跟女工握了手："老百姓跟老百姓的官可见外不得呀。"

女工红着脸，这场面她可是从不曾见过，更不用说体察了，一时还有些愣怔。

张澜怦然跃动的心，此时已直觉着一种从未有过的震颤！共产党的官——老百姓的官……

厢房里的淑延跟继根她们也都一惊一乍的：

"嘻嘻，延安来的官，就是不一样！"

"真怪。从来没见过这种当官的！"

"哎，那个高高的官，听说还是延安最大的呀！"

"他跟蒋委员长哪个大？"

淑延不假思索地咬定："蒋委员长算什么？当然延安的大。"

继根兴犹未尽，大不满地埋怨着："哎呀，他们怎么就进去了？"

鲜英引领着一行人刚进到客厅，被周恩来止住了："对面小山包上有眼睛，去表老卧室。"

毛泽东随意一般地一睃对面的小山包，心下称许道："听恩来的。"

周恩来不简单，够机敏的！一行人来到张澜卧室，就安全多了。

毛泽东和周恩来、张澜和鲜英结伴相坐。

毛泽东仿佛心有灵犀地捕捉到什么声响："这里还能听到嘉陵江的波浪声？"

鲜英头一点，回复："小山下不远就是。"

波涛裂岸之声，略约可闻。

周恩来揣度出了毛泽东的心曲："主席想起湘江了？"

毛泽东徐徐颔首，遐想不禁。

周恩来一瞟张澜，笑了："主席，你可来对了，这里也有一个离不开江的朋友。"

张澜一笑，泄出天机。毛泽东瞄住张澜，煞是欣慰："表老哇，我俩可算得是有缘哪！”

一个中年保姆端来茶水，一一送上。她望一眼毛泽东，欲言又止。

毛泽东无意间感应到了：“大嫂是有什么事？”

鲜英倒也开通，并无忌讳：“主席问你，就说吧。”

保姆还是有点局促：“我儿子……参加了八路军，早些天还来过信，不晓得他现在……”

毛泽东欠身询问：“那封信还在不在？”

“在。在。”保姆从贴身内衣兜里掏出一封对折的信。

毛泽东接过信，一看落款，放下点心：“有这个就一定找得到。小龙。”

门外传来一声“到！”，随声走进警卫小龙。

毛泽东将信郑重地交托小龙：“回去照这个发信地址，先查到部队，再帮这个大嫂找到他儿子。”

细心的周恩来叮问着：“大嫂的儿子叫什么名字？”

保姆回说：“倪根松。”

毛泽东交代着：“找到了，马上告诉我。”

龙警卫即刻应诺：“是！”执信回出。

保姆刚要叩谢，就被毛泽东止住了：“要谢谢你，为我们送来一名好战士。”

保姆不禁又望一眼毛泽东和周恩来，抹着宽心的泪花出了门。

张澜方才眼里的波涛此刻又涌动开来。这个延安、这个共产党的毛泽东，还有周恩来，跟重庆，跟国民党，就是不一样啊！他不由得定睛关注着眼下的毛泽东……

毛泽东感觉到了：“表老是想到什么了？肯定是跟我俩有‘缘’的事？”

张澜一笑：“没错。我在快离开北京《晨报》的时候，从四川老乡王光祈那里见到了《少年中国学会》的大名册，上面就有润之先生，还有邓中夏、恽代英等一批报国学子！”

毛泽东心中的往事顿时被勾了出来：“那时候年轻，书生意气，很有点‘指点江山’的气概。”

张澜与周恩来、鲜英不由得会心笑了。

毛泽东沉浸在往事里：“学会里，不少人真走上了拯救中国的路，有的还献出了生命……像我敬重的大钊先生。”

气氛即时变得肃穆。

张澜的情思被触发了：“大钊先生就像一团火，把《晨报》的‘自由论坛’烧得有声有色；我也是那个时候，才接触到社会主义的。”

毛泽东呵呵一笑：“表老哇，我们不光有缘，这‘缘’还不浅嘞！”

一围开颜。

张澜的目光在毛泽东与周恩来身上一巡，他由衷说道：“大钊先生好眼力，当年他就特别跟我介绍过润之，介绍过恩来。”

周恩来呵呵一笑：“有缘，我们也真是有缘哪！”

毛泽东不曾料到：“喔？”

周恩来解释着：“我在天津办《天津学生联合会报》，专程去北京拜会过大钊先生，请他到天津做过报告。”

“我们这个‘缘’还都连着大钊先生啊！”毛泽东倍觉欣慰，须臾，不觉长叹一声，“可惜大钊先生走得太早……正是他和陈独秀先生深深影响了我，使我此生有幸选择了马克思主义。”

鲜英不由得感悟个中：“这么说来，你们早就‘神交’上了？！”

毛泽东渐自收回遥远的思绪：“我们是‘心有灵犀一点通’啊！”

毛泽东、周恩来、张澜会心而笑！

此时此际，毛泽东的脑际已然活现出长沙的湘江，她浮托着背后的岳麓山，一江波涛，激情澎湃！而张澜的脑际自然是生他、养他、激励他的重庆的嘉陵江，她映衬着朝天门码头，一江碧水，欢歌不断！

毛泽东拜访张澜的行踪，自然没有逃过对面山包上戴笠耳目的眼睛。

“毛泽东和周恩来去特园了？这么快就……”国民政府总裁室里的

蒋介石接听着电话，意外中掠出窘恼，“给我死死盯住。……什么？不在客厅里？肯定是周恩来用的小聪明。美国不是送来什么‘远距离窃听器’吗？……”

秘书进门报告：“委座，我方的谈判代表来了。”

“我等着你的情报，务必及时！”蒋介石打住话头，搁下话筒，“进来。”

秘书官在门口一引，王世杰、张群、张治中、邵力子几个人鱼贯而入。

蒋介石不无激励地鼓着劲：“就看诸位的‘身手’了。”

张治中问：“委座还有什么训示？”

蒋介石道：“该说的都已经说了。我们没有准备也不用紧张，先听他们的。别的都好商量，记住一条大原则——政令、军令必须统一在我们手里。”

代表们面有难色，相顾无语。

没有硝烟的战争，就此正式拉开序幕。

在特园张澜的卧室里，周恩来一看表，着即欠身：“我要去谈判了，先走一步。”

张澜起身要送，被周恩来劝住：“老朋友了，不用客气。你们谈。”用诚挚的目光一致意，便安步出门。

张澜不无担心道：“润之先生，其实你派恩来和若飞先生来谈就可以了，何必劳动大驾？万一……”

毛泽东让一腔热肠的表老坐下，道：“他三次来电报催请，我不来，理亏就在我了。”

张澜不能不提个醒：“他摆的是‘鸿门宴’！蒋介石哪有诚信可言？民国十八年（1929 年），蒋介石跟桂林的龙云开战，李济深先生做和事佬，从广州飞南京，结果被蒋介石扣押在汤山。”

鲜英也记起来了：“对了，民国二十年（1931 年），蒋介石又借口‘约法’问题，把政敌胡汉民也扣押在汤山。”

毛泽东刚习惯地点上一支烟，忽然意识到什么，立即掐灭。

张澜连连“声明”：“主席烟瘾大，尽可方便。”

“哎，客随主便。”毛泽东自嘲地手一拨，将烟盒装回盒里，“还有九年前的‘西安事变’，张学良将军一片诚意，亲自送委员长回南京。人一下飞机就被扣了！”

张澜不谅毛泽东心里也深知此行的风险：“那润之先生还来冒这个大风险？”

毛泽东悠悠然一笑，手又下意识地摸往香烟，即刻自己止住了。

张澜与鲜英相顾一笑，有点于心不忍。

鲜英“网开一面”道：“润之先生你随意。”

毛泽东又自嘲地手一拨，没有去碰香烟：“我这个风险不冒，蒋介石就有话可说了——看，延安的这个毛泽东三请都不来，就是不要和平，没有诚意嘛！他就可以名正言顺地重开内战啰。”

张澜与鲜英倒未思量到这一层。未几，张澜念及什么，冲着无形的蒋介石披露着：“早几个月我告诉他，只有实行民主，中国才有希望。他居然说‘只有共产党才要什么民主’！”

毛泽东也冲无形的蒋介石冷眼一瞥。

张澜道：“现在形势一变，他也喊起‘民主’来了！”

毛泽东幽默地一点头：“‘民主’如今也成了蒋介石的时髦货。他要演‘民主’的假戏，我们就来他个‘假戏真做’，让全国人民当观众，看出真假孙悟空，分出是非对错，那冒点风险演出这场戏就有大价值啦！”

张澜与鲜英茅塞顿开，不禁感慨万千！

谈判归谈判，蒋总司令的王牌依然是占有绝对优势的实力。

作战室又成了他的心仪之所。

蒋介石审视着战区大地图，思忖着踱几步，又蓦然停下，往图上一睃：“嗯，乘其不备！……”

电话铃响。

蒋介石一下抓起话筒，未听而知：“阎锡山司令吗？准备好没有？……很好。乘其不备，就在上党地区狠狠敲它一棒，拿下它！就看你伯川兄的了！”

特园这边，几人依然在心有灵犀地相互倾谈着。

毛泽东结束了介绍：“这就是我们延安的基本面貌。”

张澜与鲜英不由得被吸引、被震撼了！

鲜英还有点不敢想象：“老百姓有事，就可以直接登门找政府？没人拦？”

毛泽东笑了：“拦他做什么？一个政府，老百姓都懒得去了，它怕就要关门了。”

张澜大起共鸣：“好！好！好！这才是老百姓的政府。”

鲜英欲究其详：“你们也常下去？”

毛泽东爽然地点下头：“我有事没事就常下去走走，不走哇，心里就是憋得慌，不踏实。你们说怪不怪？”

张澜从共鸣中已然捕捉到自己久久的期盼：“你们跟蒋介石的国民党是不一样，不一样！”

毛泽东坦然地“自我解剖”道：“说白了，我们共产党就是为老百姓的党。真要哪一天，我们这个党不为老百姓了，就顾着自己升官发财、捞好处了，老百姓不满我们了，懒得理我们了，进而反对我们了，那就不是共产党，我们就活该完蛋！”

张澜与鲜英不能不被深深震撼了！

噢，这便是毛泽东的声明，这不也就是中国共产党的宣言吗？！神州古国上下五千年，何曾有过这样的政党？老百姓的党！只要这声明在，这宣言在，何愁打不出新中国？人民的新中国！

当晚，淑延推门进到老父亲的卧室直喊：“爸，大姐来了！爸……”她顿时张着口，没喊下去——

室内空无一人。

茂延随三妹跨进门一看：“爸不在？”

“刚刚还在。”淑延忽然发现案头的题书，“姐，你看——”

姐妹俩凑身一看——书案上，一幅素纸上题着一首诗，还散发着墨香：

好雨知时节，
当春乃发生。
随风潜入夜，
润物细无声。

落款：敬录杜甫述怀诗。

茂延寻味着父亲的诗意。

淑延半是兴奋半是奇怪地直言道：“毛主席今天来拜访，爸爸好开心！从来没有过！面子上跟平素没什么两样，我看得出，他的眼睛在笑。真的，大姐，我看得出。”

茂延毕竟是大学生，老成多了：“爸爸述的不是杜甫的怀，是他自己的怀。”

淑延不解了：“不是杜甫的诗吗？”

茂延依旧在诗中寻味：“爸爸心里今天‘潜入’了一股‘春风’。”

淑延半明不白：“春风？”

“春风”启发了茂延。她自信地一笑：“我晓得爸在哪里了。”

“吹牛。你……会算？”

“走。”

茂延“算”得没有错。

嘉陵江畔，张澜难得尽兴地畅游在阑夜的江流中，欣欣然与浪潮搏击着。

疏星、岸上的点点灯光，把晚间的江流浸染得光怪陆离，煞是神奇！诱人！

“老夫聊发少年狂，左牵黄，右擎苍，锦帽貂裘，千骑卷平冈！……”

张老先生真犹如一介“狂少年”！

这可苦了岸头沙滩上“保驾”的蒲生，跟着水里的张澜在奔跑，已是气喘吁吁：“校长，够了，快上来，我……不会游泳，保……保不了你啦！”他有点上气不接下气，忽见水中的张澜拐了个弯，不得不又连连跟着拐弯。

一排浪头冲张澜压下来。

沙滩上的蒲生从迷蒙中瞄见了，吓得欲舍命下水。不过在转瞬之间，张澜顿又自浪丛里一钻而出，脸上春风荡漾。

张澜的心潮不能自已地涌动着：“嘉陵江，你可记住今天。‘好雨知时节，当春乃发生’，你有救，一定有救！流吧，流吧，到长江、到大海，到光明的彼岸！……”

江流有情，仿佛带着张澜的心声，东去、东去，滚滚东去！

蒲生跑不动了，气喘吁吁道：“校长，你……不沉，我可要‘沉’了……”他一屁股“沉落”到沙滩上。

蓦然间远处传来淑延的呼唤：“爸爸，你在哪里？大姐来啦！”

蒲生释然长叹：“救命的来了！校长，赶紧赶紧！……”

水里的张澜看到岸上蒲生急急“警告”的手势，浮身一听——茂延与淑延渐渐近来的呼唤：“爸爸——”

这一声非同小可，身为老父亲的张澜即刻身子一横，从水里直插岸头。

蒲生连连抓过毛巾与长袍迎了过去。

身着短裤的古稀之人张澜，居然动作也敏捷起来，就着蒲生展开的内衣一套，穿上长袍。

“胡子，胡子上的水。”蒲生提着醒。

张澜抓过毛巾，胡乱地几抹，匆匆关照着：“哎，绝对保密呀。”

蒲生强忍住笑：“有数、有数。”

“爸，你散步怎么散出这么老远？”淑延招呼着跑来，告诉着，“大姐来了。”

茂延随声而至：“爸！”

张澜应着："嗯，放暑假了？"

茂延头一点。

淑延发现新大陆一般歪着脑袋又看又问："爸，你的胡子上怎么……都是水？"

蒲生装呆卖傻地搪塞："胡子上？我怎么没见着？"他装模作样地左瞄又看。

张澜也不能不支应着："刚洗了把脸。江水清凉清凉的，好舒服！"说着故意拿过毛巾又擦抹了一把。

蒲生故作新鲜地嚷着："我也来'舒服'一把。"接过毛巾，径自踱往江边。

茂延和淑延姐妹显然有什么事，没有太留意老父亲与蒲生演的双簧戏，彼此交递着眼色。

张澜正好借机转移目标："有事？"

淑延"挺身而出"道："爸，我和大姐想去延安。"

张澜觉着突兀："喔？"

茂延接着附和："爸爸能不能跟毛主席说说？"

张澜也不由得思之动情："延安是如今中国的一块净土。中国的希望，也就在那里。你爸爸也很想去呀！"

姐妹俩一把抓着老父亲，有点喜出望外："爸爸同意了？"

张澜看定淑延，一语破的："你不想读幼儿师范，原来动的这个脑筋？"

淑延做了一个无奈的怪相。

张澜告诫着："你书没读完，本事没学到，去延安只会麻烦人家。"

淑延立时翘起了小嘴。

张澜进而宽抚："等读完书，再去不迟。"

茂延也有自己的想法："爸，金陵大学要迁回南京了，我想……"

张澜倒能够理解："不想去南京，就转个学，等念完大学。到时候，你爸爸也去。"

淑延这才转悲为喜："当真？"

蒲生一跃而上："别忘了我！延安肯定需要'活宝'。"

击岸溅起的浪花，溶入了四个"延安人"的戏笑。

平缓的沙滩上，四对脚印缓缓伸延着。

张澜无情地自剖着："你们爸爸出身贫寒，在官场几十年，自认为清廉、自律，似乎也没有忘记过去；今天看到润之先生那么平等地跟园工握手，给老阿姨找儿子，我实在感到意外！感到震动！这就是中国共产党的主席！……"

呼涌的波涛应和着、跃动着，有情有义。

张澜神思沉重："不知不觉中，我还是多少沾染了中国士大夫的旧习气，真是惭愧啊。"

淑延想宽解什么："爸，我看你……"

张澜手一抬，没让女儿来宽解自己："从这些细微的小事，你就可以感悟到共产党的人格，你二哥说得没有错……"

儿子的肺腑之言从父亲的脑际又回荡出来："爸，值得！我的生命毕竟和民众百姓、和自己国家的命运连上了……"

茂延仿佛也倾听到了，止不住心中的兴奋，调皮地引出："'随风潜入夜，润物细无声。'爸爸今天好像找到了什么。"

张澜的目光在大女儿身上一顿，他不无欣慰地感慨："你爸爸从'保路运动'就开始在找，到五四运动，也只找到一点眉目；今天见到来重庆的毛泽东，才算是豁然开朗。中国有救了！"

水天一色，辽阔无垠。

张澜的肺腑之言继而回荡开来："我敢断言，天下，非毛泽东莫属！"

第十章　毛泽东三访张澜

国共谈判是在重庆的中山路德安里进行的。

双方代表再度陷于僵持状态。

一方是诚心地有备而来，一方是并无备案地仓促上阵，焉能谈得拢？况且素以一国之“君”自居的蒋大总司令，从来就不想平等地看待对手。

周恩来不能不单刀直入了：“你们请我们来，却拿不出一个具体方案；我们提出的十一条，已经做了最大的让步，你们又咬住我们的解放区和军队不放，根本就是没有诚意嘛！”

张治中心有共鸣，不便声张。王世杰、张群、邵力子默然以对。

有顷，邵力子不能不开腔了：“不能说没有诚意。谈判本身……”

王若飞当即驳斥：“谈判本身不说明问题，倒是可以检验出有无诚意。”

王世杰辩解着：“政府的大门始终对你们共产党开着，怎么能说没有诚意？”

周恩来一针见血：“我们不是为派几个人做官才来谈判的，是为建立一个各个党派都可以接受的联合政府而来的。”

诚意与假意的较量，必然招致国共谈判的尴尬。四万万同胞引颈企盼的谈判，一次次陷入欲罢不能的胶着状态。

虽然国民政府坐大，但谈判代表却“坐而不大”，处于一种进退维谷的守势。心底里，他们自己也有点不是味道，有点发虚。

蒋介石特地把自己的代表邀到总裁室，给张群们鼓气：“不用急，谈不拢，就拖着。拖，对他们不利，对我们有利。他们急于要接受日本投降区，要扩大解放区，又不肯压缩军队，无非是要跟我争地盘——抗衡。”

张治中委婉地提议：“他们已做出让步，我们是不是也……”

蒋介石眉一皱，一乜对方道：“也……可以让一点。但影响我统一中国的原则问题，决不迁就。”

电话铃响。

蒋介石抓过话筒：“噢，戴局长，什么事？……好的。告诉鲜英，政府的官不当了，也不要走到反面去——他的那个特园，都成了什么民主分子、共产党的窝了！”

可想而知，“民主之家”特园的日子自然好过不了。

西装革履的徐中齐拜会着长袍马褂的鲜英，一洋一中，相映成趣。

徐中齐很有些政府中人的慷慨：“只要特生兄拿下‘民主之家’的匾额，你要钱给钱，要官给官，全凭你一句话。”

鲜英从来把义气、友谊看得比钱、官位重，回答也只能是：“匾是冯玉祥将军题的，都挂上去五六年了，如今拿下来，算是怎么回事呢？”

徐中齐欠身而起，绵里藏针地摔出一句：“奉劝特生兄还是慎重考虑的好。为你，也为你的家庭。”

鲜英顿时动了气：“威胁我吗？”

徐中齐并不回避：“该说的我已说了，好心坏心，你自己掂量。告辞。”

徐中齐刚出门，与携着孙子正华的张澜撞了个正着：“张老先生！”

张澜微微一怔：“稀客。”

徐中齐手一拱道：“改日再会。”

他步出特园大门，迈下台阶，不觉又回睃一眼头上的匾额——

民主之家

他鼻子里一哼，泻出冷冷的一笑。

“这个徐中齐，拿军统局来压我！”鲜英依旧火气难消。

张澜将小正华抱坐在怀里：“蒋介石不是也喊‘民主’了吗？怎么又害怕我们‘民主之家’呢？”

鲜英宣泄着刚才的怨气：“嫌我们碍事，怕我们做共产党的尾巴。”

张澜的嘴角掠过一丝讪笑：“哼，既是‘尾巴’，他还怕个什么？”

鲜英夫人金竹生扎着围兜进门来问：“定下来了吗？什么时候请毛主席和恩来先生？我好准备。”

鲜英吁出一口大气，想了想道：“2 号怎么样？”

张澜点点头：“中午、晚上，看他们方便。”

院里的戏耍声早让小正华屁股“打滑”了。淑延在门外叫唤：“正华，快来。”

金竹生笑着从张澜怀里抱出小正华。

张澜凑上胡子嘴：“来跟爷爷亲个嘴。”

小正华刚把小胖脸贴上去，就被爷爷的大胡子蹭得龇牙咧嘴：“哎唷，痒！……爷爷的胡子讨厌！”说着小手还去扒拉一把那讨厌的胡子。

金竹生与鲜英被逗得笑弯了腰。

1945 年 9 月 2 日中午，重庆曾家岩的八路军办事处里，在八路军守卫的保护中，两辆轿车缓缓驶出。

车中，周恩来不时警觉地监察着窗外。

前座的警卫提着醒：“暗狗子还真不少哩。”

周恩来置之一笑：“戴笠的杰作。”

毛泽东诙谐地打着趣：“‘关心’的人多，那是看得起我们共产党唷。”

警卫嘟囔着：“您还乐！”

毛泽东故意一看周恩来，夸张地回敬：“唷，还有点独裁——不准乐哩。”

周恩来也被惹笑了。

小车在特园外的山径边停下，周恩来和王若飞陪着毛泽东登坡而上，穿过“鞋摊”“水果摊”和新增设的“卖香烟”之类的摊点。

贴身的警卫最为紧张，他明显地触觉到一双双异常的眼光。

裘一春也在“随意”小吃。

对过康庄的那幢隐蔽小楼的阳台上，一架望远镜早将特园门前的一切看得一清二楚。

戴笠眼里寒光一泄：“这就是毛泽东？好自在！”

徐中齐献着“妙计”：“要不要来他个‘敲山震虎’？”

戴笠莫测深浅地一掂量道：“就看委座了。”

就在那天徐中齐回看“民主之家”的台阶上，毛泽东站定了，仰顾着匾额——民主之家。落款是冯玉祥。

毛泽东赞许地感叹：“嗯，给民主安了家。好、好！”

周恩来介绍着：“两旁的对联，是表方先生题的。”

毛泽东兴味盎然地观赏着——

谁似这川北老人风流，善工书，善将兵，善收藏图籍，放眼达观楼，更赢得江山如画；

那管他法西斯帝压迫，有职教，有文协，有政治党团，抵掌天下事，常集此民主之家。

毛泽东赞可着：“表老风流不减晚辈呀！“

王若飞恍然而悟：“难怪董老几次赞叹这个‘民主之家’呀。”

毛泽东欣悦地点着头，一行人刚跨进庭院，民盟中央的几位故友张澜、沈钧儒、黄炎培、冷遹、张中府、鲜英、左舜生等便迎身而上。

毛泽东开心地一巡顾，不失幽默地一点：“噢，这就是‘民主之家’，我也回到‘家’里来了。”

民盟的朋友乐了，笑得很温馨。

毛泽东借题发挥：“今天，和朋友们聚会在‘民主之家’；明天，经过大家奋斗，相信我们能相聚在‘民主之国’。”

张澜感同身受：“有润之先生这句话，那个‘明天’绝对跑不了。”

沈钧儒也一样地笃信：“一定。一定。”

众人会心畅笑。

黄炎培伸手一引，道：“请、请——”

主客们落座客厅，彼此谈笑风生。

毛泽东瞄住沈钧儒道：“听恩来说，你对健身运动很有一套？”

沈钧儒手一摆：“哪里哪里！润之先生的日浴、雨浴、风浴，我可是早有耳闻了。”

周恩来也来了兴致：“衡山兄怕还有所不知，你听没听说过‘霹雷闪电浴’？”

一众诧异。

谁问了一句：“天底下还有这种‘浴’？”

毛泽东自嘲地呵呵一笑：“恩来是在出我的‘丑’啰！”

毛泽东这一自嘲，大家益发地欲究其详了。

王若飞笑道：“主席就‘丑’给大家听听。”

毛泽东眸子一转，投向遥远的窗外，徐徐而道：“那时还在第一师范读书，受了柳直荀爸爸——一位‘体育先生’的影响，想练练‘霸蛮’精神，就选了霹雷闪电的天气，一个人爬到岳麓山顶上，衣服一脱，光着身子任雷劈、风吹、雨打，喔，那个感觉太奇妙了，就好像小小的自我完全融进了大大的宇宙里、天体里……”

听者莫不感到新奇，又止不住惊叹！

毛泽东回首感慨：“哎，你莫说呀，这‘霹雷闪电浴’还真不错嘞，不光练了‘霸蛮’精神，还让我懂得自己这个‘小我’呀，只有融化到那个‘大我’里去，才能做一个高尔基说的‘大写的人’——不会趴下的人。”

张澜深有共鸣："润之先生是在谈哲学呀！"

一围欣然。

毛泽东判断着："哎，表老哇，你一定会游泳！"

张澜谦逊地回道："小时候水性倒马马虎虎。"

周恩来一点："现在是'偶而露峥嵘'。"

毛泽东顿时来了诗人雅性，大手在座椅上一击："好！我姓湘，叫湘江；你呢，姓嘉，叫嘉陵江。什么时候，我们两个江一起去'峥嵘'一下？"

张澜也被激起了兴致："舍命陪君子。"

毛泽东大摆其手："使不得，使不得。我们还要一起打造人民的新中国嘞；命一定先得留着，可不能'舍'掉啰。"

满座开颜。

门口的蒲生跟小龙警卫已经成了"老朋友"。

蒲生新奇地左瞄右看着纸币："这是你们延安的钞票？上面是宝塔山？！"

小龙警卫："嗯。下面是窑洞。"

"咳，这延安的钞票也来劲！"

"送你了！"

"真的？你太够朋友啦！"蒲生大喜过望，禁不住猛吻一口纸币，"什么时候，我也去住住窑洞……"

"欢迎！欢迎！"龙警卫主人似的一把握住蒲生那捏着延安纸币的手。

已被"开禁"出来戏耍的淑延、小正华和继根兄妹在庭院里玩起"老鹰捉小鸡"，一捉两捉捉到了门口。无拘无束的继根瞟了一眼蒲生哥与龙警卫，便咬着淑延的耳朵："我们去见毛主席、周叔叔。"

淑延欲去又摇头。

继根问："你不是想去延安吗？干脆……"

淑延虽然有点心动，却不敢贸然行事："爸要骂的。"

小正华显然"偷听"到了，小脑袋一昂道："我去。"

淑延哂然一揭道："你去，爷爷用胡子蹭你。"

小正华下意识地摸住被蹭痒过的嘴，有点后怕了。

客厅里，毛泽东跟民盟朋友介绍着："现在反对打内战的力量——比如我们，加上你们，还制止不住要打内战的力量。内战的危险依然很大。"

黄炎培忧心地询问："就不能避免？"

周恩来如实回复："最终怕是避免不了的，现在只能争取延缓——迟点打。"

毛泽东习惯性地想去掏烟，又即刻止住了。他略一沉吟道："现在是老百姓不要打；苏联、英国不要打；美国一方面支持国民党，一方面也不想大打；国民党呢，手伸得长，也不是三五天能就范。这次谈判谈得好，可以推迟爆发内战。恩来刚才也说了，内战最终是避免不了的，因为委员长先生的既定方针不会改变——他总想吃掉我们共产党。"

民盟的朋友们沉默了。

张澜奚落道："我怕蒋介石是心大命不大，吃不掉你们。"

黄炎培记起什么："表方兄，你可是跟君劢先生打了赌的。"

毛泽东着即判断出什么，信赖的目光一睃张澜道："喔？呵呵。委员长也在跟我们打赌嘞。"

宾主一听，心照不宣。

金竹生捧着一小坛酒进来，见桌上的菜肴依旧一动未动，不由得责怪起丈夫来："哎呀特生，你这个主人怎么做的？今天可不是来谈'国是'的。"

鲜英连连自责地拍拍脑瓜子，欠身道："快请。快请。"

毛泽东踱至桌边道："哟，这么丰盛的佳肴，实在太破费了。"

张澜也如实相剖："哪里，这是我们民盟的一点心意。请——"

金竹生夫人分舀着枣儿酒介绍着："这是我自己做的枣儿酒，请远道来的毛主席、恩来先生、若飞先生尝尝。"

张澜打着趣："看看，润之先生，你们一来，金夫人就把我们这些老常客都晾在一边了。"

一围忍俊不禁。

金竹生笑嗔着："就会抓小辫子，还少得了你的？"

黄炎培凑着趣："我们也不能少哇。"

鲜英把着酒盅相邀："来、来，请。"

"润之先生，我只能以水代酒，失礼了。"张澜给自己倒上杯白开水。

黄炎培悄悄一碰老友："今天就破个例。"

金竹生专门替张澜舀了一小勺："就一点。"

毛泽东大手一摆："朋友之间，不必太拘礼；我倒很欣赏表老的自重、自立。"

"不敢当。不敢当。"张澜将"酒盅"往毛泽东跟前一擎："李白的《将进酒》道——会须一饮三百杯。"

作为诗人的毛泽东着即回应，环邀众友："陶渊明有《饮酒诗》——且共欢此饮。"

一围宾主把酒共饮。

毛泽东不善饮酒，品味得却很认真："喔，这枣儿酒好香醇。"

金竹生听着开心："我是用川北红枣和高粱酒浸泡的。"

周恩来告诉毛泽东："这酒浓度不高，主席可以少饮几杯。"

毛泽东颇有兴致："饮酒不忘酿酒人，金夫人，来；还有你——大嫂子。"他发现了那个老保姆。

老保姆一惊，迭忙回避，被张澜止住："毛主席当你是一家人，不用见外。"

毛泽东将酒一擎，周恩来、王若飞也向二位女同胞擎起酒盅。

"请！"

老保姆大略从未喝过，一饮，辣得直憋气。

毛泽东乐了："哎嘀，还有比我不会喝酒的！大嫂子……"

老保姆难为情地自责："真不好意思。"

毛泽东悄声相告："你儿子的事，延安已经派人去找了；他们找不到的话，你就来找我。”

老保姆的泪花一下子浮上眼眶，她说道：“谢谢毛主席。”

门口传来继根的声音：“您就是毛主席吗？”

毛泽东回首——眼门前站着眨巴着眼睛、在“验证”毛泽东身份的鲜英五女儿继根，手里还捧着本纪念册。

毛泽东故作正色问：“我是毛泽东，你是谁呀？”

继根一点都不怕生，回道：“我是爸爸的五女儿鲜继根。”她手往鲜英一指。

反是老父亲鲜英有点局促了：“大人有事，小娃娃家快去外面玩你的。”

金竹生攥过女儿欲走。

继根身子一扭，将手中纪念册一亮，“理所当然”地要求：“我们要毛主席题个字。”

周恩来有心一逗：“这‘我们’都有谁呀？”

继根往门外一指。

哈，门外淑延、小正华和鲜英一帮儿女都笑嘻嘻地翘首以盼。

毛泽东故作夸张道：“哟，还有强大的后盾嘞！”

一众戏笑。

毛泽东笑微微地接过纪念册，又从鲜英手里接过毛笔，几乎未作思量，便笔走龙蛇，写下——

光明在望。

街市上那冲天而起的横幅“和平、民主、团结”，莫不昭示出人们对光明的渴望。这渴望，是全中国的，当然更是毛泽东身入国民党巢穴——破天荒举行国共重庆谈判而激发出来的。

怀着渴望的学生、工人与民众百姓，自发地汇聚成游行的大军。

“欢迎国共合作！”

“我们要民主的联合政府！”

浪潮般的口号，把整个山城激荡了起来。

耳闻得窗外游行的浪潮声，作战室里的蒋总司令仍“处惊不乱”。他紧瞄着战区大地图，饱含期待地喃喃着：“阎司令，看你的了。”

他仿佛已经听到——

偷袭的讯号一起，刹那间，炮声顿起，接连着枪声大作；一时间，杀声遍野。

蒋介石不准许共产党提出的“和平、民主、团结”这个光明存在。就在谈判处于胶着的状态时，他密令阎锡山偷袭上党解放区，欲把国共谈判推向大助益于自己的战争。

张治中的寓所桂园倒是优雅、小巧。1945 年 9 月 11 日晚，毛泽东、周恩来在这里回请张澜、沈钧儒和黄炎培。

毛泽东毫无隐讳地介绍了谈判情况：“我们已经做出最大的让步，可以向全国人民交账。”

周恩来补充着：“我们的军队同意压缩，以跟国民党 1:6 的比例，压到二十四个师或至少二十个师；并且把八个解放区的部队撤回到苏北、皖北、陇海路以北地区。”他对照着地图介绍着。

张澜追问着：“蒋介石的态度呢？他就不让步？”

毛泽东冷眼一瞥窗外道：“委员长啊，他是步步为营。”

张澜、沈钧儒、黄炎培一时费解。

周恩来挑明了：“昨天，阎锡山已经向我们上党地区发起了突然袭击。”

张澜拍案而起：“一面请你们来谈判，背地里又搞这种见不得人的偷袭。我们决不允许国民党这样不讲信誉地蛮干！”

沈钧儒也不由得义愤填膺：“表老，我们民盟应该出面。”

张澜果断地应诺：“嗯！”

毛泽东由衷赞赏：“好哇，欢迎我们这支民主的生力军，为和平、公义出面斡旋。”

张澜是个张弛有度的人，遇上受人重托之事，可就成了急性子。第三天，也就是1945年9月14日下午，他就以民盟的名义，邀请了国共双方在上清寺特园——“民主之家”举行调停会。

客厅里，一边坐着周恩来与王若飞等，一边坐着张群与邵力子等。

张澜直截了当地斥问张群与邵力子：“阎锡山为什么不给蒋先生留一点面子？重庆这边在谈，山西那边在打，蒋先生不感到难堪吗？”

张群与邵力子不谅这个张老夫子会如此单刀直入，面子上实在有点难堪。

张群支应着：“这是阎锡山司令的个人行为。”

张澜反诘着：“阎锡山会不晓得国共正在重庆谈判？他一个战区司令有这么大的胆子敢破坏谈判？”

邵力子想挫挫倔老夫子的锋芒，道：“表方兄，你总不至于怀疑蒋委员长吧？”

周恩来见邵力子将出这一军，怕张澜直性子一发，授人以柄：“表方先生是据实论事。”

张澜依旧不依不饶：“仲辉兄，你以为阎锡山攻打上党仅仅是个人行为吗？”

张群手一摆道：“好了好了，民盟今天出面调停，不是单单来问罪我国民党的吧？”话很委婉，却反过来包含着“问罪”之意。

张申府一样委婉地回敬：“假如阎锡山此类破坏谈判的行为不‘问罪’，谈判就很难做到‘和为贵’。”

周恩来淡然而笑，似乎于不经意中一点：“其实阎锡山的突然袭击也未必能赢，到头来，只会给委员长丢脸。”

张群倒是不防，心下一拎，佯作轻松地一点：“你们是早有准备啰？”

王若飞不卑不亢：“我们是有备而来——无论是在谈判桌上，还是在战区前线。”

张澜平息下怒气：“既然请人家来谈，人家来了，就是有诚心。只要双方都有诚心，总能谈出个子丑寅卯来。你们谈不成，别说投降的日本会笑话，就是战胜国苏联、美国、英国也会笑话，只要是有点良心的中国人，都会寒心的！”

周恩来不由得怦然心动：“就凭表老的这番肺腑之言，我们的谈判也不能半途而废！”

邵力子与张群一时再无言以对。

戴笠是谈判的“局外人”，却操纵着不小的生杀大权，自然又紧紧关联着谈判。尤其在国共重庆谈判期间，在他上清寺康庄办公桌上的材料、名册就非同小可。眼下局长大人就审览着“危险分子”名册，鹰钩似的眼光在周锋的照片上一掠。

门外传来一声：“报告。”

“进来。”

进来的是特园门口摆烟摊的“小贩”，还有点气喘吁吁：“那个《大公报》的女记者又来了。”

戴笠在名册上一翻，一点：“是她？”

“小贩”一瞄照片立马首肯道：“没错。是她！”

戴笠半阴不阳地讥讽着：“毛泽东一来，她倒是特别活跃呀。”

宋兰英身为记者，焉能不兴奋、不活跃？眼下在特园，她就被纪念册中毛泽东的题词所激动：“毛主席的字就像他人，不拘一格，有股子上天入地的虎劲！”

张澜颔首赞同：“大记者，有眼力。”

宋兰英关切地问：“那么说，谈判……‘光明在望’了？”

张澜凝视着题词：“依润之先生的意思，恐怕远不只是谈判……”

宋兰英一点而悟：“噢。是对中国的命运？他那么有信心？”

张澜判断着：“大概一半是信心，一半是期望。”

宋兰英直截了当地问：“嗯。表方先生你呢？”

张澜一样直截了当地答：“我看好毛泽东。延安的今天，就该是中国的将来……”

“说得太符辩证法了！”中年的宋兰英犹如回到了烂漫的美少女时代一般，欢抃而起。

张澜关照着：“你可不能上报唷。一上报，你还没等到那个‘将来’，脑袋说不定就掉了。我吼几声，抨击几句，他们倒也未必就来要我这颗胡子拉碴的脑袋。”

在歌乐山下的渣滓洞监狱里关押的众多“政治犯”便是佐证。

戴笠手里捏着翻开的“花名册”，在监狱长的陪同下，检查着牢房。一个个“洞”中不时传出的呻吟、嗷叫、斥骂，对于戴笠而言，如奏乐一般。

戴笠随即下令：“该处理的就处理掉，不要占着茅坑不拉屎。”

“是。”

不晓从什么时候开始，宋兰英记者也喜欢上了嘉陵江。对她而言，陪张澜信步江边是一件极舒心惬意的事。

张澜慢慢走着，徐徐说着：“你们《大公报》写润之先生来重庆的那篇社论，很平实、很真切。有你的功劳吧？”

宋兰英头一摆回道：“谈不上功劳，只是尽了一份力。”

张澜的目光不由自主地投入到江流中：“嘉陵江会记下的。记下这次国共谈判，记下你、我、他——所有为和平呐喊的国人同胞姐妹。”

宋兰英顿时意会到什么，也不由自主地将目光投向江流。

层层波浪裹挟着“哗哗”的万语千言，相拥而去。

诚信能赢得民心，可有时候却又显得那么苍白。

比如眼下国共艰难的谈判。

中山路德安里的谈判室里，双方缄默着，气氛沉重得有如凝结了一般，显然，刚经过了一番舌战。

王若飞憋不住一言点破：“谈判到现在，你们还是旧调重弹，要我们放弃地盘，交出军队。”

周恩来接踵再点：“你们是不是在等什么？我可以郑重告诉各位，在谈判桌上得不到的，在前线也一样得不到。”

王世杰一睃周恩来，并不以为意。张群与邵力子相顾一怔。张治中面有忧色。

面对艰难的谈判，大略也只有一个对策——等。

毛泽东与张澜本来素昧平生，一碰面，便情投意合。这大略是缘分，是人格操守与魅力的交融所致吧。正因这缘分，毛泽东与张澜在上清寺特园再度会谈，益发地情重意深。

1945 年 9 月 15 日，中国共产党主席毛泽东第三次拜访民盟主席张澜。这是一次非同寻常的会见，在中国后来两种命运大决战的关键时刻，显示出了非同寻常的作用。

毛泽东剖析着："委员长先生在等、在看。阎锡山从我军手里夺走了襄垣、潞城，他们以为这把尖刀就可以插在我们冀鲁豫根据地的腹地；在刀尖下，要逼我们在谈判桌上就范。"

张澜不由得着了急："那你们收得回去吗？"

毛主席大手当空一劈，毫不忌讳道："反击已经开始，不光要收复失地，还要重重地吃它几口，吃得委员长先生心痛。"

"好，好！"张澜立身而起，"国民党丧失人心，全国的民众百姓现在就把希望寄托在你们身上。润之先生，你们当坚持的一定要坚持，一定要保护好延安这一块净土——那是中国的希望啊！……"老人眼里浮涌出盈盈的泪花。

毛泽东一样紧握住张澜的手，动情道："表老哇，有你们这样肝胆相照的朋友，中国是一定有希望的！谁都拦不住这个'希望'。"说着，大手又习惯地当空一劈。

张澜见毛泽东面色沉重起来，顾及什么，提议着："润之先生，现在你们是关着门在谈判，何不把已经谈拢的，公布出来，让全国老百姓都好晓得、都来监督，那蒋介石今后就不能不认账。"

毛泽东大是赞成："好主意！"

张澜心直口快："你们如有不便，由我来给国共双方写一封公开信，把这个问题摊出来，好让全国老百姓都来监督。"

毛泽东不得不感佩了："表老真是'老成谋国'哇！那就拜托了。"

重托在身，张澜哪里还睡得了安稳觉。

当晚，张澜端坐案头，耳听得小山下不远处嘉陵江水跃动的呼应，仿佛在捕捉着什么，旋即秉笔直书，那滚滚的心曲一如江潮：

> ……国共团结问题，关系到整个民族的前途，是国家团结统一的极好时期。……

《新民报》迅捷推出了张澜的《公开信》。

笔者的心潮，芸芸读者历历可观：

> 如仍欲维持旧日之观念，谓兵贵多而不贵精，则纵令多所保留，除从事内争以外，试问更有何用？

《华西晚报》也不甘落后，及时推出。

《公开信》已然公而开之：

> 如谓“民主必恃武力始能保障”，则民主之为民主，岂不令人心寒？

《大公报》自然以“大公”当先，拆旧稿，登新“信”。

笔者的心潮在万千读者中翻腾：

> 如谓“统一必赖武力始能维持”，则统一之为统一，岂不令人气短？

这回大总司令蒋介石倒沉住了气，不抓、不吼、不派人，还主动约见《公开信》的主人。

蒋介石看定张老夫子，拿过案头的报纸一亮，话中有话：“大作拜读了，很有点‘老骥伏枥，志在千里’的气概。”

张澜当然听出了话中的数落与警告，自嘲地一笑：“我已是古稀之人，‘千里’是不敢指望了，能跑个十里、百里的，见到一个民主的新中国，就可以闭目了。”

蒋介石回以一笑：“过谦了，表老。谈判还在进行，我想听听你的高见。”

“蒋先生不是都看了？”

“那是你的公开信，我今天是私下讨教。毛泽东三次拜访表老，我只能约你见面，还请不要怪罪。”

“请罪”般的话里，分明含着对张澜亲共的警告。张澜淡然置之：“蒋先生贵为委员长，日理万机，谈何‘怪罪’？”

蒋介石不失雍容的礼仪，顺风扬帆道：“表老不怪罪就好。”

张澜无意再迂回，直言道：“国共谈判要成功，还是那一个字。”

蒋介石充满寒意的目光斜射过来。

张澜灼热的目光对应了上去：“诚。”

蒋介石单刀直入：“阎锡山攻下襄垣、潞城，就是我蒋介石不‘诚’了吗？”

张澜反诘着：“难道还是‘诚’吗？”

蒋介石有心点拨：“你被毛泽东误导了。他们也在准备动手。”

张澜并不买账：“那是‘准备’，他们并没有开第一枪。”

蒋介石渐渐从雍容中透出领袖的威势：“第一枪，不是我开，就是他开。我这边有一个中华民国，他的军队独立着，这还谈什么统一？你还是劝劝共产党方面，不打是可以的，和平、民主、团结我当然赞成，只是一条——政令、军令必须统一在我。”

张澜挺身而起：“那还谈个什么？”

待到回了特园，张澜依然余气未消，将开水杯一顿，点名道姓：“这个蒋介石，毫无诚意！”

鲜英也忧心忡忡：“唉！这国共谈判……”

1945 年 9 月 20 日，在总裁室里，蒋介石口授着密令：“目前与奸党谈判，乃系窥测其要求与目的，以拖延时间……”

发报机“嗒嗒”的敲击之声，急急向全国各战区传送着密令——“待国军控制所有战略要点、交通线，将寇军完全受降后，再以有利之优越军事形势与奸党做具体谈判。彼如不能在军令统一原则下屈服，即以土匪清剿之。”

风云多变。张澜和鲜英正商议着民盟的作为，金竹生登上楼来，手里拿着一封电报：“刚送来的。”

“云南李公朴发来的。”张澜接过电报，随即拆开，顿时一惊，“龙云？！”

鲜英心下一抽：“怎么？”接手一看——

蒋介石已动手，龙云被迫交出军权。

张澜心里寻究着：“难道龙云秘密入盟的事，蒋介石察觉了？……不可能啊！”

鲜英估量出什么：“这又是一个白色讯号！……”

张澜拍案而起：“岂止是无诚意可言，简直……”

蒋介石又一次失算了。共产党领导的军队反击胜利，不仅收复了失地，还吃掉了阎锡山三分之一的兵力。源于此，继续的重庆谈判这才谈出一个“和平、民主、团结、统一”的《双十协定》。

桂园。张治中寓所。1945 年 10 月 10 日。

周恩来代表共产党签下了字。

张群代表国民党签下了字。

来之大不易的国共协定：《政府与中共代表会谈纪要》。

国民政府大楼外，门前。

面带自信、微露笑容的毛泽东伸出了手。

也挂着笑容却又极不心甘的蒋介石伸出了手。

两双关系到中国何去何从的手，总算是极难得地握住了。

这是两双决定着中国命运的手。自从“四·一二”政变以来，十八年的镇压与围剿，十八年的抗争与发展，就那么相握在眨眼之间。手是握住了，而两种命运的搏击，依然没有消停。

翌日，毛泽东主席要回延安，却又被“围困”在重庆九龙坡机场。

“围困”的不是国民党军，而是中外记者。问的、拍照的、想握手的，令张治中不由得对着周恩来感慨难禁！自己的蒋委员长从不曾有过这等“大好风光”啊！一切尽在不言中，聪慧过人的周恩来自然意会了，回以令张治中亦可意会的淡然一笑。

宋兰英终于抢住了极难得的几秒钟：“请问毛主席，国共的《双十协定》，是否翻开了中国‘光明在望’的一页？”

毛泽东的眼神闪烁了一下，微笑的目光在宋兰英脸上一顿，他意味深长地回答：“但愿吧。不过‘光明’是可以看见的了。谁要不信，去问问我们的‘观众’——全国的老百姓。”

众记者一愣之下，渐有所悟。

毛泽东一巡顾，忽然望见张澜与鲜英赶来了，立时抽身迎上：

“哎呀表老，还麻烦你们大老远地赶来！”

张澜握住了毛泽东伸出的手。

毛泽东重重地一握，大有寄意道：“谢谢你的关照。我们不会忘记，中国也不会忘记！”

“岂敢、岂敢！”张澜一如知友般地回应，“二十五年的神交，得于润之先生的重庆一行，总算豁然开朗。要谢谢的是你和恩来先生。我们不会忘记！中国不会忘记！”

毛泽东呵呵笑道：“表老过谦了。结识了表老你、你们民盟，又结识了这许多为民主奔走的朋友，我毛泽东也是不虚此行啊！”

张澜满怀着憧憬道：“等中国的‘光明’来了，实现民主了，我们还要到延安去拜访你哟！”

毛泽东当即表示：“欢迎、欢迎。到时候用延安的川菜来招待你们。”

张澜与鲜英相顾开颜：“好、好！”

细心的周恩来提醒着：“主席。”

张治中手一引，道：“毛主席请——”

毛泽东重又跟张澜握别，继而跟蒋介石的代表陈诚礼节性地握别，便由王若飞、张治中作陪，登上飞机。至舱口，毛泽东又反身挥起拿破仑帽，跟欢送的人们作最后的致意。

张澜的眼睛润湿了。

绿色的军用飞机划向天空。哦，那实在是重庆——中国上空的一道绿色闪电！非可等闲视之的新生命的闪电！

送走毛泽东主席，张澜记挂着，连中午的午觉也没有睡安稳，不时喃喃着什么。

周恩来仿佛有感应似的，特地赶来特园。他没见着张澜，却见着淑延和小正华他们在庭园里种树，便饶有兴趣地加盟其中。

少顷，淑延欠起身道：“我去叫醒爸爸。”

小正华争抢着道：“我去、我去。”

周恩来止住了他俩：“不、不，让他多睡一会；这些天，让他跟着受累了。”

淑延煞有介事地纠正着：“爸爸说，你跟毛主席才累呢！”

周恩来倍觉温馨，不由得往屋子里感怀地一睃。小正华玩着泥巴，很投入：“我不累。”

周恩来止不住呵呵一笑，揽过可爱的小家伙，又看定淑延：“哎，你在家里种过树？”

淑延娴熟地跟周恩来培着土，不无自豪地介绍着：“跟妈学的。爸爸喜欢花、树，特别是结果子的树，妈就在家里前前后后的山沟沟、地边边里种了几十株梅树，还栽了桃子树、李子树、枇杷树、樱桃树……可多啦！”

周恩来大为兴叹："咳唷唷，你妈了不起，都成了果树专家了！有机会，我一定去观赏观赏。"

传来张澜的招呼："哎呀，恩来先生！"

周恩来回首，见张澜不晓何时已来到庭院里。张澜责备着淑延："怎么不来叫醒我？让恩来先生空等着。"

周恩来头一摇："不怪她，是我不让她去叫醒你的。"

张澜致着歉："失礼，太失礼了。快请——"

张澜引领着老朋友周恩来来到客厅。

周恩来屁股刚落座，就释然相告："特地赶来告诉老朋友，毛主席已经安全回到延安。"

张澜终于吁出一口大气："这下放心了。刚才怎么都睡不安神。"

周恩来感怀地笑了。少顷，他念及什么，说道："鉴于龙云被蒋介石收缴了军权的教训，还要请表老多跟四川几个实力派司令沟通沟通，当心蒋介石夺走军权，要为和平、为以后的建国大业尽量多保存些实力。"

张澜深以为然："嗯，好的。其实他们知道蒋介石的小算盘，早就防着一手。"

周恩来点着头："他们能认识到这点就好。"

还未等周恩来说完，八路军办事处的徐冰已匆步赶来报告："周副主席，地下党刚送来杨虎的一封信。"

周恩来也有些意外："喔？他曾是蒋介石'四·一二'政变的帮凶，后来不晓怎么又被蒋介石冷落了，挂了个中央监察委员的闲职。"他一面跟张澜介绍着，一面抽出信页：

恩来先生：

我即回上海，行前，能拜见先生吗？对于自己过去的罪行，我是追悔莫及，希望能有将功赎罪的一天。……

周恩来读罢信，略作考虑，便交代徐冰："转告杨虎先生，只要诚心，会有那一天的。等以后再见。"

徐冰应诺："好。我现在就去。"

张澜一瞟杨虎来信，不觉嗤然一笑："我们的这个蒋委员长只想一手遮天，不想'一手'之下只会众叛亲离！"

周恩来也摆首一笑："他现在有枪、有炮，背后有靠山，不会明白这个简单的道理。"

张澜显然思量到了什么，缓缓道："嗯，要让潘文华、刘文辉、邓锡侯他们也明白这个道理。"

周恩来将手在张澜的手背上重重一按，嘱托着："拜托了！"

第十一章　染血的追悼

1945 年 12 月 15 日，一辆小轿车缓缓地在重庆国民政府大门口停下。

早恭候着的蒋介石与宋美龄随即徐步迎上。小车中步出一位颇有风度的白发美国将军。来人便是大名鼎鼎的马歇尔，美国前陆军参谋长、上将，美国总统杜鲁门驻华特使。

赫尔利先生因调停国共冲突不力，被召回国，而马歇尔先生带着杜鲁门的密令，又来了。

蒋介石话中颇有寄意地致着辞："欢迎马歇尔先生。美国始终是我们可以信赖的朋友。"

宋美龄面带得体的微笑，友善地翻译着。

马歇尔高兴地点着头："用你们中国的话说，我们的友谊，地久天长。"

听罢夫人的翻译，机敏的蒋介石着即弦外有音地应承："好、好，我会记住的。"

来到客厅里一落座，略作寒暄，马歇尔便转述了美国总统杜鲁门的对华政策。

宋美龄翻译了马歇尔的调停意见。

蒋介石声色不露："替我感谢杜鲁门总统。《双十协定》已签订，再召开各党派政治协商会议不是不可以，只是我的军队要照运，你的轮船、飞机——武装，我要照用。马歇尔先生不会反对吧？"他将出一军。

宋美龄的翻译依然是委婉的，把严峻的政治问题平和化，听起来很有点软软的舒适，甚而惬意。

马歇尔微微点着头，权衡着："共产党要接手东北，你要拿下东北，战事一开，你有几成把握？"

蒋介石心下不悦地问道："尊敬的马歇尔先生，你有怀疑？"

马歇尔宽抚地一笑："委员长先生，你一定要明白，我们美利坚合众国不会跟共产党站在一起。"

——马歇尔先生到底亮出了杜鲁门总统的底牌。

蒋介石自然心领神会，双眸间泻出作为国民党委员长的自得和惬意。

中国内战的引爆，已是无可避免的了。

马歇尔作为美国特使来到中国，且是来调停国共两党分歧的，民盟自然不能不做出回应。

照惯例，在上清寺的"民主之家"举行了由张澜与沈钧儒、罗隆基、章伯钧、梁漱溟诸民盟中央常委主持的外国记者招待会。

一个美国记者刚提出了什么问题，沈钧儒着即回答："对马歇尔先生来华调停国共争端，我们民盟表示欢迎。"

罗隆基心有寄托道："希望马歇尔先生特别注意中国的和平与内战。"

一个记者捅开了"天窗"："刚才张澜先生提到驻华美军撤退的问题，那么在东北的苏联军队又做何解释？"

接二连三的挑衅，使会场的气氛顿时紧张起来。

张澜往那挑衅的记者一瞥，并不回避："苏军暂缓撤退，是应了中央政府的请求，仍在《中苏条约》范围之内。不过我要再次声明：中国的事情，必须由中国人自己来解决，美军支持任何一方都是不对的。你送枪、送炮、送顾问什么的，算是干什么呢？是'和平'？不，只会火上浇油，不仅于事无补，反而破坏了中国的和平、民主、统一。

今天如此，十年、五十年后也如此！”

捅“天窗”的记者也不由得一愣：“十年、五十年后？”

这不能不说是对杜鲁门或明或暗地帮助蒋介石一手独揽中国的当头棒喝！

精明的蒋总司令，借着马歇尔的“西风”，在极秘密的状态下，我行我素，加紧着自己独吞中国的步伐。

你看，国民政府作战指挥室里，蒋介石久久审视着作战室里的战区大地图，目不旁视地考问着部下：“你晓得我为什么要杜聿明解除掉龙云的武装？”

戴笠回命：“他曾瞒着委座，偷偷和四川刘文辉他们跟红军签订秘密协定，有变节行为。”

蒋介石头一回，眼一乜，进而考问：“你晓得是谁拉的线？”

戴笠一怔：“难道会是……”

蒋介石自信地点破：“不是‘难道’，十有八九是这个张澜！你看看他又跟外国记者喊了些什么！”

中央案头摊着几份中外文报刊，有的文字已用红笔勾出。

“学生已经看了。”戴笠幽灵似的鹰眼在报刊里一钩，“委座，宁早勿迟，我把他‘解决’了？”

蒋介石头微微一摆：“现在……还不是时候。马歇尔脸上过不去，毛泽东又会借机大做文章。”

戴笠面有忧色：“委座，养虎为患哪。他民盟的触角，现在已经渗透到全国，不说上海的沈钧儒他们，在龙云的老巢桂林也异常活跃。你看——”他从公文包里掏出一份材料。

“他是唯恐天下不乱！”蒋介石接手，往材料上扫了一眼。

戴笠往材料上一点，道出：“特别是李公朴，还有那个臭书生闻一多。据我的可靠情报，他俩都是民盟的中央成员。云南的学生风潮里，除了共产党，他俩也是领头羊。”

蒋介石轻哼一声，又将目光投注到中国大战区地图上，一字一顿地指令："前线，我自会去解决；后方，就有劳雨农老弟了。"

戴笠即刻憬悟，一个立正："学生明白。"

对于蒋委员长，戴笠是绝对尽忠的，他不敢有一日的懈怠。

1946 年 1 月 26 日，重庆民盟中央副主席黄炎培的家被抄了。黄炎培夫妇被看押在一角，便衣特务们正在翻箱倒柜地突袭大搜查。

半个月后的 2 月 10 日，在重庆较场口"庆祝政协成功大会"的大横幅下，竟上演了一出风云突变的"全武行"。

与会者大多已经逃散，一群便衣仍在围打李公朴，上去解围的郭沫若，胸脯被一脚踢伤，眼镜也被打落；马寅初不啻受伤，连身上的马甲都叫人给剥走了。

李公朴是大会总指挥、民盟中央执行委员会委员兼教育委员会副主委，时年四十四。郭沫若，国民政府文化工作委员会主任、无党派人士代表，时年五十四。马寅初是大会主席团成员、重庆大学商学院教授，时年六十四。

另一头，宋兰英一批中青年记者护送着沈钧儒，从暴徒丛中紧急撤离了出去。

同一天，重庆共产党《新华日报》营业部的场地被捣毁，报纸飞撒一地。

也在同一天，民盟机关报《民主报》营业部的员工被殴伤，橱窗悉数被砸烂。

领头的特务叫嚣着："我叫你'民主'！"说着，穿到门外，在小山似的一堆《民主报》跟前，一手点燃报纸，转瞬间，即腾起一股熊熊的烈焰。

督阵的徐远举欣赏着"火化"的《民主报》，学起戴局长的冷厉，道："谁还要民主？啊？这就是'民主'的下场！"

《民主报》燃烧着。

远在成都慈惠堂培根火柴厂的张澜，连日来，委实悲愤不能自已。

他未曾停下自己愤怒的笔——那是心底的呐喊：

……新的中华能够捣毁的吗？民主能够烧化的吗？如果搜查、打杀，能够制服对手，能够赢得统一，那实在太过天真！……

堂屋里，大女儿茂延和赵育明在宽抚着放不下心的刘慧征。

刘慧征还是连连叮嘱着："茂延，你转学到川大了，可得好好保护着点爸爸。"

茂延决然颔首："嗯。"

赵育明有自己的考量，宽抚着："师母放心，蒋介石要动校长，怕他还不敢！"

刘慧征依然放心不下："我看这个蒋介石，什么事都做得出来。"她又将忧忧的目光投向二楼。

透过窗口，一缕灯光映照出张澜秉笔疾书的身影。

屋中的主人已是情难自禁，眼里闪划出两注跟谁在对阵的光电。

呐喊在继续：

……委员长先生，较场口血案的制造人、捣毁《民主报》《新华日报》的主使人，必须查出来，示众、严惩，不得人心的特务组织必须取缔！不如此不足以平民愤，不如此只会失去民心。我想委员长先生一定清楚四个字——"物极必反"。

从来安宁的慈惠堂街，今天安宁不下了。

一支"铁血锄奸团"的示威队伍与蒲生他们一批纠察队的工友干上了。一边在贴标语，一边在撕标语。

"就凭你们还想打倒我们校长？"蒲生耻笑着，"工友们，把这班龟孙子统统打趴下！"

混战益烈！

张澜的呵斥猝然传来："住手！"

寻衅的示威者一时摸不着头脑，而蒲生一批工友愣怔之下，也停住了手。张澜几步过来，一乜墙头"打倒张澜"的标语，又一睃来者，耻笑着："嘢，还是'锄奸团'？好！"

不啻"锄奸团"，连蒲生一批工友都犯蒙了。

张澜目光直趋领头的"团长"，劈头一问："晓得什么叫'奸'吗？"

"团长"一时语塞："奸？奸就是……奸！"

蒲生与工友们也发出一阵耻笑。

张澜道："你连'奸'都没搞清楚，又怎么来'锄'呢？"

"团长"打量着眼前这个老家伙，问："你是谁？"

张澜道："我就是你们要'打倒'的张澜。"随势一点标语上的大名。

"你就是……张澜？""团长"不谅要打倒的人竟是这么个老头，刹那间的愣神后，立马省悟，"要打倒的就是你这条共产党的尾巴——张澜！"

"锄奸团"的人又蠢蠢欲动："打倒张澜！"

蒲生气火攻心，手一招："把这帮龟孙子先'打倒'了！"

众工友刚要出手，顿时被张澜的笑声给"笑"住了。张澜奚落着："这里是有'尾巴'。"

对峙的双方又都犯了蒙。

张澜猝然一揭："这'尾巴'不是我张澜，是你，是你们什么'锄奸团'。"

"团长"恼极而笑："我堂堂'铁血锄奸团'是尾巴？哈哈哈！"

"锄奸团"的旗号下顿时卷起浪笑！

张澜回以微微的耻笑："你们认识我张澜吗？你们了解民盟吗？"

浪笑者面面相觑了。

张澜继而再揭："既不认识我，又不了解民盟，还来'锄奸'？你们不是做了指使人的尾巴吗？"

"你张澜才是尾巴——共产党的尾巴！""团长"倒没有忘记使命。

张澜呵呵一笑："共产党可不需要尾巴。我张澜七老八十了，也不晓得怎么做人尾巴。你们是奉谁的指使？收了多少佣金？这个'尾巴'还是留给你们自己。"

"团长"显得底气不足："你血口……"

"啪！"蒲生于神不知鬼不觉间，捞起一捧糨糊，连着标语一把将"团长"的大嘴贴住。

工友们见状大乐！

头领又窘又恼，又抹又吐，手一挥："打！"

"锄奸团"群起出手，直扑张澜。

蒲生一帮工友紧护着张澜，手脚并用。

张澜止住蒲生，反而迎上一步："就凭你？回去告诉你的上司，我张澜既敢骂委员长，还怕你们这几个小'尾巴'的拳头？"

蒲瑛与周锋此刻又率领一批工友赶来，顿令"锄奸"示威者威风不再。

"团长"似乎并不慌张："你们不要得意得太早。走！"他不怀好意地一乜张澜，反身离去。

这些"尾巴"实在太不了解张澜，几只拳头焉能吓退铮铮倔老头子？其实就连儿女们，也不尽了解老父亲，平素对一脸肃然的父亲差不多个个心生敬畏；他们并不太清楚父亲对他们的爱。

白天"锄奸团"的事，使做父亲的心里更有一种歉疚——那是对儿女们的。因为自己给儿女们带来太多的不安、痛苦与磨难，那是一般做儿女们的未必能遭遇上的。

深夜里，张澜没有了平素的严厉，而是关爱地巡看着熟睡的继延、惠延姐妹，又踱到旁边张崙的床头。

熟睡的张崙在梦中甜甜地笑着，还不时咧开小嘴。张澜也不觉被逗笑了，他轻轻地拿过床头用竹篾编扎了一半的小飞机……

小张崙天真美好的心愿仿佛又"飞翔"起来："爸，我要扎一只飞机，和你一起飞到延安去！"

张澜倍觉温暖，不觉遐想难禁："延安……"

夜，万籁无声，也显得满是蜜意柔情！

突发的炮火，摧毁了夜的蜜意与柔情，也震碎了昏蒙云空的寂静。

在国民政府还都南京一个月后的1946年6月26日，蒋介石委员长终于撕毁了假面具，向中原解放区大举进攻，国共内战全面爆发。国人对于和平、民主、统一的企盼彻底破碎。多难的中华民族再度陷入"最危险的时候"！

自然而然，要冲破危险，要拯救中国，只有一条路可走，那就是反内战！

上了戴笠黑名单的李公朴、闻一多们，乃是云南"民主先锋"。

"不想亡国灭种的同胞们，不要沉默，喊，喊——我们不要内战！"

"记者朋友呀，快拿笔传递民众的心声——内战不得人心！"

——李公朴、闻一多们的呼吁与召唤，一时风靡云南，成了云南老少妇孺的"口头禅"。

1946年7月11日晚，奔走呼号了一天的李公朴实在累了，拉了夫人张曼筠到昆明小街上"松松脑子"，体贴的夫人真有点"受宠若惊"。两口子正极难得这般情意浓浓地倾吐着什么……

幽灵似的两个便衣特务冷不丁地从背后的斜巷子里闪出，从衣兜里横起无声手枪，冲李公朴扣下扳机。

于无声无息中，李公朴中弹倒地。

四天后的下午5点半，闻一多开罢记者招待会回西南联大教员宿舍。大书生拎着包，专心地看着报纸，不时估量着什么；须臾，见快到家门口了，即收拢报纸。

蓦然间杀出一对匪徒，端起美式冲锋枪一阵狂扫。闻一多先生在刺耳的"嗒嗒"声中，即刻倒地身亡。

他们来无踪、去无影，暗杀得可谓天衣无缝。

战区大地图上，一条代表国统区，一条代表野战区，两条线同时并举，进而一统中国——蒋介石的战略大计在紧锣密鼓地实施。

1946 年 7 月 18 日，蒋介石在南京的紧急军事会议上，抬手往东北一指："东北是战略制高点，绝不能让共军抢占了先机。美国政府提供我们的五千一百七十万美元军用品已经到位，他们的海陆空顾问团也已经成立，消灭共匪只是……"

秘书官轻步进门，走到蒋介石跟前报告："民盟总部呈来张澜的抗议电。"

蒋介石不耐烦地抓过电报一瞥。

张澜的声音仿佛从电报里一穿而出："……委员长保障人权的四项承诺，不独未见实现，今日反而变本加厉，四天之内，居然接连暗杀了两位奔走民主的战士！……"

蒋介石呵斥道："执迷不悟！"

"抗议对于蒋介石来说，怕是没有用了。只有发动各界团体，联合召开追悼会，让国人、让全世界看清现在中国的法西斯蒂真面目。"

——这是 1946 年 8 月 3 日，在崟华寺街 48 号慈惠堂孤贫儿童工读所，民盟召开紧急会议上张澜主席由衷的感言。

张澜与鲜英、周锋、蒲瑛、肖子群、邓灵轩一些新老盟员在磋商着。

鲜英介绍着："重庆的追悼会已筹备就绪，我们特地请省政府的李伯申和周炳琳做主祭。"

张澜当即首肯："好主意！"

蒲瑛进而提议："那我们是不是也给张群请来，他是四川省主席。还有川康绥靖公署主任邓锡侯……"

周锋臂一扬道："用四川政府的手，来打中央政府的巴掌！"

张澜拍案定夺："好！"

大计方针一定，大家便分头行动。重心自然是在追悼会的主会场——成都蓉光电影院。

风云又突变。赶到电影院的蒲瑛和周锋不由得吃惊了。

蒲瑛急问："经理给谁带走了？"

员工回答："警察局，说我们要是把场地借给你们开追悼会，他们就砸烂电影院。"

周锋顿时来气："我们的人都被他们杀害了，还不让追悼？！"

蒲瑛与周锋不会料到，他俩的行踪，已被影院对过二楼咖啡馆包厢中的人监察得一清二楚。此人姓王名介中，四川省警察局保警大队副，年近不惑。

王介中问："就是他俩来联系的？"

五十来岁的平头经理往对过一瞄，只得点下头："嗯。"

王介中又问："他俩叫什么？"

经理几乎脱口而出，又急忙收口："不、不晓得。"

王介中警告着："老实告诉你，民盟是想借追悼会搞暴动！你电影院想要开下去的话，就让他们滚蛋！"

追悼会光明正大地下力筹备着。

慈惠堂理事长室几乎成了"筹备的神经枢纽"。

登记的、赶来联系的、彼此商议的，相识不相识的，大家为筹备追悼会忙得不可开交。可想而知，大家心里都憋着一股劲！

张澜听了蒲瑛与周锋的通报，两眼一横："做贼心虚！不用理会。"

鲜英由蒲生陪护着一跨进门，便亟亟告知："表老，情况不妙。"

一些个忙活的人闻言愕然，不少人将目光投射过去。

"怎么？"

"张群突然离开成都了。"

"去哪里了？"

"鬼晓得！"

张澜双眉一皱，略作思量道："哼哼，他是想摆脱干系。那就……请邓锡侯来主祭。"

鲜英微叹一气："唉，电话联系了，他也想推辞。"

周锋急得嗓门都粗了："追悼会都要开了，他们怎么能言而无信？！"

蒲瑛倒有耐心："邓锡侯总会买校长的面子，老校长你是不是……"

张澜果断地回绝："不。危难时候才能看出真假朋友来。谁也休想搞掉我们的追悼会！"

针尖对麦芒，咖啡馆里的行动也不慢。

王介中严厉地交代着一班便衣特务："按分工，马上行动，必须搞掉追悼会，特别不能放过那个倔老头，这个民什么……盟的主席张澜！"

1946年8月18日清晨，天有情，雨霏霏。

蓉光电影院大门外，横跨街心的牌楼气势如虹。两旁的对联是："为民主而牺牲，精神不死；是国家之损失，举世同悲。"

送挽联的、抬花圈的、只身戴白花参加追悼会的，一个个、一群群的，冒着雨，纷至沓来。

一些便衣特务从中作梗，拦的拦，吓的吓，拖的拖，把来参加追悼会的青老妇孺搞得莫名其妙。

便衣驱喝着："这里有暴动。不想惹事，就走人！"

"暴动？！"

有人真被吓住了。

"别听他的，让开！"

有人扛着花圈直往台阶上冲，即刻有便衣横肚里冒出来阻截，顿时间双方扭扯着，闹作一团！

气氛煞是反常。

而会场内，多半座位早已被赶早的人占了，外面的人还在陆续往里进。

前排的赵育明还是坐的华西坝"国是座谈会"时候差不多的位置，扛着一面红旗。

“育明，你看——”

女伴发现了什么，赵育明随势一望，但见二楼前排居中坐着一群脸色不善的警察，很有点虎视眈眈；再巡顾楼下，不时见到一些显然不是来追悼的便衣，他们只是认人、抄挽联，四下“转悠”。

赵育明的心抽紧了，悄声道：“今天要出事！”她关切的目光立马投到祭台上的张澜身上。

周锋正跟张澜在耳语：“邓锡侯还没有到。”

张澜眉头微微一皱：“再等等。”

对手却没有等。

在军统局四川分理处，徐中齐在给邓锡侯打着电话：“我说邓主任，你不如就去住个医院什么的，何苦惹恼蒋委员长呢？”

蒋委员长当然生气。什么追悼会，分明是拿死人压活人！

远在南京的蒋介石听了四川省主席张群的报告，在电话里告诫下属：“你是四川省主席，他们是拉你这张虎皮，想来个一箭双雕！……嗯，好的。”

四川的张群人还在床上，听着委员长的告诫，只能诺诺应承：“……是、是。警察局已有布置，那我就……先回避了。”

谁又能料到，一个李公朴、闻一多的追悼会，竟牵动了最高当局的神经。

成都咖啡馆二楼包厢里的王介中，不用说，是身负重命。对于密探、暗抓、密杀，他已从上峰戴笠那里，偷来不少拳头，算得是“老道儿”了。他一边监视着对过的电影院，一边不忘搂着个标致的咖啡女郎，“老道儿”地“密探”着女郎可人的胸乳；少顷，目不转睛地吩咐：“去告诉场里的弟兄，一定搅乱它！”

随身警卫眼热地暗睃一眼娇嗔中的女郎，立马应命：“是。”

透过王介中的视线，我们可以看到电影院大门外，又两批大学生、中学生打着白色旗子赶来。

便衣挥手驱喝："都来暴动怎么的？快回去念你们的书！"

"我们是来参加追悼会的。"

学生们还是往台阶上挤。

而此刻的会场内，一千多与会者，把会场挤得爆满，不少人只得站在走道里。

祭坛中央悬挂着李公朴、闻一多的遗像，横额是"以身殉道"。两旁的对联是："是民主先进，为和平之神。"坛前挂着六串大孝球，整匹白布扎成的球体直径足有一公尺（米的旧称）长。坛间、灵桌上，烛光成行，直对着遗像。祭坛两侧满摆着祭幛、挽联、花圈，摆不下的都有序地堆放着。

张澜判断出什么，决然地转对邻座提示："不等了。就请秘书长先生主祭。"

李伯申允诺着，欠身踱步至讲台，肃穆地宣告："追悼李公朴、闻一多烈士大会现在开始。全体起立，唱悼歌——"此公大名李伯申，系四川省政府秘书长。

哀婉中透出悲壮的音乐响起。

一个个与会者肃然伫立。

从大门外往里挤的人站住了，走动的人停下了，连便衣们也不得不挺直身子。

……

民主负上创伤，

自由躺在血里，

和平成了屠手的外衣，

这是历史上最黑暗的一天！

……

坛上、坛下，追悼者同怀悲愤。

合唱团团员仰顾着已泪不能禁的指挥，一样悲愤难抑：

只要战争，不要和平！
只要屠杀，不要人民！
杀手无寸铁的书生！
杀忍饥耐寒的教授！
……

二楼包厢里的王介中坐不住了，手里的咖啡杯一顿：“哼，何止是杀区区两个教授！”

娇嗔着的作陪女郎亦不由得下意识地打出个冷战。

“小美人，不会杀你的。”王介中摸捏着高耸乳房的手从女郎内衣里抽将出来，在她粉脸上拍了几拍。

饱和着寄意的合唱声溢屋穿空：

安眠吧，战士！
一个倒下，
起来的是千个、万个、千万个！
……

但见会场内——

坛上的一个两个……神情庄肃的主席团成员；

坛下的十个一百个……满噙着泪水的追悼者。

但见会场外——

门口、台阶下、牌楼里，一样是闪烁着泪光的吊唁人。

王介中的警卫从场内出来，跟显然是便衣特务头目的紧紧咬着耳朵，交代下什么。

此刻远离蓉光电影院的潘文华公馆内也没有闲着。

潘文华交代着一个便衣队长："若有人加害张澜老先生，你们一定给我保护住。记住，不准暴露自己的身份！"

"明白。"

一样远离蓉光电影院的协和医院住院部，躺在"病榻"上的邓锡侯又别是一番心境："唉，徐中齐坏了我的名节，对不起表老哇！……"

亦是远离蓉光电影院的张群，乃至远在南京的蒋介石就更不用说了——都不曾闲着。

当然，"区区"一个追悼会，场外的种种恩怨是非、悲喜恨爱，会场内的人一无所知。

主持人李伯申已介绍了李公朴、闻一多两位烈士的生平，又郑重引见道："现在请民盟中央主席张澜先生代表大会，代表民盟，也代表家属张曼筠、高真致答词。"

一时间，会场里鸦雀无声。

张澜在同仁的遗像前端端地鞠了一躬，旋即走到坛口讲桌后，老眼里已是泪光盈盈。

会场里唏嘘之声也随之而起。

"他是共产党的尾……尾巴！"

那个到慈惠堂闹事的"铁血锄奸团团长"一声嚷出，还是在"尾巴"上下意识地打了个疙瘩。他的同伙借机捣乱：

"不要听！"

"滚下来！"

赵育明唰地站起，愤然指斥："不许捣乱！"

周锋此刻也扭首回击："这里是成都，不是昆明！"

周锋、蒲瑛、肖子群、邓灵轩一些骨干都坐在第一排边上，紧挨着赵育明他们。

乐伯勋没有在便衣堆里，而是跟进步学生坐在一起。旧情使然，他的目光捕捉着周锋与蒲瑛一对。

张澜鄙夷地一瞥特务道："周锋先生说得对，'这里是成都'。难道你们也准备好了无声手枪？美国送来的冲锋枪？那就去阴暗角落里躲着；今天这里是烈士的灵堂，是在祭奠死了的英魂！”

举场为之肃然！

张澜饱含着浓浓的真情道：“张曼筠女士失去了公朴，高真女士失去了一多；她俩都失去了至亲至爱的丈夫！我们失去了多少年来一起为民主而披肝沥胆战斗的同志——多么好的同志呀！我们常常顾不上妻子儿女，没日没夜地办学校，参加救亡，组织同胞救国。公朴胃不好，一多身子弱，多少回，我们一起熬夜为《民主报》赶稿子，公朴还昏过去两回！我们都被抄过家，都被抓过，公朴还坐过牢……到头来，他们还是没有逃脱刽子手的屠刀！……被见不得人地杀害了！……”他胡须抖颤，哽咽着说不下去。

唏嘘、抽泣之声益发地漫延开来。那是一种无声的悲恸、无声的抗议！除了受命来禁锢、来钳制的便衣特务们，大凡吊唁者，莫不能感悟到这无声中远胜于有声的沉默的力量！

张澜自然感悟到了这沉默的力量。他怎么也止不住自己悲切的心境，声音有些许喑哑：“为什么？他们是为的什么？是为了妻室儿女吗？现在妻子成了寡妇！为了自己升官发财吗？现在连头颅都被砍掉了！他们就为一个——民主，就为多少年被害穷、被害苦了的中国老百姓能有一个民主的中国！一个新的中国！”

会场里迸发出再也按捺不住的哭声，伴随着声震屋宇的掌声，犹如狂风扫落叶，席卷而起。那了得的声势，何曾有过？！又有谁人见过？！

大门外，牌楼前，排着队的、聚成堆的、单个伫立着的，越来越多的追悼者卷入哭声与掌声的狂潮中，人人不能自已。

一些个便衣特务也慌神了，不能不悬起心，不时瞄向对过咖啡馆内的二楼包厢，似在等待什么……

包厢里的王介中两次掏出白手绢，欲发讯号，又自己止住了。

侍候的咖啡女郎故作夸张地赞叹：“哟，这么漂亮的手绢，送我好不好？”发着嗲，伸手想拿。

王介中一把将咖啡女郎拨开：“这个不能碰。”

咖啡女郎翘着小嘴：“不就是一块手绢？哼！”

王介中大概不会料到，场内二楼前排的警察，有的于不知不觉中，被张澜平实真切的悼词打动了。当然仍有“忠于职守”的警察漠然视之。

楼下的便衣们在磋商着什么，不时瞄瞄楼上的警察。

大学生堆里的乐伯勋也鼓着掌，不无动情的样子，而眼珠子却从周锋身上挪移到二楼警察队长这边，像是在对接暗号一般；少顷，又将目光滑向周锋，似在告诉警察队长什么。

而赵育明等大学生与周锋、蒲瑛、肖子群、邓灵轩们，以及大多的与会者，已完全沉入深切的追念中。

张澜的泪眼里此刻折射出两注犀利的光闪，心声不抑自出：“李公朴和闻一多同志死了，死于无声手枪和美式冲锋枪下。我敢说一句——他们是死于政治暗杀！今天，揣着无声手枪、藏着冲锋枪的凶手们是不是还准备暗杀呢？”

举场默然！愕然！愤然！

张澜有心点明：“刚才的悼歌唱得好——‘一个倒下，起来的是千个、万个、千万个！’你们暗杀得光吗？！”

呼应在场中一穿而出：

“绝杀不光！”

“只会越杀越多！”

…… ……

张澜断然首肯道：“对，杀不光。到头来，反而是暗杀的人变作杭州岳飞庙里的秦桧、王氏、万俟卨、张俊，永远跪在岳飞墓跟前，遭千人咒、万人骂，遗臭万年！”

与会者不约而同地将目光扫往便衣特务与警察们。

张澜继而进逼道：“假如国民政府还算是一个政府，就必须严办凶手和幕后指使人，绝不能让他们再逍遥法外！”

赵育明振臂一呼：“严办凶手！”

应者同仇！

蒲瑛接上：“严办幕后指使人！”

应者敌忾！

乐伯勋心下暗自一抽，幽幽的目光瞄住蒲瑛，几近下意识地闪忽了一下。

张澜的心潮一泻而出：“李公朴和闻一多两同志为民主而死，我们要前仆后继，把民主争到手。本人决心步两同志的后尘，为中国的民主、和平，鞠躬尽瘁，死而后已！”

还不待掌声鼓起，楼下、楼上的便衣特务即呼喊开来：

“张澜反对政府，打倒张澜！”

“打倒张澜！”

赵育明、蒲瑛、周锋着即回击：

“打倒特务！”

“打倒阴谋家！”

“民主万岁！”

会场里从口战发展到动手，随即便骚动开来。

身为四川省政府秘书长的李伯申自然不愿陷入泥沼，趁着骚动，独自退身门外，在早恭候着的警察保护下，悄然乘上小轿车。

二楼包厢的王介中一见秘书长的小车驶走了，立马起身：“就看我们的了。”他响响地亲了一口咖啡女郎，着即掏出白手绢。

在电影院大门外的特务，瞄见大队副用白手绢抹了一把嘴，旋即不经意地一挥。

——讯号发出了！

众便衣特务着即齐齐出手。

此刻与会的人们多半已散去。

未几，张澜在蒲生、蒲瑛、周锋、肖子群、邓灵轩以及赵育明等大学生的护送下走下台阶。

“铲除民主同盟！”

“打倒盟主张澜！”

一个站在警察身边，穿着蓝布长衫的特务，瞄准刚下台阶的张澜，将一纸包猛地砸了过去。蒲生反应奇快，扬手接住，不觉“哟”出一声——原来纸包的豆瓣酱里掺着玻璃碎片。

蒲生接着纸包的手顿时渗出鲜血。他火了，反手回掷过去，砸中了蓝衫特务的肩头。

混乱中，又有纸包横飞过来，赵育明用旗子一划，劈开一包，包里的豆瓣酱连同玻璃碎片着即飞溅开来。

一不小心，还是有纸包砸中张澜先生的右臂。

蒲瑛提醒着兄弟："快拉黄包车来！"

蒲生应声钻出。

肖子群、邓灵轩与一些愤怒的群众此刻已围拥上来：

"你们干什么？"

"不准行凶！"

火极的赵育明此刻已不让须眉，以旗作武器，横空怒扫，当即撩翻了几个特务。又有特务反扑上去，大学生们迎头顶上。

张澜冲着一个头领斥问："无耻之徒！你们怎么不用手枪？！不用冲锋枪？！"

"看你还硬？！"头领恼羞成怒，刚挥出警棍打下，被邓灵轩架开。

又一根警棍横肚里划出，捅到了张澜。赵育明眼快，一竿子把偷袭者扫了个狗吃屎。

混战中，蒲生的黄包车横冲直撞而来，带倒了几个没防备的特务。蒲生急催着："校长！"

蒲瑛和周锋急忙扶张澜上车。

机灵的蒲生刚撑开车棚，几乎同时间，一个身着黄色短衣的特务，从警车后穿出，把一只盛着红色毒药的瓶子向张澜的头部猛砸过去。

"砰！"瓶子砸在车篷骨架上，玻璃碎片连同红色毒药水四溅开来，张澜还是被扎伤了，头上、胡子上尽是血水与红色毒药水。

"打死张澜！"

一声号令出，又一些特务开始围袭黄包车。

赵育明撑着旗竿，从天而降，将为首的几个扫倒。蒲生也捏着黄包车拉杆作武器，一旋，打翻了两个。

黄包车里的张澜大吼一声："都住手！我倒要看看，你们今天是怎么打死我张澜的！让他们打！”

赵育明、蒲生、蒲瑛、周锋几人一时愣住了。

一些个特务也愣住了。

蒲生哪肯错过这个脱险的一瞬间，拉起车便走人。

“别让他走！”

正是特务们又当头拦截，赵育明们准备杀开血路之刻，一队显然训练有素的“便衣”横插而入，为黄包车破开一条去路。

突然杀出的“便衣”，把特务便衣，连同蒲瑛、周锋、赵育明他们闹蒙了。怎么回事？来者是谁？

来者正是潘文华司令的特遣队。

特遣队的队长抓住双方愣神的空隙，亟亟跟蒲生飞眼示意。

蒲生着即意会，一秒钟都不耽搁地拉起黄包车斜冲而出，还给便衣特务们甩出一句话：“再见，秦桧、张……什么俊们！”

一回到家，见着丈夫这么一副模样——眼睛睁不开，脸上、胡子上、衣服上都血糊糊的，刘慧征心疼得直诅咒：“这帮特务简直不是人！”

她替丈夫张澜轻轻洗擦着伤口，张澜痛得直抽冷气，提着醒：“先把脸上的碎玻璃弄掉。”

刘慧征从针线篮里取过纳鞋底用的小镊子，便替丈夫夹取起脸上、胡子里的碎玻璃。

三女继延替老父轻揉着被捅伤的腰，不觉泪眼蒙眬。

张澜眼一瞪道：“哭什么？他们要的就是眼泪。”

继延硬自忍住了哭声。

刘慧征依旧诅咒着：“这个蒋介石，还‘民’什么‘主’？简直比过去的皇帝老爷还……还……”

张澜接着口：“独裁。”

“嗯，独裁！”刘慧征不好意思地望一眼丈夫。

“呵呵，有其夫，必有其妇——也‘民主’上了！”

“都成血人了，还笑！”

蒲生推门而进，告诉道："校长,《华西晚报》《大公报》的记者朋友来看你了。"

张澜道："喔，请。"

宋兰英和她的报业同行随即进门。

刘慧征招过继延："快把这水去倒掉。"

记者的敏感使两对目光不期而然地投落到盆中血水里。

继延端过血水盆就出门。

张澜的脸上仍有碎玻璃，没法清洗，还是血迹斑斑的。

刘慧征气愤地揭露着："那砸人的红药水瓶里有毒，手碰着都痛。"

宋兰英有点急："要不要送医院？"

张澜头微微一摆："不必了，家里有夫人，更安全。"

宋兰英顿时联想到什么，判断着："从绑架民盟北平市委负责人孙中原，到暗杀昆明民盟中央委员李公朴、闻一多，不能不让人怀疑在国统区，政府真把矛头也对准了你们民主同盟！"

张澜听凭着夫人洗擦，径自数落开来："在前线，在战场上，他们把共产党当作不共戴天的大敌；在后方，在国统区，他们又把地下党、民主同盟当作了势不两立的大敌。他们害怕'民主'，因为民主一来，'独裁'就要垮台。"

继延又端了一盆清水进来。

刘慧征扶过丈夫道："先浸一把脸。"

张澜着即把脸浸到清水里。

刘慧征扶托着丈夫，一面轻轻用湿毛巾捂干他脸上、胡子上的水，一面提着醒："你自己也得留点神，不要'民主'还没来，你倒先……"

她不敢点破"犯忌"的话。

张澜不以为意地笑笑："从三十五年前的'保路运动'，对着督军赵尔丰的枪口那一天起，我张澜就把性命交出去了。"

一旁的继延也帮着母亲，小心翼翼地夹出几块小玻璃碎片。

张澜接过女儿手里的血色玻璃碎片一亮，道："这就是凶物——

罪证。这种阴谋手段，只能暴露政治的黑暗，难道还会有其他什么收获吗？”

《华西晚报》《大公报》《新华日报》……迭相推出——《“民不畏死，奈何以死惧之”》《争民主的牺牲》《李、闻惨案与成都暴行》……

“成都暴行”四天后，8月22日，中共代表周恩来、董必武、邓颖超等五人发来专电慰问张澜：

成都慈惠堂张表方先生道鉴：

报载十八日李、闻追悼会上，特务捣乱，先生受惊，谨致慰问。成都暴行，更证明昆明暗杀为特务系统之所为……

崇尚客观与正义的报道，尤其是周恩来的专电，令张澜感慨万千！也令张澜产生了强烈的共鸣。且听听——

不粉碎特务系统，中国人民不能安生，民主政制无法建立。为民主必须反特务，愿与先生共勉之。

刘慧征仿佛也感悟到丈夫心底的共鸣，问：“是恩来先生他们发来的？”

“嗯。”

“这共产党跟他国民党就是不一样！……”

“所以慧征你用不着悲伤。润之先生说得好，‘光明在望’！”

“光明？……”刘慧征凝视着盆里的血水，止不住半疑半信。

继延进门来通报：“爸爸，又有两位不认识的女客人来看你。”

张澜微微一怔：“不认识的？……请。”

门口出现一个老妪与一个姑娘。

张澜没有认出她俩。

姑娘肩上扛着一小袋东西，一手搀扶着老妪；两人一进卧室，见着伤痕斑斑、满脸肿胀的张澜就止不住扑将上去。

老妪泪眼汪汪道："恩人哪，你的伤……"

张澜宽抚着："一点小伤，没事。"

"大嫂子，来，快坐下。"刘慧征连连去拉扶老妪坐下，旋即与继延出了门。

老妪定定地巴望着张澜道："听说恩人叫特务打伤了，我几天睡不着，干脆跟女儿赶来看看。"

张澜依然困惑着："您老是？"

"恩人不记得了？您毙了那个该千刀万剐的晏老爷，救了我家女儿……"

"噢，您老是裘一春他妈，你就是一春的小妹？"

姑娘感慰地点点头。

老妪顿时来了气："恩人不要再提那个忘本的东西！"

张澜觉得莫名其妙："一春兄弟怎么了？"

老妪叹息着："丢脸哪！"

姑娘替老母亲回答："他一直瞒着我和妈，前个月他路过乡里回家，穿着一身黄尼军装，原来早就当了国民党的军官，还是个什么……警察！"

老妪哀怨地喟叹着："唉，我还老当他记着恩公你的教训，在做好人哪！没想到……要是他做出什么没心没肝的事来，那可怎么跟你交代呀！哎，打伤你的坏东西里，不会……有他吧？"

张澜憋不住大笑起来。

母女俩相顾茫然。

这一笑，也把张澜自己的伤口给笑痛了。他不得不强自忍着。

眼尖的小妹发现了，连忙上前抚摩："是伤口？……"

张澜头一摆："没什么。你们放宽心，一春就包在我身上。"

"真的？"老妪虽说闹不明白，可笃信眼前的恩人张澜。

做妹妹的顿时喜出望外，一把搂住老母亲道："妈！哥哥他……"开心释怀的泪水竟长流直下。

刘慧征端了两碗醪糟蛋进来，招呼着："大嫂子，尝尝我做的醪糟蛋。"

老妪犹豫地喃喃着："这……怎么好意思……"

姑娘示意扛来的口袋，轻轻提醒道："妈——"

老妪"噢"了一声，连忙去打开口袋："恩人受伤，也没什么送的，只带来一点川北红枣……"

轮到刘慧征不好意思了："哎呀，大嫂子，表方他可从来没有收礼的习惯。"

老妪佯作生气道："他不收，我就把女儿这条命'还'给他。"说着，便将女儿往张澜跟前一推。

张澜也故作夸张地一叹："唷，看来不收，要闹出'人命案'哪！"

一屋开颜。

蒲瑛和赵育明雀跃而进："校长！"

她俩突见有客人在，吐吐舌头，礼貌地跟老妪与姑娘点头致意。

张澜介绍着："呵，是我们的'巾帼英雄'！"

赵育明道明来意："我们川大同学来看你了。"

门口，来的人真还不少，不光大学生，还有各界人士，大黄桷树下站了一片。大家一见敬重的老校长出来，即刻围了上去，看的看、问的问，一个个都惦挂着表方先生。

"老校长，这民主还斗得过黑暗政治吗？"

"蒋介石好像是志在必得！"

赵育明大不苟同，说道："他是'单相思'！"

蒲瑛不觉"扑哧"失笑。

张澜沉吟着，幽默地一点："有你们这份求民主的热心，'民主'还敢不来吗？"

大家被逗乐了。

张澜的神情慢慢变得凝重："殴打、暗杀，只能说明他们的自卑和虚弱，他们的见不得人。我给蒋介石的信上有四个字——'物极必反’。”

然而蒋介石绝不允许“物极必反”，绝不允许“在望”的光明存在。1946年10月11日，国民党军队占领张家口，于是忘乎所以的蒋介石便彻底撕毁“政协会议协议”，宣布于11月12日由国民党一党召开国民大会。他到底亮出“底牌”——要一手独揽天下了！

第十二章　生死抉择

重庆上清寺的特园，今天变得格外清秀、迷人。

鸟瞰下的特园，楼层错落，回廊曲折，花木藤蔓环绕其间，各领风骚，大有民主的温馨。是呀，今天，迷人的温馨是在迎候民主的故友。

蒲生拎着那只旧藤箱，还是一步一跳的，刚拾级而上又怔住了——

张澜定定地瞻仰着“民主之家”的匾额，感慨不迭：“回家了，又回家了！”当年因为抗议蒋介石无诚意，愤然出走，一走便是五年。弹指一挥间哪！若不是民盟南京总部催请，他还懒得挪身哪！

特园的主人鲜英自然开心异常，就着天然的“葡萄屋”，设宴欢迎“阔别”的张澜。

金竹生与蒲生也相伴作陪。

鲜英打量着老师与知友，仍不无忧虑：“你病还没全好，这千里迢迢的，要奔南京、上海，身体吃得消吗？”

张澜浩然一叹：“国事不等人哪！南京总部的黄炎培、罗隆基他们催了多次，特别是……”

鲜英揣摩出什么：“是担心蒋介石？”

张澜沉思着徐徐道：“他现在有点得意忘形。美国人在后面撑腰，他在前面放肆打内战。今天订协议，明天就撕毁；他是非要灭掉共产党不可！”

金竹生往张澜碗里夹着菜，半戏半真地直言：“我不懂你们男人的政治，可凭我做女人的眼睛看，像毛主席、恩来先生这么好的人，怎么能去‘灭’呢？只怕蒋介石也‘灭’不掉！”

一座不觉为之动容！

鲜英不觉脸上生光，乐呵呵地赞道：“夫人高见！”

“没错，高见！高见！”张澜不由得夸奖着，随即目光一横，“蒋介石是想做皇帝。他已经放出风来，要一党包办国民大会……真有点迫不及待了。”

鲜英还是举起酒杯替师长饯行道：“表老此行任重道远。来，为我们期盼的和平、民主、统一。”

张澜老规矩，以水代酒回礼：“但愿！”

要暂别了，张澜自然要跟钟情的嘉陵江辞个行。这可是不能不去的，而且是不由自主的。

老人来了，一位须发皆白的老人。他久久伫立在江滩上，近乎痴情地瞩目着“母亲河”。滔滔的波澜在他深邃的眼睛里涌动着，更在他心里涌动着：“嘉陵江啊，你可记着呀，这谈判、这内战、这黑暗的政治！……张澜此番要随你东去了，但愿……”

正“但愿”着，蒲生陪着宋兰英赶将来。从两人的神情看，显然又发生了什么事！

“老董事，你看——”宋兰英递上一份《大公报》。

特写标题：

南京国民政府决定十一月十二日

正式召开国民代表大会

张澜虽心有准备，还是被震恼了：“蒋介石真想独手遮天了！”

心忧天下的张大书生震恼之下，决然以民盟主席的名义，召开了记者招待会：

“大家看看，这是国民党、共产党和各党派在重庆签订的‘政协会议协议'，白纸黑字写得明明白白，必须在组成联合政府之后，共同协商国民大会事宜。”他高高地亮出“协议”。

众记者也着实吃惊了。

“怎么说撕毁就撕毁？”

“也太言而无信！”

宋兰英调侃着：“想做皇帝也不用那么心急。”

有人苦笑了。

“你们晓得这意味着什么？”张澜一晃报纸，一语破的，“他蒋介石是横下心——要把内战打到底了！”

一言震撼全场！

在南京国民政府的军事委员会作战指挥室里，战区大地图上，国民党军的黑色箭标汹汹然直迫中原、东北、晋冀鲁豫，尤其是粗箭头直指所向——延安。

蒋介石踌躇满志：“戡乱势在必行，而且要速战速决！我拿下了张家口就是在共军的胸口插上了一把尖刀。东北一抢占，延安一拿下，我看你毛泽东这回再往哪里逃——再没有第二个两万五千里长征啦！”

一座庆喜。

蒋介石又道：“诸位不是政府官员，请你们到作战室来，意思我想大家都明白。前线大局已定，召开国民大会已是当务之急。”

邵力子提醒着：“周恩来已代表共产党宣布拒绝大会。”

蒋介石不以为意：“此一时，彼一时也。现在不是重庆谈判的时候了，他们没有资格跟我再讨价还价。只要把第三势力拉住，共产党就彻底孤立了！”

张群、陈立夫、雷震诸下属心领神会。

蒋介石的如意算盘是够阴毒的，能否兑现呢？国共双方共同的焦点，乃在“第三势力”。大凡稍稍留心国是的中国人，都揪起了心，关注着时局一发千钧的变更。那委实是多难中国的命运所系呀！

此情下，此景中，欢送张澜出行的茶话会，诚然是不会松快的。

张澜跟同仁、友朋们端端地鞠了一躬："谢谢大家的热忱欢送。我改变主意，不去南京、上海了，免得政府方面又'造错'了舆论——把张澜当成是去出席国民大会的。"

与会者莫不觉着意外。

"表老，南京的民盟总部现在是群龙无首哇！"

"你不去，只怕国民党还会'找'上门来……"

张澜酸涩地一笑："打的打了，杀的杀了，他还有什么脸来找我们民盟？难道还用无声手枪、冲锋枪押着我们去出席什么'国民大会'？"

有人苦笑，有人叹息，更多人是悲愤的默然，默然！

张澜认定理就不会拐弯，这是表老的人格操守。未几，他进而自剖："委员长撕毁'协议'，我们不能撕毁。我们就是要让中国的老百姓看个一清二楚，要分裂，要内战，要老百姓流血送命、不得安生的究竟是谁——是共产党，还是他国民党？"

吴玉章率先鼓掌了！

与会的同仁朋友鼓掌了！

吴玉章不能不为老朋友的胆识而赞叹："为中国的民主，表老可谓'老骥伏枥，志在千里'呀！"

众人刚兴叹开，冷不丁冒出一个记者问道："据我所知，你民盟中的青年党已经在考虑出席国大的代表名单，张君劢先生的民社党也有松动迹象……你们民盟何去何从，恐怕……"

话中自有深意，问话的记者就此打住。

举场不由得为之愕然！

张澜掂量着这名显然不普通的记者回答："你记者先生消息真快呀！详情我现在没有你晓得得多，但有一点我可以拿人格担保——我们民盟会对全国民众有一个明明白白的交代。"

不得不说，在风云多变、危机四伏的中国政坛上，这又是一次不见硝烟的争夺与较量。对于蒋介石来说，他有足够的自信，因为他执政，他有权。有权就有势，有势，谁敢不服？他还有钱，有钱，谁不认从？他有恃无恐，更因为有靠山——美国，杜鲁门总统已明确表了态的：美利坚合众国不会站在共产党一边。昨天如此，今天如此，将来呢？大略亦如此。蒋介石深知：不管美国怎么表示公允、公平、公正，骨子里绝不会喜欢共产党，因为他美国与共产党是两条道上跑的车，其所信仰的资本主义，决定了他绝不会允许你共产党坐天下！纵然你坐天下了，也非得围堵、制裁、扼杀掉你不可。这就是信仰与主义。

在南京青年党党部，左舜生的眼下，一张巨额支票令这位首脑人物不禁怦然心动。

特使自然看在眼里，故做笃诚情状道："这是陈立夫先生让我送来的，区区五千万法币，就作为你们青年党开展'活动'的经费。"

左舜生忖度半晌，终于领了情："今日已非比从前，我们青年党愿意和政府携手合作。"

特使友好地握住了对方的手："明智之举。"

几乎是同步的，在上海民社党主席张君劢宅第内，也上演着同一幕戏。

张君劢和张公权兄弟俩在精致的小花园随步散心。张公权乃是张君劢的兄弟，北京很有点名声的官僚资本家。

做兄弟的有些替兄长心焦，既无外人，他就直言不讳："哥，你不是一直说跟张澜、跟民盟很难在同一条船上吗？何不趁现在极难得的历史机遇，参加国民政府，一了百了？"

张君劢蓦然停住步，狐疑地追问："蒋委员长是不是要你当财政部长？"

张公权毫不隐晦道："是的。不是没有吸引力，但作为兄弟，我更关心兄长的去从。"

做兄长的默然以对了……

"听说你还跟张澜在重庆打了赌？"

张君劢头微微一摆，嘴角掠出一丝苦笑。

张公权笃信不疑："天下大势已经明摆着，毛泽东的共产党必输无疑。下决心吧，哥！”

张君劢似乎不想目睹什么，闭上了沉重的眼皮。

蒋介石导演的这一幕幕连台本戏，没有逃过洞察入微的周恩来的眼睛。

夜深了，人静了，月光笼罩着梅园——共产党驻南京办事处，卧室里倚床相伴的周恩来和邓颖超夫妻凝视着窗外的海棠树。

邓颖超细细地斟酌着什么，轻轻道：“其实在蒋介石心里，抹不掉一个‘怕’字。”

周恩来思忖着：“我看他是冲昏了头脑。不过现在……”

“你担心民盟？”

“青年党迟早要走，张君劢……怕也靠不住。这都可以预料。要冲破蒋介石孤立我们共产党的阴谋，现在民盟可是举足轻重啊！……”

静静的月华流淌在床榻间，也似在惴惴地倾听。

邓颖超权衡着：“表老不来，其实就是对蒋介石的一个回答。”

周恩来于沉重中透出忧虑：“表老是我们足可信赖的民主先锋，就怕这里总部……生出意外。蒋介石是什么手段都用得出来的。”

人静了，夜深了，被即将召开国民大会，进而制宪，登上总统宝座这一宏图大略激奋的蒋介石，也是夜不能寐。连续一些天来，他累得心甘，往美龄宫跑得也益发勤了。

蒋介石不由得寻思地“嗯”出一声。女人的思虑果然缜密，何况是夫人美龄！不啻人美，还独有见地，且善交际，是联络美方的不二高参哪！蒋介石觉得温馨，甚而得意。

宏图美景在望啊！他似乎也难得如是舒心惬意地在美龄宫里泡了个温水澡，披着浴衣出来，顿觉精神焕发。

浴池中，水雾里，传来宋美龄的声音：“青年党是过来了。民社党的张君劢是民盟中央常委，他下得了这个决心吗？”

少顷，蒋介石接过女佣送来的一杯白开水，不无歉意道：“在重庆时，我把他软禁在汪山两年，看来是误会了。我了解此人，在我和毛泽东之间，他没有选择的余地。”

浴池里的宋美龄轻轻笑问着：“那个倔老头子呢？”

蒋介石顿生忌恨：“麻烦的就是这个张澜！给他官做，不要；给他教训，他反而挺起了傲骨。软硬不吃！”

宋美龄从水雾朦胧中传来的声音渐自变得清脆：“典型的中国士大夫——清高，‘先天下之忧而忧’，这倒是可敬的品格。”

蒋介石眉一耸，鼻一“哼”。

一声珠帘的响动，从朦胧中款款步出宋美龄，披着丝质浴衣，不失娉婷风姿。

蒋介石扭首一望，眼里即刻生出光彩：“夫人真是赛过出水芙蓉啊！”

宋美龄嫣然一笑：“不是‘出水芙蓉’，你会娶吗？”

蒋介石愁颜一扫，哈哈一笑，疼爱地拥过夫人道：“不是为了一统江山，真该陪我的‘出水芙蓉’去周游世界！”

“有你这份情，我就满足了。”宋美龄回以一个温馨的吻。少顷，又问，“张澜还没有来南京？”

蒋介石目光一斜，回答：“不来了。骂我撕毁‘协议’……”

“他的可悲也在这里，不会审时度势，到头来……”

“到头来只会鸡飞蛋打！”

蒋介石伴扶着爱妻坐落到沙发里，刚想再“情”一下，宋美龄捉摸到什么，先开了口：“他骂他的，你要开国大，并没有说要撇开共产党啊！”

一语触发。蒋介石大受启迪：“有理，有理。”

宋美龄于细声慢气中道出自己的思考：“倔老头子既不来南京，其实也是一个机会。”

蒋介石一点而悟：“哈哈，真不愧是我的贤内助哇！”

夜深了，人静了，南充张澜故居南溪口的梅树林里，烟霭迷蒙，七彩闪烁，仿若天上人间。方成亲的新郎官张澜与新娘子刘慧征，亦在情话绵绵。

张澜半戏半真道："我来考考你的文化。"

刘慧征羞怯地支应："我只跟过几天启蒙老师，识不了几个字。"

张澜很欣赏妻子的淳朴，问道："那你会什么？"

刘慧征细声细气地回答："能……背一点唐诗宋词。"

"喔？"书生张澜顿时来了兴致，"李煜的《虞美人》呢？"

刘慧征红着脸，头一抵，便吟诵起来：

春花秋月何时了，
往事知多少？
小楼昨夜又东风，
故国不堪回首月明中。
……

张澜有点意外，旋即便陷入"不堪回首"的思绪中……

刘慧征此时已完全沉入词境中，"不堪回首"，却要回首：

雕栏玉砌应犹在，
只是朱颜改。
问君能有几多愁？
恰似一江春水向东流。

张澜由于意外、欣赏而至心动——他发现吟诵人眼里闪烁的"几多愁"的泪光！做丈夫的情难自禁，巴掌一拍，居然引得树上的梅花纷纷而下，如雨如雪！

待到被大女儿茂延叫醒过来，张澜方知是一场梦——过去的一个真实的美梦。

茂延急火火地埋怨："你做了什么梦？还一个劲说'好！好！'的。"

“是吗？”老父亲不能不佯作懵懂，转眼间，他发现女儿一副焦急的神情，回神出来，“出什么事了？是你妈？……”

茂延亟亟告诉：“周锋被警察局抓走了，妈让你赶紧想办法救人！”

张澜一惊，梦意顿消：“什么事？”

茂延追述着：“我们请他来川大做形势演讲，讲到国民大会时，他指责政府破坏‘协议’，说一党召开国大是非法的……同学们都坐不住了，呼口号声讨非法国大，可刚演讲完，他人还没出校门，就……”

张澜觉着蹊跷：“哦？这么快？！”

茂延又补充道：“听妈和二妹说，特务到慈惠堂、到我们家门口都来过好多次了；成都已经有人莫名其妙地失踪，我们川大就‘失踪’了五六个。”

张澜立马往案头把信笺一摊，提笔就写，转而又停住笔：“不行。走！”

成都方面突生事变，南京方面也风云急转。

因为总部里群龙无首，为出席国民大会，国民党方面又层层加压，民盟的神经被挤迫得太紧太紧，已然难有回旋的余地。黄炎培无奈之下，只得离开南京蓝家庄民盟总部。

“他走了？”罗隆基显然着了急，从秘书手里接过留条——

> 我们暂先回上海，如表老来宁，电告一声，我们立可返回。
>
> 黄炎培梁漱溟即日顿首

秘书迟疑着问：“要不要再催一下张主席？”

罗隆基忖度着，抚手道：“表老不来，本也有他的道理；现在情势紧迫，张群、陈立夫、雷震都出动了，我们的压力实在太大……再请。马上催请！”

周锋突然入狱，身为成大老同学的乐伯勋又如何呢？听听他在川大训导室里跟上峰徐中齐电话里的报告：“……不能放虎归山！这个周锋，在成都大学时就是在逃的危险分子。……是。据我观察，他不只是共产党的小头目，还是民盟的大干将！”

敲门声。

乐伯勋立时感应到：“她来了。请进……”

进来的是蒲瑛。

乐伯勋手往椅间一引，继续通着电话，还煞有介事地“进言”：“你们恐怕有误会。周锋是我成都大学的同学，我了解他……什么？担保？……”他有模有样地权衡着，搁下电话。

蒲瑛救夫心切，亟亟催问：“伯勋……”

乐伯勋心下一动，口气酸酸地道：“又听到久违的称呼了。”

“哎呀，你还有闲心说这个！能救他吗？”

“你不也听见了？要我担保。这个‘保’我怎么担哪？”他一副忧心忡忡的情状。

“看在老同学的份上，一定救救周锋。”

未几，乐伯勋终于做出“舍生取义”的决断：“好，我下午去找徐中齐局长。”

蒲瑛一下握住乐伯勋的手道：“谢谢老同学！”

“就这么一个‘谢’字？”

“等周锋出来，我们好好请你。”

乐伯勋头微微一摆：“你先闭上眼睛？”

蒲瑛心下疑惑：“怎么？”不过还是勉强地闭上了眼睛。

乐伯勋目光顿时变得放肆：从蒲瑛依然高耸的胸脯，到仍不失清丽的容颜。

蒲瑛似乎有什么感应：“伯勋，你……”

“我只是……”乐伯勋的嘴刚要重重吻上去，转而想到什么，又自己止住了，“要近近地看一看我的初恋情人。”

蒲瑛心下一颤，亟亟抽回手：“伯勋，你我都是有家室的人了，何必呢？”

乐伯勋不冷不热地一笑，似乎变得“大度”：“好，听我的消息。”

又会是怎样的消息呢？听听成都市警察局徐中齐局长在电话里的交代：“上头有令，周锋这些个共党、民盟分子等开完国大，就让他们‘消失’。现在你给我……”

密令未及下完，只听得门口一阵骚动，眨眼间，门被“啪嗒”推开。

徐中齐头未抬便呵斥着：“滚出去！”

“人，不是皮球。”人随声而入。

徐中齐一惊，抬首见是张澜，急忙挂断电话：“哎呀，是张老先生！快请坐，请坐。上次的事，实在……”

张澜开门见山：“我是来请你放人的。”

徐中齐故作懵懂：“谁？”

张澜直截了当：“我慈惠堂的人——周锋。”

徐中齐显出为难的模样道：“现在第一要务是召开国大，偏偏他撞在这个风口上；在慈惠堂的事且不说，还跑到人家川大去煽动大学生反对国大……”

张澜将手里的“政协会议协议”一亮，反问：“它也‘煽动’吗？”

徐中齐定睛一看，仍是半明不白。

张澜一点而出：“应该反过来说才对——是国大反对了它，你该去找国大算账才是。”话说得很幽默。

徐中齐尴尬地一笑道：“本局只维持地方治安，对扰乱地方的不法分子……”

张澜又一亮“协议”，打住对方：“你连这个‘法’都不要，还谈什么‘不法’？你放不放人？”

徐中齐回避着对方仿佛能切肤刺骨的目光，使出缓兵之计：“要放也得等到开完国大。”

张澜顿时来了火：“看来，我得跟你新账老账一起算了。”

徐中齐心一拎：“嗯？！”

张澜直言道："你怂恿什么'铁血锄奸团'为虎作伥，唆使特务破坏追悼会，打伤本人不说，还把我们收拾花圈的小张打昏过去……你还谈什么'治安'？谁在'扰乱'社会？是你徐中齐！我就请你的顶头上司邓锡侯主任来算算这笔账。"

徐中齐拎着的心，不觉暗下顿时揪紧了。

南京方面，此时此际担纲民盟的罗隆基很有点孤掌难鸣。好在他留学过美国，凭借一口流利的英语倒可以开展外交。他找到了美国驻华使馆区，与特使马歇尔、大使司徒雷登再度做着沟通。

马歇尔对罗隆基的英语很欣赏，此刻捏着高尔夫球棒引而不发道："你们民盟可以先参加政府，由新政府来调停内战，以后嘛，再请……共产党参加政府。"

罗隆基是性情中人，球棒一扬道："内战不停止，共产党是不会参加政府的；而共产党不参加政府，我们民盟也是不会参加政府的。这是民盟半年多来坚持的一个原则。"

司徒雷登似乎否定了马歇尔的提议，很"周全"地开解着："我看不需要'以后'请共产党，蒋先生并没有撇开共产党的意思呀。民盟、共产党，都请。"他将球击入洞穴里。

马歇尔始而一愣，继而省悟："好球！好球！"

罗隆基掂量着，不由得也横出球棒道："只要都请，我们当然可以考虑。"他开始瞄准高尔夫球……

司徒雷登与马歇尔彼此眼光心照不宣地一碰。

南京民盟总部自然不知晓四川方面张澜主席也颇不顺。书生办事，尤其救人这类人命关天的事，无钱、无势又无实职，谈何容易？偏偏张澜是那种"认死理"的倔性子、直肠子的人。

张澜又只身"打到"川康绥靖公署。

邓锡侯以为老先生是来问罪的，握着张澜的手便"认罪"在先："追悼会的事，我实在是身不由己。……"

张澜抬手打断道："不谈那个了。今天一是来要人，二是来告状。"

邓锡侯有点摸不着头脑："请说。"

张澜开门见山道："我慈惠堂的周锋，还是我的学生，被徐中齐抓了，'罪名'是反对国民党撕毁'协议'，单方面召开国大。"

邓锡侯很有点无奈："唉，我们这个委员长，得势不饶人哪！"

张澜多须的嘴角掠出一丝冷笑："凭我看了清朝、北洋、民国几朝政府的眼光，你说的这个'得势'，怕还早。"

邓锡侯倒是大料不及，眼下这个老夫子真吃了豹子胆！心下条件反射般地一记"咯噔"："喔？"

张澜念及什么，不胜感慨地指出："刘湘出征抗日的前两天跟我说，蒋介石绝不会放过川军，是不吃掉不肯罢休的。"

邓锡侯感同身受，不觉浩然长叹！

"他委任你做川康绥靖公署主任，也只是权宜之计。"

"这个……我心知肚明。"

"那就好。"

邓锡侯不想再有"认罪"的内疚，牙关一咬道："人……我放。还告谁的状？徐中齐？"

张澜仍不由得一愣："怎么，你也……"

邓锡侯欠身至案头，抓过一把电报、抗议函一亮："自从那次打伤你，我这里告状的就没有断过。"

张澜漠然一笑："川大几所学校的大学生，还要求请愿呢！"

邓锡侯不能不告饶了："表老哇，你可不要再火上浇油，我已经是焦头烂额啦！"

张澜也不能不劝诫了："此种小人不去，此类特务组织不取缔，老百姓何以安生？只怕晋康兄你也不会有清净的日子。"

"他有徐远举军统的背景。……容我再想想。"

"恕我直言。共产党眼下是还弱小，眼下也未必是蒋介石的敌手，但最后得天下的，却未必是他蒋介石。"

邓锡侯暗下身心一震！

张澜看定对方道："晋康兄还是多保存一些实力，等待时机，报效国家吧。"

思量之下，邓锡侯将信将疑："承教。"

徐中齐还是不敢太违抗邓锡侯主任，极不情愿地放了周锋。

周锋这一放，让乐伯勋大意外，又大光火——这周锋虽然是同窗旧友，但更是情敌，自己的心上人就是叫他姓周的夺走的！

"周锋这种共党分子你怎么能放？……什么？暂时先做个样子？连你也要做样子？！你我可是同一条船上的，你非得替我除掉周锋不可！"他"啪"地挂断了电话，忌恨又羞恼地发泄着，"蒲瑛，你是我的！只能是我的！"

敲门声应声而响。

乐伯勋顿时醒神，连连镇静一下自己："请进。"

蒲瑛推门而入，四下一看并没人，就问："你跟谁在喊？"

乐伯勋苦苦一笑："还不是为了你的周锋？我告诉他们，周锋是我的同学，要警察局务必破例先放人。"

蒲瑛倒是料所不及，疑惑的目光直趋过去。

乐伯勋很有点"大义凛然"："怎么？还信不过我这个老同学？我可是为你'两肋插刀'啦！"

蒲瑛感到些许的慰藉："真没有想到伯勋你……"

乐伯勋长叹一声："我是旧情难忘啊！"

蒲瑛心一颤："伯勋，你又……"

乐伯勋手一摆："好好，不提旧事。你……闭上眼睛。"

蒲瑛不知就里地睃一眼卖着关子的老同学，闭上了眼睛。

乐伯勋的目光刹那间又变得放肆起来，从高耸的胸脯，到仍秀色可餐的面容，他憋不住了，张开双臂紧箍住对方，早伸出的嘴直直地啃往对方的脸蛋。

蒲瑛一惊，猛挣开身子："你干什么？"

乐伯勋无奈又苦涩，径自一叹："你自己说的'请'啊。反悔了？"

蒲瑛气得脸色发青："乐伯勋！"她扭身出走。

乐伯勋："等等，你……赢了。"

蒲瑛心里一记"咯噔"，可又不敢置信。她扭过身子，直睃着一脸懊丧的乐伯勋。

乐伯勋："你的周锋，自由了。"

蒲瑛眼光猛地一颤，她两步过来，果断地在乐伯勋脸上一吻："谢谢！"声落，人走。

乐伯勋摸着脸上那初恋情人的吻，信誓旦旦："蒲瑛，你是我的——我乐伯勋的！"

周锋已准备掉脑袋，不想竟又被放了出来。当然，他也有点搞不懂。不过眼下最重要的是他自由了，又能回到培根火柴厂。

大黄桷树下，蒲瑛一把紧搂住钟爱的丈夫，高兴得哭了。

周锋用嘴唇抹去夫人的泪水，仍心存狐疑："真会是乐伯勋救的我？"

蒲瑛头微微一点："我也没有想到。用他的话来说，毕竟同学一场。"

周锋忖度着，还是信疑参半。

蒲瑛破涕为笑："好了，别让老校长他们等久了。"说着，拉起丈夫的手就奔。

小两口一脚跨进后院老校长家的堂屋，不光见到茂延，连赵育明、肖子群、邓灵轩都赶来了。

肖子群握住老同学的手，也止不住激动："真怕你出什么意外！"

十三岁的张崙一下钻了出来，手里捏着两支手枪报着讯："你看，赵姐枪都带来了。"

蒲瑛好生新奇："育明，你能打双枪？"

邓灵轩兴叹着："咳，这你们就不晓得了！不光在我们游击队，连左邻右舍的都叫她……"

"什么？"

赵育明刚要制止邓灵轩，被蒲瑛一把拽住："快说！"

邓灵轩一瞄赵育明道："双枪美人！"

一屋惊叹！

赵育明自嘲着："什么'美人'，'丑八怪'一个。"

周锋赞佩地打出一拳道："你真不简单哪，老同学！"

茂延言归正传："育明倒是真想来劫狱救你呢。"

蒲瑛感怀地抱住了赵育明。

小张崙枪一亮，争着宠道："还有我呀！我跟赵姐一起来救你。"

周锋故作夸张："是吗？'双枪美人'带了个'双枪徒弟'！"

一众戏笑。

继延和惠延两姐妹又端茶进来，茂延接手上前帮忙。

"妈让你们先吃。"继延招呼着，握住周锋的手，"祝福你！"

"谢谢。"

蒲瑛这才发现："咦，校长呢？"

赵育明不无懊丧："我们也想来看看校长的。"

茂延告诉大家："南京来了急电，爸爸刚去了川康绥靖公署邓锡侯主任那里，只回家打了一个转，就回重庆了。"

周锋察觉到什么："老校长这么急赶来，是……"

茂延庆幸的目光在周锋与蒲瑛身上一顿，她笑着头一摆："爸没说，只留下了一个'秘密'。"

蒲瑛和周锋不明所以，亟亟催问："什么秘密？"

赵育明按捺不住了："哎呀，别卖关子了，快公开'秘密'！"

茂延不无神秘地一笑："爸爸在他房里留了一幅字。"

"走，看看去！"

刘慧征应声而入，手里端着两碗菜道："不用去，我带来了。"

赵育明与蒲瑛连忙接下菜。

众所瞩目中，刘慧征从内兜里掏出一卷宣纸，赵育明与周锋等不及了，两人一把接过，打开——

蓄势待发

张澜急急赶回重庆特园，是因为一连串催请民盟主席赴南京的电报。

他人才进卧室，鲜英已急不可耐地指着案头摊着的电报、信函："你看，张群、陈立夫、雷震，连上海大亨杜月笙都搬出来挖我们民盟的墙脚！"

张澜读了电报，看罢信函，一掌击在案头："蒋介石是非压民盟就范不可呀！"

鲜英惴惴不安了："我们的阵脚好像是有点……乱了。"

蒋介石笑了。

在南京国民政府总裁室，他对着话筒雍雍容容道："第三方面代表都报名了？很好。马上把名册送来。"

搁下电话，他不由得得意地欠身而起："毛泽东啊毛泽东，你也有'四面楚歌'的今天！呵呵……"

"你们中了蒋介石的奸计了。"

在梅园中共在宁驻地的会客室，周恩来一语道破，令沈钧儒、章伯钧和张申府一时犯蒙。

周恩来不能不急了："他说没有撇开共产党，那是虚晃一枪。他只同意延期三天，闭口不谈改组政府，那还是由他国民党一党包办国大嘛，这就从根本上违背了'政协会议协议'！蒋介石是在套取你们第三方面的名单，为他所用。"

沈钧儒、章伯钧与张申府大梦顿醒！

沈钧儒大呼："上当！"

周恩来问："你们都签名了？"

三人懊丧地点着头。

周恩来进而追问："信寄出了？"

章伯钧回说："还在我们碰头的交通银行。"

张申府一挺而起："赶快！"

蒋介石也似有预感一般，在总裁室里拨通电话："给我的信为什么还不送来？《中央日报》等着发消息。……什么？谁涂了名字？……告诉第三方面，国大代表已经到宁，假如他们同意提交名单，可以最后等三天。就三天！"

他猝然挂断电话。这回不是得意，而是恼怒！当然还有不便道明的隐忧。

没有到达终点的赛跑，是叫人心悬的。悬虽悬，第三势力已有人以为"胜券在握"了。且看看——

1946 年 11 月 11 日，第三势力聚会地，中国交通银行。

民盟、青年党、民社党和社会贤达在紧急磋商。

左舜生大不以为然地奚落着："你们民盟签了字，又去涂，简直跟小儿游戏一样，足见'尾巴'不好当啊！"

一些人哄笑了。

又一个声音冒出来："民盟只怕是'宁做鸡口，不做牛后'哇？"

沈钧儒刚拍案欲起，被周恩来劝止了。他是应邀出席这次紧急磋商的。周恩来的回敬，不卑不亢："我们共产党人就是要'俯首甘为孺子牛'。鸡吃的是民众的粮食；牛吃的是草，挤出来的却是奶，还能帮助农民兄弟生产粮食。'做牛后'有什么不好？我们共产党人感到很光荣。倒是做鸡口，不光彩，还可耻。"

罗隆基继续着周恩来的幽默："不晓得诸位是做'光荣'呢，还是做'可耻'呀？"

举座默然。

不管三方赛跑的结果如何，蒋介石仍我行我素，加速筹备自己的"国民代表大会"。

当青年党出席国大的名单从雷震手里亮出时，大会筹备处的工作人员高兴得欢呼开来。同样乐在其中的张群，扬臂让大家安静，不无神秘地掏出另一份名册道："高兴的还在这里——"

一女同胞显然很有女人的激情，一把接过去一瞄，禁不住嚷了起来："诸位、诸位，是民社党的出席名单！"

又是一阵得意的掌声。

雷震低声问道："张君劢先生本人呢？"

张群回说："他倒不必太勉为其难，能定夺这份名单，就足够了——他可是民盟中央常委。"

有人放言了："这一回，共产党是彻底没戏啦！"

这"没戏"的喜讯以第一速度，报告了委员长。蒋委员长独坐总裁室，倒不失冷静，在电话里交代："很好。请注意，现在还不到高兴的时候。要共产党彻底'没戏'，务必走好最后一步棋——务必给我牵制住民盟。"

民盟身陷盟友与国民政府的双重压力之下，尤其盟友的出格——形同反戈，使他们进退维谷，日子大不好过，若说度日如年，一点不为过。

且看蓝家庄民盟总部里，几乎天天纷争不已。

从抗战血与火的洗礼中诞生的中国民盟面临重庆谈判后又一次非同寻常的艰难抉择，它的意义远远超出民盟自身的生死存亡。

罗隆基愤而一揭："君劢是我们中央常委，怎么能把我们……出卖了！"

黄炎培感到痛心："青年党分裂出去倒不足为怪，那是迟早的事；没想到君劢也……"

沈钧儒忍耐不住心中的悲愤："开除！事到如今，也只有分手！"

有人反问了："走的走，分的分，我们怎么办？就这么跟政府顶牛？"

有人响应了："只怕再顶也顶不过。等国民大会一开，制宪会议一定，总统选出来了，我们就……彻底被动了。”

沈钧儒嗔然作色：“照你的意思我们也去参加？”

黄炎培委婉开解：“‘政协会议协议’我们是签了字的，我们总不能背离自己的立场。”

有人摇首喟叹了：“现在的问题是由不得你我，大后天就开国大啦！”

罗隆基长手一扬，再度表示：“催表老东下！”

有人提着心，叹出气：“只怕远水救不了近火。”

难耐的沉寂！气氛有如冻结了一般。

此时此际的抉择，对于民盟何其艰难！无须说，他们完全能以比青年党、民社党优越得多的资格和实力加盟政府，从此结束在野的漂泊生涯；也可以坚守政治品格，拒绝国大，跟共产党一起，再经受血与火的残酷洗礼。

到底何去何从？

这天清晨，已经起身的周恩来，手往邓颖超的额头上一搭道：“还在发烧。”

邓颖超拉过恩来的手，强打精神：“我好多了。你快去，我们的朋友现在可是在火山口上。”

周恩来点着头：“是呀……主席也来过电话。对于民盟，他们恐怕还从来没有遭遇过这种分化、这种高压；只要蒋介石拖不住民盟，他的国大就臭了！”

周恩来赶到蓝家庄民盟总部，黄炎培还在盥洗室里刷牙，他闻声转首，牙膏沫“顿上眉梢”，让周恩来见了个大花脸。

周恩来呵呵一笑：“不忙、不忙，先把‘花脸’洗了。”

黄炎培扭首往镜子里一照，自己也乐了。

不过半个来小时，沈钧儒、黄炎培、罗隆基、章伯钧们便齐集到了会客室内。

周恩来介绍了延安、边区的近况，也分析了前线以及国民党、蒋介石的如意算盘，最后点出：“蒋介石在前线是捞了一点小便宜。不过他不会料到，不用多久，我们的价格可就‘不便宜’了。”

大家心曲相通，多日来冻结的氛围有所化解。

周恩来剖析着：“前线如此，我希望他这个破坏‘政协会议协议’的伪国大，也捞不到什么便宜。毛主席很关心，全国人民都睁大眼睛盯着。你们民盟此举，关系到内战的全局！”

罗隆基实话实说：“不瞒恩来先生，压力太大，加上青年党，特别是民社党他们名单一交，我们几个真有点……‘镇不住’了。”

黄炎培又道：“我们已经催请表老东下。”

周恩来头一点：“好的。眼下‘国大’的事迫在眉睫，何不先电话直接跟表老汇报一下？ 他是民盟主席，应该有一个态度。”

沈钧儒扬手一拍：“对！正好趁恩来先生也在，我们几个都在。秘书……”

机灵的秘书不待吩咐，已经拨开电话。

不能不说，自戴笠时运不济，因飞机失事而作古，毛人凤接任保密局局长要职，窃听、秘捕、暗杀之类的隐秘勾当，还是颇见成效的。这里民盟电话一起，他那边保密局便已得到情报。

秘书官一得到急报，就直奔总裁室：“委座，保密局毛人凤密报，民盟南京总部接上了重庆的电话，估计……”

蒋介石一语道破：“必是在请示张澜。叫毛人凤给我一字一句记下来！”

秘书官：“是！”

在民盟磋商的人，自然不晓得毛人凤保密局的厉害，由秘书接通了重庆特园的电话。

会客室里，周恩来和民盟同志屏息谛听着。

传来张澜激切的声音：“……参加不得，参加不得，参加不得呀！我们民盟必须在政协会议程序全部完成以后，才能参加国大。单方面召开国大，我们断不能接受，否则，就失去了民盟的原则立场，失去了民盟赖以取信于民的政治品格。张澜希望大家万分万分慎重，绝不可稍有变动。”

秘书轻声问着在座领导：“要不要告诉表老——恩来先生也在？”

罗隆基好不兴奋：“当然！”

沈钧儒释然长叹：“告诉。”

周恩来随即欠身，接过话筒，像是望见了遥远的知友——张澜一般，凝视了片刻，不尽感怀地轻轻挂住：“不必了。好一个挺挺的表老哇！”

总裁室里的蒋介石，也狠狠挂断了电话，眼里横溢的杀气直冲遥远的倔老夫子：“张澜，你要付出代价！”

张澜心思沉重地眺望着江流。

茂延携着淑延登上达观楼，催道：“爸，饭菜都凉了，鲜英叔叔让你快去。”

张澜头未回，依旧沉浸在自己的思路里：“等等，再等等。”

姐妹俩相顾一怔，不知所以。

淑延刚想去攥老父，被大姐止住了。

所谓食不甘味，寝不安席，张澜是两样都占了。

深夜，张澜躺在床上，心底的声音一如白天一样，鼓涌着：“怎么没有消息？难道还会……不，应该不会。”

横竖睡不着，他干脆下床，踱到案头，几近下意识地抓起笔，几近下意识地挥笔直下——

血耶？火耶？

轻轻的叩门声。

是大女儿茂延的声音：“爸爸，还没睡？”

张澜轻“嗯”了一声：“进来。”

茂延推门而入，手里捧着一只竹篾编织的飞机告诉着：“爸，小弟让我带来的。”

张澜一见飞机，不觉浮起一片笑容：“到底扎好了！嗯，还很有点‘神韵’哪！”

茂延也感到做姐的自豪：“小弟说，爸爸乘着它到南京、到上海，将来再到延安去！”

张澜捧托着小儿的“杰作”，难得开怀地呵呵畅笑了。

茂延瞄住了案头的“血”与“火”的墨迹，惴惴地问：“爸，不参加国大，会有那么严重的后果？”

张澜的心思顿时又沉落下来：“我了解蒋介石。他那么心急火燎地要当总统，我们却坏了他的大事；以他的品性，必会不择手段地报复。”

做女儿的心也跟着抽紧了。

茂延是个很有心的人，她晓得这种时候说什么都没用，最好的排解忧结的良方，就是嘉陵江，于是伴扶着老父亲信步来到江滩上散心。

一见着这嘉陵江，张澜直觉着一种特别的情缘，那是一般人未必能体察的。何谓母亲河？那是养育自己的母亲哪！岂能不知恩？不感恩？……老人的不尽的思量中，目光渐渐从江流中收回：“今天几号？”

“14 号。”

“14 号？最后的期限了！明天就开国大，怎么还没有消息？”

“明天打个电话去问问？”

“不，再等等，看一看。青年党死了，民社党死了，我们民盟是死是活……在此一举。”

茂延的心也不由得霎时悬起来。

传来裘一春的呼唤：“校长！老校长——”

张澜回首，见是裘一春，手里扬着一份报纸。

“一春兄弟？”

裘一春流星般奔来，直喘着粗气道：“就晓得你会在这江边上。看——”

张澜已感应到什么：“来消息了？”一把接过报纸。

《新华日报》头版头条大特写：

民盟宣布拒绝参加国大

茂延大呼一声：“太好了，爸爸！”她有点忘情，高兴得一下扑住老父亲，泪珠儿唰唰直掉。

张澜捏着报纸的手微微颤抖，有顷，终于长长抒出一口大气！

这天晚上，张澜还是没有“好好睡一觉”。也许是潜意识使然，他此刻又把母亲河当作了“大床”。只有在这张“大床”上，他才能安然如游子一般有了依归。亦是潜意识使然，他径自脱去长袍，融入到母亲河里，在万千雀跃的波涛里遨游开来。自然，怀情的母亲河展开浩茫的江流，拥抱着属于自己的赤子。

就像毛泽东第一次上特园拜访的那晚一样——守护神般的蒲生在岸头跟着水里张澜的游向来回奔波着。骤然间，他停下了奔跑：“豁出去了！”

声出，他居然也大胆下到江里。

水里的张澜勉励道：“好、好，嘉陵江会保佑你的。游！”

千波万浪中，张澜又游鱼一般一钻而出，眺望着天际……

灰蒙的蓝天上，叵测的云层滚涌着。

第十三章　血火洗礼

一旦抉择了去路，民盟就跨越了进退维谷的窘迫，张澜这才抒出了积压在心底的闷气。

有情的嘉陵江，鼓涌着、喧哗着，如赞、如叹。

知恩人要去上海，裘一春是特地来作陪，逛逛嘉陵江的。他也有心事，在保密局——军统的一线内，不方便跟人诉说，只有见着放心的人，才能放心地坦露心曲。

张澜很理解苦恼的小兄弟，笑微微道："我揣摩你早就是共产党。也好，既然保密局已经怀疑你，就换个地方。"

"我想去延安。"

"呵，又来一个要去延安的！"

"怎么？"

"我两个女儿早就吵着要去了……"

浩荡的江流融汇着百溪千涧，滔滔东去。

"说心里话，我也想去。"张澜的心声似乎溶入了东去的江流。

"真的？！"裘一春听了不由得一怔，又惊又喜。

"润之先生和恩来先生在重庆时交代，要我多做做四川实力派和民主人士的工作，所以我连自己民盟的南京总部都没有来得及去。"

裘一春恍然大悟："难怪！……"

少顷，张澜从东去的江流间缓缓收回目光，看定一春道："我看你就留在四川。是不是先到潘文华的部队里去？"

裘一春大不情愿："潘文华？他可是大军阀！"

张澜一笑，秘而不宣："听我的，有你用武的时候。"

这里裘一春还未及答应，那边又赶来一个心急火燎的宋兰英。

"老董事！"

"喔，兰英啊。"

宋兰英将手里的《大公报》一亮，气呼呼道："你看，我们《大公报》也去参加国大了！"

张澜倒不曾料到，接过报纸，沉思未语。

宋兰英嘟囔着："我不想干了。"

张澜不由得打起趣来："呵，你是不是也想去延安哪？"

"你怎么晓得？"

张澜与裘一春相顾失笑。

张澜渐渐收落笑容，盯着报纸上的整版国大代表照相判断着："我了解你们的老板，他还不至于……兰英，不要急，你是不是再看一看？"

宋兰英虽不那么乐意，还是信赖地微微一点头："嗯。老董事什么时候去上海？"

"就这一两天里。"

离多聚少的夫妻，总有牛郎织女的遗憾。走东奔西的张澜又要走了，心里总觉着对家，尤其对操持这个算得大家庭的夫人刘慧征，怀有深深的歉意。国事、家事，实难两全哪！自古以来，大凡恤民忧国之士，莫不有此无奈的苦衷，每每事不由人哪！

"澜多半生漂泊流离，虽有家，很少归！这不，又要走了，这一走，不晓得何时才能回来……"伴着床前的月华，张澜歉疚中透出无奈。

刘慧征依偎着丈夫，暗自抹一把眼泪："我……懂。国家不忙好，家里也……不会安耽。"

张澜心里怦然一动，不由得紧搂住爱妻："只是又……委屈你一个人在家操劳……"

张澜心里的歉仄刚出口，嘴已叫夫人捂住："我……放心不下的是你的身子骨，人还病着……"

张澜抚慰着："我有蒲生照顾。等茂延大学毕业，也让她来上海闯闯。"

刘慧征应诺着，欠身从木箱里取出一件夹皮长袍："天冷了，我替你做了一件袍子，里面夹了层皮，暖和些。"

张澜接过一看，道："这下冻不着了！张澜真是有福之人，娶了一个……"

刘慧征又捂住了丈夫的嘴，不让他夸奖。

张澜就势拉住夫人的手，沉沉叮嘱："现在蒋介石正得意，不定什么时候说翻脸就翻脸，那时候你们就搬到乡下去，躲着他们点。"

刘慧征的心顿时一阵抽紧，这可是她从没有顾及的……

张澜宽慰地爱抚着爱妻，一阵，又想到什么："你告诉邓灵轩、赵育明他们，先前从刘湘那里搞来的一批武器，要保管好，游击队需要时就用。"

刘慧征即刻上了心，毅然应诺："嗯。"

门一推而开，跑进张崙与惠延，一下子扑住老父亲。

张崙一副烂漫的口吻问："爸乘飞机，还是坐船走？"

张澜回道："坐船。"

张崙神秘兮兮地一把攥过老父亲就往自己小屋里拽。

小惠延抢在哥哥头里，捧过一只竹篾编织的"大船"，亮在老父眼下："看——哥给你做的。"

这船还真像模像样，很有些别致的创意。小张崙是个造船、造飞机的好手！

张澜慰藉地呵呵笑了，在小张崙小脸上爱昵地一亲，亮起竹篾大船道："爸爸就坐你这艘大轮船，去上海。"

张澜不胜慰藉，连声道："好！好！"

1946 年 12 月 13 日。

大轮船终于出航，行驶在嘉陵江上。

应民盟总部的再三催请与周恩来的相邀，七十四岁高龄的张澜抱病东下。且不说此去征途上的“血与火”，他还没有想到的是，嘉陵江也从此送走了一个无愧于嘉陵江的儿子，好儿子！

江轮远去、远去……

“老夫子到底‘出山’了？”蒋介石端坐在南京国民政府总裁室里审览着保密局的密报。

张群肯定地点着头：“嗯。”

蒋介石慢条斯理道：“毛泽东、周恩来那么器重他，这一回……我也不能不给他一点面子。你们先替我去码头迎接。”

张群、邵力子与雷震倒不曾想到，彼此眼色一会，欠身奉命。

暂还不算大冤家，却偏是路窄。

罗隆基几个民盟同仁与国民党的张群、邵力子、雷震几个在南京码头上不期而遇，虽互相致着意，依然遮不住彼此的尴尬。

“旅安号”轮船抵岸，乘客已鱼贯下船，独独不见张澜的身影。

恭候的人们断然不会料到，此刻二等舱内的张澜，正遭遇着众记者的“围攻”：

“您就是张澜老先生？”

“什么‘老先生’，是民盟中央主席！”

“张主席此去上海是不是要跟张君劢先生做个了断？他可是你们民盟的中央常委，他的民社党却出席了国大。”

张澜无意回避：“要和君劢先生画个‘句号’的，不是我个人，是民盟。”

显然，有来头的这个记者不依不饶地寻根究底：“张主席不是和他有过一赌吗？您是否承认输了？”

鲜英火了：“你这人怎么……”

张澜付之一笑：“我没有输，他怕也赢不了。”

又一记者接踵追问：“请问张主席此行的目的是什么？”

张澜回道：“准备召开民盟一届二中全会。为中国的民主再尽一份中国人的‘孝心’。”

总部秘书费了老大劲才挤身进来。他跟张澜主席一阵耳语，旋即提着醒：“张群、雷震他们也来了……”

张澜早已思量停当，回告道：“我就不上去了，替我问候努生兄诸位。”

过南京国都而不入，简直是目中无人，大逆不道！

蒋介石听得禀报，并没有咆哮，而眼里的杀气已是显而易见：“现在不是我逼他，而是他在逼我。”

张群怕一成僵局，必是刺刀见红，于是开解着：“先礼后兵。他既不肯来南京，要不要我去一趟上海？”

蒋介石沉吟片刻，一字一顿地交代：“嗯。要他头脑清醒一点，剿灭共党我不用一年，消灭他民盟，只要一个晚上！”

邵力子、张群与雷震相觑失语。

1946 年 12 月 18 日，“旅安号”算是安全抵达上海。

蒲生提着藤箱随张澜、鲜英才出得船舱，顿被眼前的欢迎人潮大吓了一跳。

李济深和沈钧儒、黄炎培、章伯钧、张申府与中共上海办事处以及一些社会名流代表已登上船来，欢迎着张澜。李济深是国民党中央监察委员会委员，中国国民党民主促进会发起人、领导人之一，时年六十一。

一名女青年献上了一束鲜花并致辞：“我代表中共驻上海办事处，欢迎张澜主席！”她叫张晓梅，是办事处干事。

张澜接过鲜花道：“噢，是老朋友送的，我就不谢了。”

一众欢笑。

张澜抬首，也着实一惊：横幅、标语、鲜花，男女老少，各式人等，欢迎的人潮几乎将码头都淹没了。刹那间，他眼里涌上的泪水，模糊了双眼。

“欢迎张澜主席！”

“民主万岁！”

口号、掌声，如波涛滚涌，撼天动地。

张晓梅不失时机地提议：“欢迎张澜主席讲话。”

掌声四起，人怀期望。

张澜不无幽默道：“张澜刚从海上来，没想一到上海，这里又是一片人海，不敢当啊！”

笑声卷着掌声，四下响起。

张澜实话实说：“现在我们中国老百姓最最迫切需要的是什么？我不说，大家也晓得，就是不打内战！我们实在打不起了！老百姓打不起，国家也打不起！……”

历史的巧合，有时候几乎是不可思议的。就在1946年12月18日的同一天，远在美国华盛顿的白宫草坪上，召开了新闻发布会。

杜鲁门总统在活动小讲台后，带着一种恩赐者的自诩，侃侃发布着声明：“……由于共产党拒绝蒋介石委员长提出的和谈条件，拒绝参加国大，加之民主同盟未能起到调停的作用，中国的内战，已经无可避免；我们美利坚合众国只能表示遗憾。……”

历史跨越时空，对接着——

在上海的港口，张澜将中国近现代历史在心底的沉淀倾泻了出来：“我们的美国朋友总是对中国的事情太感兴趣，昨天是这样，今天还是这样，明天呢？大略一个样——以为没有他们中国的事情就办不好；他们似乎干预成瘾，处处插手，不插手好像就显示不出他美国的权威。其实，没有他们的干预，中国的事情中国人自己来办，只会办得更顺利、更好！”

潮水般的掌声更是淋漓地宣泄开了！

“对——对——”

“中国人的事情中国人来办！”

“不错。”张澜首肯着，炯炯的双目往天际一眺，寄意深深，“我看，中国如此，世界也一样——不需要强权，或者说是霸权！”

掌声四起，如浪如潮！

大洋彼岸那边，白宫草坪上，杜鲁门宛如感应到什么似的，扶正眼镜，一副落落情状地表白着：“毋庸忌讳，我们美利坚合众国是强大的，具有举世公认的权威，绝不容许挑战！平心而论，真正有实力统一中国的，也只有蒋介石的国民党。共产党，能参加到政府里去，我们表示欢迎，我们的马歇尔将军也正在为此努力。不然的话，倒霉的只能是共产党自己，还连带着民盟。”

有人发出幸灾乐祸的戏笑。

东海之滨的上海港口，张澜有所指地直陈心曲：“别以为有美国强权撑腰，就能一口吞掉人家。我就跟蒋介石先生当面说过——‘物极必反’。我不晓得蒋先生信不信，反正我张澜信。”

共鸣的戏笑呼应而起。

“今天是什么会？远不是——‘欢迎张澜’的会，而是大家一起来救国的会。我斗胆说一句：中国现在已经到了最危险的时候！”

一句警言，举场揪心！

张澜的眼光渐渐变得悲沉：“从李公朴、闻一多两同志的遇害，到南京下关的暴行，真是恐怖的世界！到了最近竟由一党独家召开国大，连政协的精神也被勾销了！”

码头上的欢迎人们一样地变得悲沉，心揪得更紧。

张澜银须一撅，奋切之情不让青年：“要救中国，只有一条路可以走，那就是《义勇军进行曲》里唱的，在最危险的时候，我们被迫发出最后的吼声，起来——把被遗弃的政协精神重新复活；起来——为了民主、和平、统一的新中国！”

张澜的到来，给大上海平添了希望的活力，而且也带进了寻常百姓人家。

就在集益里8号张老先生歇脚的和成银行宿舍弄堂里，有一个新婚燕尔的小家庭。夫妻俩很想见见这位新来的邻居，偏偏见不到。所能“见到”的除了耳闻，就是报纸。这天，报纸一到，新郎官将吃饭挪到第二位。老习惯，他一面嚼着四川泡菜，一面乐滋滋地又念开报纸。

新娘子终于从窗户里瞄到什么：“哎，是他！来了！”

新郎官迭忙把饭碗一放，转身开门，但见张澜刚要从门口经过：“你就是新来的邻居张澜先生？”

张澜不知所以道：“是的。”

新娘子好客地相邀着：“快请进，请进。”

张澜不知所以，也不便拂了近邻的美意，刚进门，新郎官就将自己看的报纸一亮。

张澜一看，是《民主报》，里面登着一首《迎张澜》的新诗：

> 欢声动处掌如雷，
> 南极星辉海上来。

新郎官仿佛从字里行间就联想到“旅安号”上在动情致辞的老先生，联想到沸腾的人流、掌声、口号，如浪如潮。

> 赤手撑持民是主，
> 青春活泼老犹孩。

张澜也忍俊不禁，一如孩提般地咧开了胡子嘴：“呵呵！……”

新郎官也动起感情，自己吟哦开来：

> 踏将闻李自由血，
> 扫尽墨希未死灰。

共鸣之下，张澜拍案首肯：“对，要扫尽，不能叫墨索里尼、希特勒死灰复燃！”目光从《民主报》挪开，张澜发现桌上的泡菜。

新娘子眼明嘴快：“张先生也喜欢吃泡菜？”

张澜很有点自豪道："我们四川的泡菜，可是出了大名的唷！"

新郎官摇首一叹："可惜上海买不到。"

张澜应诺："哪天，送你们一坛。"

新郎官刚想应承，被新娘子在脸上一刮："没羞！"

张澜呵呵一笑，环视新房道："新人新婚。好，祝你俩在能享受到和平、民主的国土上，恩爱到老。"他拱手道了贺，便抽身离去。

可敬的老先生出了门，而新婚的两口子却还在念念着："……和平、民主的国土上……"他俩虽有疑惑，更怀企盼！

作为民社党主席的张君劢，已然决定该党参加"国大"，自己却依然不能"一身轻"，摆脱不了彷徨与苦恼。在家里读了《民主报》，他有点不屑，有点嫉妒，有点莫名的怅惘。

《民主报》摊在张君劢案头。昔日的盛气没有了，他容颜消瘦，还有点莫名的颓唐。他手里捧着《陶渊明集》，却不时瞟一眼《民主报》。

敲门声。

张君劢晓得又是夫人，并不去开门："又什么事？"

夫人在门外告诉："民盟……来了公函……"

张君劢着即省悟："把我张君劢、我的民社党开除好了！哼，现在谈胜败，还早！"羞恼之下，他近乎是下意识地随手一抹，将案头《民主报》里的张澜着即抹落地下。

张群受命于蒋介石，先安抚了张君劢，又专程去拜谒了倔老夫子。

怎奈两人谈得并不投机。

张群大不解地问："你们先参加政府，有何不可？"

张澜一针见血道："把共产党彻底孤立起来？"

"表老哇，难道堂堂民盟，是共产党的附庸不成？"

"附庸？！民盟从来就有自己的独立人格和立场。"

"好！那就先独立地参加进来；共产党的事，你进来以后再做商议。"

"白纸黑字写得明明白白，要各党派平等协商，共同组建联合政府。是你们国民党丢掉了人格和立场！”

张群苦笑了。良久，他才大叹一声：“表老，我视你为朋友，才从南京专程赶来。对于我、对于你、对于民盟，不可能再有第二次机会了。”

张澜立时捕捉到个中的凶机，深邃的眼光直趋对方。

张群自然感应到了，泄出几分玄机：“蒋委员长你还不了解吗？现在，我们是兵强马壮，尽管周恩来本月28日再次呼吁重开国共谈判，委员长却不为所动。打，怕是免不了的；共产党的败局，怕也是变不了的。”

张澜决然回应：“未必。”

张群心下不由得一记“咯噔”！少顷，才轻叹一声，欠起身子剖白：“我张群算是对得起你表老了。你们……早做‘准备’吧。”

一句“准备”，带出了未明言的“后事”，顿将张澜的心揪将起来！

急于召开国大，急于“制宪”——早日名正言顺坐上总统龙椅的蒋委员长先生，从心里实在无意与共产党再做“无谓的周旋”，剿灭之心，耿耿不去。他深知，只要共产党一剿灭，泱泱神州就再没有可跟自己匹敌的对手，自己可稳坐社稷江山了。可想而知，所谓的和平谈判，也只能以破产告终。

——这正是蒋介石所需要的，先“礼”而后兵嘛！

1947年3月8日，张澜主持的中国民主同盟及时发出《宣言》：

> ……不幸今日国共两党，终于正式宣告和平破裂，痛心！痛心！
>
> ……吾舌尚存，必发为言论；吾笔未秃，必写为文章。
>
> …… ……

《宣言》进了总裁室，蒋介石只是从嘴角掠出一缕不屑的耻笑，眼里宣泄出的是森冷的杀气。

在委员长先生看来，这也就是张澜的宣言，他看着《宣言》，听到的就是张澜的誓言。

蒋介石阴阴一笑："很好。我们大家都'解脱'了，不必忌讳啦！"他显然决定了什么。他无意再拖，时间对于他，不啻意味着生命，更意味着千载难逢的历史机遇；机遇一去，岂不会与世人瞩目的总统座席失之交臂？那是谁都口不言而心向往的呀！

怒气冲冲的马歇尔推门而入，打断了蒋介石联翩的浮想。

"怎么，马歇尔将军？"

马歇尔将手里的电报稿往蒋介石眼下一按道："你看看，这些个闹民主的人，告状告到莫斯科我们美、苏、英、法四国外长会议上去了，说我们美国借调停之名，帮你蒋委员长打内战，还要我美国停止一切对你们的军事援助！……"

蒋介石接看着电报稿，眼光一沉，不紧不慢道："将军息怒，我来处置。"

秘书官匆匆进门报告："委座……"

"马歇尔将军不是外人，说。"蒋介石对美国朋友做出一副诚信情状。

秘书官取出一份样稿道："按照您的吩咐，清样稿……"

蒋介石手一挥，着即指令："马上发！"

"是。"

蒋介石半阴不阳地玄机一漏："马歇尔将军，你就等着看这些不识天高地厚闹民主人的'好戏'。"

马歇尔自然领悟到了什么："喔？"

"玄机"的毕现，是在不到两个月后5月3日的《和平日报》。

赫然的字体没有半点和平的氛围，而是国民政府摧毁民盟及其《宣言》的宣言——

> 民盟组织已为中共所实际控制，行动亦均系循中共意旨。……

报纸、电台诸类中央级的舆论工具，一时间纷纷杀出。

民盟自然不敢掉以轻心。早看了报纸的三位当家人张澜、沈钧儒与黄炎培齐聚在张澜集益里的斗室，肃然收听着广播。

收音机正播放着消息："据国民党中央社消息，政治观察家发表谈话指出，时下的中国民主同盟以及一些所谓的民主政团，大多已沦为中共新的暴乱工具！……"

张澜一下关掉机子，斥道："无耻之尤！"因气愤，长胡子都不由得颤动开来。

沈钧儒估量着："是要对我们下手了！"

黄炎培默然颔首："……得有点防备。"

张澜记起什么："难怪张群那次甩出一句话——要我们'早做准备'……"

沈钧儒与黄炎培相顾一怔。民盟真的就得准备"后事"了？！他们莫不觉着突兀！觉着不平！觉着胸怀救国热血的悲凉！

张澜毅然决然道："我们要声明在先！"

当晚，张澜犹如跟谁在抢时间似的，心切切，情灼灼，把笔疾书。心底的呐喊有如嘉陵江潮般涌出：

> 试问民盟何种行动，是"循中共意旨"，何种行动是"受中共之命""准备暴乱"云云？……

张澜觉着人有点冷，手有点僵，连连呵气，搓手，不意间，横肚塞过来一只热水袋。他扭首，见是蒲生。

"你怎么还不睡？快去，快去。"

蒲生耍开"赖皮"："你什么时候睡，我就什么时候上楼。"他嘴里"声明"着，手里拿过床头的竹篾轮船，一屁股坐定床沿，大有舍命陪君子之概。

张澜一筹莫展，只得头一摇，又把笔而下：

中央社此种举动，实已构成犯法行为，应负法律上之责任。……

一轮纯净无垢的明月，仿佛在倾听，静静地闪射出清澈的光华，投向弥漫着黑暗的神州古国。

声明发出了，非但无济于事，1947 年 6 月 1 日，国民党政府反而在上海、北京、天津、武汉、西安等全国各大城市，对民盟与民主党派、进步人士实行了大搜捕，恐怖之风席卷神州热土，成都与重庆无疑更是首当其冲。

南充中学。

一批特务破门闯入肖子群寝室，却不见人踪，只有墙间肖子群的自画像，宛如在讥刺着突袭的迟来者。

一名特务就势扯落敢胆耻笑的家伙。

同步收捕的更在成都慈惠堂培根火柴厂，这是张澜的“根据地”，是保密局特务系统的眼中钉。

突然响起的擂门声把熟睡中的蒲瑛与周锋惊醒。

蒲瑛惊起问：“谁？”

门外冷厉的回答：“警察！”

蒲瑛条件反射般地一推周锋：“快走！”

周锋刚要翻窗出逃，房门已被砸开，一班警察蜂拥而入。

周锋即刻镇静下来问：“你们凭什么又来抓人？”

领头的劈头道：“凭你是共产党、盟员，双料货。带走。”

蒲瑛扑身护住丈夫：“你们无凭无据的，不能带走！”

周锋宽抚着妻子：“跟他们，犯不着。”他轻轻吻了一下有点悲凉、有点失神的爱妻，反身自去。

就在相距不远的大黄桷树下，一双幽灵似的眼睛，监视着被带走的周锋。

他终于得计地掠出一丝笑意，旋即目光又往亮灯的蒲瑛卧室悠悠然一瞟。

——那是周锋的老同学，久来觊觎着蒲瑛的乐伯勋。

抓人的警车去的去，来的来，在深夜的街市里，故意炫耀一般，鸣叫着，不绝于耳，将一城的百姓人等都笼罩在恐怖的阴霾中。

临街的市民，有开出一条门缝的，有在窗后躲着的，大胆的打开了半扇窗，莫不惶惶然窥探着突发的事变。

因为是保密局牵头的老手所为，事变突发，多半只知救国不善谋身的志士同胞猝不及防，“成效”自然可观。

四川省特委将军衙门的看守所里，铁门不时被揪心地撞响。一间间拘留室，关押着一批批学生、教员、文化人、贤达人士们。

阴森的囚禁地笼罩着一层浓浓的死亡魔影……

一些天来，慈惠堂培根火柴厂也有点群龙无首，不知如何应对是好。太突然，太意外，就像被霹雳轰晕乎了一般。

刘慧征与蒲瑛、茂延以及几个工友骨干在紧急磋商着。

蒲瑛忍着心中的痛楚，亟亟吩咐：“不光慈惠堂，成都、南充几个地方都得赶紧通知，一定要隐蔽好。”

刘慧征疼爱地巴望着蒲瑛：“想不到我的瑛瑛还那么硬气。出息了，出息了！”

蒲瑛噙泪一叹：“那是叫他们逼的。”

茂延显然成熟多了，她主动请缨：“川大、文教界的，我去通知。”

刘慧征蓦然记起了谁，道：“抓走的人，我和茂延去找邓锡侯，要看看他救不救得了，不能就这么不明不白的……”

张崙一钻而入报告：“二姐在院子里发现特务！”

刘慧征诅咒着：“这帮狗东西！又咬上门来了？”

蒲瑛迅疾叮嘱：“分头行动，千万小心！”

刘慧征仍不放心蒲瑛，拉过崙儿道：“瑛瑛，你要去见育明他们，把崙儿带上，他可比你熟。”

张崙扬起小脸有点当仁不让：“那当然，我可是‘老游击’！”

茂延在小弟脸上一拍："又吹！"

蒲瑛欣喜地一把搂过"老游击"。

在川康绥靖公署，邓锡侯主任不失礼节地接待着表老的夫人和大女儿。

刘慧征屁股没落座，话就出了口："邓主任你可得主持公道，这么不明不白地抓人，哪还有什么王法？"

邓锡侯叹了口气："国共和谈破裂，他国大又开得窝囊，这位委员长哪里肯善罢甘休？只怕还会……"

刘慧征心里一抽："你是大主任，一定得想想办法救救周锋他们。他们可都是一个心眼要民主、要救国家的好人哪！听说几个中央委员也……"

茂延接口补上："嗯。像杨伯恺、于渊几位老师。"

邓锡侯苦笑了："我这个公署主任，也只是委员长装的一个门面。我……只能试试。"

邓锡侯所料不差，徐远举没有给公署主任面子，一纸手令，原封退还给邓锡侯派去的贴身警官。

"很抱歉。请禀告邓锡侯主任，此次是中央统一行动，地方不得擅自插手。"

徐远举有恃无恐。

在培根火柴厂的家里惴惴地急等回讯的刘慧征，真没有想到救人的希望就这么破碎了。

茂延也气得不行："这个特务头子真可恶！"

堂屋那边传来继延的责问："干什么？你们干什么？这是张澜家！"

刘慧征与茂延相顾一愣。真是屋漏偏遭连日雨，前事未了，又来"事变"。堂屋外的楼道口子上，两个便衣紧瞄着阁楼。

小惠延拉着二姐叫着："这是我们家，又不是你们家！"

便衣颇不以为意："晓得，晓得，我们晓得是张澜……"

刘慧征和茂延已走出堂屋。

刘慧征气不打一处来："光天化日的，你两人是来偷，是来抢，还是来打劫？"

便衣倒不气不恼，回说："噢，你一定是张澜先生的夫人啰？"

另一便衣道明来意："我们想来租你家的阁楼，价钱好说。"

刘慧征心下一记"咯噔"："你就是搬一座金山来，我也不会租给你们。"

笃悠悠等在大黄桷树下的乐伯勋听得禀报，倒也不怎么气恼。他斜乜一眼张澜家，牙缝里挤出几个字："她不肯租？"

一便衣止不住嘀咕："说是搬座金山来都别想！"

乐伯勋冷冷一笑，着即叮问："见到我要的女人了？"

便衣头一摆："没人。她房里、办公室，我们都去转了。"

"没人？……哼！看他们还能蹦跶几天！"乐伯勋放不下未能到手的女人。他绝不甘心自己心仪的美女躺在周峰的怀里，绝不！

蒋介石居高临下，一面撇开了与共产党的谈判，也给了特立独行、自行其是的民盟大惩戒；一面跟美国杜鲁门要枪要炮，自己秘密运兵……凡此"先期准备"业已就绪。他又雍容了起来："天下舍我其谁？"

于是乎——蒋总司令迅雷不及掩耳地推出"戡平共匪叛乱总动员令"。

于是乎——

战区：

天上美式战机，地下美式坦克、美式武装的国民党嫡系部队齐齐出击。

后方：

上海，枪击上街游行的队伍；

重庆，渣滓洞里弹压爆满的人犯；

西安，刑场，秘密枪杀成批的志士仁人。

国民政府眼皮底下的南京蓝家庄民盟总部自然更不能幸免。一批武装军警与特务，突然包围了似乎显得孤独的小楼。罗隆基刚想外出，见状一愣，未待发问，人已被驱赶回屋里。

民盟上海办事处，更多的荷枪实弹军警、特务如临大敌般地截断了正门、边门的进出口。

邻里街坊、过路行人一个个惊骇不已，胆大点的偷看一眼，胆小点的早已退避三舍。

集益里 8 号的和成银行宿舍，当然更是重中之重，单看这里里外外的层层“把守”，便可知晓。除了先前的便衣特务，又加盟进了武装军警。

恐怖的阴影死死笼罩着中国民主同盟。

1947 年 10 月 27 日，张澜、沈钧儒、黄炎培、章伯钧、史良等聚集在民盟上海办事处商讨应对之策。

张澜冲着无形的目标，疾言厉色地喝问：“这算是哪门子的政府？”

史良调侃着：“蒋介石先生未免太‘抬举’我们民盟了。”

沈钧儒提议：“去南京交涉，要求撤除这种囚禁犯人的做法！”

张澜断然颔首道：“是不是就辛苦一趟任之兄，会同在南京总部的罗隆基和叶笃义，一起代表民盟中央，跟这个还称作‘政府’的政府交涉？”

翌日，黄炎培身负重任，只身搭火车赶赴南京。

窗外走马灯似的景物一如黄炎培此刻的心境，闪忽不定地从眼下掠过。他宛如从“闪忽不定”中预感到什么……

“卖报，卖报，《中央日报》。先生，来一份？”

“嗯？”黄炎培本无意于“中央”报，见报童兜揽着生意，便随手买下一份。不经意的目光在报纸上一掠，不掠犹好，一掠身心顿自一震。

大号黑体的标题赫然刺目——“国民政府宣布民盟非法的声明”：

……民主同盟勾结共匪，参加叛乱。……公然作叛乱宣传，掩护共匪之间谍活动……

黄炎培因气愤而手都颤抖了！

“欲加之罪，何患无辞？！”

上海的张澜与沈钧儒是从广播里听到的消息：“……民主同盟之所为，意在颠覆政府。……”

张澜拍案而起：“只有这种荒唐的政府，才会造出这种荒唐的谣言！”

“无以复加的黑暗！”沈钧儒浩叹一声，“早知如此，任之兄就不必多此一行了。”

北上的火车是没法回头的了。

焦候在南京火车站出口处的叶笃义有点神不守舍，时而在人丛里踮起脚往里探探，时而又瞟瞟手里的《中央日报》……

广播同步在喋喋不休：“……各地治安机关，对于该盟及其分子一切活动自应依据《妨害国家总动员惩罚暂行条例》及《后方共产党处置办法》，严加取缔！”

一阵涌动的人流将惴惴不安的叶笃义搡醒过来，他急急往出站的旅客里寻望。

“黄先生！”

叶笃义几步迎去，定睛打量着黄炎培，压低嗓门：“你晓得了？”

黄炎培头微微一点：“走，去总部。”

叶笃义低声相告：“罗隆基在美国大使司徒雷登那里等我们。”

罗隆基在使馆区门口接着了黄炎培与叶笃义，三人一进二楼会客室门，司徒雷登便热忱地握手欢迎。

司徒雷登不失礼仪地恭维道：“久闻黄先生大名了。”

黄炎培道：“不敢。”

女佣送上三杯茶水。

司徒雷登很是赞叹：“这是贵国的名茶——西湖龙井。”

“谢谢。”黄炎培无心品茶，单刀直入，“大使先生一定早晓得这个政府‘声明’了？”

司徒雷登眼光在《中央日报》上一顿，含糊其辞地回应：“也……晓得不久。”

黄炎培抛出试探气球：“大使能出面斡旋吗？”

司徒雷登肩一耸，堵住了对方的口：“恐怕蒋介石先生不会听我的。”

罗隆基心有不甘地再试探：“就没有补救的余地了？”

司徒雷登稍做权衡，便摊了牌：“国大开了，宪法颁了，政府成立了，你们民主同盟的历史任务已经完成。”

一语泄出“天机”。

黄炎培、罗隆基与叶笃义不由得心下一揪。这不就是彻头彻尾对民盟的灭杀吗？！

众人陷入一阵揪心的沉默，良久、良久……

叶笃义不能不投石问路：“照大使先生的意思，我们只有被‘取缔’一条路啰？”

司徒雷登摆出公事公办的架势回道：“我们不喜欢用‘取缔’，应该是光荣解散。”

黄炎培与罗隆基眼光一碰，只能报以沉默。

黄、罗、叶三位岂甘自己千辛万苦为中国之命运而筹建起来的追求民主的同盟，就如此“光荣解散”？为求一线渺茫的生机，他们又找上先前还算友好的参政会秘书长邵力子。

然而，他们失望了。

从来和颜悦色的邵力子，此次送黄炎培、罗隆基与叶笃义三人出门，竟是一脸的冷漠：“很遗憾。事情发展到今天这步田地，一切都无能为力了。你们民盟不成仁，便取义。”

与司徒雷登大使如出一辙。

上海集益里8号宿舍里的张澜久久遥望着窗外迷蒙的天穹，感悟着什么，缓缓折回案头，信笔写下——

以义持己，则富贵不能淫，贫贱不能移，威武不能屈。

炯炯的目光凝注着字迹，仿佛要从纸背穿透出去！……

黄炎培不忍此行太有辱使命，舍下老脸，在南京做着最后的努力。

他拜见了也算老朋友的张群。

这位行政院长几乎是邵力子的翻版，全然没有了昔日和解、商议的口气："要不解散，也可以。"

黄炎培立马捕捉住稍纵即逝的"生机"："什么条件？"

张群直截了当："承认宪法，同意我党《戡平共匪叛乱总动员令》。"

黄炎培凄然一笑，一样地直截了当："不可能。民盟的政治立场，我无权做交易。"

张群近乎勒令了："那就解散！"

倒还是再拜会的陈立夫，一语道出"天机"："你们民盟必须取缔，这是蒋主席交办的，绝无回旋余地。"

黄炎培于苦痛的无奈中，暗下构筑着最后的防线："那就由政府宣布取缔，或是解散。悉听尊便。"

陈立夫也是心有防范："不行，要你们自己宣布解散。"

黄炎培实在被逼得沉稳不住了："你们未免……太甚！"

陈立夫替黄炎培挑明："是'欺人太甚'吗？那是你们自找的。你们真要政府宣布取缔，也可以，那我们就要勒令全国所有的盟员登记自首。"

黄炎培心下这一震荡，着实非同小可！这可是赶尽杀绝呀！

陈立夫泄出几丝战胜者的笑容："我看，还是自行解散的好。公告替你们写好了。"说着，从包里取出一份准备好的文稿。

忍辱负重的黄炎培接过文稿，不能不使出缓兵之计："我带回去商量一下。”

陈立夫这才变得“爽快”：“当然可以。只是公告的签字人必须是张澜——这是蒋主席指令的。”那突然“客气”的口吻中明显地不怀好意，还有点居高临下的促狭。这大略便是权力的至尊与威严吧？

黄炎培抓着公告，欲哭无泪！

这世道，真是时过境迁，时势造人，亦迫人哪！奈何？奈何？！

恰如沈钧儒所言，黄炎培只身赴南京，真是“多此一行”。

黄炎培回沪的第二天，1947 年 11 月 5 日，民盟在上海集益里 8 号和成银行宿舍召开了中央常委扩大会议。

公告已传阅了一圈。沈钧儒接过公告，轻声问着黄炎培：“还有没有办法可想？”

黄炎培头沉沉一摆：“我临走时陈立夫交代——‘一个字不能改’，改了就不算数。”

沈钧儒憋不住冲口直出：“条件也……太苛刻！”

张澜深邃的眼睛里燃烧着两团火焰，他几乎要拍案怒起！……

罗隆基昨天晚上的谈话应时从脑际冒出：“表老，我从司徒雷登那里探到口风，光是南京一地，保密局局长毛人凤手里就掌握了我们民盟六百多人的名单，包括中央委员。要是全国盟员登记自首，那我们可就……惨啦！”

张澜不忍目睹一般，闭上了眼睛。

黄炎培补充着：“这次罗隆基能来上海，也费了不少周折，只许他住院治病疗养，不许离开上海一步。”

史良听了一笑，顺手捏了一把罗隆基的臂膀：“把你‘养’肥了，好杀。”

罗隆基又恢复出些许潇洒，也转身捏了一把史良：“你已经肥了，够‘资格’。”

沈钧儒本就心里憋着气，此刻一泄而出：“都什么时候了，还开玩笑！”

痛苦的扩大会议又回复难耐的死寂。对于文教界精英云集的堂堂中国民主同盟，谁人能料想到会陷入这般绝境中的死寂？！难耐的死寂呀！都道是民主的先锋、报国的赤子，可在翻脸不认人的蒋介石高压之下，又能如何？如何？！……

楼上的死寂，益发让一楼客厅里的众记者等得心焦了！

“还定不下来？”

“咳，定不定，反正一个样。”

“真是强人所难啊！”

…… ……

弄堂里，军警、特务不再隐身在暗角里，而是明目张胆地游弋着，监视着，毫无顾忌地虎视眈眈着。

弄堂新房里的那对新婚夫妻不时从窗帘缝里张望一下。

丈夫大摇其头：“这世道，真弄不懂了，好人——要民主救国的人，偏偏就遭殃！”

妻子一把捂住丈夫的嘴：“嘘——轻点！今天有点特别！……”

开会的张澜卧室门口，蒲生靠在楼道口吹着口哨，放着哨，他眼看着楼梯口，耳听着屋里动静，因为焦灼，时不时停下口哨，拳头不时砸在扶栏上。

“咦，怎么老半天都没有声音了？”

是呀，张澜小卧室里的扩大会议上，眼下只有迫人的死寂！

黄炎培不胜凄楚地喟叹一声：“想不到我们民盟，呼唤民主，忧国忧民，居然被强权压迫到如此地步！”

叶笃义猛可冒出一句：“要是我们不解散呢？”

张澜眼里波光一记闪忽，仿佛捕捉到什么——警车的呼鸣、牢门的撞击、机枪的扫射……

张澜心底里喷涌着泣血的呐喊：“谁想解散？我们从无到有，从地下到地上，走到今天……让蒋介石如此‘抬举’我们……太不容易啦！

可要是不解散，‘地上’的所有一切怕都要化为灰烬——这都是中国急需的一代志士、精英啊！”

裂岸的惊涛，此刻在张澜脑际轰响着、回旋着，隆隆不绝！

他的目光终于又落到公告上。

罗隆基憋不住开了腔：“我看争论也是徒劳的——连一个字都不能改。”

沈钧儒环视同仁问道：“还有什么要说的？”

没有人再做徒劳的评说。

大家不期而然，将目光汇集到一言不发的主席——张表老身上。

黄炎培不忍心地提着醒：“表老？”

张澜目不旁视，灼灼的眼光泄出难言的悲壮。许久，许久，他依然没有说话，直面着法西斯式的取缔，还有何话可说？他慢慢地、沉沉地抓过笔，提起……

同仁们屏息凝视着变得如此沉重的笔……

笔，落下去了——

张澜

落笔人的耳际又炸响一串裂岸的惊涛。有情的惊涛翻滚着、咆哮着……

在蒋介石强权的迫压下，为了让公开盟友免遭毒手，为了留住青山，民盟主席不得不怀着满腹的苦痛与悲壮，违心地签下沉重的字——

中国民主同盟解散了。

心有不忍、有不甘，有万语千言要说而久久沉默的张澜临窗伫立着，在月华的逆光中，恰如一座坚挺的石雕。

时钟催响三下，已是凌晨3时了。

张澜听若不闻。有顷，他决然地抓过笔……

心底的狂潮冲决而出：

> 杀头我是不怕的，我之所以同意这样做，完全是为了全体盟员的安全。……

月华如水的夜天仿佛也在聆听着那赤诚的心潮：

> 只要专制在，只要独裁不去，我们全体盟员争民主的大潮就不会，也绝不会中止！

滚滚滔滔的潮水，是嘉陵江，长江，还是黄浦江？迭起的波涛犹如汇入到一个声音里：

> 至于我个人的一切，早已置之度外了！

这天晚上，七十五岁的张老先生通宵未眠。他将久久不能平静的澎湃的心潮，铸成一份个人的“声明”，并且把这簇烈火般的“声明”，大义凛然地投向了独裁的黑社会！

第十四章　特殊囚犯

就在民盟被迫解散的第二天，1947年11月6日，新华社发布评论：《蒋介石解散民盟》。

习惯早起的张澜在和成银行宿舍自己的卧房里，一字不漏地倾听着收音机里的广播："……民主同盟只是一个赤手空拳的组织，他们'连一支手枪也没有'，并且不打算有，他们的凭借就是言论、出版……"

张澜不觉踱至案头，几近下意识地抓过笔。

广播沁人心脾："允许民盟这样一个组织存在，在通常的情形下，即令一个政府已经自己觉到自己的危机，也应该是没有什么可怕的。……"

一股暖流从张澜心中荡起："谢谢，润之、恩来先生！"他几近下意识地把笔直抒心曲——

肝胆相照

此刻在南京国民政府的作战室里，一身戎装的蒋介石不无焦虑地审度着红蓝箭标处于胶着状态的大地图，耳里捕捉着广播里的信息："……但是病入膏肓的蒋介石，今天害怕这样一个组织，他宁可向这个组织露出法西斯野兽的牙齿……"

蒋介石被强烈触动了！他极恼羞的目光斜乜住收音机。秘书官刚进来要报告什么，见状，即要关掉收音机，被蒋介石制止。

不客气的广播依然故我：“蒋介石常常小心隐藏自己的病状，但是解散民盟这件事却一下子就向全中国、全世界泄露了他已经何等衰弱不堪！”

“啪！”蒋介石咬着牙，一下子关掉了收音机，逼视着机子里的无形目标道：“好，就来看一看‘衰弱不堪’的是我蒋介石，还是你毛泽东！”

秘书官欲语还休。

蒋介石似有不祥预感，眼一乜道：“说！”

秘书官的目光懊丧地落在手中电报上：“趁我们调军支援东北，朱德指挥的华北野战军突然袭击……石家庄失守。”

蒋介石一掌击在案上：“一群不长脑子的饭桶！……”

1947 年 11 月 12 日的石家庄战役，中国人民解放军转入战略大进攻——挺进中原夺取了第一个城市；这是一颗红色的信号弹，预示着蒋家王朝的“总崩溃”已指日可待。

当再回看大地图时，蒋介石仿佛见着了在被自己国军包围的西北战区里——

《中国人民解放军宣言》，由小而大，由模糊而清晰。

《宣言》中又渐渐浮映出做着动员报告的毛泽东，但见他长臂一挥，向国人宣告：“打倒蒋介石，解放全中国！”

蒋介石眼睛一闭，须臾，再盯看地图时，幻像消失。

“告诉毛人凤，民盟的张澜、黄炎培、罗隆基几个，务必给我紧紧盯住，再逃走一个，我唯他是问！”

凡是共产党赞成、推崇的，他蒋介石就有一种天然的反感，他每每就自然而然地警惕、排斥，甚而必置之死地而后快。

为中国民主呼号的民盟，如今确面临着叵测的命运。

原本就是抱病东下的张澜，一个古稀之人，遇上这一前所未有而且完全是莫须有的打压，悲愤失度，终于病倒了。

一些天来，他就静卧在病榻上。软禁之人，不便去医院，只能待在银行宿舍的斗室里。枕头边一册插着小纸条的毛泽东《新民主主义论》陪伴着老人。少顷，他又看定床头柜上竹篾编织的飞机，侧身去拿，直觉着腰痛，手也有些不听使唤……

一阵上楼的脚步声传来。俄而，门未敲而开，闪出蒲生，一脸兴奋："老校长，看我变个精彩魔术，定叫你喜出望外！"

张澜大不以为然："就你这两下子，我早……"

蒲生故弄玄虚地唤着："变变变……变！"一声响喝，居然变出个大活人——张茂延。

茂延将手里的一坛泡菜往茶几上一放，叫着："爸爸！"便扑向床头。

张澜果然喜出望外："茂延？！……门口的特务没有难为你？"

蒲生拳头一扬，示着威："狗东西敢？！"随即便行家里手般地替张澜做起腰部按摩。

茂延久久端详着老父，眼里不觉浮上泪花："爸你病了？……"

张澜宽慰着："老毛病了，右半边身子不舒坦。"

蒲生禁不住揭开老底："什么老毛病？你腰杆子酸痛就是开追悼会那天叫狗特务打的。"他恨恨地冲外边莫名的暗探——特务瞪出厉眼。

"我来。"茂延接着蒲生，替老父轻揉慢抚起来，看看衰老的父亲，眼里的泪花不由自主地掉落了下来。

张澜爱嗔道："这里可不需要眼泪。不能叫蒋介石他们太高兴了。"

茂延应允着，渐自忍住泪水，记挂起什么，问："爸爸，民盟……"

张澜淡然一笑："从地上转到地下了，免得蒋介石找借口大捕杀。"

蒲生神秘兮兮地透着风："沈钧儒叔叔他们已经到了香港，好戏又要登台啦！"

茂延一下开心起来："真的？"

老父亲毅然颔首："嗯。"

茂延孩提般地手一拍："太好了！"

机灵的蒲生连连提醒："嘘——当心暗狗子听见。这周周边边的，都是毛人凤的狗特务！”

弄堂里的便衣们换班了。

接替的领班问：“老家伙没出去？”

交班的答：“在里头。他女儿从四川来了。”

领班的觉着匪夷所思：“发痴！还敢往这死网里钻？真不晓得他们这些个人到底图个什么！”

交班的大有同感：“叫他们参加政府，给大官做，这种美事儿多少人仰脑袋巴望着还轮不到，他们偏要做囚犯——活死人！嗤！”

领班的做出一副消息灵通的机密状：“何止是‘囚犯’，看这阵势，这帮‘活死人’迟早得吃枪子儿，变作……”

便衣们不会想到，还有“便衣”在窃听。那是“鸽子笼”的邻居。

年轻的丈夫贴着门缝听得心惊，急急告知妻子：“哎，他们说什么枪子儿！”

怀孕的妻子正在踏缝纫机做着小儿的衣裤，闻言也一惊：“得去给张老先生报个信！”

“嗯！”

大女儿的到来，使做父亲的也有了常人的天伦之乐。在眼下这种关禁闭做“囚徒”的日子里，实在太需要啦！

说到小儿子张嵛，张澜怎么也没有想通：“嵛儿怎么也会腰不好？”

茂延回说：“成都西医看了说是肾有毛病。”

蒲生也跟张澜有一样的迷惑：“会不会弄错？这么小，就……”

张澜从茂延手里接过竹篾编织的飞机，犹如见到小儿一般，心下着急：“你们不是刚搬回乡里了？去南充找叶炳道医师，他留学德国，回来又研究中医，医术很了得。”

茂延即刻叮嘱：“那只好拜托蒲生哥了。”

蒲生接手又替张澜按摩起来，嘴里大不情愿地嘟囔着：“我舍不得离开老校长。”眼里顿时浮出泪光。

张澜拉过蒲生的手，也动了感情："我哪里又舍得放你走呢？可你姐现在更需要你。周锋在牢里，她一个人会感到孤单的……"

蒲生去留两难。

张澜在蒲生手背上一拍："去吧。顺便带几封信，让潘文华、刘文辉再救救周锋他们看。"

蒲生目睹着自己还关着禁闭的老校长，忍着泪，点点头："嗯。"

黄炎培也病了，没有去医院，就在雁荡路83号自己的寓所里养歇。

躺在小院藤椅上的黄老先生晒着太阳，圆大的脸上了无昔日的光泽。椅边搁着张小桌，放着文房四宝。

传来夫人的声音："任之，表老来看你了！"

黄炎培从藤椅上欠起身子。

"躺着、躺着。"张澜彳亍而至，拄着拐杖的手示着意。

茂延连忙将挎着的篮子往小桌上一放，扶黄炎培躺下："黄叔叔！"

"茂延？什么时候来的？"

"前天。"

"你妈身子还好吗？"

"妈好。天天起早摸黑，精神着呢，就是老记挂你们，放心不下。"

"一定替我代为谢谢！"黄炎培嘱托了，径自叹出口大气，"我和你爸老不中用了。"

张澜与黄炎培自嘲地相顾失笑。

勤杂工锡如着即搬来藤椅。

"谢谢。"张澜致着意，人还没落坐，就发现了小桌上的小诗：

> 黄花心事有谁知，
> 傲尽风霜两鬓丝。

张澜将拐杖朝天一指，往地一戳："天知、地知，你知、我知。"

两老又心照不宣地惨惨一笑。

黄夫人姚维钧端来两杯白开水笑道："不敢破了表老你的规矩，请你们喝白开水。"

茂延将一篮子大枣往姚维钧的手里一送："这是妈让我带来的。"

姚维钧不好意思了："你妈也真是的，还记着这个！"

黄炎培打着趣："你拿白开水，换人家大红枣，可是'大赚'了！"

一围戏笑。

黄炎培端详着张澜道："表老，你气色不好，是不是也……"

张澜搪塞着："你一个人病就行了，不必非拉上我。"

黄炎培感慨良深地在张澜臂间一拍，尽在不言中。少顷，他问道："香港方面怎么样？"

张澜压低嗓子："多亏了恩来先生派人帮忙，总算顺利。中央、地方支部的委员差不多都到了。只是不晓得我们派去的罗涵先有没有到。"

黄炎培一瞟大门外，悄悄询问："蒋介石没有察觉吗？"

张澜判断着，头一摆："应该没有……"

传来敲门声。

两老心下一抽。

院门外的声音："黄炎培先生图章，江苏永乡挂号信。"

两老这才释然。

姚维钧去开了门，引进一个绿衣、绿帽的邮递员。他并没有把手里的信给黄夫人，而径直朝两老走来。

姚维钧急了："哎哎，你……"

邮递员扭首以手示嘴——收声，而后快步来到两老跟前，帽子一脱。

两老大愕道："周新民？！"

周新民低声相告："香港扩大会议已如期召开。"

张澜与黄炎培不由得低声地拍案叫好！

周新民兴致一提，又通报着："还有一个好消息。自从解放军攻下石家庄，只用半年时间就吃掉了蒋介石七十五万人，战争已经打出解放区！”

张澜、黄炎培、黄夫人、茂延惊喜不迭，又不便放声欢笑。

周新民抑制不住激奋：“毛主席说，这是蒋介石二十年反革命统治由发展到消灭的转折点，也是一百多年以来帝国主义在中国统治由发展到消灭的转折点。”

一围人大激奋！

张澜仰首浩叹：“‘光明’到底要来了！”

周新民仍不忘关照：“恩来先生再三叮嘱，要我们当心敌人狗急跳墙。”

张澜和黄炎培相顾颔首。

事已办妥，周新民故意粗声粗气地吆喝着：“哎呀，拿一个图章也那么久，我还要送七十八封信哪！”他亟亟回身出门。

张澜就势将开水杯一擎，别有寄意道：“任之，来，为我们终于能看到的——光明！”

正是为了这一来之大不易的光明，1948 年 1 月 5 日，中国民盟一届三中全会在上海和成银行驻香港办事处召开。

沈钧儒精神抖擞地扬着手中的信，转述着：“张澜主席、黄炎培和罗隆基等同志来信，对会议的精神没有一个字不同意。”

欢欣的掌声无拘无束地漫卷开来。

沈钧儒骄傲地向大会、向国人宣告：“民盟没有被消灭，又从地下走到地上。我们的政治路线是反蒋、反美，联共、联俄；我们的目标是——为彻底摧毁南京反动独裁政府，为彻底实现民主、和平、独立、统一的新中国而奋斗！”

《光明报》的出炉，便是再生者的崛起——冲着那在望的光明。

民盟的再生，连同“光明”的报纸传到南京，真把总裁室里的蒋大委员长激怒了！被就地封杀的民盟，居然又从南京、上海“流窜”到香港冒将出来！太岁头上动土，真是胆大妄为，岂有此理?！

一扫雍容的蒋介石把《光明报》一扔，倒没有拍案而起，而眼光里已是杀气纵横："好得很，跟共产党一唱一和，也要跟我'大决战'了！……接毛人凤。"

秘书官着即接通电话："毛人凤局长，委座有训示……"

蒋介石一把接过话筒训诫道："你怎么让民盟的人跑到香港去了？给我掐死它！……上海的三个人呢？嗯，那是他们的'灵魂'，我要让他们'灵魂出窍'！"

集益里8号和成银行宿舍首遭其难。

破门而入的军警一拥而入。

茂延在楼道里阻拦不及："你们干什么？"

领头的一声大喝："搜查！"

二楼张老先生的卧室，更是遭了大难。

众军警翻箱倒柜地大搜查。那领头的突然瞄见"三不"条幅，一把扯落地下。

茂延要去拾，被张澜止住。老人拄着拐杖，冷眼目睹着卑劣的"扫荡图"。

周新民的提醒应时冒出："当心敌人狗急跳墙！"

一军警瞄住了工艺品——竹篾编织的轮船、飞机，不无兴趣地一把抓过。

冷静的张澜霎时拐杖一戳，怒喝一声："你放下！"

那军警冷不防，真叫吓了一大跳！他仍不死心："我拿了又怎么样？"

张澜一脸少有的厉色："你敢拿，我就敢跟蒋介石要！"

一声"蒋介石"还是吓住了对方。

茂延乘势一把夺了回来。

领头的蓦然发现案头字迹，一把抓过："肝胆相照？……"他似悟出什么，一撕为二。

茂延急极："你？！"

张澜止住女儿，只在嘴角掠出一缕鄙夷的耻笑："哼！"

军警特务的突袭，也惊动了左邻右舍。

那弄堂口的“鸽子笼”里，灯早熄了，年轻的小两口倚在床头，屏息凝神地谛听着弄口的呵斥，不由得替仅有过一面之缘的张老先生担心。

妻子有一种不祥的直觉：“真怕要出事了？！”

丈夫也是一筹莫展：“见鬼，出不上力！……”

小两口子不约而同地齐齐瞄向斜对过。

此刻斜对过的张澜卧室里，茂延拾掇着老父的房间，心里是又恨又急：“爸，蒋介石是狗急跳墙——真要下手了，你还是跟黄叔叔一起到香港去。”

张澜估量着：“他要下手，现在怕还不到最后时刻……”

茂延不解。

张澜忖度着：“要解放军把他打入绝境，他才会彻底撕下面子。”俄而，他瞩目着竹篾轮船，徐徐拿过……

“我不担心自己，放心不下的是家里，是崙儿的病……”

四川南充南溪口的张澜家里，稚气得烂漫可掬的小张崙确是病得不轻。谁个见了保准会吓一大跳：从头到脚裹着毯子，只见一双小脚浸泡在浓浓的散发着中药味的大脚盆里。

一位中年医生正在跟刘慧征交代：“现在可以确诊，你儿子得的是肾炎……有危险。”他将做母亲的引领到门口，才轻轻吐出最后三个字。他正是张澜荐举的留德医师叶炳道，时年不惑。

刘慧征不觉打了个冷战问：“还……有救吗？”

叶炳道头微微一点：“我现在是西药、中药双管齐下，应该还有一线希望。”

对于叶炳道来说，治病，特别是挑战宛如死神的疑难杂症，是他生命的价值。好在自己开了同春堂药店，大多中草药齐备，一两味没货的，自己上山采。他悉心为小张崙调配了大剂量的重药，七帖中药往柜子上一放，他又去取瓶装成药，一转身，柜台上的药已被一个便衣拎起。

“我是来取药的。”手指一捅，一划，纸包的中药像雨点般地撒落一地。

另一便衣抢过叶炳道手里的瓶装成药：“哟，什么好东西，我看看……”将药瓶掼到地下，两脚一阵乱踩，顿时瓶碎药烂。

叶炳道气得发抖：“你、你们是什么人？出了人命你们要负责！”

便衣似乎还一本正经地应诺：“没错，没错，我们就是负责来收‘人命’的——小的、老的，一起收。”

另一便衣一脚踹倒柜台，两人一阵“狂轰滥炸”。

一介书生的叶炳道没见过这等凶蛮阵势，气、惊之下，一时目瞪口呆：“你们简直是……土匪！”

便衣一拳砸在叶炳道脸颊上，将他打翻在地，瞪眼警告着：“再看到你去张澜家，连你的小命也一起收走！”

刘慧征他们对所发生的，自然一无所知。

小张崙像往常一样，坐等在堂屋的大脚盆里，用竹篾扎着一只可爱的飞鸟。

刘慧征提着冲泡药水的开水壶进屋，估摸着时辰：“叶医生也该……”

继延听到什么声音：“来了。”

三人扭首，却见是惠延拉着蒲生与邓灵轩乡长进了门。两人手里都拎着一摞沉沉的玩具盒。

邓灵轩问：“大嫂子，你们这是在等谁呀？”

刘慧征道：“叶医生。”

邓灵轩头微微一摆道：“恐怕要来也进不了门啦。”

蒲生见刘慧征母子莫名其妙，便告诉他们：“门外地里、山坡上都是狗特务，我们是从后面青岗山小林子里穿过来的。”

张崙狠狠地发着誓：“等解放军来，就叫坏蛋他们吃子弹！”他从脚盆里站起，摸住一只玩具盒。

刘慧征瞄住玩具盒问："这是？"

不待邓灵轩、蒲生开口，小张崙老里老气地咬着妈的耳朵："游击队要的子弹。"

刘慧征不觉吃了一惊。

邓灵轩交着底："搁在乡政府里久了，靠不住，先分散藏着。快要派上用场了！"

张崙自告奋勇道："等我病好了，我去送给赵姐。"

做母亲的既忧心，又自豪，轻轻揽过爱子："好、好，你现在先歇着。"

这一天，叶炳道医师终究还是没有能够来。望着熟睡的爱子张崙，焦虑的刘慧征彻夜难眠。你看，小家伙手里仍捏着折了一半的飞鸟，变得惨白的小脸上还挂着一丝显然做着美梦的微笑……

慈母的眼泪滴洒在爱子的脸庞上，她徐徐接过飞鸟……

小儿子身上发生的险情，身在上海的老父亲当然一无所知。

虽然集益里整条弄堂被军警便衣围箍得如同铁桶一般，但是张老先生依然我行我素，睡自己的午觉。

茂延静静地守护着午休中的老父，不晓怎么，有点神不守舍。

张澜感应到什么似的，眼皮一下睁开了。

"爸，你醒了？"

"又梦见你妈和崙儿了。"

"那是你想的！再睡一会，还有五十分钟。"

张澜不睡了，欠身而起："早点去，不要叫人家丁院长等我们。"

他是应上海虹桥疗养院丁惠康院长之邀去体检的。

一位颇有学者风度的中年白衣大夫，在屏风内亲自替张澜做检查。他便是院长丁惠康，时年四十四。

丁惠康收起听筒关照："表老哇，你齿槽脓肿，特别是右半身有点麻木不遂，体质太虚，最好来疗养一段时间。"

未待张澜回复，屏风外的罗隆基穿着一身疗养服就欣欣然过来应答："那再好不过，跟我做个伴。"

"爸爸，你实在需要养养了。"

丁惠康一瞥门口的便衣特务，低声道："这里比你在家里安全一些。"

张澜眼里一记闪烁。他看定好心的院长道："谢谢丁院长。再……等一阵。"

张澜与大女儿茂延由罗隆基陪着走出门诊室，上到二楼住院区，一路上无处不是游弋的便衣特务，令一些病人唯恐避之不及。

一名个子高挑的白衣大夫迎面撞上两个挡道的便衣，眉头一皱，直道："你们能不能到楼下大厅坐坐？"

两便衣倒不曾想到，怪怪地一笑，教训道："你还要穿这身白大褂的话，就少管闲事。"

罗隆基领着张澜父女走进顶头的206病房。

有心的茂延想将门关上，又被便衣推开了。

"哎，刚才那位高个子青年医生是谁？倒有点骨气哟。"张澜对高个子青年医师很有些好感。

"叫郑定竹，疗养院副院长，还是肺科专家，好了得！"罗隆基亦有同样的好感。

张澜瞄一眼罗曼蒂克的留美书生，摆首笑笑。

罗隆基习惯地开着玩笑："我们这种'囚犯'的日子，何时能出头？"

张澜压低嗓音："快了。"

"哦？"罗隆基兴致顿时提起，忘了身在何处，开口欲究其详，被张澜断住。张澜不失机敏地一乜门外，只在老朋友手上一摁、一拍。

聪明的罗隆基本是性情中人，即刻回神，一敲自己脑门，颇罗曼蒂克地自嘲着："咳，不被软禁，真不知道自由的可贵哇！"

"别太浪漫。你我是'人家'的瓮中之鳖。我太了解这位蒋先生的脾气了。'前方'大不妙，你我就'大不妙'。"

罗隆基豁出去了："我倒喜欢这个'大不妙'。"

张澜一笑："哦？"

两人相顾而笑。

门口监视的两个便衣听得如在五里雾中：

"什么'大妙''大不妙'的？"

"一对怪人！"

"大不妙"的事情还是发生了。不在上海，而是在张澜先生的家乡。

四川南充南溪口的家，跟上海集益里的家没什么两样，江头、山下，前前后后满布着军警、特务。

上午，一切还是那么沉寂，而这沉寂中又透出一种无形的迫压。

脸色益发惨白、神气益见衰竭的小张嵛手里捏着已然编织好的一只振翅飞翔的竹篾小鸟："二姐，看——"

继延接过鸟："真可爱，像真能飞的一样！"

张嵛眼里不晓怎么划过一缕不祥的波光，突然问："二姐，你晓得……哪天解放啊？我看不看得到解放军？"

继延心里一记"咯噔"："快了、快了，小弟一定看得到解放军！"做姐的强忍着势欲破眶而出的泪水，不能不连连宽慰着。

张嵛眼里那不祥的波光消淡了些许。小家伙笑了，笑得很甜，充满对"快了"的企盼，烂漫的企盼……

小惠延抢在母亲头里，端着一小碗什么进门："哥，妈给做了红枣蛋汤，来，我喂你。"

张嵛道："谢谢妈。"

刘慧征心下一抽，爱嗔着："这娃娃，妈还用谢？"

小惠延喂了小哥一口蛋汤，问："好吃吗？"

"好吃。"张嵛拉过惠延小妹，"你也吃。"

惠延连连摇头："哥吃！"

张嵛又喝了一口汤，吃力地扬起"飞鸟"，憧憬着："我要变作一只鸟，飞到爸爸身边去！"

潜意识使然，刘慧征心下一阵颤动！

谁人能料，就在这转瞬之间，半空里的“飞鸟”就这么停住了，定格了……

就在这一天下午，聪明、可爱、充满灵气的小张崙还来不及飞翔，来不及飞到他神往了好久、好久的住着父亲的上海，就……走了——走得是那么快！那么早！他是绝不该那么早走的呀！

青岗山下，竹林丛中，在兄长张慕良的坟茔边，又耸起一座娇小的坟茔。青青的竹林，郁郁的梅林，静静地守护着，仿佛是在倾听一个母亲的“天问”：“你们为什么不让我儿子看病？为什么？你们为什么呀？！……”

许是历史的安排，南京召开了首届国民党代表大会，蒋介石终于登上了梦寐已久的宝座——当上了中华民国的总统！

先是《中央日报》，后是《和平日报》《国民日报》……全国各地报纸、电台也接踵报道着新大总统的消息。

照相中，身着戎装的新总统蒋介石在爆竹、锣鼓以及游行的声浪中，频频含笑致意，一脸春风，又很有些雍容了。

而上海集益里这头的形势，是益发严酷。看看换防的军警一批甚似一批就晓得了。

颐指气使的军警，也有碰上克星的时候。且看：

一辆黑色轿车不期而至，警卫员将车门打开，步出一身戎装的邓锡侯，并没有将游弋的便衣们放在眼里：“张澜先生住这里？”

领头的便衣一时摸不着头脑：“是、是。长官是？”

警卫介绍着：“我们邓司令！”

邓锡侯径自往弄里寻去。

右对过门一开，走出那位年轻的丈夫，热心指引着：“是找张老先生？喏，对过，8号。”

邓锡侯倒是没有想到，即刻致意：“谢谢。”

年轻丈夫怕失去良机，悄声央求着："长官可得救他出去！张老先生是个大好人！"

邓锡侯不觉感怀地掂量了一下这陌生的年轻人，允诺一般地点下头。

警卫敲开门，邓锡侯见到的是茂延。

"邓主任？！"

门口不便多说，茂延径直将大稀客引上二楼父亲的卧室。

邓锡侯一握住"大好人"的手，就倒开苦水："蒋介石一当上总统，就把我这个川康绥靖公署主任撤了！"

张澜反而笑了："算你走运。"

邓锡侯糊涂了："嗯？"

"坐，坐。"张澜兀自坐落在藤椅上，"他当上总统，我看寿命不会比袁世凯八十三天的皇帝长多少。你晋康兄难道还想一起陪葬吗？"

邓锡侯心下一震，恍然有悟。有顷，他亟亟问道："我回去该怎么行动？"

张澜肃然思量着："你在四川有影响，也算得有人望。早点回去，团结好地方各派力量，准备迎接解放。"

邓锡侯踌躇着："我是个大军阀，共产党能容得下？不会像蒋介石一样……"

张澜即刻横生感慨："蒋介石、毛泽东，我都交往过，两个领袖级的人物实在不可同日而语。莫看蒋介石现在当了总统，将来得天下的，必是毛泽东！"

邓锡侯身心又一震，俄而，头一点道："我……相信表老的眼光。"

"不要听信谣言。我读过毛泽东的《新民主主义论》，共产党今天要实行的是新民主主义。他们素来重信誉，对将功赎罪的人，有功于民族的人，会竭诚欢迎的。"

邓锡侯若有所悟，放下点儿心。

张澜想到什么，紧紧叮嘱："民盟、共产党方面被关押的人，你可以跟调回四川西南军政长官公署的张群联络，尽量救人，不要错过立功的最后机会。”

邓锡侯肃然承诺：“你放心。”

囚禁归囚禁，张澜散步的习惯照旧，随你怎么跟屁股盯梢。

吃过晚饭，茂延陪着老父来到黄浦江畔。嘉陵江见不着了，又有一条黄浦江，一样不错，都通往大海，激流澎湃，一样有情味。

后面紧紧“护驾”的自然是便衣们，还有那辆跟屁虫似的吉普车。

小贩、小摊、小店，沿途不绝。

一摊主在吆喝：“贱卖、贱卖喽，美国货贱卖喽！老先生，你不看一看？”

张澜不觉停下了脚步。

摊主来了劲，引指满地的杂货兜揽着：“这水壶怎么样？老先生你抽烟，就来只打火机？”

茂延看得有点眼花缭乱，问：“这是什么？”

摊主回道：“黄油。都是地道的美国货！”

张澜眉梢一皱，接着问：“有中国货吗？”

摊主一愣道：“中国货？老先生你开玩笑？这年头，打不完的仗，不是流血，就是送命，哪还有什么‘中国货’？”

张澜大生共鸣！

像是应验，又一群江北的难民擦肩而过。

张澜刚想问什么，只听得“嘭”的一声响，摊子里美国造的水壶、饭盒、茶缸之类被踢得满地翻滚。

摊主莫名其妙，急恼地扭身要问罪，却见是一班便衣特务。

便衣指斥着：“说什么呢？反对政府？！”

摊主只能赔起笑脸：“我做小本生意，混口饭吃吃，哪敢反什么‘政府’？”

张澜根本不看便衣一眼，直言道：“小师傅你说得一点没错。你卖的是美国货，这仗，也是打个没完没了。”他俯身帮着摊主拾掇被踢飞满地的货物。

茂延也随即帮着收捡。

摊主连连自己动手道："哎哎，不敢不敢，我来，我自己来。"

张澜致着歉："对不起呀，小兄弟。"

摊主反倒不安了："又不是你……"见一旁的便衣正虎视眈眈着，不得不吞回下面的话。

张澜与茂延随即沿江而下，便衣特务又接踵咬上。

"这老先生是'犯人'？……咳，看我想哪里去了！"摊主狠狠给了自己一个耳光，"嗯，如今好人才犯罪！"

父女俩拐到路口，张澜没让女儿扶，自己拄着手杖，穿过路口，登上堤岸。

茂延显然看出什么，乐了："爸一见到江，就来劲了！"

张澜欣欣然边走边观赏着黄浦江，兴意勃发："从四川的嘉陵江，到武汉、南京的长江，现在又来到上海的黄浦江，你莫说，爸跟江还真算有缘哪！"

江流有情，浩荡的黄色浪潮千层万丛，滚滚滔滔。

"百川归海。该是时候啦！"

"爸，你现在还是半个'犯人'哪！"

"不是'犯人'，我恐怕还感受不深哪！"

蓦然传来淑延的呼唤："爸爸——姐姐——"

张澜与茂延惊回首，见是淑延跟一个显然是同学的女伴，飞步奔来。

"爸爸！"淑延又一下紧抱住老父，就哭了。

张澜爱抚着三女儿："见了面，高兴才对。这位是？"

淑延一抹泪眼，介绍道："这是我在四川幼师的同学，上海人秦凤娟。"

秦凤娟敬重地补充着："重庆谈判的时候，我就想跟淑延来看您了。"

"怎么不来？"

"不敢。听说毛主席还三次登门拜访您呢！"

“那是人家润之先生礼贤下士。”

淑延与凤娟发现了尾巴——便衣特务。

淑延悄声问道：“爸，他们就天天这么跟着？”

张澜淡然一笑：“怕不怕？”

淑延鼻子里一“哼”：“怕？才不！”

秦凤娟也很有点个性，还凑着趣道：“那是看得起老校长您，我和淑延还没人‘护送’哩！”

张澜呵呵笑了，笑得便衣们好一阵窘恼！

淑延一把拉住老父往回走：“快回去，凤娟专门买了上海大闸蟹请客。”

“家”里的一楼小会议室，眼下成了小餐厅。桌上的金红色大闸蟹，着实吊人胃口。

秦凤娟捏着筷子，兴味盎然地歪着头问：“老校长，味道怎么样？”

张澜咀嚼着：“还真鲜嫩！可惜我这牙齿……”

茂延和淑延特地剔出蟹肉，直往老父碗里送。

张澜不得不抬手挡住：“你们是要让我去医院‘消化’怎么的？”

秦凤娟“扑哧”失笑。

张澜难得有此食欲与雅兴，不觉念及什么，问：“淑延，你有没有回乡里去看看？”

淑延心里一记“咯噔”，跟茂延交换着眼光：“妈、家里……都好。”

张澜有点不信：“警察局、特务没有来找麻烦？”

淑延顿时来了气：“徐远举、徐中齐，一个保密局、一个警察局，就是咬着我们不放。”

张澜自我解着嘲：“那也是‘看得起’我张澜家呀，是不是？”他的目光故意投往秦凤娟。

秦凤娟一面啃着蟹，一面点头：“就是！就是！”

“你小弟的病好点没有？”

老父亲这一问，淑延欲言又止。茂延亟亟摇首示意。

淑延只得支吾着："小弟他……"她不晓得如何回答才是。

张澜仍未在意："找叶炳道医生看了？"

淑延头一点回答："叶医生真上心，来家里看过好几趟。"

张澜释然一叹："有叶医生看，我就放心了。我还要坐你小弟的'飞机'去延安哪，呵呵！"

淑延心里一阵酸楚，竟而失声痛哭开来。

茂延毕竟是大姐，可制止已晚："淑延！你怎么……"

张澜这才醒神，饭碗一顿："崙儿？！……"

淑延："他……"

茂延也是泪眼汪汪："吃了叶医生药，病本来已经有好转，可叶医生被便衣特务打了，他的药店也被砸了。妈、二妹和蒲生哥他们几次送小弟去南充找叶医生，特务就是不许……"

张澜强自抑制住太意外的悲痛，问："是……什么时候？"

茂延回道："3月。"

淑延哽咽着："妈怕你难过，没敢告诉你。我也是这次回家才晓得的。"

张澜憋着眼泪，咬着牙关，久久无语，无语！无语！！

茂延担心起来："爸爸！"

秦凤娟也不晓怎么宽慰才好："老校长……"

张澜噙泪的双眸，破窗而出，追视着无形的杀人者，一语冲出："这帮丧尽人性的东西，简直已不是人类！……哼哼，那正是蒋介石当上总统的日子！就靠这种令人不齿的特务、警察、军队……你还叫政府？你还当总统？你还想独霸天下？可悲！……"

凄苦、悲愤的泪水终于夺眶而出！

又一辆豪华的小轿车开到"壁垒森严"的集益里。这回跟上次邓锡侯来可大不一样。

一辆小轿车刚停下，几个便衣就恭敬地拉开车门。跨出车门的是与张澜阔别已久的张君劢。

领头的一脸热忱："是张君劢主席吗？"

张君劢微微一怔："你怎么晓得？"

领头的殷勤备至："毛森局长关照过。您这边请——"

茂延将张君劢引进卧室，着实令屋里的张澜大料不及。没有握手，只有眼光的对接与碰撞。张澜一睃昔日的同仁道："久违。今天怎么到我这个囚犯的'牢房'里来了？"

张君劢的目光在壁间"肝胆相照"条幅上一顿："我张君劢虽然被贵盟除名，但见到你们又在香港重新开张，还是为你们高兴。"

张澜只轻"喔"一声，无意迂回："今天怕不是为此而来的吧？"

张君劢干脆开门见山："为蒋总统。"

张澜眉端一耸。

张君劢心事重重道："内战越打越大，蒋总统对中国的命运很忧虑，他想再次呼唤和平，至于个人的得失进退，他已在所不惜。"

张澜嘴角掠出一丝讪笑："你信？"

张君劢一脸正色道："不信就不来了。蒋总统甚至不惜下野，就是诚心的表示。可话说回来，蒋总统真要是……下野，中国必定大乱！那……谁来收拾？"

"你担心？"

"我担心。表方兄，我们曾一起为求民主、求团结、求和平不顾身家性命地呐喊、奔走。纵然我们分手了，我想，此心不灭！"

张澜利箭般的目光直趋对方："你想怎么？"

张君劢不遮不掩道："我希望重新启动的民盟，能再为国共和谈斡旋；希望民盟主席——表方兄能去信蒋总统，劝阻他下野。总统对你，从心里还是很敬重的。"

张澜不堪痛惜地喟叹了："张君劢呀张君劢，我们真到了道不同不相为谋的地步了。你信蒋介石，我不信。我见过他不止一次地'下野'，可他一直就在台上。你放宽心，他绝不是要下野的人！"

张君劢大不以为然："表方兄，你对蒋总统的成见太深！"

张澜嗤地一笑："他现在是打不赢共产党。你难道没见？东北打丢了，中原、华东我看也差不多了。他是想找机会喘息一下，等气回过来，又会把什么'和平''下野'都甩到东海里去！"

张君劢不由得反击了："表方兄，你就那么相信毛泽东？"他的目光瞄住了"肝胆相照"的条幅。

张澜毫不避讳地回复："所以我没有你的担心。中国的大乱已经到了尽头，记得宋朝王安石那句绝唱吗？'总把新桃换旧符。'"

张君劢也回以漠然的一笑。他从心里不以为那"新桃"换得了这"旧符"。

就好像应验着张澜的"绝唱"，历史已然露出"旧符"与"新桃"从碰撞而至交替的端倪。

1949 年 1 月 1 日，蒋介石在《中央日报》登出《新年文告》，已不那么雍容地表示："愿与（共产党）商讨停止战事、恢复和平的具体方法。……"

蒋介石不甘做"旧符"。这位可爱的独裁先生，在总统座椅上，不过才坐了九个月，就被中国人民解放军的辽沈、淮海、平津三大战役，吃掉了长江以北的半壁江山。他不得不又祭起和谈的旗幡，甚而不惜下野，要"立地成佛"了。

蒋总统等待着。

他并不急于独坐在政府办公楼里，而近期大多在美龄宫内。

蒋介石身着长衫，陪着夫人宋美龄在庭院里信步，悠然中透出自甘下野的风范。

蒋介石目光一沉，在草石间似乎瞄见了谁人，道："这个李宗仁，我不过向共产党做个姿态，他还真要取我而代之了！"

宋美龄淡淡一笑，不失温文尔雅："你就让他尝尝焦头烂额的滋味。班底都是你的，到时候你再出来收拾，会更得人心。"

蒋介石思忖着，微微"嗯"出一声："刚才你说美国记者发了什么消息？"

宋美龄告知："合众国际社的高尔雅，前两天刚采访了张澜，报纸一登出，满世界都晓得了，他和民盟拥护共产党，赞成共产主义。"

蒋介石猝然停住脚步，居心叵测地一点："共产党会替他惋惜的。"

温文尔雅的宋美龄也不由得一愣。她想叮嘱什么，可是又止住了。

严密监守的集益里，令街坊路人唯恐避之不及，偏偏就有吃了豹子胆的人闯上门来。

这不，又一位不速之客，还开着军用吉普车风尘仆仆奔来，便衣们有密令在身，"大胆闯入者，可先斩后奏"。没等吉普车停住，监守的军警就顶头挡住："干什么的？"

车里走出一位军官。来人是杨家桢，国民党刘文辉第二十四军参谋长。

杨家桢倒是不曾料到："看张澜先生。"

领头的断然回绝："不行。他是政府软禁的要犯！"

杨家桢也不买账，手往后一招。

吉普车中即刻跃出四名武装卫士。

杨家桢拨开领班，径自长驱直入！

领班的一愣："报告毛森局长！"

一便衣疾步钻入对过的裁缝店。

杨家桢是奉刘文辉司令之命，从南京专程赶赴上海请教张澜先生国事的。刘文辉自己受总统之约束，不便脱身。

张澜如实告诉杨家桢："蒋介石召见刘文辉司令，无非是想要安抚住四川的实力派。"

杨家桢也实话实说："刘司令特地让我赶来请教先生，他回四川后，该如何行动？"

张澜着即叮嘱："告诉刘文辉司令，三五个月内，时局当会有大变化。四川是战略要冲，少不了一场决战。你们要早做准备，好迎接解放。"

杨家桢挺身立正："是。张老先生这里要不要我们……"

张澜头一摆：“你‘要’也没用，这里是蒋介石、毛森的地盘。”

杨家桢还是放心不下：“不妨试一试？未必就……”

张澜抬手回谢：“国事当先。”

杨家桢倒是不曾料到，不由得感佩地一点头，着即从上衣兜里取出一张支票：“表方先生，这是刘司令捐助民盟活动的五十两黄金。”

张澜没有去接下支票：“蒋介石总统是想将民盟逼到‘山穷水尽’——不垮自垮，哼哼，我们未必就会……”

杨家桢心下感怀，还是将支票按入张澜手心：“张老先生，这也是刘文辉司令对你、对民盟的一份心意。我看，时下的中国，不能缺失你们民盟。”

张澜不由得掂量着眼下的刘文辉属下：“哦？”

杨家桢再度将支票摁入张澜手心：“你若不接，刘司令会……”

“刘文辉司令对我们民盟的美意，张某心领了。替我谢谢……”张澜话未及说完，门口传来什么声响。

杨家桢倒并未在意，倒是张澜警觉了，立马提上醒：“这里不安全，你快走。”

杨家桢心动之下，挺身行了一个军礼！

1949 年 1 月 23 日，茂延陪着老父亲与叶笃义来虹桥疗养院看望罗隆基。

罗隆基见茂延兴味盎然地抚弄着自己的英文打字机，便问：“怎么，想学？”

茂延看一眼老父，头一点。

罗隆基爽快地一拍打字机道：“拿去用吧。”

茂延开心得一跳而起：“谢谢罗叔叔！”

张澜旋即叮嘱：“借了罗叔叔的英文打字机，就要练出个样子来。”

茂延往机子跟前一坐，头一点：“嗯！”

罗隆基念及什么，悄声问：“哎，任之兄‘准备’得怎么样了？”

叶笃义悄声相告：“这几天就可以出走。”

罗隆基庆幸着："蒋介石也罢，李宗仁也罢，要'瓮中捉鳖'，总算又少了一只鳖。"

叶笃义却"庆幸"不起来，忡忡地看定眼门前的两个囚禁中人道："只是表老和你，凶险更大。从盯梢的特务看，大大加码了……"

丁惠康的声音传来："你们这算个什么？要听就进去听。"

探出半个身子的特务立即缩回。

丁惠康显然已经晓得张澜来了，手里还捏着化验单，进门就直言道出："张老先生你来得好，我正要找你。喏，化验报告出来了，你还有尿道感染，病不少。我看你今天就不要回去了，马上住院，给你全面体检一下，好好治治。"

张澜领悟丁惠康院长"双关"的好心，想了想问："一个星期后再来住院行吗？"

丁惠康弦外有音："你病情严重，再拖会有危险。205隔壁的病房今天刚空出，再迟又满了。"

茂延听出丁院长的弦外之音："爸爸，你就听院长的。"

罗隆基欢迎道："好！好！我们正好做个伴。表老？"

张澜不能不为丁院长盛情所动，手杖往地下一戳，下了决心："听你院长的。"

张澜在住院的第一天，已换了病号服，躺在病床上接待了从南京赶来的邵力子。

两天后李宗仁代总统特派国际部副部长甘介侯，赶来上海拜会民盟主席张澜；第四天，又再派国民参政会秘书长邵力子专程前来，请张澜出山斡旋国共和谈。

一旁的罗隆基弄不懂了："现在是怎么回事？走马灯一样！又来找被勒令取缔的民盟了？"

邵力子焉能不知罗隆基话中的积怨？只能尴尬地一摆手，缓言道："过去的事，很抱歉，我们也是奉蒋委员长之命行事。现在李代总统诚心请表老你……"

张澜有心一点："李宗仁先生是不是想划江而治，同时又让我们去稳住共产党？要是换了你仲辉兄，说句良心话，你能同意吗？”

邵力子噎住。他也只能噎住！怎么回答呢？

张澜直言不讳：“和谈，已经被蒋介石彻底葬送。从重庆谈判，到南京和谈，我们民盟实实在在地尽了斡旋之力，到头来怎么样？抓的抓、杀的杀，还落得个‘非法’的罪名。润之、恩来先生他们更是仁至义尽，到头来却成了‘共匪’，非要将他们‘戡乱’——杀绝不可。难道还有和谈的余地吗？没有了！没有了！绝无和谈的余地了！”

邵力子无言以对，只有仰首浩叹！

国共的决战，到了关键时刻，蒋大总统决不允许后院起火。甘介侯、邵力子之行既不成，张澜的民盟又不肯从中斡旋，那就必须消弭这隐患！

在国民政府保密局上海办事处，毛人凤亮出蒋介石手谕：“总统手谕，从现在起，一切反政府的危险分子，一律解决掉，决不留给共产党。”此公便是威名赫赫的毛人凤，国民政府保密局局长，时年五十一。

陈大庆不无犹豫，问：“李代总统的意思？”他是陈大庆，上海淞沪警备司令部副司令。

毛人凤正色提醒：“我们保密局，唯蒋总统之命是从！”

毛森立即请命：“何时行动？”他便是毛森，上海警察局局长，特务头子。

毛人凤决然下令：“就从虹桥疗养院的张澜、罗隆基两个首恶分子开刀！”

第十五章　直面死神

在中国上下五千年的发展史上，这是一个“总把新桃换旧符”的时刻，是一个太值得记取的国家——社会大变天的时刻。

1949 年 4 月 23 日。中华民国的青天白日旗从南京总统府的旗杆顶上被抛落下来，一面火焰般鲜艳的红旗升了上去。

白云蓝天，劲风中招展的红旗哗哗作响。

虽然国共的决战，大局已定，而黎明前夕的激战仍在血雨腥风中进行。

坚守在保密局上海办事处的毛人凤已得到蒋介石密电：

> ……所有在押共产党员、民主分子、嫌疑犯，包括保释出去的政治犯，一律处置，不给共产党留下活口。……

电话铃响。

毛人凤一接听就光火：“……还等什么？马上逮捕张澜、罗隆基，听候蒋总统发落。再出意外，我拿你陈大庆司令和他毛森局长是问！”搁下电话，他取过一份要立马处决的黑名册，迅捷打开。

上海警备司令部方面，陈大庆司令自然不敢稍有延缓，于 5 月 9 日，紧急召开稽查处与警备大队会议。

陈大庆一脸正色道：“……情势很危急，解放军开始攻打上海，不论成败，我们不能给共产党留下他们需要的人。”

周力行无意一般接口而问：“虹桥疗养院的张澜、罗隆基如何处置？”此人系警备司令部副司令，年在不惑。

陈大庆一锤敲定：“马上逮捕！是送台湾，还是就地解决，听候蒋总统训示。行动！”

非常时期的行动，亦是非常的。紧急会议一散，三辆军用吉普车就疾驰而至上海虹桥疗养院，撇下拦问的传达室工友，径自闯入。

一些病人与路客见状无不悚然！

不远处，抓捕人的警车声不时可闻。

正在一楼门诊的郑定竹医生不意间从窗户里发现，吉普车上跳下一个身材奇高奇大的黑脸警官，随即接踵跳下十几个武装的军警，直扑住院楼。

郑定竹心下猛可一拎，下意识地站了起来。

那黑脸大汉一到住院楼楼口，就命令两名手下：“不准任何人进出！”大汉叫阎锦文，警备三大队大队副，时年三十余。

两军警挺身应命：“是。”

进出的病人与医生护士一个个不知所措，大惊失色！

另一溜武装军警直趋楼内，在木楼梯上“咚咚”地疾跑，惊吓得楼道中人纷纷避让。

“抓人？”

“抓到医院里来了？”

“难道是……”

避让的人们不期而然，将紧张的目光投向二楼。

阎锦文上得二楼，一眼瞄定楼口子上的205房号，手枪一指：“一组，抓罗隆基；二组，跟我来——”

205的房门被踹开了。

但闻房内罗隆基的声音：“干什么？你们……”

军警的声音：“抓人！押走！”

阎锦文自己两三步来到相邻的206病房，一脚踹开房门。

病房里，张澜正坐在椅上看《墨子》，见闯来一个黑脸大汉，瞪着眼，横着枪，凶神恶煞一般，心下顿自一抽，已然料得什么，但仍未起身。

阎锦文喝令着："起来，跟我走！"

"去哪里？"

"去了你就晓得！"

张澜心里明白，蒋介石下手了！他手杖一戳道："你们凭什么抓人？我张澜犯了哪条国法？"

阎锦文哪有心思饶舌，冷冷道："我们是奉命行事。押走！"

张澜眼里燃出火，手杖重重一顿："无缘无故，无凭无据，就跑到医院里来抓人，你们还有没有天理、国法？"

不谅发起火来的老夫子居然有这等气势，莫说手下，就是连阎锦文这名黑脸大汉也不由得暗暗一惊。

隔壁房里也传来罗隆基与军警的争辩声。

门口虽有军警，还是围聚着一些个胆大的护士、病友：

"老先生是病人，你们不能这样。"

"要抓也得等看好病嘛。"

"就是。"

…… ……

"砰！"阎锦文当空一枪，又挥枪往人群一划："再闹，连你们也抓走！"

围聚的人们哑口了。

军警驱喝着："还不走？！"

阎锦文挥手冲下属一拨道："押走！"

张澜手杖在地板上又两顿，断然回敬："我哪里也不去。要杀头，就在这里！请便！"

一语出，众人皆愕然。

不曾预料的阎锦文也不由得掂量起眼皮下这个长胡子老夫子来："嗄，看不出你老还有这等倔脾气！今天你是走也得走，不走也得走！

给我……”

这时郑定竹从人丛里挤出。

军警枪一横喝止：“站住！”

郑定竹自我介绍着：“我是这里的医生，叫郑定竹，丁院长去欧洲考察，现在我负责。”

阎锦文手枪一拨道：“不关你的事，我们在执行公务。给我带走！”

郑定竹扬臂阻止道：“不能带走。张老先生和隔壁罗先生都是重病人。”

阎锦文耻笑着：“重病人？是避难人吧！”他眼光里的戾气直逼郑定竹。

郑定竹是有备而来，将手里的两份病历卡一亮，又道：“我不懂政治，只会看病，这位张老先生患的齿槽脓肿、尿道炎，眼睛不好，还半身不遂。”

阎锦文抓过来一看，又瞟一眼张澜。

此时护士长也硬着头皮挤进来，扶张澜坐回椅子上。

阎锦文抬眼往隔壁一睃，叮问：“隔壁那个什么病？”

郑定竹又亮出另一份病历卡：“罗先生患的是肺结核、糖尿病。喏，上面都记着。”

阎锦文审看着，一时有点拿捏不定。

郑定竹攫住时机直言：“就是监牢里的犯人还能保外就医，何况他们两位本就是住院的重病人。你要是带走他俩，出这医院，我们监护不了，他俩怕就会有生命危险，谁敢负这个责？！”

这着实将了阎锦文一军——他也不敢负这个责，自己只是奉命抓人哪。他又审核一遍病历，少顷，眼珠子一瞪：“你能担保？”

郑定竹几乎来不及思考就应承：“我担保。”

护士长有心点明：“他是我们副院长。”

阎锦文头一摆：“不！我要你以身家性命担保。”

他这一军，也把郑定竹将着了。郑定竹怎么会想到呢？

房内人、门口人一听，个个心里揪紧了！

张澜发话了：“郑医生，你不必担保。我哪里也不去，要杀头，当着大家的面；我不喜欢背地里被人捅刀。”

郑定竹不能不被张澜的气度感染，立马回复阎锦文：“好，我以身家性命担保！”

阎锦文坐蜡了。他不得不避开众人，独自来护士办公室电话请示：“……病倒是不假。我怕万一真在路上，或是在看守所死了，上头又要带人去台湾，那我、你局长怕都担待不起呀！……是。”

他回到205病房时，郑定竹便将写好的担保书交给阎锦文：“我的车子、房子，一个老婆、三个孩子，全都押上了。”

阎锦文审看着担保书，寒森森的目光在郑定竹脸上一盘旋：“敲章吧。”

郑定竹问：“疗养院的？”

阎锦文头又一摆：“要算账，是找你——郑定竹一家！”

郑定竹不顾张澜的再三劝阻，驾着自己的奥斯汀小车，在一名队副的监督下，亟亟往家里赶，连白大褂都来不及换下。

他家住在林森中路，培恩公寓42室，是私家小楼兼作私人诊所。

因为离疗养院不算远，一会就到家。

小车一停，郑定竹捏着担保书便钻身而出。队副着即跟上。

年正而立的夫人汪婉清，长得眉清目秀，也是肺科医生，很有点大家闺秀的风韵。听说要图章，夫人瞟一眼显然是监督的军警，心下犯疑，又不便追问，只得往案头开了锁，一面从抽屉里取出印章，实在憋不住想问个究竟，被先生示意止住了：“没什么、没什么，不过一份证明书。”郑定竹只能含糊其词，接过玉质印章，在印泥上一摁，便盖到担保书上。

犯疑着的夫人想看看，手还不及伸，担保书已被押解队副取走了。

阎锦文看罢担保书，诧异的目光又在郑定竹脸上盘旋了几圈，有意地将担保书在担保人眼下一划，揣入衣兜。他随即通知郑定竹：“205房的人，并到206房去。”

郑定竹未解其意：“那205这一间？”

“我们用。”阎锦文直截了当告知了郑定竹，又厉色交代手下，“从现在起，一组、二组你们二十四小时轮流监视，任何人不得接触里面的人！”

两组组长着即应命：“是！”

父亲疗养院里的突变风云，做女儿的自然一无所知。茂延借了罗叔叔的英文打字机学得飞快，还赶上了教会医院的招聘。

一个穿着斗篷状黑色教服，显然是院长的中年美国传教士，在面试最后三个报考英文打字员的中国女子。

其中一个就是茂延。

院长继续口授着：“……人类不需要子弹与枪炮，需要和平与微笑。”

茂延眉梢一皱，还是飞快地打完字。

另两个稍慢半拍。

一个监考的传教士一一取过三份打印稿，交给了口授的院长。

院长审览了打印稿，踱到茂延跟前：“你为什么应聘我们美国教会医院的英文打字员？”

茂延实话实说：“补贴家用。”

院长眉头一皱问：“你……难道喜欢‘子弹与枪炮’？”

茂延不想隐瞒道：“我和中国的同胞姐妹一样，需要和平与微笑，但你们美国政府送到中国来的偏偏是子弹与枪炮。”

一室惊愕！

身为美国传教士的院长也不由得一阵诧异。他既有点窘迫，又有点震动！未几，转身向另两个：“你两个为什么来应聘？”

一个女学生回答：“我喜欢美国！它自由、开放、富有，我希望有一天能踏上美利坚合众国的土地。”

院长未置可否，将目光投向第三个应聘者。

另一个女同胞回答：“我和丈夫都失业了，我……要生存。”

茂延一下站立起来表示：“院长先生，如果贵院只取一名，应该是这位；我，至少现在还能够生存。”

院长第二次震动了！他思量片刻决定：“你和这位，我们都取了。”

等在教会医院大门外的三妹淑延，一听到大姐录取的消息，一下搂住茂延直跳："快，告诉爸去！"

姐妹俩笑着、乐着、跑着赶到虹桥疗养院。

两姐妹刚登上住院部二楼，就被从父亲205房里闪出来的军警喝住："站住！"

两姐妹不由得大吃一惊！

淑延往205房里一探："你们怎么在我爸爸病房里？"

206房门开了，里面站着罗隆基，手一招道："你爸跟我做伴了，快进来。"

两军警横枪截住："不许进，下去！"

淑延来了气："爸爸也不能见？谁定的规矩？"

军警有点六亲不认："上头的命令，谁都不许接触。"

罗隆基来了气："你们未免太过分了！"

对过楼道口的病人、陪客、护士也先后抱起不平：

"是太过分了！"

"一点人情都不讲？"

楼道中间站岗的军警喝散众人："都管好自己的脑袋。散开！"

茂延冲着军警责问："你们也有父母兄妹，将心比心，换作你们会怎么样？"

军警充耳不闻，提着醒："小姐，把你的道理揣回口袋去。现在是非常时期！"

淑延一屁股坐到楼梯口直嚷："见不到爸爸，我们就不走！"

门口出现了老父亲，分明憔悴了。

"爸爸！"

两杆横枪，隔着父女。

张澜不屑一顾道："跟他们讲什么道理？谅他蒋介石也不敢公开杀我张澜。你们先回去。"

茂延点着头，不忍地慢慢拉过二妹。

淑延眼光冲军警一横，摆出一副天不怕地不怕的架势道："我们还要来！天天来！"

目送走两姐妹，少顷，罗隆基不由得仰头兴叹：“看来，也只有‘浴火重生’这一条路了！那就快些来吧！”

疗养院的夜晚，还是很静谧的，只是缺失了温暖，溢泻出森冷。

205 病房——监控室里，郑定竹递上听装的“伽莱克”香烟，敬着监守的军警。

四个轮值的军警毫不客气，拿来就抽，还没忘往左右耳朵上夹。

郑定竹套着近乎：“白天的事，你们是过分了，疗养院上上下下都抱不平！”

军警似乎不把好客的郑医师当外人，也叹开苦经：“郑医生，我们是担待不起呀！真闹出个什么意外，你身家性命没了，我们自己的脑袋怕也得‘搬家’！”

另一军警透着风：“听说……大头儿毛森也紧张着呢！”

郑定竹心下抽紧，脸上不露：“你们跟阎长官说说，人家女儿来看自己的老爸，就行个方便。”

军警松了口：“我们问问再说。”

郑定竹趁热打铁：“你们先抽着，等一下给你们送酒菜、夜宵来。”

轮到军警套近乎了：“还是你郑医生够意思！”

出了 205 监控室，郑定竹就以查房为由，拐进相邻的 206 病房。

他压低嗓门向张澜与罗隆基通报了外面抓人、处决的情势，很有些焦虑：“再不想办法走，真怕会……走不了啦！”

张澜显然判断着什么：“现在外面晓得我们被软禁在这里吗？”

郑定竹疑惑地摇摇头：“他们封锁得很紧。肯定有鬼！”

罗隆基以反向思维考量着：“只有让社会上都晓得了，他们才会有所顾忌。”

“嗯。”张澜立马定夺，“找叶笃义。”

从来不问政治，只会埋首医学，治病救人的郑定竹，自己都没有闹清楚，怎么也急着“政治”上了？！

在培恩公寓自己的诊所里，郑定竹、汪婉清夫妇送走了最后一个病人，郑定竹立马拨打电话。他已经拨打了不晓多少次了。

汪婉清弄不懂了："还是没人接？"

郑定竹刚摇头，即刻示意夫人噤声："喂，你？……"他一听电话，顿觉不妙，连忙"啪"地挂断了电话。

夫人心下一抽问："怎么？"

郑定竹心有余悸道："是个陌生男人，问我是不是叶笃义先生……张老先生的家被特务控制了！"

汪婉清判断着："他们一定也在抓你要找的人。定竹，这下你倒非得找到叶笃义不可了。不光是告诉他消息，还要他赶快离开上海！"

呼叫的警车从门外林森路上飞驰而过，犹如催命一般。

这对从来只管看病的夫妻搭档，碰上政治，还是这种"非常时期"，真有点一筹莫展了！

毛森的上海警察局眼下成了国统区的"前线"。野战区的大前线，他无力回天，在上海，抓谁，杀谁，他说了算。只要在上海，谁个生与死，他说了算，想想，这是何等了得！岂能不快意？！故而在十里洋场的大上海，老百姓只要听得毛森其名，就会有背脊发凉的"毛森森"感觉。

听听——

远处不绝的炮声，夹杂着楼上受刑人的呻吟、尖叫声，直给人一种生死间揪心的迫压感。

这在毛森听来却分外入耳，昭示出他执掌他人性命的至高权力，况且，这还是他非常人能及的战绩。他继续交代着："你们特别行动队现在唯一的任务是捕杀共产党、民主分子、嫌疑犯，一口气都不能歇！"

他深悟蒋总统已然横下了心：现在发难、作乱，不甘臣服的危险分子，必为共产党所用。那是绝不能容忍的！毛森自然清楚，共产党亦不会容纳他；他只有与总统一般横下心，杀灭所能掌握的"共匪"——当然包括那些与"共匪"一个鼻孔出气，呼喊什么"民主""民权"的书虫。

队长岂敢违逆，即刻回命："是！"

毛森特别强调着："另外，派一个分队，把虹桥疗养院给我死死围住。"

副队长有点犹豫："警备司令部阎锦文他们已经监守着。"

毛森决然道："我要多一道保险。黄炎培给他溜了，张澜、罗隆基我们再不能有丝毫闪失！"

队长提议："局长，干脆我派人去解决了，保证神不知鬼不觉。"

毛森扬手一止道："要解决也绝不在疗养院里。再闹出一个'李公朴、闻一多'风潮来，只怕蒋总统都兜不住。他俩的命，总统这一两天里就会发落。"

"遵命！"队长也吃着了非同一般的分量。

可以想见，非常时期中的上海秘密刑场，由于毛森这个"执行导演"的得力，演出了一幕幕空前的悲剧。这不能不说是光明前夕大上海的大悲哀！

看看，就在解放大上海的大炮声中，一批又一批学生、教授、工友在疯狂的子弹中倒下了。

"革命万岁！"

"打倒蒋介石！"

…… ……

口号声没了。扫射声停了。

愤怒的大炮咆哮了！

一夜之间，虹桥疗养院几乎成了大监狱。

毛森直辖的武装警察，三步一岗地将疗养院围了个密不透风。

路人过客见状莫不退避三舍，在这非常时期，小命简直不值几个铜板。要抓就抓，要杀便杀，哪管你什么有理无理？此时此际，人的所谓"宝贵生命"，莫说"宝贵"，简直……

206 病房里，罗隆基从窗外收回目光，苦笑笑："呵，蒋介石又加岗'保护'我俩啦！如今倒真成了蒋介石的瓮中之鳖了！"

张澜倚在床上，似在闭目养神，又似在倾听——

大炮的轰鸣声不时可闻。

罗隆基也倾听着，心里猝然滋生出一种莫名的快感：“不可一世的蒋家王朝这回是‘大不妙’啦！哎，表老，给我俩的生死占一卦？”

张澜睁开眼皮，估量着：“劫持我们去台湾，为他所用——那我是死也不会去的；留下我们，他又绝不会心甘，只能是——”

罗隆基顺口点出：“暗杀？”

张澜毫不怀疑：“他没有胆量公开枪杀！我们却非得要堂堂皇皇地死不可，也好让全国老百姓看清这个两面人的阴毒嘴脸。”

罗隆基点着头，仍不弃一线生机地念叨着：“这个叶笃义到哪里去了？”

念叨的更有郑定竹。这位从不涉足政治的品牌医生，是一个极顶真的人，答应了的事，没有办好，心里就不舒畅，就憋得慌。

他亦觉着奇怪了，从来一心医道的自己近些天来居然也很有些心不在焉了。他此刻正给病人听着心肺，无意间突然瞄见叶笃义正穿越香雪园小径，直往住院楼赶去。

“请稍候。”郑定竹条件反射般地欠身而起，关照着病人，径自急急出门。

香雪园——盆景花园，叶笃义惦挂地又望一眼住院楼二楼，加快了脚步。

“这位病人请留步。”

叶笃义听声音很熟，回首见是郑医生，刚要问什么，即被郑定竹迅捷打断：“你的肺病处在活跃期，是要传染人的，不能随便乱闯。”

叶笃义一时丈二和尚摸不着头脑。

郑定竹手里做驱赶状，嘴里低声急告：“张、罗二位已被软禁，要你把消息捅出去；特务也在抓你，赶紧离开上海！”

叶笃义一惊不小！

交代了，郑定竹又故意扯开嗓子：“哎，你到底走是不走？想传染给大家？！”

叶笃义连连应声："走，就走，别那么凶好不好？这肺病有什么大惊小怪的。嗤！"他暗觑一眼住院楼 206 房的窗口，连连反身离去。

206 病房的张澜与罗隆基总算舒出口气！

罗隆基止不住庆幸着："好、好，叶笃义把这消息往香港一送，蒋介石的封锁就打破了！"

郑定竹一样地庆幸着："你俩获救的希望也增大了！"

张澜并不如罗隆基与郑定竹这般乐观道："郑医生，把你也给拖累了。"

郑定竹连连摆手："谈不上，谈不上。张老先生你在清朝时候去日本留学就敢要慈禧太后退位；保路风潮里大军阀赵尔丰用枪口顶着你，你还敢指斥他们出卖路权给外国列强，欺骗老百姓……"

"你听他瞎掰。"张澜一睃罗隆基。

郑定竹依然正经有加地自问自答着："你图个什么？不就图个民生？民主？国富民强？我郑定竹敬重你们！这回也不能不'政治'一下了。"

张澜与罗隆基相顾开颜。

郑定竹忽然想到什么，顿时来了劲道："对了、对了，疗养院后门二十年没开，没人注意，万不得已，就敲掉锈锁，从那里逃走！"

罗隆基眼睛一亮道："倒也是一个办法！"

张澜径自忖度着，没有作声。

罗隆基关照着："郑医生不妨先去悄悄察看一下……"

门外喧嚷突起，听声音是淑延和茂延。

是这姐妹俩。她俩又来看望老父亲。茂延捧着借罗叔叔的英文打字机来还，淑延捧着小弟编织的竹篾飞机、轮船来给老父亲。

茂延站在楼道口，气火火地索要着："那是罗先生借我的英文打字机。"

英文打字机已被监守的军警没收。

阎锦文黑着脸回绝："不许使用。"

郑定竹从206病房里走出，跟茂延、淑延递着眼色："阎长官已批准你们见爸爸了，还不快进屋？"

姐妹俩一进病房，一下扑住老父亲："爸爸！"

张澜感怀地爱抚着一对爱女："不许掉泪，不许哭。"

两姐妹理解父亲的苦心，哽咽着，强自忍住眼泪。

茂延很有些歉疚与无奈："罗叔叔，你的打字机……"

罗隆基毫不介意："他们是怕我又捅出什么新闻稿去。哼！"

"爸，你的病？"

"倒不了。在教会医院打字，还能胜任吗？"

"嗯。"

"你呢？这回进了会计班，又上编织班，不会半途而废？"

"我一定学完。"

"好。"

"爸，刚才我们来，见疗养院四周又增加了好多武装警察。"茂延很替老父亲与罗叔叔担心。淑延着即来气："一个个瞪着虎眼，凶神恶煞似的！"

罗隆基反话正说："承他们抬举呀！"

张澜顺手拿过竹篾飞机，顾及到什么，不觉锁起双眉……

淑延依偎着老父亲："爸，你想妈他们了？"

张澜徐徐一点头，沉吟着："他们既然不放过我，也绝不会放过我张澜的家人。"

张澜的估量没有错。因为他经历了太多这样的事。

自小儿子病死，加之记挂远在上海的丈夫，并不老的刘慧征，明显苍老了许多。亏得继延、惠延理解母亲，帮衬维持着掰成两半的家：一半在上海，一半在南充。

这天刘慧征刚割了猪草回来，溪口那边响起几声冷枪，未几，一队特种刑庭武装特务押着被五花大绑的邓灵轩乡长过来了。

躲在母亲身后的小惠延失声一叫："邓叔叔？！"

继延顿时有些心慌，附在母亲耳边问："妈，邓叔叔不会……"

刘慧征跟邓灵轩的目光交会了，她即刻捕捉到信息。

队长打量着刘慧征，故意冲着邓灵轩喊："是她？张澜的老婆！"

邓灵轩默然以对。

队长踱到刘慧征眼皮下逼视着问："还不把子弹交出来吗？"

容不得刘慧征有片刻的迟疑，她心下一拎，嘴里却很硬气："是哪个瞎了眼的，造谣生事？！"

队长冷笑道："人都带来了，还赖？"

邓灵轩"呸"地吐出一口唾沫。

特务随手一枪托，邓灵轩嘴角立时渗出一缕鲜血。

小惠延有点怕，紧搂住母亲喊着："妈！"

"怎么，非要我们搜不可？搜出来，你怕就见不到你两个女儿了！"

"你们是什么人？"

"保密局专员公署派来的。搜！"

邓灵轩的眼里即刻显出焦灼。

刘慧征为免生意外，灵机一动，干脆主动出击："你们一定要搜，好，我就带你们搜！"

老道的队长没有让刘慧征带，径自闯入张澜的二楼小书屋。

队长开抽屉，翻格橱，敲地板，可谓专业到家了。

翻过一阵，他直起身子巡顾小书屋，除了书还是书，不由得嘟囔开来："不过一只老书虫！上头又何必……"

倏然间，楼下传来的争吵，打断了队长费解的寻思。他几步下到堂屋，见刘慧征捧着只小木盒，抵挡着特务："你们又是砸，又是打的，让不让老百姓活了？"

特务也不肯善罢甘休，威逼着："你放不放下？"

另一特务迭忙禀报："队长，这木盒子里说不定就是……"

"蠢蛋！子弹捧着会这么轻松？"队长毕竟老道，斜眼一瞪手下，扭首盯着捧盒人，"我们不是来掠财夺宝的。不过张澜主席家里收藏的珍宝，过目一下该可以吧？"

继延鼻子一“哼”道：“妈，偏不给他们看！”

“你们要搜、要看，我一个老婆子挡得住吗？”她依旧宝贝似的将木盒子捧在手里，自己把盖子打开，往队长眼下一亮，“看吧！看个仔细！”

队长与手下特务睁目一看，顿时个个傻了眼——盒子里仅是一札账单，整理得规规整整的，看得出主人的有心。

队长狐疑地抓过账单：“嗯？”

手下人一瞟：“是还账的单据。”

队长莫名其妙了：“你们这是？”

刘慧征没好气道：“这是我家先生他妈替儿子还的六百吊钱的账单！”

队长益发地糊涂了：“你家先生还……还欠账？”

刘慧征话中带刺：“你以为他当议员、当省长也像你们那些个当官的一样——捞饱了、喝足了，家财万贯哪？！”

队长不由得被大大地触动了！他不敢相信又不能不信。有顷：“那你藏着这个干什么？”他实在不理解那个张澜，这个张澜的老婆。

睹物生情。刘慧征遥对着远在上海的丈夫一般，徐徐道：“是儿子欠着母亲的一份情，留着母亲的一片心。”她抓回账单，按平整了，又细细放回木盒中。

队长目光盘桓在小木盒上，依然在匪夷所思的惊诧中：“大千世界，还有这种名人？当官的？我算是——服了！”

他对上头督查的这户人家，反倒暗生出些许敬重。他无意再搜查。

在堂屋前坪里的邓灵轩留心到看押的特务在注意自己，便装出一副天塌下来有地顶着的模样，心却悬在半空里！

继延倒了一杯开水，小惠延马上送过去：“邓叔叔，你喝。”

邓灵轩欣慰地点点头，被绑着的双手动不了，只得蹲下身子，让惠延喂饮。

出得堂层，队长目光不由得在刘慧征身上一顿。

那个要抢砸小木盒子的特务不晓怎么，滑溜的眼光往右边饭堂一瞟，瞄见着一堆杂树墩，提着醒："队长！"

刘慧征心一下子又提将起来："你还怀疑？好，你就瞪起眼看着。"她几步过去，费力地搂住一只大树墩。

继延吓得大睁双眼！

"若无其事"的邓灵轩此刻也揪上心了！

刘慧征搂着搂着，一屁股跌坐地下，仍支使着继延："来，帮着搬，今天让他们搜个够！"

继延似乎领悟了母亲的意思，一面扶携着母亲，一面点下头。

队长有意的目光只在杂树墩这里一掠，他似乎已估量出什么，却只喊了一声"走"便径自离去。

那抢木盒的特务大不情愿地一瞟队长，泄气地冲邓灵轩一吼："走！"

众特务接踵跟出。

刘慧征刚才是假装摔跤，此刻倒真的瘫软着，起不了身了。

继延一把抱住母亲："妈，你刚才真把我吓蒙了。"

惠延恍然大悟，看定树墩堆："妈，你把子弹藏在……"

"让人听见！"刘慧征伸手闷住小女儿的嘴，眼睛一探，"那个队长，倒还像个人。"

继延也看出点什么："嗯。我见他的眼光还往树墩这里瞟了一下……"

刘慧征不敢延误，即刻叮嘱："继延，明天你去建华中学告诉蒲瑛姐，把子弹早点运给赵姐他们。这里也不安全。"

继延应诺着："嗳。"

刘慧征惦挂地叹一口气："只要你爸挺着，他们就不会放过我们；我一个老婆子倒不怕他们来搜、来抓。"

姐妹俩似乎省悟出什么，眼里浮映出透亮的泪光……

没有什么文化的刘慧征，朴实的判断，却有着非同一般的思辨力。这里越搜啊，抓啊，表明丈夫那里没有生出她所担惊受怕的祸事。

上海虹桥疗养院206病房里，睡不着觉的罗隆基，见表老倒睡得安逸，不由得羡慕地兴叹了。他拿过张澜床头上的竹篾飞机，思量着踱至窗口，呼吸着窗外的空气，不意间将手中的飞机一擎，做出自由飞翔状……

其实此时此刻，为了张澜、罗隆基诸多仁人、志士、朋友的自由和生命，大后方的较量跟前方一样地激烈，一样地争分夺秒。

在中国的净土——延安窑洞的情报室里，周恩来口授着电报："……上海解放，指日可待。根据各路情报，大崩溃中的蒋家王朝出逃台湾前，必会大屠杀。你们务必尽一切可能、用一切关系，营救被捕的同志。"

发报员急急按键传送。

周恩来斩钉截铁地指令："张澜、罗隆基先生被软禁在虹桥疗养院，要不惜任何代价，营救出他俩。请转告杨虎先生，现在是他戴罪立功的时候了！延安等着你们的消息。"

发报员显然动了真情，眼里充溢着炽热的光波。

蒋介石，乃至他手下的毛人凤，均非等闲之辈，人又在他们手上，要救，谈何容易？稍一疏漏，一切就化为乌有。

该布置的都先后布置了，该托付的也都托付了，可周恩来仍放不下悬着的心。毛泽东主席很惦挂张澜他们，把重任交给自己，不能有一丝的疏漏哇！既睡不着觉，他干脆踱出窑洞，不时挂怀地遥望着南天。

邓颖超轻步上来，给丈夫披了一件衣服："给上海刘晓、吴克坚的电报发了？"

周恩来点点头："蒋介石是绝不会放过张澜的。在我们还弱小的时候，最困难的时候，表老他们义无反顾地支持了我们。……我们不能忘记患难与共的挚友！"

邓颖超一样感慨系之！

同样的夜晚，在上海疗养院的206病房里，张澜在秉笔疾书。

罗隆基从旁浏览着张澜写好的短信，大生感叹：“表老，你这是‘交代后事’呀？”

张澜把笔一停，忧切的目光透窗而出：“我放心不下四川方面。润之、恩来先生都交代过，要我做好实力派的工作……”

益发逼近的大炮声，渐渐变得清晰可闻。

张澜听着炮声，念念道：“现在对于四川军阀潘文华、刘文辉、邓锡侯来说，也到了最后的关口，绝不能再走错一步！”

“表老哇表老，我罗隆基算是服了你啦！可你怎么把这信带出去？”

“有茂延、淑延哪。”

“我们已是瓮中之鳖，不能再叫你女儿也……”

有谁轻轻敲门，未待回应，无法锁死的门已被悄悄推开。

进来一个陌生的医生。

罗隆基顿时警觉起来：“怎么没见过？你是谁？”

来人却道出：“是罗隆基先生？”

罗隆基好生一怔。

来人转向张澜一面叫着“老校长”，一面除下口罩、帽子。

张澜惊喜不迭：“裘一春？！你怎么到上海来了？”

裘一春道出来意：“奉潘文华司令之命，特来上海请老校长拿主意，没想到蒋介石竟把你俩……”

张澜拉着裘一春，端详着：“这里戒备这么森严，你怎么进来的？”

“我已经来踩过两回点，发现后院没人进出，就用上了‘老本行’。”

“好，好。这也是‘歪打正着’。努生，这就是我跟你说过的裘一春，搞侦探的本事可不得了，还是个地下党。”

罗隆基紧握住裘一春的手：“念叨曹操，曹操就来了。表老正在‘交代后事’，就愁着没人带信出去呀！”

裘一春接过张澜递来的便函：“哈，巧！巧！巧！潘司令这里老校长还有什么交代？”

张澜紧紧叮嘱：“他如果有七八成把握，就配合解放军一起决战四川；如果实力还不足，就等解放军总攻时，再配合起义。此举关系到潘、刘、邓三位一生的功过是非，要他们切切不可再犹豫！”

轰鸣的大炮似乎也似在催唤。

“老校长放心，事到如今，他们也只有这一条光明路可以走了。”

“时不我待，你快回四川。”

裘一春欲去不忍：“老校长，你们在上海有什么上层关系？”

张澜徐徐一叹：“有关系的，都被逼走了。”

罗隆基叹息着：“原以为美国领事馆的朋友齐文斯先生能伸出援手，嗤！都不敢来了！”

裘一春蓦然记起什么：“我在四川戴笠手下时，倒有一个军统局的朋友，叫邹平凡，是上海人……”

张澜即刻制止：“你不要在上海耽搁。眼下这里警察局、保密局层层设防，我俩瓮中之鳖，恐怕没有人能救得出去，你不要空耗了太宝贵的时间。”

裘一春没有回应，未几，从提兜里拿出两瓶白兰地酒和一大荷叶包热菜：“麻烦罗先生送到隔壁——那几个都是酒肉之徒。”

罗隆基立马意会：“噢，妙计妙计。看我的！”

他拎过酒，捧上菜，爽然出门。

张澜不由得欣赏起这位“不速之客”：“你倒都计划好了？非当年的猛张飞可比啦！”

裘一春感慨不迭：“不是老校长当年指点迷津，我裘一春早就家毁人亡啦！”

隔壁已然传来兴高采烈的哄闹，不一歇便吆喝起行酒令来。

张澜催促道：“你快走！”

裘一春挺身立起，一把握住张澜，眼里顿时潮湿了：“老校长……”

张澜宽慰地头微微一点：“替我问候你妈和小妹。”

裘一春再憋不住热泪了，头一点：“嗯！”旋即口罩一套，白帽一戴，迅疾出门；至门口，禁不住又回望一眼老校长。

张澜一样地难舍，硬着心一拨手道：“快！”

裘一春着即出门下楼。

不甘就这么一走了之的裘一春，左思右想，还是从弯弯绕绕的关系中挖出了旧同事邹平凡，再由邹平凡介绍，专程拜访颇有些正义感的唐逸君夫人。

愚园路的西首，国民党已故将军熊剑东的寓所。颇有点名门风范的唐夫人热忱地接待着裘一春："邹平凡电话里跟我说了。你俩过去都是军统的，现在又都脱离了，还……"她说着，自己先笑了起来。唐逸君是已故熊剑东将军的遗孀，虽年逾不惑，看起来不过三十挂零，保养得体。

裘一春直言不讳："干军统，太背良心。"

唐逸君倒赞赏来客的率直，也直话直问："为什么要救张澜、罗隆基先生？"

裘一春依然直言剖白："我曾因为穷，当过土匪，专门打劫富人、老爷，没想到打劫到了张老先生头上。他当年还是四川省长，我以为这下可以发一笔横财，没想到堂堂一个大省长……"

他翻开了自己的记忆——打开箱盖，除了几件替换的旧衣，就是书刊。

…… ……

难以忘怀的往事使裘一春情难自抑："我当时简直傻眼了，实在不敢相信，一个大省长，会这么清贫？可偏偏又是真的！"

唐逸君犹似在听天方夜谭，一样地不敢相信："这位张澜……天下真还有这样的省长？莫说乱世的中国，就是共军打下江山，能多几个这样的省长、市长，国家真有救了！"

"应该会的。"裘一春也似乎从张澜联想到了共军打下江山之后，委实感慨难禁，拳拳剖白着，"他把我当作兄弟，开导我人穷志不能丢，靠打劫是翻不了身的，要我做一个堂堂正正的人……"

唐逸君宛如也认识了这位民盟老主席一般，虽然很有点不可思议，还是缓缓点下头。

"现在这个世界上，像张老先生这样的大好人、当官的，太少太少了！他不能就这么不明不白地被软禁着，就这么叫蒋介石害了！"

裘一春的肺腑之言，顿令唐逸君感怀之下，自觉义不容辞：“一春兄弟，我一定尽力。”

情势危急，唐逸君也不敢延误，当日就找到了永嘉路的杨虎公馆，拜会了杨虎。

年在花甲的杨虎而今仍挂着一个有名无实的虚衔，叫国民政府上海监察委员。他原本和蒋介石一道出生入死，在“四·一二”政变中也沾上了共产党人与工人纠察队的血迹。因为他看不惯蒋介石翻手云覆手雨的积习，两人日生龃龉，导致分道。在重庆谈判时想约见周恩来的，就是此公。

唐逸君瞟见茶几上的飞机票，便投石问路：“杨大哥要去台湾？”

杨虎苦笑道：“是刚才毛森派秘书送来的，要逼我就范哪。”

“谁还能逼杨大哥就范哪？”

“还有谁？我那位‘生死之交’总统大人！”

“那你还去？”

“不去，共产党怕是不会放过我。1927年帮着蒋介石搞了‘四·一二’政变，手上沾着共产党的血。唉！……”

唐逸君乘机进言：“您老是我的大哥，尊夫人陈华又是我的老妹子，为大哥着想，眼下倒有一个机会。”

杨虎不由得愣住了，精神一振：“说说看。”

唐逸君故意说得口气平淡：“虹桥疗养院不是软禁着张澜、罗隆基两位先生吗？一个是民盟中央主席，一个是副主席，都是共产党的好朋友。要是您老出面，把他俩救出来，不就立了一大功？”

杨虎心下一动：“表老？”

“杨大哥认识？”

“在重庆见过面，是个大丈夫！”

“呵呵，你也这么看？那不得了？！”

“没有那么简单。一边是共产党，看来……中国就是他们的了；一边是蒋介石，要退到中国的一个孤岛里去了，容我再……想想。”

对于一个半截子入土的老将军来说，这又是一次命运的抉择。杨虎不能不三思。

差不多在同一时间段里，一个气质脱俗，穿着西装的男子，找到了杨虎的另一处住所，环龙路 59 号，田淑君的寓所。

田淑君迎进了来客："吴克坚先生，请。杨虎马上就到。"田淑君是杨虎的夫人，时近不惑。

吴克坚点点头，坐到宽敞的真皮大沙发里。看得出，他年岁不大，却颇精悍，有神的目光显出坦诚。他正是接收周恩来电报指示的吴克坚，中共上海地下党负责人之一，时年四十九。

女佣送上茶水，细心的田淑君便打发了："你去吧，我会招呼的。"这是一个很难看出实际年龄的女人，显得年轻，有风韵，善于交际，又知书达礼。

吴克坚关心地问："杨先生决定了？"

田淑君摇摇头："还拿不定主意。蒋总统隔三岔五地派人来催，看来非得把他逼去台湾不可。"

"田夫人的意思呢？"

"我是绝不去台湾的，他也不该去；蒋介石的苦头我们实在吃够了！"

门未敲而开，走进杨虎，一脸沉重。

田淑君欠身介绍："这是吴克坚先生。"

吴克坚开门见山："奉恩来同志之命，前来拜访。"

一语将杨虎的一脸沉重变成惊诧："周恩来先生？！"他一把握住来使的手，真没有想到，早在重庆就想见未能见的周恩来先生，今日居然派特使来了。

吴克坚送上电报道："这是电文。"

杨虎急切地接手细览，宛如聆听到了周恩来的声音："请转告杨虎先生，现在是他戴罪立功的时候了。延安等着你们的消息！"

田淑君也倍觉欣喜："真是周恩来先生？！"

杨虎自然不能坐失最后的机会，即刻决断："请吩咐，要我杨虎做什么？……是营救张澜、罗隆基先生？”

吴克坚断然点头：“嗯。他们是我们中国共产党患难与共的朋友。不论付出什么代价，都要救出他俩！”

“什么叫‘患难与共’？！这才是！……”田淑君顿生感悟，急切的目光从丈夫挪往周恩来的特使，“你们才是真正的朋友！”

吴克坚不无意外，颇觉着暖心：“谢谢夫人！”

田淑君又将目光投往丈夫，那殷切的目光寄予着激励与企盼。

杨虎自然感触到了夫人之所指，看定吴克坚又问：“还有什么？”

吴克坚从西装兜里掏出一份名单道：“还有这十六位同志，务请杨先生尽力营救。”

杨虎接过名单一看，横下心：“好，为了还把我杨虎当朋友的共产党，我只能对不起他蒋介石了！”

吴克坚紧握住杨虎的手：“我代表恩来同志谢谢您！您自己也务请保重。”他又特别叮嘱了一句。

一语激出杨虎的两点泪光。他一把握住吴克坚的手，重重一摆：“谢谢！”

位于中国东海之滨的台湾岛，一艘海轮停泊在港湾里。甲板上，过道口，武装的国民党士兵岗哨林立。

在轮船发报室里，心力交瘁而强打精神的蒋介石口授着电报：

“上海毛人凤局长，即刻行动！先上海，再四川，全国照此。所有在押的政治犯、反政府分子，全部处决干净，不得漏走一人。张澜、罗隆基务必于最后一艘海轮启动前押送来台湾，倘若不从，就让他俩永远消失在黄浦江；游说者、反叛者、营救者，一概剪除！切切此令。”

第十六章　无形的较量

与外界全然隔绝的张澜、罗隆基已敏锐地感觉到国民党政府的败亡，也判断出蒋介石绝不会放过他俩——既不能为他所用，就绝不能为共产党所用。

趁两女儿周末来疗养院探望，张澜不能不交代紧要的后事——那是刘文辉、潘文华捐助民盟的几笔钱款。

“你们把钱款交给和成银行的胡银坤经理，要他赶紧电汇香港，总部急等着这笔经费。”

“爸！……”淑延嘴一翘，埋怨着，“你自己穷得牛奶都订不起了，何不……”

张澜脸色一沉道：“再没钱，民盟公家的经费一个子儿不能动！”

淑延白一眼老父，嘀咕着：“人家是冲着爸你的面子才……”

“不用说了！”做父亲的严厉地打断女儿，须臾，又和缓下口气，“我不是还有你大哥在民生公司当顾问的一点补贴吗？饿不死你爸爸的。”

也难怪淑延嘀咕。看看这时下的世道，谁个不冲着钱？身处官场，直面金钱、财富，谁能不眼红、不动心？安之若素，能有几人？！求势力，最终还不是归结到金钱上？看看时下的社会，比比皆是呀！她们老爸这些个民盟领导，倒是太难得的清清君子！翘嘴归翘嘴，做女儿的还是从心里感佩的。

罗隆基倏然记了起来：“哎，乔啬该从美国回来了呀。”

茂延跟淑延闻之欣喜！两姐妹刚要问什么，阎锦文便一步跨进，审视着张澜与罗隆基。

罗隆基苦笑着打趣："我俩现在就是插翅也难飞。放心，逃不掉的。"

阎锦文黑着脸，一声不吭。

张澜机警地绕开了话题，叮嘱两个女儿："你去你的教会医院，你上你的毛衣编织班，都管自己忙去，你爸没事。"

两姐妹自然从老父的眼光里读懂了方才交代的"后事"的紧迫性，不敢懈怠，相携而出，到门边，不觉又极担心地回望一眼老父。

目送走女儿，张澜一睃阎锦文，诘问："要关押到什么时候才'开庭'审问哪？"

阎锦文只是瞄一眼张澜，算作回答。其实，莫道阎锦文，就是顶头上司毛森，怕也决断不了！

罗隆基继续着张澜的诘问："嫌疑犯也有个拘留期，你们是知法犯法！"

犹若对牛弹琴，阎锦文不置一词。

门口一个特务探身进来报告着："大队副，电话。"

阎锦文职业的眼光在房间里一扫，径自出门。他不满意顶头上司毛森，对自己——杨虎这边来的人——总是区别对待，不放心；这一天时间里，冷不丁地查探的电话老会冒出来。待到在护士办公室里拿起听筒，他一惊不小！

"是。马上来！"

有心的郑定竹医师察得阎锦文非常的神情，而且见他是急匆匆驾着吉普车赶去的，心头不由得一记"咯噔"！他担心事态有变，于是拿定主意，让杏花春饭店送来酒菜"犒劳"值班的军警，自己佯作散步状慢慢踱到后院。

一把锈蚀的大铁锁隔开了疗养院与外面的世界。他目光在锈锁上一掠，又透过门缝往外面一瞄。

"应该没问题。"他自言自语地判断着，心里着急，脚下还不能不漫不经心一般地“散步”回去。

206 病房里的罗隆基也察觉出什么，估量道：“表老，看来不妙哇。”

张澜却置之一笑：“该交代的‘后事’，都交代了。可以安心‘疗养’了。”

一向罗曼蒂克的罗隆基，此时此际，实在再罗曼蒂克不出。他不禁感佩地摇首一叹：“表老哇表老，不当这‘囚犯’，我罗隆基还真领教不了你当年在赵尔丰枪口下气定神闲的模样啊！”

张澜徐叹一口气：“要杀、要剐，也由不得你我呀。”

郑定竹匆匆进来，压着嗓门提醒：“二位，不能再等了，越等越危险！”

罗隆基心下一抽：“你也有预感？”

郑定竹焦虑地一点头：“我又去后院踏勘了一遍，那里没人注意，一榔头就能敲开锈锁。”

张澜问：“你的意思？”

郑定竹拿出了医生治病的决断：“从后院逃走。只要外面有人接应，应该有希望。”

一发系千钧，思维活跃的罗隆基一时竟拿捏不定。

张澜也审思未语。

郑定竹惶急地提醒着：“张老哇，再拖不得啦！听说毛森已经枪杀了六七批要犯、嫌疑犯，还在……”

张澜与罗隆基不由得眼光一碰。

差不多同一时间段，阎锦文驾车来到永嘉路杨虎公馆。

他猜度不出，老司令此时此刻要他来是为什么事。难道也跟张澜、罗隆基有关？应该不会，没听说老司令跟民盟有什么瓜葛。

杨虎等阎锦文在客厅里落座，以通常平缓的口气问道：“天下马上就是共产党的了，你有什么打算？”他不能不先试探一下自己的下属，这可不光关乎自己的脑袋，也关乎张澜与罗隆基的脑袋，亦维系着周恩来的托付，可大意不得！

阎锦文头一摆："不瞒老司令，我自己也不晓得何去何从。跟蒋总统去台湾，不会有出路。毛人凤、毛森从来就不把我们当'自己人'；留下来，不是坐牢就是杀头……老司令有何见教？"这说的倒是大实话。他猜不透老上司的心思。

呼啸的炮火声又迫近了一些，似在发出警告。

杨虎聆听着炮声，不无感悟："你是我一手提拔起来的，我也不能不替你考虑。从辛亥革命到现在，蒋介石断送了孙中山先生的事业。他是咎由自取，我们犯不着为他陪葬。"

阎锦文的心抽得紧紧的，他实在没有料到！少顷，明确表示："我听老司令的。"

杨虎一掌击在沙发扶手上："好！你我现在唯一能够将功赎罪的，就是从蒋介石枪口下救人。"

阎锦文茅塞顿开。

"我已跟女婿周力行副司令交代了，他警备司令部里押着的共产党、民主人士，由他设法营救；你就把张澜、罗隆基两位先生救出去，不能叫毛森……"

电话铃突响。

"噢，是力行。"杨虎欠身抓过话筒，刚要招呼，不觉一个愣怔，"毛森局长？！……很感谢总统的关照，眼下怕也只有这一条路可走了；容我再做做夫人的工作。好。……阎锦文队长？您开玩笑，他来我这里做什么……我杨虎现在是泥菩萨过河，自身都难保啰！"

阎锦文不由得警觉了起来："他有暗哨跟踪我？"

"事不宜迟，你马上行动，千万不要叫他毛森先下了手！"

"是。"

杨虎关照着："我也得出去避一避，躲开他们的纠缠。你若找不到我，就跟田淑君联系。记住，这是我们最后戴罪立功的机会！"

"明白。"阎锦文感激地向老上司敬了一个军礼。

差不多同一时间段，在上海市警察局局长室里，毛森做着最后的交代："看来杨虎对总统……有二心。阎锦文又是他的老部下……"

机敏的手下即刻领悟："局长担心阎锦文有变？"此人叫聂琮，上海警备第三大队大队长，三十出头。

"你选带一队军统特务人员，盯住阎锦文，随时准备押送张澜、罗隆基上船。我现在就去码头。"

"万一有情况？"

"不论何人，胆敢妄动，一律消灭！"

"是！"

毛森不经意般徐徐一点："听说你又搞上了圣约翰大学的女学生？"

聂琮只能以笑搪塞："那是图个新鲜，玩玩的。"

毛森正色告诫着："新鲜的、旧有的女人，你尽管玩，可误了正事，别怪我不留情面。"

聂琮信誓旦旦："局长放心。"

毛人凤最不放心的还是自己的老巢上海，解放军大兵压境，倾巢之下，岂有完卵？从云南一飞回上海，待到夜幕降临，他便来到港湾——他清楚，这是国民政府退守台湾的最后一块水上跳板。

毛人凤一面视察着，一面褒奖着毛森："蒋总统对你的忠诚很称赞，日后定有嘉奖。"

毛森受宠若惊："多谢总统栽培。"

毛人凤感慨系之："眼下真正效忠党国的人越来越少了……也好，危难方显本色！"

毛森大生共鸣："嗯！"

毛人凤判断着："你盯着阎锦文、杨虎，很好，说不定啊，从虹桥疗养院的张澜、罗隆基身后，真还能拎出一串反叛党国的变节者来。"

不远处的炮火，在江面上划出一道道炫目的光流。

毛人凤的眼光掠过炮火的光流，投落到相邻的三艘海轮上："这是最后去台湾的三艘船？"

陪随的船长点头回应："是的。"

报务员亟亟来报："报告局长，西南特区区长徐远举来电，问局长何时去四川督察。"

毛人凤着即回复："就这三五天内。喔，叫他即刻派人去南溪口，把张澜的老婆'请'来，我要给倔老夫子一个意外的'惊喜'！"

与外面凶机迭出、险情横生的世界大不一样的，要数这虹桥疗养院了。

夜晚，被森严重兵围堵着的疗养院，却还是那么静悄悄、死寂寂的。

206病房里，张澜独坐案头，把笔述怀。

罗隆基仍不失罗曼蒂克情状，双手叉在胸前，饶有兴味地欣赏着，不觉吟哦出声：

> 顷刻风雷起震惊，
> 雨过天晴月更明。
> 独坐阶前万籁寂，
> 憺然唯觉此心平。

罗隆基心动之下，击掌称赞："已经是'风雷起震惊'了，你还是'唯觉此心平'。佩服！佩服！"

张澜一笑："我心平，那是自然的。你努生老弟此心不平吗？"

"老实说，不平，很不平！"

"那也是自然的。"

"怎么讲？"

"我今年七十又七，人生一场，也够本了；你不过才五十三，大亏血本，呵呵，岂能'此心平'呢？"

罗隆基禁不住苦涩地大笑了。是呀，正值知天命之年，罗隆基本该有一番不俗的作为！而今身陷囹圄，杀头在即，他岂能甘心？倘若有第二次生命，倒可以从头来过；可惜上帝只给一次……他苦笑了！

房门一下被刺刀拨开，探进一个特务的身子："都死到临头了，还乐？！"

罗隆基回敬着："怎么，还要剥夺我们笑的自由？"

特务匪夷所思了："笑？我看你两个哭都已经来不及啦！"枪一挎，回身出门。

张澜不屑地一乜那回身的背影，鼻子一"哼"，目光又回落到述怀诗上。

罗隆基习惯地谛听着："怎么不打炮了？"

张澜寻味着什么："真静。"

罗隆基感悟着什么："难道是高尔基说的——暴风雨前的宁静？"

只有一泓清澈的月华，有情地洒落在案间述怀诗上，流向床头。

宛如不想打破这宁静似的，张澜说话也变得轻轻的："淡泊以明志。"

罗隆基也缓缓唱和："宁静以致远。"

窗外的夜空——

一轮淡泊的明月。

一片宁静的天空。

同一片天空中的明月，斜照到四川南充南溪口。

如水的银辉，笼罩着慕良与张崙的两座坟茔。两缕缭绕的香烟，似与银辉相吞吐，流连不去。

刘慧征携着二女儿继延在祭奠。

万籁俱寂，静得骇人。

继延反倒不习惯了："怎么这么死静？狗特务哪里去了？"

刘慧征也有同感："是……怪。怕要出事！"

继延心下顿时抽紧。

刘慧征拜祭着，口中念念有词："慕良、崙儿，你们在天有灵的话，一定要保佑你们在上海的爸爸平安哪！"

两座坟茔中渐渐浮映出慕良与小张崙的身影。

慕良在说："嗯，我们记着呢！"

张崙在说："我们保佑爸爸，也保佑妈妈。"

刘慧征仿佛直面着两个爱子道："你们爸爸要紧，多保佑着点！"

继延的眼里浮映出泪光，她轻唤着："爸爸！"

寂静的云天，仿佛亦在倾听，亦在保佑。

上海病床上的张澜蓦地睁开眼皮，仿佛感应到什么，目光不由自主地瞄住床头的竹篾飞机、轮船。本不该就去的小儿子竟然先去了！……慧征她们母女不晓得又会怎么样。虽说人前人后的，张澜绝少提及家人、家事，但心里，还是常常惦挂着的，有时候还很想念。比如身陷"囹圄"中，随时可能会被或暗或明地谋杀掉的现在。

少顷，随着熟识的两响敲门，郑定竹医生推门而进："张老先生！"

郑定竹医生少有的激动，让张澜不由得从床上欠起身子，罗隆基也侧过身来——郑定竹身后接踵跟进一个人。

张澜大吃一惊："乔啬？！"连连撑身坐起。

是大儿子张乔啬！

罗隆基一骨碌下床，一把搂住乔啬，止不住"老朋友"般地激动道："哈呀，我的小老弟！从美国回来了？"

乔啬点点头："美国不是久留之地，回来迎接解放。"

"好！好！"张澜近近地端详着爱子，禁不住问，"你怎么通过这里的'封锁线'的？"

乔啬回说："我找了美国领事馆的齐文斯先生，他做了担保。"

罗隆基没有想到，自言自语着："齐文斯？这回他倒肯出手了？！"

张澜油然记起什么，苦涩地一笑："你在五四运动的时候被段祺瑞硬抓了，今天你爸又被段祺瑞的学生蒋介石软禁了。"

罗隆基乐了："呵，有意思，有意思。蒋介石他是生承师业，你表老是父承子业！"

一围苦笑。

郑定竹益生敬意地瞩目着眼前这一对少见的父与子，不由得感到惊奇："真有这样的事？！"

张澜轻"嗯"一声，又扭头看向儿子道："你罗叔叔从美国报纸上看到了你写的文章。"

乔啬反倒愣怔了："喔？这里也能……"

罗隆基大是称叹："敢在美国联合华侨同胞指斥杜鲁门政府支持国民党打内战，为清白的共产党正名，真有你爸爸的傲骨！"

乔啬反倒不好意思了。此时此际，他心里发急："爸和罗叔叔不能就这么……"

"大兄弟说得对，再等，怕就没有出逃的机会了。"郑定竹似乎也"传承"了什么，机警的眼光往门外一睃，"车子我已落实，今晚就在后院大樟树下等。"

罗隆基低声轻问着："今晚行动？表老？"

乔啬不能不亟亟催促："爸？！"

张澜感激的眼光在舍命相救的郑医生脸上深深一顿："晚上再看。"

楼下"嘀嘀"两响喇叭，打住了郑定竹的催促。

是阎锦文的吉普车驶回疗养院。

车中人发现增加了陌生的军警。未待阎锦文开腔，贴身警卫倒生疑了："队副，不对呀！"

阎锦文眉一皱，心一提道："进去！"

一到楼口，阎锦文即钻出小车，瞄见楼口也增加了陌生的岗哨。

"你们是谁派来的？"

不待新岗哨回复，从大厅里晃出聂琮，搂着个标致的女大学生，毫不避讳地一面狎玩着，一面声明道："我可是来支援你老兄的。"

"聂琮队长？"阎锦文提着的心抽紧了，"毛森局长不信任我阎锦文？"

聂琮一副笃诚的情状道："哪里的话？！若不信任，早把你调回去了。实在是囚犯太重要，怕出——'万一'呀。"他拖出一个花腔。

阎锦文听出"万一"拖腔里的双关："那再好不过！"说着，率警卫径直上楼。

阎锦文故意把上楼的脚步蹬得震天响：“都给我听着，从今天起，二楼戒严，任何人不得擅自进入206病房！”

病房里的张澜、罗隆基、张乔啬与郑定竹听得分明，不由得相顾愕然！

郑定竹一时有点发蒙：“糟糕！今晚……”

张澜思量停当：“不可盲动。这一步棋走错，我们就会全盘皆输。”

罗隆基立表赞同：“嗯。我们毕竟不是干他们这一行的。”

无奈的沉寂！

倏然响起一声尖厉的口哨。

伴随着的是阎锦文的喝令：“全体集合！”

张澜唯恐生出意外，立马交代：“郑医生，你快把乔啬带走。”

乔啬不忍就此离走，踟蹰着：“爸爸？”

张澜脸色一沉，下着“逐儿令”：“你想多赔上一条命吗？走！”

郑定竹刚带着张乔啬离开，训练有素的监守军警，已齐齐竖枪肃立在护士办公室里，人人有点出击前的急切与兴奋。

阎锦文迅捷布置着：“注意了，一楼、二楼加双岗。不管是谁，哪怕是穿我们警服的，谁要来提走张澜、罗隆基，就作为劫持，可以开枪击毙！”

一室骇异！

一时间，军警如临大敌，分赴岗位。

医务人员连同疗养病人，都如大难临头，一个个愕然失色！

护士办公室里，只剩下阎锦文与两个贴身保镖。

阎锦文专注地打量着属下，问道：“你俩跟随我多年，也从无二心。是不是？”

长官少有的肃然神情，不由得叫两保镖提上心，一时不摸头脑。阎锦文不能不先行试探：“上海马上就是共产党的了，国民党忙着撤退，你俩有什么打算？”

“不瞒队副，我俩私底下没少商量，就是……”

“拿不定主意？”

“我俩听队副的。”

“我们都是杨司令的人。杨司令要走，不会甩下我们；他要不走，也一定会护着我们。跟着杨司令，就没错。”

两保镖顿时为之动心。

阎锦文直点要旨：“不论发生什么事，务必听从我的指挥，自会有你们的出路。”

两保镖虽不明究竟，但已料得必有大事发生，当即发誓：

“没说的！”

“我们两颗脑袋全交给队副啦！”

206病房里的张澜把玩着竹篾飞机，有点心不在焉；罗隆基在画素描，耳朵却紧紧捕捉着门外的声息。

阎锦文大步跨进206病房，厉色勒令：“张澜、罗隆基，马上做好准备，跟我转移！”

一楼大厅外，聂琮狎昵着女大学生，耳朵却捕捉着二楼的动向。

张澜的声音：“转移到哪里？”

阎锦文的声音：“到时候，你就晓得了！”

罗隆基的声音：“我们不能糊里糊涂地跟你走。”

张澜的声音：“哪里也不去。我早说了——你们要杀，就在这里；我们不想被人偷偷摸摸暗害了！”

聂琮听在耳朵里，嘴里掠出一声冷笑。

女大学生一把推开聂琮，娇嗔道：“你什么意思？嘲笑我？”

“哪里会？欢喜都来不及。”聂琮又一把搂过对方，扯开她的衣襟，探出嘴，直往白嫩的胸乳上啃将下去。

206病房里的阎锦文此刻突然压低嗓门：“二位，我奉杨虎老司令之命，这次是来救你们出去的。毛森已派人监视，情势危急，请你们无论如何都要配合。”

张澜与罗隆基被黑脸大汉蓦然冒出来的举动闹得目瞪口呆。

罗隆基疑窦丛生："你？救我们？"

阎锦文仍压着嗓门："我也是刚接到的命令。过去的事，实在抱歉，那是毛人凤、毛森的命令。"

罗隆基探究着："杨虎为什么要救我们？"

阎锦文头一摇："具体我也不清楚，只听说是上海地下党跟我们老司令联络的。"

张澜恍然记起什么："杨虎……"

那是重庆谈判时候，在上清寺特园，自己正跟周恩来在晤谈，八路军办事处徐冰赶送来一份密函："周副主席，地下党刚送来杨虎的一封信。"

周恩来"喔"了一声当即拆阅。

记得那密函里说——

恩来先生：

我即回上海，行前，能拜见先生吗？对于自己过去的罪行，我是追悔莫及，希望能有将功赎罪的一天。……

既然恩来先生有言在先，杨虎其人倒不是不可以相信，可是……

张澜疑虑的目光直直地投落到阎锦文的黑脸上："我们怎么相信你？"

阎锦文听出了话中显然的疑虑，情急之下，有点抓瞎："咳，都到生死关头了，怎么就不能相信我一回呢？"

罗隆基猛可间想到："田淑君！"

阎锦文如获救星："对、对，出去，你们就可以找杨虎夫人田淑君，一问就清楚！"

贴身警卫闪身进来报告："队副，三大队长聂琮上楼来了。"

传来迫人的"咚咚"脚步声。

阎锦文立时拉开粗嗓子："二位想要活命，就得听从命令，要不然，等着见阎王！"他甩手而出。

突变的风云，令两位大书生欲信又疑，一时难辨真假。

罗隆基揣摩着："倒也像是真的？"

张澜也忖度着："嗯。"

门外传来阎锦文的声音："聂队长，请——"

脚步声进入隔壁 205 病房。

张澜不能不慎之又慎，道："蒋介石诡计多端，'欲谋害之，必先抚慰之'，还是多留个心眼的好。这个'当'，你我都'上'不起。"

罗隆基拍案定夺："就找田淑君！我见过她，这个女人有正义感。"

"嗯。你怎么找？"

"我认识一个天津大亨，叫李泽之……"

于是乎，联络的大任就自然而然地压到郑定竹医生肩上。这个不问政治的人出于正义感，真被政治"治"了进去。

郑定竹驾着自己的奥斯汀小车，在杜美大戏院门口放慢车速寻找着："杜美大戏院斜对过，小楼房……"嘴里念叨着，眼里搜寻着。猝然间，他眼睛一亮，发现了一幢三层的花园小楼房，看得出，罗隆基先生要找的这位天津大亨，名不虚传。

郑定竹停下车子，抽身敲门。

门还未敲，但闻得一阵女人的戏笑。郑定竹一怔，找错了？寻思间，门开了，一群花枝招展的女人簇拥着一个瘦小的老头出来，跟郑定竹撞了个正着。

郑定竹连连避身让路："对不起、对不起。"

瘦老头问："你找谁？"

郑定竹答："李泽之先生。"

花儿似的女人们又哄笑开来，一下把瘦老头搡将出来。

郑定竹有点不相信自己的眼睛，叮问着："您就是'天津大亨'？"

李泽之哈哈一笑，道："怎么，干瘪小老头就不能做大亨？"

待到乘上小车，听了郑定竹火急的介绍，李泽之大亨才恍然大悟："有这等事？罗先生怎么早不来找我？"

“特务监视太严。”郑定竹亟亟关照，“等一下你就冒充病人……”

李泽之此刻完全相信眼门前这个匆匆来客：“听你的。”

郑定竹从反光镜里禁不住又瞟一眼李泽之，兴叹着：“看不出，你这位大亨倒是够义气的！”

李泽之并非自谦道：“不是我够义气，是罗先生的口才、文才值得佩服！”

回到疗养院，安排好李泽之大亨，郑定竹便按事先计划的，叫来两名院工，将206病房的罗隆基连藤椅带人抬了出门。

站岗的特务枪一横：“站住！”

郑定竹道：“去X光透视室。”

人往楼下抬，特务在屁股后面跟。

到了X光透视室，罗隆基从藤椅上欠起身，由郑定竹打开门，扶了进去。

特务往里一探，昏蒙蒙的，再往门头牌标一看，是“X光透视室”。

郑医生抽身而去，故意往室里叮嘱：“朱医生，你透视看仔细一点。”说了，便带上门。

206病房，剩下张澜独坐在窗口习惯性地闭目养神。

跃动的思维在心底鼓突着：“阎锦文是诱骗我们出去暗害，还是真的要救我们出去？……”

郑定竹几步赶回，不无慰藉地通报着：“张老，这位‘天津大亨’人倒不坏，他能帮忙找到田淑君！”

“喔？……郑医生，你看阎锦文这个人怎么样？”

“这不明摆着？我那份‘身家性命书’还捏在他手里呢！”

“嗯。”

郑定竹心里发急，此刻还发毛：“张老，要是不行，就只有从后院逃生这一条路了。总不能等他们来杀呀！”

张澜却不敢大意，道：“他真要杀，也只有我和努生两条命；要是从后院逃走，弄不好，还会连累你、你夫人和你的三个娃娃。”这是张老先生最顾忌，最不愿意看到的。

郑定竹倒没有细想及这一层。

在X光室的黑屋子里，罗隆基已跟李泽之大亨都交代好了。

李泽之毫不含糊道：“我马上去找田淑君。另外再托几个圈子里的人去打探一下，看看还有没有救人的办法。”

罗隆基手在老朋友瘦肩上一拍，道：“拜托李兄了！”

病恹恹的罗隆基被抬回房里，待院工一走，门一关，顿时神清气爽。

张澜不觉笑了：“真看不出努生老弟还是个表演的天才呀！”

罗隆基得宠卖乖：“哎，你别说，不是为民主奔走，我罗隆基当个演员，说不定中国又会多出半个梅兰芳。”

“半个？还算谦虚。”张澜笑容一收，切入正题，“怎么样？”

罗隆基充满希望地估量着：“妥了！他马上去找田淑君，这一两天里，黑白真假自见分晓。”

张澜并不如罗隆基这般寄予大希望：“不要太乐观。毛森、毛人凤都是蒋介石信宠的杀人高手，要从他们手心里救人出去……”他头微微一摆。

张澜的判断一点不错。可上海地下党吴克坚他们“偏向虎山行”。

岳阳路195弄5号谢心通家里，吴克坚正又同谢心通、何培荣磋商营救之事。

谢心通说得真心实意：“我兄长已交代了。他是民盟的，救助民盟主席张澜、副主席罗隆基，责无旁贷。”这个谢心通是民有公司经理，国民党淞沪区指挥部少将高参。

“谢谢。”吴克坚也实话实说，“杨虎司令已经关照了阎锦文队副，我想会一会他，心里好有个底；另外想借一辆靠得住的大轿车，以备营救时用。”

谢心通爽快地应诺：“这方便。你们什么时候用，就让我的司机阿福把我的顺风牌轿车开去。”

何培荣提醒着：“毛森的特务网收得很紧，阎锦文已经被……”这个何培荣是新成区警察局局长，年在不惑。

电话铃骤响。

三人不期而然地一阵警觉。

谢心通拿过听筒：“喂……阎队副。什么，你……来不了？”

何培荣急问：“怎么？”

谢心通惴惴不安起来，手里的话筒都忘了搁下：“聂琮盯得很死，他脱不了身。”

吴克坚正判断着，电话铃又催响起来。

谢心通似有不祥的预感，又不能不抓过话筒：“喂，哪一位？……毛森局长？难得、难得。有何吩咐……来一趟？现在？……好、好。何培荣我几天没见了……好的。好的。”

吴克坚判断出什么，当机立断地嘱告：“毛森在收网了。二位不要耽搁，现在就转移。”

借着夜色，不堪焦急的阎锦文隐蔽在黄浦江畔树荫下察看着，遥见一艘海轮往东开走了——

还剩下两艘停泊的轮船。

阎锦文的心里打着鼓：“我什么时候行动？把人救到哪里？怎么还不见指示？……这个田淑君躲到哪里去了？我该怎么办？怎么办？！”

惨淡的月华透窗而入，将病房映照得恍惚迷蒙，给人怅然不安的感觉。张澜眺望着窗外，于宁静中显出几分不安。罗隆基倚着床头在看书：“表老。”

张澜没有听到。

罗隆基旋身下床，踱到张澜身边：“表老，怎么？想家了？”

张澜寻究在自己的思绪里：“不晓怎么，我有一点担心。”

四川南充南溪口的张澜家，已是风声鹤唳。

蒲瑛攥着刘慧征的手，已是第三次催促了："师母，你们怎么还不避一避？徐远举他们说来就来！"

"他们不是搜查过了？"

"这回是来抓你们全家！我们成都地下党送来的消息，不会错。你快走！"

"凭什么抓我？"

"哎呀，跟你讲道理，他就不叫蒋介石了。"

刘慧征实在搞不明白："抓我一个老婆子做什么？"

蒲瑛判断着："肯定跟上海的老校长有关！"

刘慧征心里猝然一抽："他该……不会有事吧？"

蒲瑛哭笑不得，只得求援："继延！"

"嗳。"正和小妹惠延在前坪外梅林中锄草、浇水的继延直起身子答应着。

蒲瑛在屋里招着手道："你快来。"

继延人一跑进，蒲瑛就正色叮嘱："去收拾一下，带小妹马上跟你妈去躲一躲。西充老家也不能去。快！"

继延不由得一阵紧张，答应着，即刻奔进卧室。

刘慧征想定了，托付着："瑛瑛，就麻烦你带继延和惠延走。崙儿去了，她们再出不得意外。"

蒲瑛愕然了："师母，你？"

刘慧征发了老实人的倔脾气："我哪里也不去，看他们能杀了我？！"

蒲瑛急出了眼泪，道："师母，求求你了！他们都是些丧失人心的东西！"

刘慧征油然念起什么："哎，周锋有没有消息？"

蒲瑛心一沉，回说："关到重庆渣滓洞去了……"

"你们那个同学——乐伯勋，会不会搞了什么名堂？"

"我去找过他一回，后来他来看过我两趟，说是要我跟他，他就去疏通关系……"

“瑛瑛，你可千万不能上他的当！这个人面子上跟肚子里不一样。”

“我也怀疑他是……”

继延提了一只旧藤箱出来催道：“好了，妈，走！”

蒲瑛央求着：“师母，看在老校长的分上，你也不能有意外呀！”

继延也央求着：“妈，你就听瑛姐的。”

刘慧征倒很有自己的“见地”：“放心，只要表方没有意外，我也不会有意外。他要真出意外了，我还怕什么意外？”

继延一把搂住母亲：“妈！”

刘慧征抚慰着：“妈不会有事。你和惠延跟瑛姐快走！”

连哄带搡地送走蒲瑛她们，刘慧征接着女儿们干的，提起地下的水壶，巴望起梅树……

丈夫在梅树林里写的梅花诗，不觉在她脑子里回荡出来：

腊木常年花满枝，
今年花发尚迟迟。
天寒远道无春寄，
岁暮沉阴未雨离。

刘慧征仰瞻着梅树……

梅树中渐浮现出把笔沉吟的丈夫。

刘慧征眼里发热，心里念叨着：“表方啊，你写的是梅树，这梅树也是你呀！‘天寒远道无春寄’，我就等着、盼着，这春天……总会来的！”

上海的早晨。伫立在窗前的张澜，意重情深地远眺着……

多云的东方天空，猛烈的炮火声中，伴送出一线还不那么分明的朝霞。

张澜的心声涌动着：“‘光明在望’，真的在望了！……”

楼梯上“咚咚”的脚步声，使张澜收回目光。床上的罗隆基已被惊醒了。

四目所向，只见郑定竹急步入门，压低嗓门道："'天津大亨'找不到田淑君。家里、舞场、酒会上，都没有她的踪影，像是从地球上消失了一样！"

罗隆基与张澜暗下一惊。

郑定竹一脸焦灼："'大亨'还去探听了，你们这个'案子'由毛人凤直接对蒋介石负责，谁都插不进手！"

张澜心一提，只能付之一笑。

罗隆基却笑不出来。他权衡着："看来我跟表老只有'光荣'了！"

其实不啻对于张澜与罗隆基，就是对于毛人凤等人来说，也到了去留存亡的最后时刻。

上海港的轮船上，船长提示地报告着："这是开往台湾的最后一艘海船了。"

毛人凤低"嗯"一声，不无怅惘地巡看着变得如此空寂的大海。有顷，他口授密令："四川方面已经动手。你即刻把张澜、罗隆基押送上船。他俩若去台湾，就以礼相待；若不去，就沉江——连他夫人一起！"

毛森毫不含糊地回命："是！"

毛人凤如对挚友般地交代："我先去四川处理几个要案，上海这里就拜托老弟了。我们台湾见。"

"是。台湾见！"毛森紧挺身一个敬礼，一副赤胆忠心情状。

催人的时日已经到了 1949 年 5 月 26 日。

千寻万觅的阎锦文，在自己警备司令部大队副室里，终于拨通了行踪不定的田淑君电话："哎呀我的田大姐，我都急得要跳黄浦江啦！……你也被盯上了？……什么时候行动？今天？……半夜十二点以前完成营救任务，连同我家人。谢谢！转移地点是……好！"他压低着嗓门，警惕地睃一眼门外。

门未敲而开，令两门口贴身保镖欲阻也迟。

来人是聂琮。

阎锦文算得机灵，忽发妙想地冲着话筒："好好，就今晚。"

聂琮眼光闻声一闪。

阎锦文叮嘱道："哎，我可要标致的美人儿唷，身子得丰满一点，摸起来有味道。说定了！"

聂琮看定阎锦文道："哈，想不到阎队副也有我聂琮的嗜好？"

阎锦文"招供"着："不喜欢女人的男人，那不叫男人。"

聂琮大起共鸣："真理！真理！真理！不过今晚，你怕享受不了啦。"

阎锦文心有感知，故作懵懂："有任务？"

聂琮从上衣兜里取出一页纸，交给阎锦文："今晚行动——押解张澜、罗隆基上船。"

阎锦文面上镇定，心下着实一记猛颤！

四川南充南溪口，刘慧征将刚割来的一背篓猪草背回家里，倒入猪槽，拌上饲料，背后冷不丁冒出个陌生人："是张澜夫人？"

刘慧征回首，见是上次来搜查中抢要木盒子的特务，身后不晓什么时候已经横枪围着一帮军警，屋里的翻箱倒柜声已清晰可闻。

刘慧征目光在军警里一寻，问："那位队长呢？"

新队长阴阴一笑："查处共党不力，由我接任。怎么样？上次……"

一串猪嚎，打断了新队长得意的自鸣。

刘慧征将拌了饲料的猪草推入猪圈，关下木闸门，道："告诉你们没有子弹就是没有！"

"今天是来带人的。"

"哪个？"

"你。"

"我犯了什么法？"

"也许什么法也没有犯，但谁叫你是张澜的夫人？"

刘慧征一听更来气："张澜的夫人怎么了？做他的夫人是我刘慧征的福分！"

队长顿时被噎住。

搜查的军警赶来报告："连个鬼影子都没有。"

队长倒是不曾料到："都逃了？就押走她！"

刘慧征心一横道："我就不走！你们有胆子，就杀了我！"

一些个胆大的邻里乡亲先后挨将近来：

"长官，大嫂子在这里好好的，你们这是……"

"不能抓走她呀。"

队长反手一枪，一个老叟当场倒下。

"大哥！"刘慧征扑身上去，猛可回过身子诅咒，"你要抵命的！"

队长又威胁地冲人群上空开了几枪，一声喝令："带走！"

军警一拥而上，架起刘慧征就走。

刘慧征抗争着："我自己有腿，你们放手！"

这一挣、一喝，还真叫扭捽的军警松了手。出得堂屋，刘慧征反身想去锁门，被队长横枪拦住："不必了。"

他一示意，有备的军警便点起一枝引火的干柴。

刘慧征一惊不小，几乎未加思索地两步冲到堂屋口："你们要烧，就把我也烧了！"

军警特务们倒不曾料眼皮下这老婆子居然有这等脾气，不由得打了个愣怔。

队长恼羞成怒，喝令着："把人拖走，烧！"

引火的特务刚伸手去点，"砰"！火未点着，自己却应声倒翻地下。

队长下意识地冲口喊出："游击队！打！"

从堂屋里冷不丁地闪出蒲生，一把揽过刘慧征，拽回屋中。

队长发现已迟，连连枪击，不想又从慕良、张崙坟头，猛可里杀出手执双枪的赵育明，左手击翻队长，右手撂倒一个偷袭者。

武装特务虽然慌张，却仍未溃散。

突袭的游击队一路随赵育明拼上，另一路从江那头低洼地里横出。

两路合击，训练有素的军警特务队吃不消了。

翻倒地下的队长，居然又悄悄撑起身子，瞄准了赵育明。

“赵姐！”一游击队员扑身掩护赵育明。

好了得的赵育明，知有险情，反手一拨，与队员双双斜翻地下，身子未着地，手里枪已响。

特务队长一枪打空，未及再开枪，自己已中弹，仍挣扎着道：“撤！快……撤……”

赵育明决然下令：“打！先把这支徐远举的别动队吃掉！”

刘慧征已被扶躺在床上。她接过蒲生端来的水道：“我没事。”

蒲生急得不行：“还没事？我都惊出一身冷汗！”

刘慧征喝一口水，顺了顺气，又问：“你们怎么晓得的？”

蒲生不无神秘地透露：“是吴玉章先生下的令，要保护好师母。”

刘慧征记起什么：“吴玉章？嗯，听老头子说起过，是跟恩来他们一起的……大好人！”

“那是！”蒲生颇受用，“他毛人凤、徐远举厉害，我们地下党更厉害！”

刘慧征笑了：“嗯，厉害，是厉害！”

这时屋子外面，一伙特务钻进青岗山，边打边逃窜。

赵育明着即吩咐：“他们不熟悉路，你带人抄上山去，截住他们。”

一个声音飞传过来：“赵姐，有两个往江边逃了！”

只见嘉陵江畔的乱石滩头，一个追击的游击队员被打伤，另一个还在猛追。

赵育明飞步而至。

受伤的队员头一摇，急催：“我不要紧，快——”

只见两个特务已逃近江滩。

赵育明略作瞄准，枪响，人倒。

另一个特务大吓一跳，“啊”的一声，两个飞步，就跳落江中。

游击队员一阵扣击，已不见人踪。

赵育明也迅步赶到江头，手指紧扣着扳机，目光巡扫着水面。

终于，逃命特务在十米开外的水面上浮了出来：“你、你们等着……”

对方话未尽，赵育明手里的枪扣响了，水面上随即浮起一层血红。同时间，青岗山那头已响起合围的阵阵枪声。

让战友们清扫残敌，赵育明自己快步赶回屋里。在床头，她拉住刘慧征的臂膀，很有些自责：“让师母受惊了。”

刘慧征满心感慰地端详着腰间插着双枪、英姿飒爽的赵育明：“‘惊’得好，‘惊’得好。今天这一惊，才见识到‘双枪美人’的威风！”

蒲生与两个游击队员不觉掩嘴失笑了。

赵育明顿时没了“威风”：“师母你也笑话我！”

刘慧征欣慰地感叹着：“真没有想到，当年哭着到坟地里给王向忠大哥送红衣服的小姑娘，如今大出息了！”

赵育明不觉也感慨系之：“那次的刺激太深太深了！多少回梦里我都会惊醒过来。如果没有那次的强刺激，没有老校长在墓地里对向忠大哥他们讲的那番话，我……不一定会走今天这条路。”

刘慧征理解而又称许地在赵育明手背上拍了几下。

一名游击队员兴冲冲地奔来报告：“赵姐，徐远举的‘特种刑庭’别动队全报销啦！”

刘慧征很替赵育明等人自豪：“好！也叫徐远举晓得，还有比他、比毛人凤更厉害的。”她说着，故意睃了一眼蒲生。

蒲生乐了：“那当然！当——然——！”

刘慧征蓦然想起什么，问道：“哎，他们抓我这么个老婆子做什么？”

赵育明估量着：“肯定有阴谋。”

刘慧征即刻抽紧了心：“是不是表方那边……有难？！”

众人顿时一样地抽紧了心。

有情的月华，将缕缕银辉，惴惴地洒落在床头。

第十七章　生死搏杀

1949年5月26日对于张澜与罗隆基，对于民盟、对于中国的民主政治来说，都是一个不可忘却的日子。

还是上海霞飞路，被围困的虹桥疗养院的特殊“囚牢”——206病房。

罗隆基久久凝视着窗外，遐思悠远。他慢慢收回目光，瞩目起沐浴着昏黄灯光的床头，不觉喟然兴叹：“真是‘身后牛衣愧老妻’啊。”

张澜依旧凝视着高天，一样感慨难禁：“苏轼的愧怍之情确是发自肺腑！‘身后牛衣愧老妻’，一点不假！唉，我故乡的夫人哪，自从跟着我，只有遭罪受苦的份……”

罗隆基故作正色道：“哎，嫂子可是以表老你为荣的唷！”

炮声暂歇了。

留下的唯有死静。

罗隆基又耐不住这般的死静了：“咦，怎么这么安静？”

张澜也竖起耳朵，轻轻道：“静是静，只怕不是‘安静’；说不定，是我俩的‘时辰’到了。”

老朋友极平和的口气，令罗隆基久久悬着的心不由得猛可一记“咯噔”！

果不其然。一辆满载着军警的卡车，借着夜色悄然驶来，抵疗养院，在大门外的路边徐徐停下。

车中人并不下车，只有驾驶员边上的一名副官，定睛监视着通往疗养院的路口。

悄然天降的夜袭人，不曾料想自己的一举一动也会被悄然监视的守候人尽收眼底。街对过有一座毫不显眼的上海小阁楼，小木窗内吴克坚紧盯着大卡车道："毛森果然备了一手。"

"怎么办？"一名带枪的地下党同伴急了。

另外三个携带轻武器的同伴显然是训练有素的职业军人，虽着急，却不忙乱。

吴克坚果断回答："万不得已，我们只能偷袭，帮助阎锦文抢时间。"

一个同伴担心："那我们就暴露了。"

"是有风险。现在第一要务是完成周恩来同志交代的任务——不惜代价，救出张澜、罗隆基。"

"明白！"

住院楼大厅值班室里，长沙发跟前，淑延的同学秦凤娟与另一个好同学两人正缠着聂琮，千娇百媚地替对方解脱着外衣。

聂琮乐在其中，止不住先嘴一噘，在两个美少女脸上"吧吧"亲了两口，继而如鉴赏猎物一般地估量着两个清水出芙蓉般的美女大学生："嗯，阎锦文还有点眼力！呵呵……"

阎锦文其实是被"逼上梁山"，才找田淑君挑来两个女大学生帮忙的，不然，营救行动极易露出破绽。

大门外的军车上，副队长发现一辆顺风牌大轿车，悄悄驶入大门。

驾驶员奇怪了："咦，怎么是顺风牌轿车？"

副队长也自一怔："怪！不是阎锦文，谁也进不了封锁区呀……"他即刻在后挡板上敲了三下。

对过小阁楼里密切监视的吴克坚一瞄见顺风牌大轿车，便知是阎锦文到了。

四个战友顿时提起神，有一种临战的紧张与兴奋。

吴克坚紧盯住窗外："准备好，听我命令。"

不知螳螂捕蝉，黄雀在后的阎锦文，今天亲自驾着大轿车驶入疗养院。

大轿车在住院楼下一停，阎锦文即从驾驶座中一步跨出，两保镖也接踵跃下，都是全副武装。

岗哨敬了一个礼，不过还是止不住惊讶："队副！这么晚了，你……"

阎锦文手一扬，径自直入。

一进大厅，他就轻步挨近值班室，从半拉上的窗帘缝隙里往里一瞄——但见长沙发里，赤膊的聂琮正扑压在一个赤裸的女同学身上，还不忘伸出臂膀摸捏着紧旁秦凤娟的胸乳。

室中的秦凤娟仿佛有感应似的，往窗外一瞄，接住了阎锦文的眼光，往楼上一飞眼。

阎锦文头一点，跟两保镖手一招，轻步登楼。

206病房内，两位不耐"安静"的大书生此时此际，居然在案头作起诗文来！

罗隆基随着张澜的妙笔，缓缓念出声——

日日晞春春未来，
凌霜冒雪立苍台。
梅花似惜幽人意，
……

罗隆基大生感慨："妙笔！妙诗！'凌霜冒雪立苍台'，这不就是我们两个被软禁的'囚犯'吗？呵呵，我们也勉强算得上是傲雪凌霜的梅花……"

张澜神游诗中："梅花最知情！"

罗隆基连连兴叹："最知情，最知情！哎，最后一句呢，你可得画龙点睛啊！”

张澜寻思着，推敲着，刚挥笔要下——

阎锦文大步闯入，低声催唤：“二位，你们信得过我也好，信不过我也好，现在马上跟我走。”

两保镖也亟亟催请：“二位快请！”

张澜冷冷一笑：“这半夜三更的，要杀就明说，何必偷偷摸摸？”

阎锦文被噎得几乎憋了气：“要是大白天，我阎锦文冲得出铁桶一样的包围圈吗？”

张澜与罗隆基不由得眼光一碰，觉得不无道理，却依然疑惑。

罗隆基快人快语：“郑医生担着身家性命救我们，我们信；你阎大队副要冒死救我们……”

阎锦文直指苍天道：“我阎锦文可以对天发誓！”

张澜嗤声一笑：“蒋介石发誓发得我耳朵都起老茧了，到头来呢？除了欺骗还是欺骗！”

阎锦文跳脚了：“哎呀，你们怎么就……”

保镖一指手表提醒：“队副，来不及了。”

“好，就让老天爷作证，看我阎锦文这回是不是欺骗！”阎锦文脚一跺，故意响声厉气地命令道，“带走！”

大厅值班室里，狎昵中的聂琮乐虽乐，仍不敢乐不思蜀。他竖着耳朵在监听。

传来张澜的声音：“慢！”

被聂琮压着的女同学与秦凤娟眼色一交，不由得大急！

秦凤娟娇羞地拽过聂琮的手，挪往自己的胸口：“舒服吗？”

“舒服！舒服！”聂琮可谓舒心惬意，禁不住伸出长嘴去叼，“今晚就跟你俩好好乐乐！”

病房里的张澜不想让钟情的咏梅诗半途夭折，提着笔续下：

特遣侵晨一朵开。

老人仿佛亲睹——

东方，一抹晨光，终于冲决出满天的阴霾……

那是一朵沐浴着晨曦，企盼着美好春天降临的寒梅。

一起沉入美好憧憬的罗隆基品味着，念之情牵："特遣侵晨一朵开，一朵开！"

张澜搁下了心爱的笔。

罗隆基心安理得地一指咏梅诗："表老，这就是我俩最后的，也是最好的交代。"

阎锦文不由得既感佩，又焦灼，不得不手一拨，悄声喝令："快！"

一保镖不由分说，背起张澜就走。张澜手杖往地上一戳："放下放下！不要脏了我的身子！"

保镖气得几欲甩手。

阎锦文手又一挥："不管他！"

另一保镖则攥过罗隆基，不容抗争地拉出门去。

不远处成排、成片的大炮又呼吼起来，似还隐隐夹杂着高亢的冲锋号声。

张澜的手杖把楼梯的地板戳得震天响："放下！你们这是阴谋绑架！我要上上下下的人都听到！我抗议你们的非法绑架！"

死寂的楼区已有了细碎的响动。有的门开启一条缝，有的探出半个脑袋，有的则默然躲在门后谛听。

大厅值班室里联手替裸身聂琮做着按摩的秦凤娟与同学有点情不自禁的心焦。——那也只能是干着急，分身无术哇！

倒是聂琮，美美地享受着裸体美人柔软的舒筋松骨，嘴里止不住得意地叨叨着："这个老夫子倒是不怕死。哼，到了海船上，就由不得他啦！哎哎，美人儿，你们听什么呢？倒是按摩呀！"

秦凤娟两个即刻回过神，连连动手按摩，心却紧抽着。

阎锦文今晚是"晦气"缠身！要命的关头，一行"绑架者"还未及出大厅门又撞上考察回来的丁惠康院长。

拎着手提箱，风尘仆仆的丁惠康见状大愕："你们干什么？他俩是我的病人！”

阎锦文心下叫苦，嘴上强硬：“我们是奉命行事！”

丁惠康顿觉不妙，横身拦截：“半夜三更的，奉什么命？快放下！”

阎锦文一瞥值班室，不敢稍有滞留，故意响声厉气道：“是警察局毛森局长的命令。你闪开！”信手将丁惠康拨开，不想情急中，一失控，竟把丁惠康拨翻地下。

阎锦文自己也不由得一怔！

在保镖背上的张澜怒喝道：“你们简直是一伙强贼！放下！”

阎锦文不能不硬起心，指令下属：“走！”

罗隆基书生意气地抗议着：“要半夜里谋杀，也无须这般强横！”

阎锦文哭笑不得，跟属下撇嘴示意。两保镖允诺地头一点，一背、一挟，“挟持”着依然抗议中的两人亟亟外出。

值班室里的聂琮听着抗争中离去的脚步声，已经毫不怀疑。

秦凤娟听得脚步远去，才轻舒出一口大气。

强猛的炮火照亮了一片夜空。

大上海的夜天经历着前所未有的震荡。

久候在大厅楼口的顺风牌大轿车此刻两边车门已被拉开。

张澜眺望着那壁被炮火照亮的天空，一板一眼抨击道：“蒋介石，看你还能横行几时！”

阎锦文心下猛一记震撼！他深深地看一眼这个如此藐视死亡、笃信道义的老人：“快请——”

两保镖极迅速地将张澜与罗隆基分别从两边门请上车，而后一左一右，保护着，腰里的枪也即时一抽而出。

车门一关小车即刻启动。

隐蔽在路口的军车里的驾驶员一眼瞄见驶出门来的顺风牌大轿车，轻声急报：“队长，人犯车出来了。”

副队长瞪大双眼，见大轿车拐弯过去。

驾驶员脚挪向油门问：“跟吗？”

副队长迟疑着："聂大队长没有发讯号，应该是一切正常。……嗯，还是保点儿险，还是得压压阵。"他扬手一拨。

驾驶员启动军车。

对过小阁楼里，有人催促了："糟糕，军车跟上去了！"

吴克坚判断着："他们也在犹豫，不像是发现……通知第二小组，不能让军车跟到环龙路。"

"是！"有人即刻抓起话筒。

吴克坚仍细密布置着："你马上通知郑定竹医生，要他们全家马上出去躲避三五天，天不亮就走！"

上海港最后一艘大海轮，已然启锚待航。焦困的等候是特别熬人的。船长看了看表，显出些微的不安，道："毛局长，他们应该到了。"

毛森声色不动。

四名便衣扛、搂着两块大青石板上来。

便衣报告着："局长，弄来了。"

毛森手往暗角落一引："先放着。绳子呢？"

便衣回说："准备了。"

毛森低"嗯"一声，没有再多说。

船长瞟瞟大青石板，一时没弄明白："这是？"

毛森没有理会。

船长猛可间惊悟出什么，浑身顿时打了个冷战。有顷，毛森几步赶到机务舱，抓过电话直拨疗养院。

值班室的电话铃猛可间震响起来。

有心的秦凤娟一面抓回聂琮欲去接电话的手抚摸自己，一面跟同学暗使眼色。

同学领悟，一把将话筒抓起，挪开："聂大队长功夫比阎队副可强多了！"

聂琮哈哈大笑，不无得意："是吗？来、来，今晚我要你两个晓得晓得什么是做女人的大痛快！"

秦凤娟故作娇态发着嗲："聂大队长急什么？今晚我们两个都是你的。"

聂琮有点乐不思蜀了。

话筒里传来咆哮之声。

不待秦凤娟她俩遮掩，聂琮条件反射般地一个抽搐，挣出一只手，抓过话筒，一听，打出一个哆嗦："局长？！……是我……小姨太，她特地来陪我的。……是，我明白。一切正常。张澜、罗隆基已带走。……什么？人还没到？！"

聂琮这才觉出事态不妙，话筒一丢，抓过长裤斥怪着："你们误我的大事啦！"

聂琮来不及整理衣冠，带了两名亲信警卫，自己驾着三轮摩托车从疗养院飞驰追出。

顺风牌大轿车逆风疾驰。

后面的大军车紧紧压着阵。

阎锦文的心紧抽着，不时从大轿车的反光镜里瞄瞄后面的大卡车。

一保镖反身后看，也担起心道："队副，他们像是怀疑我们了。"

阎锦文没有回应，径自思忖着，自言自语道："不能朝环龙路开。嗯，得反个向——骗他们一下。"

车子还未及到路口，横肚里杀出一组哨兵：

"停车！"

阎锦文只得停下车，但不敢熄火。

"口令？"

"海豹。"

"证件。"

阎锦文掏出"派司"一亮："警备司令部的。"

验明证件，哨兵手电又照了照车里两保镖与张、罗两人犯，问："什么人？"

阎锦文毫不迟疑地回答："犯人。送上海港。"他又亮出毛森局长的手令，随即启动轿车。

哨兵提着醒：“长官，你方向反了。”

阎锦文不等他说完，自己喃喃嗔怪着：“是吗？见鬼，这黑灯瞎火的！”他油门一踩，轿车只得往斜对过方向的街路——外滩码头斜插了进去。

放行了轿车，哨兵又拦住了军车。

副队长一声呵斥：“你没长眼睛？”他手一敲车门玻璃窗下的位置。

哨兵一看是特别通行证，连忙立正敬礼：“对不起，长官。”

“刚才的小车去哪里了？”

“他说去上海港，有毛森局长的手令。”

副队长眼睛一眨，有点难辨真假：“这个阎锦文搞什么名堂？跟上！”

前面大轿车里的张澜与罗隆基，渐渐悟出了什么。

张澜一睃反光镜里的跟踪者，问：“这后面跟着的是什么人？”

阎锦文毫不避讳地回复：“毛森的亲信，聂琮警备第三大队的特务。”

罗隆基仍难解疑惑，叮问：“你是？”

保镖替主人作答：“阎队副和我们都是杨虎司令的人。”

张澜恍然大悟：“杨虎的人？！”

阎锦文道出实情：“聂琮是军统的死党，跟我面和心不和。我今天特地请田淑君帮忙，请来两个圣约翰大学的女学生缠住聂琮，这才……”

张澜从反光镜里审度起阎锦文，逐渐生出几分信任。

另一保镖回首又一瞄，心猝然一拎，急道：“他们又跟上来了。”

后面的军车果然加速追上了大轿车。

副队长手一点，道：“咬住他！”

大车迫近轿车。

一阵摩托车响，军车反光镜里见到聂琮接踵而至。

副队长着即报告：“大队长，好像没有问题，方向是外滩码头。”

聂琮紧瞄住轿车目标：“嗯。已经误点，再不能出任何差错！”

“明白。”副队长回答着，用手枪在后挡板上敲了两下。

车厢内立时出现一阵枪械的响动。

军车、三轮摩托车紧紧咬住前面的轿车。

同一时间段，林森路培恩公寓的郑定竹接到一个陌生的电话：“我是。张老先生他俩救走了？太好啦！什么，你说我全家？现在就走？……谢谢。哎，你是谁？”

汪婉清提着心问：“谁？”

郑定竹头一摇：“挂断了。关照我们又不留姓名！”

“会是谁呢？”

“准定是好心人。嗯，一定是救张老先生的人！对，我们也得逃，我是出具了身家性命担保书的。”

汪婉清也觉着事态严重，欠身起床：“我去叫醒他们三个。”

“我去备车。要快！”

都想赢得新生。都在抢时间。

毛森他们也不例外。他的电话继而又追到疗养院的二楼护士办公室。

值班护士心慌慌地接过话筒：“喂……我是值班护士。人……人都走了。……张老先生、罗先生也……也带走了。”

她挂下了话筒，不能不紧捂住心猛跳的胸口，闭上眼睛，口中念念有词：“怎么了？今晚到底都着上什么魔了？！”

“咳，今晚真‘够刺激’的！”大轿车里的罗隆基又恢复出戏谑的天性，开起玩笑，“就像小时候玩‘官兵抓强盗’。”

阎锦文哭笑不得：“抓到了，你我怕都得去黄浦江喂鱼。”

张澜不由得睁开眼皮：“喔？”

保镖提着醒：“到外滩了！”

车中人往前一看，外滩码头已横在眼下，但见一艘孤独的海轮寂寥地等候着。

虽然灯火昏黄，海轮驾驶舱里的船长还是从望远镜里发现了驶来的大轿车："毛局长，来了！"

毛森居高临下，有点得意，冲着驶来的轿车中人，发出一声冷笑。不过顷刻之间，笑意就从嘴角消失——他在望远镜中发现，夜色中的大轿车猛一个急拐弯，直往北边的白渡桥方向冲去。

"混蛋！"

阎锦文自然听不见。他晓得，决定生与死的时刻，全看自己的快慢与机巧了。他一声叮嘱："坐稳了！"手里的方向盘猛打过 90°，一脚踩足油门，轿车顿如离弦之箭，横空射出。

军车中的副队长一看不妙，着令驾驶员："咬上！"同时抬臂猛叩两下后挡板。

车厢的油布立被掀开，亮出一车的武装军警。

"给我打！全部干掉。"摩托车上，聂琮一边喝令着，一边掏出手枪连连射击。

守护的贴身警卫同时出手。

卡车上的军警即刻横枪扫射！

飞箭般的大轿车在前逃，疯狂的摩托车、大卡车在后追。

呼啸的子弹，如骤雨一般划出一道道流光，阵阵往轿车上倾泻，击出朵朵细碎的火花。

街路上摆的豆浆摊被冲倒，烤烧饼的连人带炉被带翻……一个个赶早集的人被惊吓得目瞪口呆！

轿车中的阎锦文仍不失冷静，从反光镜中瞄定聂琮，嘱令保镖："二位神枪手，干掉领头的聂琮！"

两保镖乘后面扫射中刹那间的空隙，掠身窗外，往后反击。

至此张澜与罗隆基彻底信任了阎锦文。

张澜主动在阎锦文肩上沉沉一拍，道："谢谢。委屈你了！"

轻轻一语，顿激出黑脸汉子阎锦文的两点泪光："有你这句话，就什么都有了。"

张澜倒并不遑急，嘱咐："放心开车，出了事，谁都不用怨谁。"

罗隆基的兴致顿被引发出来，接口道："这叫有难同……"

"当"字还未及出口，又一阵子弹横扫过来，保镖连忙将两先生拉趴下。

后窗被击碎，扫落进来的子弹击伤了保镖的手臂。

罗隆基一惊："你受伤了！"他掏出手绢要替保镖包扎。

保镖毫不在意地拨开罗隆基的手道："不用。"旋即反身，从后窗一角瞄定摩托车上的聂琮，扣动扳机。

枪响，聂琮从三轮摩托车上斜翻落下去。

阎锦文从反光镜里看到了，大声称赞："干得漂亮！"

聂琮也非等闲之辈。人已翻倒在地上，仍指令急拐弯折回到自己身旁的摩托车上的警卫："不要管我，告诉副队长，一定得干掉他们，不留活口！"

警卫班长应命，驾起摩托车又急急追击。

海轮甲板上的毛森手里捏着望远镜，气得七窍生烟！怎能让总统特别钦点的重要人犯从自己手掌心里溜掉？他下了死令："通知各路哨卡，一定要截住那辆顺风牌大轿车；谁让它逃脱，我就要谁的脑袋！"

"是！"秘书官领命急去。

大轿车已飞驰到白渡桥。

阎锦文牙关一咬："我让你追！"小计谋一冒出，他即瞄住左边的小街，突见有赶早集的路人、摊贩之类，不得不一个急转弯，从空当里插将进去。

张澜亟亟提醒："当心行人！"

阎锦文习惯使然，随口道："顾不得那么多了。"

张澜顿时变得严肃，关照着："必须得顾！我俩不过两条命，不能害了人家！"

两保镖没有想到这种时候，老先生居然还能这般提醒，不由得相顾愕然。

阎锦文只得稍稍放慢车速，留心起行人、摊贩来，嘴里嘀咕着：“再被抓着，就怨不得我了。”

张澜连连宽解：“不怨、不怨。你说呢？”

罗隆基也凑着趣：“表老都不惜性命，我努生当然舍命陪君子啰！”

阎锦文撞上这么一对见所未见的大书生，哭笑不得地大摇其头！这阎锦文突发的小计谋，到底难住了大卡车：大家伙钻不进小街。

副队长急了，拉开车门喝令：“二班长，你们咬住他；我从外头包抄。”

摩托车即刻飞插进小街，带翻了紧挨着的一串摊贩。

副队长撞上车门道：“倒车！”

阎锦文反光镜里见到了。他奚落地一“哼”，转瞬间又从“慢速”中忽生出灵感：“对，干脆再慢一点。”他缓踩着油门。

小车益发慢了。

两保镖急了：

“队副？”

“你这是？”

阎锦文反倒不急不忙地布置着：“大卡车进不了，三轮摩托肯定追来。你俩下车，打它个伏击！”

保镖恍然大悟，即刻一左一右分头跃下。

罗隆基兴致不减：“哈，表老你这一‘慢’，还让阎队副‘慢’出妙计来了！”

阎锦文不敢大意，关照着：“子弹不长眼，二位千万不要起身。”

张澜道：“听你的。”

张澜和罗隆基旋即隐身在后座下，罗隆基半扶托住表老。

阎锦文从反光镜里已瞄见摩托车，提着醒：“注意，来了。”他继续放慢车速。

张澜与罗隆基屏息以待。

那摩托车上，驾车的警卫班长泄出一股替主子报复的杀气，道：“看你还往哪里逃！打！”

潜伏左右街边的两保镖“应命”出击，但闻得左右两声枪响，驾车人与后座的伙伴便随声倒地。

座舱的军警大料不及，一个飞身，骑上驾车座，一手往街边回射，一手驾车急急回撤。

两保镖也好生了得，一左一右，横空斜出，人在空中，扳机已扣响。

两颗子弹交汇。“砰！”

回撤的军警立时毙命。

两保镖不敢延误，又纵身追上在慢速迎候的轿车，一左一右横身跃进。

罗隆基如看杂技，大是惊叹着：“果然是神枪手！佩服佩服！”

车子立时加速。

张澜见身旁的保镖手臂上仍流着血，便从衣内兜里抽出手绢。

保镖头一摆：“没事。”

“别动，别动。”张澜很有些内行地摁住伤口，随即用手绢箍住，“紧不紧？”

“不紧。”保镖感觉着什么，“张老难道还做过这个？”

张澜莞尔道：“是跟夫人学的，半瓶醋。”

一车开颜。

张澜包着伤口，忽然间想起来：“郑医生必有危险！得赶紧……”

阎锦文回说：“郑医生家里和我家属，都转移了。”

郑定竹驾着自己的奥斯汀小车，也在“逃亡”。夫人汪婉清陪坐在身旁，后面是两个女儿一个儿子。

从车窗望出去，时不时撞见撤退的政要与出逃的显贵，还有就是捕人的特务、警察和盘查的岗哨。

汪婉清感觉出什么：“看来，是要解放啦！”

郑定竹心下慰悦：“天到底要亮……”

一声“口令”，将郑定竹大吓一跳。

不晓何时，哨兵已横插在车窗下。

郑定竹莫名其妙道："没有'口令'。我是医生，带家人去走亲戚。"他从西装兜里掏出工作证。

岗哨手电在工作证上一照，往郑定竹脸上一对照，又往后座上一扫。

岗哨手一拨，郑定竹即刻启动车子。

"当心红灯！"

夫人一句提醒，路口已亮起红灯。猝然间，似听得车后岗哨又在呼喊什么。

汪婉清闻声神经立刻绷紧："定竹？"

郑定竹怕再横生出枝节，咬牙一踩油门，直冲红灯！

后面的枪声响了！

逃亡的大轿车从小街里直穿而出，仍不敢大意，又钻入斜对过的里弄。

罗隆基有点解不开疑团，问："哎，谁这么快就通知了你家人和郑医生他们？"

阎锦文回说："上海地下党。"

张澜一怔："喔？"

罗隆基半信半疑："你怎么晓得？"

阎锦文如实回禀："杨虎的夫人田淑君说的。我现在就送你们去找她。"

张澜不由得赞叹了："嗯，没有想到，恩来先生他们不光在前线打仗，在后方做地下工作，也了不得呀！"

举座兴叹。

保镖一声惊呼："队副！前面——"

车中人惊抬首，但见正前面的路口中央，不晓什么时候已横着那辆大卡车。车厢里军警个个横着枪，虎视眈眈；车门踏板上，站着副大队长，正以逸待劳。

阎锦文近乎本能地立马倒车。

车后即刻有人被带翻，惊呼突起。

张澜一呼而起：“后面人太多，倒不得！”

阎锦文一筹莫展了：“那……只有死路一条！”

张澜带电的眼光一射而出，直趋路口的凶神恶煞道：“绝不能便宜了他们！”

罗隆基像是估量到什么：“表老是想？”

张澜牙关一咬，冲口直出：“阎队副，开足马力，冲关！”

一语激出车中人的血性！

阎锦文头一点，关照两保镖：“保护好两位先生，豁出去啦！”

他猛地踩足油门，了得的顺风大轿车瞬间提速，箭一般地往路口撞去！

几乎同时间，大料不及的事突然发生了——大卡车的背侧猝然响起一阵猛烈的枪声，子弹却没有射过来，反而是大卡车上下堵截的军警倒的倒、伤的伤，一片惊惶的躁动。

阎锦文傻眼了！

保镖傻眼了！

张澜与罗隆基傻眼了！

大卡车上的人也一样傻眼了！

阎锦文立时憬悟：“难道是……地下党？！”

罗隆基也跟着第一次做起“司令”，喝令起来：“莫失战机，冲！”

阎锦文把车速提到极致，舍命疾冲！

两保镖确非等闲之辈，一左一右，掠身窗外，连连出击，将大卡车头里的军警撂翻。

阎锦文也一手驾车，一手射击。

大轿车一路突围！

仍有一阵阵子弹直射过来，将车前窗玻璃击碎。

阎锦文干脆就从透风的前窗频频出枪还击。

张澜自己伏身在车座下，仍不忘关照：“阎队副，保护好自己！”

阎锦文顿时闪出两点泪光：“嗳！”

前面又是一阵火拼！

趁冲着自己这边子弹变得稀疏的刹那间，阎锦文使出绝活——他以车体作掩护，人已在车外踏板上，右手驾车，左手扫荡，将车子划出一个左转的弧形，竟而将大卡车开着的车门里的副队长扫翻，继而拐入街路。

罗隆基得意非常："哈哈，胜利大逃亡！"

张澜只是微微一笑："也算是九死一生！"

大轿车在十字路口又拐了一个弯。

罗隆基坐稳了身子，问："就去环龙路？"

阎锦文头一摆："不急。现在是反方向，不能让他们发现田淑君家。"

张澜连连颔首："好、好，不要功亏一篑。"

阎锦文发现前面街口站着岗哨，提醒手下："注意，不要让他们先下手。"

保镖立马允诺："明白。"

张澜干脆闭目"养神"了。

罗隆基却不敢有这份闲心，双眸紧盯着岗哨。

阎锦文不待哨兵拦截，便减慢车速，一面道出口令"海豹"，一面亮出"派司"。

哨兵检看了证件，手电往破碎的车子上一照，显出狐疑。

阎锦文响叹了一声："唉，碰上地下党，干了一仗。你们这里呢？"

岗哨回禀："报告队副，没事。"

另一岗哨手电照到车内的张澜。

张澜仍闭目不张。

阎锦文介绍："我舅父。"

手电照到罗隆基。

阎锦文再介绍："我表哥，去疗养院看病。"

暗底下，两保镖的手指已紧扣着扳机。

岗哨抬手放行："阎队副，请。"

小车加速驰出。

罗隆基不无诙谐地舒出口大气："这回方向可以'反正'了？"

阎锦文也借题发挥："是该'反正'了，再不'反'过来，这一生就真毁了。"

张澜与罗隆基当然听出由衷的潜台词，着即颔首笑了！

伤痕斑驳的顺风牌大轿车在法童公学校门口缓缓停下。

左右车门一开，两保镖扶下张澜与罗隆基。

张澜随势轻抚着保镖的伤手，关照着："等办完事，抓紧去医院看看，不要发炎了。"

保镖倍觉温暖地允诺。

阎锦文吩咐没伤的保镖："找个地方，把车子藏好。"

保镖应声，钻进驾驶座。

阎锦文四下一瞄，蹲身背起张澜，受伤的保镖护着罗隆基，几人即闪进公学。

四人借着月色和昏黄的路灯，穿过静悄悄的花园，来到一壁院墙下。

保镖从墙角的冬青树丛里取出早已备下的软梯，把软梯头上的铁钩往墙顶上一抛，钩子挂住了顶墙，他便登梯上墙，翻墙入院。未几，院墙的圆洞门打开了，保镖身子一探，往后手一招："快。"

罗隆基故作夸张道："咳，今天参加'地下游击队'了！"

阎锦文背着张澜迅捷跨入洞门。

聂琮虽中了枪，却没有死，带着几个手下赶到港口海轮上汇报，被毛森局长一顿臭骂："瓮中之鳖都叫跑了，你还有脸来见我？！你叫我怎么跟蒋总统交账？"

"聂琮知罪。"

"现在怎么办？蒋总统要人，非逼他俩就范——去台湾不可，不然就去做鬼——沉入黄浦江，永远消失。现在倒好，人也没有，鬼也不见！"

聂琮寄予着一线立功的希望道："我已派兄弟去阎锦文和郑定竹家搜捕，或许……"

毛森眼珠子一瞪："你以为他们那么笨？等我们去抓？"

聂琮不敢置信："难道会有这么周详的安排？"他着实很有些不敢置信。

毛森判断着："不只是杨虎，背后必定有中共地下党。"

聂琮料所不及，一时不知如何应对。

船长有点急不可耐了，不得不再次催促："毛局长，不能再拖了，万一共军……"

毛森抬手止住，恢复昔日的冷毒，道："不能让他们太得意。凡是跟张澜、罗隆基沾边的人，他们的去处，包括杨虎几个老婆的公寓，最后再彻底搜捕一遍，抓到人，就地处决；立功者，奖十根金条！"

聂琮挺身应命："聂琮愿意戴罪立功！"

如此虎口竟能脱险，不能说不是大幸运！大意外！就连个中人亦莫不心有余悸，简直有点匪夷所思！

脱险的张澜一行四人穿过一个大院的假山曲径，来到又一个洞门前。张澜注视着老虎形状的洞门，即刻悟出："是杨虎家的后院？"

阎锦文点着头，轻轻地击了三下掌。

洞门内回出三下掌。

暗号对上，阎锦文和保镖这才放下紧捏着的枪。

门悄然打开，迎出田淑君、吴克坚和几个武装便衣。藏车的保镖已经先到了。

罗隆基立时认出："田淑君女士？！"

田淑君愣了片刻："啊，老朋友，罗隆基先生！"

罗隆基引见着："我们民盟主席，张澜先生。"

田淑君连连致意："主席的大名，我是久仰啦。"

张澜抚髯一笑："你的大名一从阎队副口里出来，可把我们罗先生找惨啦！"

一围戏笑。

田淑君介绍着："吴克坚先生，上海地下党负责人。"

吴克坚紧紧握住张澜的手，笃诚地致着歉：“表方先生，让你们受惊了，营救来迟，很抱歉！”

张澜感慨万端：“哪里的话！要不是你们最后关口的突袭，我俩早都被劫持走，说不定已经做江中之鬼了！”

阎锦文亦点下头道：“真是千钧一发——险！”

“有劳三位将士朋友了！”吴克坚笃诚地跟阎锦文与两保镖道了谢，又回首看定张澜与罗隆基，由衷一点，“你们能安全脱险，其实也是你们人格力量的感召。”

罗隆基不敢领受了：“吴先生这么说，我们真无地自容了！”

转瞬间，吴克坚神色变得庄肃，道：“恩来同志特别向二位致意，大家都一直盼着这一天！”

张澜倍觉温馨：“不敢当，不敢当啊！”

罗隆基记起什么：“刚才袭击大卡车上军警特务的就是你们？”

吴克坚点点头：“我们和解放军先遣队。”

张澜惊讶了：“先遣队进城了？”

吴克坚又点点头。

张澜呵呵一笑：“要不是你们神兵天降，阎队副带着我们真准备拼出身家性命了！”

阎锦文响叹一声：“咳，都急出我‘两’身冷汗！”

罗隆基大生感慨：“表老说得在理呀，无论在前线，还是在后方，你们都实在了不得！蒋介石远不是你们的对手！”

一众庆喜。

吴克坚握住阎锦文的手：“谢谢你们，为新中国做了一件大好事。”

阎锦文一时间百感交集，无从说起，只道出：“应该，应该的。”

吴克坚抬臂相邀：“快请——”

他们此刻来到的正是位于环龙路59号的杨虎公寓。

吴克坚伴扶着张澜逐级而下，略带歉意地解释着：“表方先生，为安全起见，还要委屈您老和罗先生一天。”说着，手往地下室一引。

“自己人不必客气。”张澜一眼瞄住地下室梯口，“噢，住‘防空洞’啊？想得周到。”

罗隆基由田淑君陪着，一进门，很有点“胜利大逃亡”人的盎然兴味：“这回当‘囚犯’，我们两个可是一百个心甘情愿！”

一围哂然。

地下室内，床、桌、椅等一应俱全，早就虚席以待了。

张澜巡顾着，满心慰悦：“倒别是一番天地！”

罗隆基兴奋之下，不由得“仰天长啸”：“自由啦！总算自由啦！人哪，不亲身经受囚禁，真体会不到自由的可贵！”

大家一样地忍俊不禁！

张澜见吴克坚看着表，便礼貌地催请：“吴先生有事就先请忙去。”

吴克坚头一摆，回说：“到我们总攻击的时候了。用毛主席的话说，让大上海这座‘不夜城’回归人民！”

莫道张澜与罗隆基，就连阎锦文几个都大惊不已：“真是神兵天降啊！毛主席的人民解放军，果然了得！了得！”

一颗银色的信号弹划破了上海凌晨的云空。

转瞬间的沉寂后，万炮齐发，火光冲天，顿时间天撼地摇！

上海港湾里的最后一叶孤轮，在炮火中，再不敢滞留，只得载着不甘又必然的遗恨，踽踽流窜往渺茫的东海……

走了、走了，它到底还是走了——带着毛人凤、毛森等人的失落与咆哮，去到中国的一个小岛，亦可谓宝岛的台湾。

海轮上，那静躺在甲板上的两块青石板，没有缚住张澜、罗隆基，自然再也无人问津，被几个军警推落进黄浦江中。

历经血与火的大洗礼，第二天——1949 年 5 月 27 日，上海解放，不夜之城终于回归人民，见到了久违的光明！那是不历经污浊的黑暗，绝对体察不出的光明！……

一夜无眠。

翌日，张澜一个老早就起身，在杨虎公寓的花园小径里散开了步。

他不时停下来，仰天深深地吸几口新鲜空气，喃喃着：“解放了。苍天有眼——得民心者得天下！”少顷，老人复又眺望起那太阳未出而霞光自泄的东天，心底里涌动着一个久久盘桓的声音：“‘光明在望。’润之先生啊，你那个‘在望’的光明终于来啦！……”

铁门一响，传来茂延与淑延的叫唤：“爸爸！”

张澜循声回首，见两个女儿一面叫着一面直奔过来。两姐妹一下扑住老父，又搂又看的，眼泪“扑嗒嗒”直掉。老父亲也紧揽住两个爱女，又摸又抚的，也禁不住喜泪盈眶。

淑延定定地巴望着老父亲道：“我和大姐几次做噩梦……”

茂延忙暗捅二妹一把，飞眼制止。

张澜替女儿抹去泪花，接过话头：“以为你爸被押送台湾，或是沉到黄浦江里了？蒋介石是想这么做，可润之先生一声令下，他自己都顾不上，逃到台湾岛去了。”

姐妹俩破涕为笑。

茂延四下一看：“罗叔叔呢？”

“还在梦乡里。这些日子，他也是太累了。”张澜感叹着，渐自生出几分兴致，“走，看看解放的大上海。”

岗哨劝阻着：“张老先生，现在还不安全。”

张澜商量着：“就在附近走走。行吗？”

岗哨欲拒不忍：“那……”

张澜承诺着：“小同志，放心，不走远。”

父女三人难得如此舒心地逛上街路，见停着两辆军用吉普车，解放军战士从车里扛出一袋袋米，对照着手上的纸条，在分头发送。

张澜上前搭开话：“小同志，你们这是……”

扛米的战士回答：“送米。”

张澜留上心问：“给谁？”

战士将条子一亮道：“揭不开锅的老百姓。”

张澜目光在纸条上一顿：“噢，你们都做了调查？”

“是我们市长亲自带头调查的。老先生，你家困难吗？”

“不、不，不困难。你忙、你忙。”

“爸，市长是谁？”

张澜刚摇头，身后跟着的“岗哨”回答了：“陈毅司令。”

“陈毅？”张澜叨念着，还想问什么，叫淑延给打断了。

“爸，你看那边——”

但见屋檐下，一队困乏的解放军战士还在酣睡，一个个千姿百态，有的不过才十七八岁，甜甜地啧着小嘴。也有几个赶早的路人，见扛枪的大军竟睡在人家屋檐下，莫不大新奇地窃窃嬉笑着，又止不住叽咕着兴叹开来。是呀，何曾见过这等大军？！

张澜一行亦然——新奇上了，不觉轻步过去。

淑延有点不解：“怎么不睡到屋里去？”

陪护的“岗哨”回答：“不能打扰上海市民，这是纪律。”

张澜顿时怦然心动——

心底的声音一涌而出：“噢，毛泽东、周恩来的部队能如此守纪律？！张澜我倒是长见识了！不愧是中国人民的解放军哪！”

那个受伤的保镖兴匆匆地找来：“张老先生，快、快，市长来看你了。”

就在杨虎公寓的一楼会客室里，一身戎装的陈毅握住张澜的手，自我介绍着：“我是陈毅。”他便是华东军区司令员，新上海市首任市长，时年四十八。

陪着陈毅的是吴克坚。罗隆基已经在座。

张澜有点不安了：“陈市长！现在是百废待兴，不敢让你再分心来这里。”

陈毅打住了张澜：“于公于私，我都不能不来！”

张澜一时未解：“喔？”

陈毅爽然一笑：“于公，我是受毛主席、党中央的委托。”

张澜益发不安了：“张澜实在不敢当。”

陈毅“回驳”着：“表老您当之无愧。”

罗隆基欲究其详："那于私呢？"

陈毅眼一抬，目光破窗而出，渐渐变得神思悠远："五四运动那时，表老在《晨报》，还兼着四川省长，吴玉章同志介绍我们来找您，请您支持我们去法国勤工俭学。您这援手一伸，我们才得以成行。"

张澜有些恍恍然："记得四川去法国的学生有好几批。陈市长也是？"

陈毅回答得很肯定："是其中的一分子！"

张澜有点不好意思了："失礼，失礼。"

陈毅不失风趣道："表老哇，谁让您做那么多好事呀？您看，把受益的学生都'好'忘啦！"

一众大乐。

陈毅徐徐说道："上海解放了，全国也用不了多久。在蒋介石留下的这么一堆大烂摊子上，怎么造出一个新中国来？毛主席、恩来同志诚请您多多赐教。"

张澜心里的暖流一涌而起，接口回应说："赐教绝谈不上，打造新中国，自当协力同心！"

陈毅拍案而起："好！我们不愧是患难之交——"

张澜也肃然欠身："肝胆相照！"

不无诗人秉性的陈毅着即赞可："好一个'肝胆相照'！"说着，大手一伸，紧握住张澜。

两双手，紧紧、紧紧地握在了一起！

第十八章　扬眉吐气

黄浦江上，国民党的海轮已经杳无踪影。远望去，江天方显出纯净、寥廓的本色，港湾间已然折射出诱人的闪光。

在张澜看来，这“诱人”，就是希望，就是新生。

久久伫立在江畔的张澜，久久钟情地凝望着滚滚滔滔、激激昂昂的江潮，神思悠远。见老父亲这般痴迷的情状，陪伴的茂延“扑哧”笑了，俄而，又故作不满地怪嗔：“爸，下次不陪你来了。”

“嗯？怎么？”

“你一见到江，就把人给忘了。”

“哎，这江也是有生命的，大生命！”

茂延憋不住笑：“它怎么有生命？又不是人。”

“女儿啊，她里面有你、有我；她里面记着蒋介石、毛森的溃败，记着上海的解放……”

茂延渐自收起笑容，开始凝注起江潮，似乎也悟出了什么：“就像嘉陵江一样？”

张澜凝重地点着头。

在张澜的心灵中，他所经历的那嘉陵江、那长江，这眼门前的黄浦江，又何止是一条大自然的江流呢？它们汇涌着几多中华儿女的生命啊！……

张澜脑海里拟定了什么，着即嘱告茂延：“你记一下。”

茂延仿佛有所感应，从兜里找出一张小纸。

张澜将腹稿一泻而出："人民解放军渡江以来，时仅一月，南京及苏、浙、鄂、赣、陕五省会相继解放，近则上海亦全部解放……"

茂延记录着，也一样地激奋："爸，你这是给毛主席、恩来先生的电报？"

张澜头一点："给润之、王阶、恩来、必武先生！"

这是 1949 年 5 月 29 日。张澜记住了这个日子。

茂延前脚走，淑延拉着好同学秦凤娟后脚就赶到。

她俩望见了江边上的张澜。

淑延得意地自诩着："你看，没错吧？我就晓得爸准会在黄浦江这里。"

一声"爸爸"，一阵飞跑，两个好同学转瞬间插到张澜眼皮下。

张澜笑迎着三女儿与她的好同学。

淑延四下一瞄，问："大姐呢？"

"她去发个电报。"张澜看定秦凤娟，"今天是不是又请我吃大闸蟹呀？"

秦凤娟摇摇头："吃大闸蟹还要几个月呢。我跟淑延来看看你。"她望着望着，笑脸上竟渗出些许泪花。

张澜替她抹去泪花："高兴了，还哭？"

秦凤娟连忙自己擦掉眼泪。

淑延突然记起什么，问："哎，凤娟，前两天你躲到哪里去了？连你妈都不晓得！"

张澜敏感地接上口："不会是我的事，特务找你麻烦？"

秦凤娟连连掩饰地摇摇头："没有。没有。"她像做女儿的一样，拉着张澜，宽心地笑着。

张澜也如对女儿一样地搅扶住秦凤娟："这娃娃！"

这回是张澜做东，与罗隆基连带上淑延、秦凤娟以及她那个女同学在环龙路 59 号杨虎、田淑君寓所的一楼小餐厅里庆祝。

茂延又端上来一盘热菜，吆唤着："来，快尝尝我们四川的麻辣豆腐。”

张澜笑问着秦凤娟和她女伴：“你们怕不怕麻辣？”

秦凤娟头一摆道：“我跟淑延在四川幼儿师范读书时，练出来了，不怕！”

张澜故作夸张地称赞：“嘍，很有点‘麻辣气概’。”

一座嬉笑。

罗隆基打趣说：“今天可是个好日子唷！”

茂延、淑延与秦凤娟几个女伴欣喜中仍有些莫名其妙。

罗隆基兀自呵呵一笑：“这‘一’字当头，我们的表方兄那是格外‘钟情’哟！”

不愧是知友哇！张澜哂然地一瞄老朋友。没错，他张澜从来就很“赏识”这个当头的“一”字，可以说自己就是由此而“出征”的。直面着女儿们欲知其详的眼光，他便“画龙点睛”：“正是有了这个‘一’，才会生出‘二’‘三’们来；这‘一’就是起步，有起步才有来日的希望。人如此，国如此，社会也如此。”

一众醒悟间，罗隆基已然被激发出文人墨客的热情：“对、对、对！ 1886 年 5 月的头一天，美国芝加哥二十万工人兄弟为争取八小时工作制示威游行，胜利了！三年后，就在第二国际成立大会上，决定 5 月 1 日为国际劳动者的节日。”

“今年 11 月国际民主妇女联合会不就将在莫斯科召开理事会吗？主题正是声讨帝国主义战争贩子虐杀、毒害儿童的罪行。”张澜环顾道，“这个大会，就是为儿童说话——伸张真理的！”

罗隆基拍案而起：“说不定真会继劳动者的‘五一节’，又生出个儿童们的‘六一节’；接着怕还会有好多带‘一’字的庆贺节日来呢！呵呵。”

闻者觉着新鲜，颇赞可，莫不忘情开了！

张澜心底亦不由得荡漾起了女儿们一般的青春热浪，将杯子一举：“好、好、好，就为‘一’字当头的好日子，干！”

一个声音即刻横插进来：“慢点、慢点，‘干’也得邀上我们哪！”

众人反首——

疗养院的丁惠康院长和郑定竹副院长双双驾到。一个拎着一瓶日月潭黄酒，一个挎着出诊药箱。

秦凤娟与女伴一见丁惠康就咬起耳朵。

丁惠康感觉到了，思量着问："我们见过吗？"

女伴刚想说什么，秦凤娟在桌下急急地踩了女伴一脚。

罗隆基一挥手道："不管见没见过，今天我们大家都认识了——就在这个带'一'字头的好日子里！"

一围新朋旧友乐上了，一个个举杯相庆！

郑定竹一瞄"宴席"："赶得早，不如赶得巧。"

丁惠康启开带来的酒瓶，相邀着："来，尝尝我家乡的日月潭黄酒。"

张澜一怔："丁院长是台湾人？"

丁惠康点点头："我和郑医生都是。"

罗隆基瞄住郑定竹："怎么从没听你说起？"

"你们一直'禁闭'着，也没有心思拉家常啊。"郑定竹油然兴叹，"上海是解放了，蒋介石一去台湾，我们家乡又要遭罪了……"

张澜充满信心："都道台湾是我们中国的宝岛。这宝贝之岛，怎会不解放呢？迟早的事，会的，一定会解放的。都是炎黄子孙，血脉相连，与我们拥有同一个母亲的台湾，还有英国手里的香港、葡萄牙手里的澳门，都一定会回归我们永远的大家庭，谁都阻挡不了——包括蒋介石背后的'大老板'！"

谁都听明白了，个个奋激得连呼带应的。

感染之下，罗隆基兴意勃发："为了我们炎黄子孙的大家庭，把家乡的酒——干了！"

淑延见老父亲也端过黄酒，提着醒："爸，你不喝酒的。"

张澜洒脱地一笑："为新中国的大家庭，今天破例。"

门口响起掌声。

不晓何时，吴克坚已来到房里。

张澜回身相邀："吴先生快请。"

吴克坚领情地入座，道："我已经吃了。不过祝香港、澳门，特别是蒋介石溜去的台湾早点回归，我们中国的大家庭早点团圆，这杯酒还是非喝不可的！"

一围欣悦，把杯而尽。

罗隆基揣摩着："吴先生今天来，一定又有喜讯？"

"罗先生好眼力。"吴克坚从包里取出一份电报，恭敬地双手往张澜眼下一递，"这是毛主席、朱总司令、恩来和必武同志给您老的回电。"

举座为之一惊！自然，更为之激奋！

张澜没有想到回电会来得如此之快，有点意外，亦禁不住激奋之慨。他端肃地接过电报，一如聆听到毛泽东独有的一口湘音——

表方先生：

艳电敬悉。革命战争迅速发展，残敌就歼为期不远。今后工作重心在于建设，亟盼各方友好共同致力。先生及罗先生准备来平，极表欢迎。

一围泪眼。一座掌声。

张澜和罗隆基，以及朋友们都记住了这个难得的好日子——1949年6月1日。

要去北平了，可张澜还有一桩心事未了，久来耿耿在怀。就在打点准备的间隙里，他带着茂延敲开了老邻居——那"鸽子笼"的门。

年轻的夫妻见是张澜父女，顿时喜出望外。

"哎呀，张老先生？！快请进，快请进。"

进到房内，茂延将捧着的一坛泡菜端端地放到小桌上。

张澜见小两口子莫名其妙，便微微一笑道："记得你俩喜欢吃泡菜，我早就请人从四川带来了，可里里外外都是特务，一直没法送你们。"

两夫妻太意外了，当时也不过随便说说而已，哪承想，这可敬的张老先生居然就如此有心地记住了？！感怀之下，小夫妻俩，一时不知说什么才好。

还是怀孕的妻子抢了先，道："您遭遇那么大的危险，我们都没法帮上手，您老倒……"

张澜感激地抚慰着："你俩这份情，我张澜早已心领，我就要走了，算是交个朋友，做个小小纪念。"他在泡菜坛子上一拍。

小两口眼里泛着泪光，嘴里连声应诺："嗳，嗳！"

半个月后的1949年6月16日，从蒋介石虎口里脱险的张澜，应毛泽东之邀和民盟在北平之总部的催请，与罗隆基一行离开上海，前往北平。

一响汽笛长长、长长地鸣叫着，从遭大灾难、得大解放的大上海启程了。

火车上，张澜与两个女儿以及罗隆基、史良、丁惠康等一行人的欣悦之情是不消说了，个个从心里感觉着前所未有的踏实与对光明未来的美好展望。

丁惠康不忘职责，认真地替张澜听诊着。没等丁惠康开口，张澜自己就"诊断"出来了："一切正常，健康。"

丁惠康笑了："还是不能大意呀。"

罗隆基不忘幽上一默："丁院长，你不晓得，这人一脱险，上海一解放，病魔也被打跑啦！"

张澜看看罗隆基，望望史良，想到什么："丁院长倒是应该检查检查他俩，是瘦了？还是肥了？该不该去屠宰场？"

打趣话说得正正经经，丁惠康自然不知所云。

罗隆基与史良即刻想起民盟宣布解散那个会上的小插曲，不觉相顾失笑。

史良道："表老，要宰他。我再肥，也得看看毛泽东主席的新中国。"

罗隆基大不满了："荒唐，荒唐。我这身糖尿病的肉谁吃？连蒋介石都不要。"

不啻张澜一行，连车厢里相邻的乘客都被惹笑了。

张澜自然不会想到，几乎是在差不多的时间，他的一位老朋友张君劢，也悄然离开了上海，南下澳门。

乘着南下的火车，张君劢怔怔地凝望着窗外，楚楚的衣冠仍遮不住失落的憔悴。但心底一个执拗的极不甘认输的声音躁动着："表方兄，我俩打的赌，还没有完。蒋介石不争气，毛泽东也未必能成。"

打赌而又不甘认输的这位朋友，反共产党反到了东南亚，反到了欧洲，最后孤苦、失落地客死在美国旧金山。奈何？

1949 年 6 月 24 日，有情的列车缓缓驶抵北平。

张澜一行刚迈出车厢，不谅朱德、周恩来、董必武、沈钧儒、郭沫若一些党、政、军、民的代表便迎了上来。

朱德头一个迎住张澜，未待张澜伸手，已挺身立正，敬了一个至高至重的军礼："老师，您好！"

这一敬礼，把下车的，接客的，"敬"得好生惊讶！个个费解又倾慕！

张澜连忙拉住朱德的手："玉阶呀，你现在是解放军的总司令，我这个过去的老师可担当不起呀！"

朱德笃诚有加："一日受教，终身为师。老师可不能不认我这个学生啊。"

史良轻声询问着罗隆基："那是什么时候？"

罗隆基轻声相告："辛亥革命前，表老从日本留学回来，在南充顺庆府学堂执教，总司令他……"

周恩来接着朱德，半戏半真道："我可也是表老的半个学生哦。"

朱德做出一副"独占江山"的情状："哎，恩来，我的老师你可不能乱抢。"

一围开颜。

郭沫若顿生兴致："这又有什么典故？"

周恩来情思悠远地回顾道："五四运动的时候，我在天津办《天津学生联合会报》，表老挂帅的《晨报》就帮助我们做过宣传，支持了我们的学生运动。”

郭沫若恍然大悟：“表老哇，您可真有人缘。”

张澜连连摆首：“哪里、哪里。张澜受之有愧。”

周恩来紧握住张澜的手：“表老，您为我们担了大风险，感谢您！”

张澜如实自剖：“这是我们民盟应尽的责任。”

罗隆基接踵一点：“用表老的话来说，是‘以民为镜，肝胆相照’。”

周恩来深深颔首：“嗯，‘以民为镜，肝胆相照’——这应该是我们共同的座右铭。”

一围鼓掌开颜！

一列并不规整的轿车，由军用吉普车开道，将从上海来的贵客送抵北京饭店。

朱德与周恩来从车内扶出张澜，警备的两排解放军立正敬礼，注目迎迓。军代表即将贵客们分领入各自房间。

张澜入住的是一个小套房。

“现在还只能委屈一下表老……”

没等周恩来歉意的话说完，张澜连连打断：“恩来先生可不能把我张澜当外人哪！”

周恩来油然共鸣，微笑着连连点头。

隔壁、对过，不时有欢声笑语传来。

张澜感慨不禁：“真没有想到，我这条捏在蒋介石手心里的老命，硬是叫你们给挖了出来；蒋介石也绝没有想到！”

周恩来仍不无后怕：“毛主席问过两次，我们就担心蒋介石会抢先下手。那个保密局局长毛人凤、特务头子毛森，都是杀人不眨眼的‘高手’，我们不得不以‘阴谋’对阴谋，跟他们争分夺秒。不瞒您表老，我那些天哪，心可一直都悬着！”

张澜也如实相告：“也不瞒你，我和努生都交代了后事，就准备不是沉江，就是吃子弹了。”

茂延替周恩来与老父亲添上开水，憋不住问：“周叔叔，蒋介石真会那么毒，要把我爸和罗叔叔沉江？”

周恩来头一点：“据我们截获的可靠情报，蒋介石第一步是劫持你们去台湾，不服从，就沉江。”

在套间门口的淑延忍不住冲口而出：“也太狠毒啦！简直……”

周恩来明锐的双眸一瞥远处，沉沉道：“我从 20 年代在黄埔军校就跟他打交道，太了解此公了。他是那种只求独霸天下而不择手段的政客，即便背信弃义也在所不惜。”

张澜嗤然一笑：“真是‘机关算尽太聪明，反误了卿卿性命’。”

周恩来深以为然，也是不胜感慨。少顷，他欠起身：“表老，您一路辛苦，先洗个热水澡，早点休息。”

张澜随即起身，有点过意不去地致着意：“让恩来先生……”

周恩来着即打住：“哎，自家人，不必客气。明天，主席要来拜访您。”

张澜更觉着不安：“还是我去拜访。润之先生他……”

周恩来“怪罪”道：“哎！……”

张澜即刻省悟：“自家人，不客气、不客气。”

周恩来礼貌地回身道：“留步。”人一出，又特地轻轻带上门。

淑延大生感慨：“不一样，不一样，简直一个天、一个地。”

茂延一时未解：“跟谁？”

淑延依旧余气未消一般道：“蒋介石呗。一个是要你死，一个是不光要你活，还那么礼贤下士。”

张澜感慨良深：“是呀，不一样！所以，他们能得天下，而蒋介石只能去台湾。这应该就是——天意了！”

翌日，也就是继 1945 年 8 月 28 日之后又一个值得记取的日子——1949 年 6 月 25 日。在中南海毛泽东卧房里，李银桥翻箱倒柜地挑选着“可怜”的几件衣服，拿一件，比一件，件件不入眼：“主席，没有一件像样的。您看，要不是破的没有补，就是补丁巴补丁。”这个李银桥，便是毛泽东主席的卫士长。

本在埋首案头起草文件的毛泽东闻声抬首：“会那么‘悲惨’？”

李银桥嘟囔着："不信您自己来看看。"

毛泽东信步过去，看看银桥手里的，又望望箱子里的，瞄准了一件道："这件不是蛮好？"就势一拎出，岂料藏掩着的补丁"纷争"毕现，真有点"不堪入目"。

毛泽东上了一当，呵呵大笑！

李银桥怏怏不乐："还笑，我看您穿什么去拜访张澜先生！人家民主人士……"

毛泽东大手习惯地一劈："不换了，就是这身衣服去。"

"这怎么行？您是我们中国共产党的主席，会让人家笑话的。"

"从延安窑洞里出来的毛泽东，就是这么一副'尊容'，张老先生是贤达之士，况且，他老先生的穿着也比我毛泽东好不到哪里去。呵呵，他断不会怪罪。"

李银桥唉声一叹："我们真像是穷秀才赶考，连件好衣服都没有。"

毛泽东却置之一笑："历来纨绔子弟多半考不出好成绩，而安贫者每每能成事。我的老师吴玉章先生说得好——'咬得菜根，百事可为'。"

李银桥不觉失声一笑："这倒也是。"

出现在北京饭店张澜眼前的是着一身延安时期打着补丁的旧军服，又自自在在的毛泽东。

阔别四载，两双手，自重庆而北平，再度握住，紧紧握住了。

毛泽东开门致歉："来不及做衣服，有些失礼了。"

张澜反而倍加称叹："哪里、哪里。正是你们这身老百姓的土布旧衣，才打败了蒋介石国民党达官贵人的西装革履。"

毛泽东呵呵大笑："表老跟我们算得是'心心相印'哪！"他习惯地掏出兜里的香烟，即刻又止住。

张澜捕捉到对方的手势："润之先生尽可随意。"

毛泽东大手一劈，像是驱赶掉自己烟瘾似的："您年岁大，闻不得烟味。"

张澜提醒着："在重庆谈判时，你可是答应过我'可以考虑'不抽烟的哟。”

毛泽东自嘲地笑笑：“中毒太深，积重难返。不过，表老的忠告，我还是乐意考虑的。”

张澜慨然一叹：“离重庆谈判不过四年，蒋介石以为有美国撑腰，有洋枪洋炮，又有几百万军队，夸口说一年之内就能‘剿灭共匪’；不想一眨眼工夫，反倒是你们就把他打到台湾岛去了！”

毛泽东一样慨然：“四年，弹指一挥！……”心事浩茫的诗人天性尽显个中。

“不用说蒋介石没有想到，美国总统杜鲁门也绝不会想到。”

“就连我们自己也没有想到，有美国人撑腰的蒋介石，也会这么不经打。”

张澜深深地寻思着：“从我日本留学回国算起，亲眼见到清朝的、北洋的、民国的，一批批军阀、政客想争天下，又都一批批地倒下了，就像走马灯……你们共产党的本领真是大得很，硬是打下了江山。”

毛泽东随着张澜的寻思，也寻思起来。俄而，他坦诚自剖：“其实，我们共产党人也没有什么了不起的本事，只是心里装着老百姓——他们的苦难、他们的痛痒、他们的指望，做到谦虚、谨慎、勤劳、节俭，诚心诚意地为人民服务；人民拥护我们，这才办成了一些事情。”

共鸣之下，张澜不由得被深深地震撼了，眼里闪烁出明澈的光彩。

一个寻思出所以然的声音在张澜心底里激荡着：“噢，这就是中国共产党人！……在漫漫五千年的历史长河里，何曾有过如此为最底层、最广大的民众百姓谋利、考量、造福的先例？”

毛泽东依然在自己的寻思中：“表老对我们共产党有什么忠告？”

张澜略一思量：“水可以载舟，也可以覆舟。蒋介石败在失去民心，老百姓对他的腐败政府早就恨之入骨！当官的贪，从军的贪；他也是被自己国民党的贪腐打败的。”

毛泽东听得在理，心下共鸣，不觉缓缓欠身，手习惯性地又往盛烟的兜里掏去，即刻自己摁住了。

张澜于寻思中，目光不觉在那摁住的手上一顿，又搜寻到那难忘的记忆：“润之先生在重庆时跟我说过一席意味深长的话——”

毛泽东立即想起，一言道出：“要是有哪一天，我们共产党不想着老百姓了，只顾着自己，连同自己的七亲八属升官发财捞好处了，老百姓不拥护我们了，反对我们了，我们就会完蛋；那也是活该完蛋！”肺腑之言，令说话人自己亦情不自禁，凝重的双眸折射出别样的光束，似具有无可抵挡的穿透力！

由衷共鸣着的张澜，不由得释怀了：“有润之先生这句话，共产党就能永葆青春。”

毛泽东大手一劈：“我们决不做蒋介石！”

张澜凝眸着警醒中的毛泽东，大是慰悦。有中国共产党领袖的这句话、这等警醒，他焉能不放心？！而毛泽东依然在自己警醒的思路里：“我们这一代拓荒者，应该……不会；谅谁也不敢。我们接班的下一代，下一代的下一代呢？……他们会不会忘记共产党的初心——为了民众百姓呢？为了国家的复兴呢？但愿……”

张澜的心弦被扣动了！自古以来，心底能真正装着民众百姓的皇帝、总统、主席，有几人？蒋介石装得太少太少，败北是必然之理。他深信眼下的毛泽东、周恩来一代，绝不会；正如毛泽东所自问的，下一代，再下面的接班人呢？不经意间，他也自语一般：“但愿也能不忘初心，像你们一样。”

毛泽东亦如自语一般，不无忧心，寄意深深：“也只能是但愿！”

第二天中午，毛泽东在中南海自己的住地，为张澜洗尘。

藤藤菜、苦瓜、豆腐、豆芽，一碗汤，外加一小碟辣椒，便是“宴席”的全部。

毛泽东介绍着：“尝尝这个藤藤菜。”

张澜夹一筷子品味着：“嗯，真鲜嫩。”

“表老，现在还拿不出好菜来招待您，不要见怪呀。”

“哎，自家人，不说客气话。”

毛泽东大为欣赏：“您这个话说得中肯！”

张澜乐了：“这个话，我是从恩来先生那里‘批发’来的。”

两人不觉大笑。

毛泽东许着愿："等老百姓过上好些的日子了，再好好招待表老。"

张澜倍觉舒心："这一天，不会远。"

毛泽东显然估量到什么："蒋介石可不愿意看到这一天，美国恐怕也不会歇手——他们称霸世界久了，容不得共产党，少不了还会围堵我们、扼杀我们，不会让我们一心一意收拾烂摊子，搞建设，更不会容忍我们崛起！"

张澜头微微一摆："美国人实在不了解我们的历史，中国人虽有中庸之道，却是从来不怕打压的。"

深中下怀。毛泽东击案称许："嗯。人不犯我，我不犯人；人若犯我，我必犯人——这是我们中国人的脾气。来、来，现在先把蒋介石、美国大总统们放一边，吃我们的饭。"

张澜莞尔应和："吃我们的，吃我们的。"

毛泽东发现了一个意外的小秘密："表老，我们湖南人是不怕辣，你们四川人是怕不辣，您怎么'怕'起来了？"

张澜笑笑："我这个四川人哪，有点'异化'，喜欢吃点清淡的。"

毛泽东愧叹弗如："唉，我毛泽东不如您哪，您比我讲科学呀。我是既吃辣，又吃大肥肉，还抽烟，要不得、要不得，还要好好跟表老学习呢。"

"以润之先生的脾气，还是顺其自然的好。"

"还是表老'宽大为怀'，不像我的医生，很有点'法西斯'嘞！"

两人不觉如孩提般地开怀大笑。

毛泽东惦挂起什么："哎，尊夫人还在南充乡下？"

张澜并不在意："嗯，前年我去上海，国民党就把她从成都慈惠堂赶回乡下了。也好，她喜欢青山绿水。"

毛泽东显然在意了，想定什么。少顷，他说道："表老，马上要召开政治协商会议，您和民盟、民主人士先商量商量，早做点准备，自三皇五帝以来，这可是第一次由各党、各派、各阶层的代表，自己行使权利协商建立新中国的大事。"

张澜肃然应允："开天辟地，头一回呀！"

因为是开天辟地头一回，身为中国共产党主席的毛泽东，指点罢江山，又直面着立国事务，忙得日夜错位，不可开交。

深夜，对于一般人来说，正是睡眠的大好时段；而对于毛泽东而言，却是大好的工作时段。

卧房便是工作室。大案上满堆着报告、函件、请示之类，自己仍笔不能闲地起草着文件。耳边传来李银桥的声音："主席，恩来同志的电话接通了。"

"好。"毛泽东笔一搁，踱去接听电话，"恩来，表老的年纪大了，身体又不太好，是不是就把他夫人接来？也有个照顾。……你已经在办了？好你个恩来呀！……你想得周到，就先安排到颐和园听鹂馆疗养。"

毛泽东挂下电话，自语着："这我就放心了。"

李银桥嘟囔着："您放心，我不放心了。"

"嗯？"

"从昨天到现在您还没上过床。"

毛泽东自己也恍然大悟："噢。……等我把这两个文件起草了，就睡。哎，银桥，你也得讲点民主哇。"

李银桥大不满了："再'民主'，您就不用睡觉啦！"

"不至于，不至于。"嘴里回应着，毛泽东人已坐落椅中，拿起笔……

颐和园听鹂馆，对于太过劳累，又体弱多病的张澜来说，不失为一个休养生息的"宝地"。

心虽难静，张澜还是"遵命"歇息一阵。回上海的丁惠康院长也多次"严重警告"过：再不调养，必会引发病变！

自青年时代从日本留学归来，他何曾如此休生养息过？你看——

乘着早晨的霞光，由茂延陪着，从听鹂馆里出来，随意信步，何等惬意！未几，忽闻得小儿们稚气十足的歌声，老张澜也意兴大发，循声来到小山下的水池边。父女俩见到一些个可爱的小朋友在扭秧歌，又跳又笑的。小朋友们突见来了大胡子老先生，觉着新奇，旋即便乐乐呵呵地簇拥着大胡子扭跳开来。

大胡子张澜不由得被孩童的稚气感染，手杖和着节拍，一顿一顿的，人也一扭一弯地“跳”将起来，乐得女儿茂延掩嘴大笑！

树上的蝉儿也似被感染了，拼命振翅鸣叫着。

传来年轻人的问话：“是张老先生吗？”

张澜抬首，见眼前不远处站着个解放军小战士。

张澜疑惑地打量陌生小战士：“小同志是？”

“小同志”自报山门：“毛主席的卫士小高，奉主席之命，前来报到。”

张澜一时未解：“报什么到？”

茂延赶紧咬着父亲的耳朵。

张澜恍然大悟，连连摇手回谢：“不用、不用。毛主席那里才需要。”

小高笑了，掏出一封信：“这是主席手书的‘命令’。”

张澜“哦”出一声，接手抽出信函一看——

恭敬不如从命。

张澜呵呵大笑：“这个润之呀！”

我们熟识的重庆九龙坡机场。1949 年 8 月 24 日，迎来了一个久违的台湾来客——

一身戎装的蒋介石刚步下飞机，便受到王陵基、杨森、徐远举一班军政、军统要员的欢迎。

杨森紧上前一步，敬了个军礼道：“欢迎委座亲临重庆指挥‘剿共’大计！”如今的杨森，已是重庆市长，卫戍总司令。

蒋介石直截了当地询问：“潘文华、刘文辉、邓锡侯三个地方司令怎么样？有没有‘异常’行动？”

王陵基回答：“跟共匪方面勾结嫌疑极大，但还没有抓到确凿证据。”

徐远举独有“见地”：“他们三个在上海跟民盟主席张澜的联络，保密局有案可查。”

蒋介石眼里寒光直泄：“毛森坏了我的大事，让这个张澜溜去北平了。”

徐远举立马献计：“跑得了和尚，跑不了庙。”

蒋介石被一语触发：“嗯。把这个‘庙里庙外’的和尚、尼姑，都给我清理掉！”

徐远举应诺：“是。”

蒋介石目光瞄住杨森，指令道：“你手里的所有要犯，包括杨虎城，也一样。”

杨森心下不觉微微一震，立马复命：“明白。”

杨森请总统乘上专车，总统大人不露声色地交代：“你通知潘、刘、邓三人，我要见见他们。”

杨森市长憬悟出什么，于是立马行动，将蒋总统钦点的三人，请到林园蒋介石的官邸。

蒋介石强自镇静的目光从潘文华、刘文辉、邓锡侯脸上一一掠过，王陵基、杨森、徐远举几个自然心照不宣。

蒋介石牙关一咬，声色俱厉道：“……我要你们川军跟共匪一决雌雄。首先要求你们四川方面，务必效忠党国，不怀二心。”他大有所指的目光往潘、刘、邓一掠。

潘文华、刘文辉与邓锡侯心知肚明，端坐不动。

蒋介石手指一点地下：“这里——重庆，必须成为反共的堡垒，必要时，我会调百万大军来保卫。”

北平的颐和园听鹂馆内外，还是一片平和的宁静。

张澜于宁静中，正研读着创建和平新中国的政协会议的文件，卫士小高进门报告：“张老，有个叫蒲生的四川同志来看您。”

张澜一怔之下，又惊又喜：“蒲生？快快有请。”

小高引领着：“您请——”

蒲生一跃而进："老校长！"他叫着，紧拉住张澜，心里一热，止不住有些哽咽。

"快坐、快坐。你怎么来北平了？"

"上个月蒋介石飞到重庆，四川就开始大屠杀。周锋他们……都被秘密枪杀了！"

张澜身心俱震："邓锡侯、潘文华、刘文辉没有设法营救？"

蒲生一脸无奈："救了，没用。杨森、徐远举根本不听。蒋介石已经怀疑他们，现在他们三个人的住地都被徐远举派的特务监视起来了。"说着，愤愤之色溢于言表。

"你就为这个来的？"

"裘一春脱不开身，姐让我来报告，他们三个等着你拿主意。"

张澜不谅家乡四川的事态会突变得如此严峻！他不能不慎重地权衡起利弊得失……

穷途末路者，穷凶极恶，每每不择手段，以图报复的快意。

目下倾覆的蒋介石王朝就如此。你张澜既为毛泽东所用，你结发之妻总在我蒋介石的枪口之下。

在无讯无息的突兀中，一队武装特务悄然偷袭了四川南充南溪口的张澜家。

然而木屋紧锁，全无人踪。

"老婆子跑了？"领头的恼火之下，一枪击开门锁。众特务踹门而入。

堂屋内，颜队长那狐疑的目光四下搜寻着。

搜查的特务陆续回转："队长，连个鬼影子都不见。"

又一个新队长不堪窘恼，歇斯底里地一声吼："把这座破庙烧了！"

门外岗哨飞传来报告："队长，在那里！"

新队长扭身急出，随报告人斜插入青岗山小径。

哈，终于瞄见了——

两乘滑竿正往山坳里仓促遁去。

新队长转恼为喜："老婆子，你也想溜？追！"

一溜武装特务亟亟追踪进小峡谷，不过转瞬之间，两乘滑竿忽然又消失在密林深处。

新队长顿生警觉："慢，当心有诈。"

此处声方了，彼方左右山坡树丛里，游击队的机枪已"突突"打响。

同时间，在嘉陵江上，一艘渔船载着刘慧征和继延、惠延，在扮成渔夫的蒲瑛、赵育明、裘一春几个的护送下，渐渐离去。

刘慧征听着青岗山小峡谷那边的交火声，笑着一睃赵育明："我们的'双枪美人'越来越会调遣军警特务了！"

一船开颜。

赵育明半戏半真地"回敬"道："师母，见到老校长可不要只顾着亲热，把我们给忘了呀！"

刘慧征佯嗔道："这张嘴，也学坏了！"

一众更乐。

蒲瑛也惦挂着兄弟，自语着："等师母到北平，蒲生也该回来了。"

蒲生是准备打道回府了。

颐和园听鹂馆的工作室里，张澜在一小条白绸上，端端地写下十六个字——

大局已定，稍待时机。保存实力，准备起义。

张澜将白绸条子郑重地交托蒲生，叮嘱道："这是我跟周恩来先生商量了的。为了减少牺牲，可以等刘伯承、邓小平大军总攻时，配合起义，消灭顽抗的残敌。"

改换了一身洋装的蒲生端端地接过密件，随即又恢复出爱戏谑的天性："这回要把这些个在老百姓头上拉屎拉尿的狗东西统统送上西天！”

茂延也止不住嘱咐：“蒲生哥，你们自己也一定要当心！”

蒲生嘴在白绸条子上一吻，划出一个长腔：“没——事，有老校长‘保佑’着呢！”

风呼啸，云飞卷，闪电斜出。

一串响雷从乱云堆里轰出，裹挟下阵阵暴雨。

张澜伫立在听鹂馆窗前，忘情地仰眺着狂风暴雨，已然神游个中……

传来朱德的声音：“老师！”

张澜回首，见是朱德，他脱下滴滴嗒嗒的雨衣，交给小高。

张澜扪心不安：“哎呀，这么大的雨还来？坐坐。”

朱德如回到家中一般，开口就问：“哎，恩来给您找的房子看中没有？”

“太大，又太好，退了；我要了东厂胡同那栋小楼。”

朱德责怪起老师来：“照顾您，是我们商量了的。您哪！”他一巡顾，无意间发现案头上的竹篾飞机，饶有兴趣地拿起来把玩着，须臾，又念及什么，神情变得凝重起来……

张澜注意到朱德的神情，问：“玉阶，想什么呢？”

朱德着即回神：“师母他们动身没有？”

张澜头一点：“动身了。怎么？”

朱德喘出一大口气：“动身就好，动身就好。”

张澜捕捉到什么：“总司令今天有心事？”

朱德眉一皱，犹豫片刻，还是一吐而出：“蒋介石战场上打输了，以屠杀来出气。杨虎城将军全家被害，一批好同志被枪杀了！”

大意外之下，张澜一时悲愤失言。

朱德直面着窗外的暴风雨，语气深重道：“我们要向全中国、全世界，给出一个他绝不愿意看到的回答！”

窗外，风雨交加中，终于轰响出一个壮烈的霹雳！

1949 年 9 月 21 日。鲜亮的横幅一如长虹飞天——“中国人民政治协商会议第一届全体会议”。

身着新中山装的会议主席毛泽东在政协大礼堂庄严宣告：“占人类总数四分之一的中国人从此站立起来了！”

一时间，潮水般的掌声溢屋而出。

寥廓苍天，一缕强劲的阳光从翻卷不去的乌云中，洞穿而下。

掌声中，张澜登临讲台，银须，黑帽，灰袍，因难耐的激动而双眸灼热：“……今天我站在这个讲演台上，看到这个庄严伟大的会议局面，我立即发生了一个感想。中国今天这个新民主主义的局面，是中国共产党和毛泽东主席英明领导的结果，是中国人民解放军的英勇战斗和全国各民主党派、各民主阶级的民主分子奋斗牺牲的结果。我们今天应首先感谢他们。”

主席台上，毛泽东、朱德、刘少奇、周恩来几位一样敬重地回以响响的鼓掌。

台下党内党外、军内军外的代表们两相交融着，击出心底的掌声。

张澜毫不隐讳地直言：“今天我更愿坦白地说几句话，革命难，建设亦不易。在一个经过长期战争的国家从事建设，更是难上加难。”

毛泽东点着头，深表赞同。朱德、刘少奇、周恩来眼光一会，无不首肯。

台上、台下的代表们不期而然地共鸣上了。有的点头，有的评说，有的记录着。

张澜心底的闸门开启了：“我们晓得，封建势力在中国有了几千年的历史，帝国主义侵略在中国有了一百余年的历史……他们今天还要做困兽犹斗的迷梦，他们还在进行死灰复燃的阴谋……”

与会者仿佛也见到——

九龙坡机场，蒋介石在严厉训示；

官邸客厅，蒋介石仍在口吐狂言；

渣滓洞，周锋等人在机枪的扫射下，高呼着口号倒下；

戴笠、毛人凤、毛森、杨森……一张张杀气腾腾的面孔有如走马灯般横出；

…… ……

张澜感慨系之："毛主席在政协筹备会开幕词中说得十分正确，他说：'谁要放松了这项警惕，谁就在政治上解除武装，而使自己变成被动。'"

朱德感慨之下，不觉在案头上一击："对头！"

张澜抑止不住自己如当年李大钊先生般的青春的激情："诸位代表先生……我们今天是自己的主人了！我们的前途真是光明灿烂！"

云天有情，在霞光映照下，天地披上了金装。何其诱人！何其灿烂哪！

张澜歆动的声音清晰入耳："我们努力来建设我们的新国家！我们努力来创造世界人类的新社会！"

眼前即是金色的天安门。这就是金色的希望。

张澜青春的激情，感染了卫士小高。他开着道奇车送老先生回去，仍大发感慨："张老，您一发言，简直就像个青年人，把我的眼泪都'发'出来了！"

"夸张了吧？"

"骗您是小狗。真的！"

张澜呵呵大笑："我还是喜欢小高，'小狗'就不要了。"

司机也"扑哧"失笑了。

张澜发觉线路不对："哎，路开错了。"

小高今天胆子不小，居然不予理睬。

"又搞什么鬼名堂？"

道奇车一直开到崇文门内东厂胡同的一栋小楼跟前才徐徐停下。喇叭"嘀嘀"两下，转瞬间静默后，即从门里呼啦啦拥出一溜人马——

竟是夫人刘慧征和儿女孙辈们！其中就有长子张乔啬与儿媳李华芳。他们都才头一次见到李华芳，她时年四十四。

"爸爸！"

“爷爷！”

张澜惊喜之下，银须飘飘的老脸上极难得地乐开了花。太意外！太惊喜！就是做梦也不敢做出如是的大美梦啊！

在儿孙们的簇拥中，刘慧征的目光迎住了丈夫，眼里浮映着泪光。张澜感应到了，即刻挨身拉住夫人。

四目相融，真是千般情思！万般感慨！

继延和惠延一边一手拉着久违的老父亲，幼芳与正华可不依了，也你拉我攥的，唯恐爷爷被人独占。

幼芳嚷着：“我要爷爷！”

乔啬怪嗔道：“哎，当心，别给爷爷拖倒了！”

刘慧征满意地凝眸着小楼，赞叹：“这楼房可比我们乡里的屋子结实多了。”

茂延和淑延憋不住掩嘴失笑。

客厅已经收拾得干干净净。

一个年轻的保姆迎候着张澜：“张老先生回来了！”

张澜一怔，问：“你是？”

保姆回说：“我是后勤部派来照顾你们的。”

张澜看定刘慧征道：“有这个必要吗？刚解放，政府人手紧，我看还是你自己动手的好。”

刘慧征仿佛印证了什么，反倒乐了，目光往继延、惠延身上一抛：“是吧？我说你爸准会跟我想的一个样。”

继延像是替母亲叫屈：“爸，国家派的保姆、国家开的工资……”

张澜眉头一皱，止不住“训示”了：“国家、国家，国家现在被所谓的国民政府搞成个烂摊子，能有几个钱？”

刘慧征也理解儿女们的好意，圆着场道：“我在乡下做惯了，不做，浑身会出毛病。就这么定了。你回去，不会有事吧？”她怕派来的保姆受委屈。

保姆一听笑了，连连摇头：“我们是国家工作人员，是为有功的人服务的。能认识你们两老，真的很高兴。我们国家一定有希望！”她冲张澜与刘慧征端端地鞠了一躬，便雀跃而去。

张澜送走保姆，借题发挥着："我看这个保姆，就值得我们学习，她职位不高，心里却想着国家。"

刘慧征也大有同感："嗯，也不简单。"

茂延扶过老父："爸，你快坐。"

张澜严肃的目光中透出深长的关爱："你们来了，全家人总算大难不死，团聚了！不用再天南海北地牵肠挂肚了……"

正华依偎着张澜："爷爷想不想我？"

张澜故意逗孙子："不想、不想，你老淘气！"

一围哄笑！

正华大窘，直"抗议"着："爷爷坏！我哪里淘气了？妈，你说。你说！"

李华芳忍着笑，故意不说。

"奶奶！"正华鼻子冲母亲一"哼"，又求助于刘慧征。

"我的小孙孙乖。"刘慧征揽过正华，哄拍着，少顷，转向丈夫，"哎，见到润之先生了？"

张澜欣慰地点着头："我从上海脱险，一到北平，第二天他就来看我。我跟他说，重庆谈判到现在不过四年，你们就把拥有几百万军队的蒋介石打到台湾岛去了，真有本事！你们猜主席怎么回答我？"

不啻夫人，做儿女的都大有兴趣，一个个引颈谛听着。

张澜记忆深深道："他说——'我们共产党人也没有什么了不起的本事，只是心里装着老百姓……做到谦虚、谨慎、勤劳、节俭，诚心诚意地为人民服务……。'他一点都没有得意，也不见怎么高兴。我听了，却被震憾了！我们中国，这个世界，有几个人能做到？"

1949年9月27日，在中国人民政治协商会议第一届全体会议上，《中华人民共和国中央人民政府组织法》诞生。开天辟地的政治协商大会，做出了开天辟地的决定：中华人民共和国采用公元纪年，国都为北京，《义勇军进行曲》为国歌，五星红旗为国旗。9月30日，会议选举毛泽东为中央人民政府主席，朱德、刘少奇、宋庆龄、李济深、张澜、高岗为副主席。

当天傍晚，东厂胡同张澜家里，一碗四川腊肉，几盘豇豆、豆腐、大白菜之类的家常菜，主食是米饭加馒头，一家老小在为丈夫、爸爸、爷爷庆贺，气氛温馨，其乐融融！

张澜并不怎么高兴。他环顾着团聚的家人，有言在先："我今天跟你们约法三章。第一，我的车，是上下班工作用的，你们不准用；第二，政府派来的大师傅，只能给我做简单的菜，你们不能吃；第三，你们在外学习、工作，不能打我什么副主席的牌子。都听清了？"

一围子女倒是真没有想到。怎么会想到呢？这个做爸爸、当爷爷的！嘿，原本还想从此不用东躲西藏，吃苦受罪，能够风风光光的——有车坐、有钱花、有好菜吃，能靠他享享福了，没想到会是这样……大家你看看我，我看看你，继延吐吐舌头，淑延做了个怪相，在张澜肃然的目光下，一个个先后还是点下了头。

刘慧征放下了心："这就好。要不哇，说不定也会变成你们从前看不惯的那些个公子少爷、千金小姐那样。"

"嗯，还是我的夫人——心清如镜啊！"张澜大欣慰地在刘慧征手背上亲热地拍了几下。少顷，他从兜里掏出份电报一亮："下午我收到一份电报，从澳门打来的，是我过去的一个朋友。他责问我既然不做国民党政府里的官，为什么又去做共产党政府里的官。"

"谁？"

"不怀好意！"

"爸，不要理他！"

子女们顿时替老父打抱起不平了。

张澜却不窘不恼，自剖着心曲："我回电如实告诉他，国民党政府，误国误民，共产党政府的官，可是忧国忧民；这个官，不是去坐享荣华富贵，并不那么好做的……"

做儿女子孙的，自然感觉出他的重重交代与深深寄意。就是有点委屈：他们可吃了不少一般人没有吃上的苦头喔！那些个生生死死，至今仍思之后怕的日子……不过，委屈归委屈，心里还是感佩眼下这个不一般的父亲、爷爷的，亦很有些自豪哇！

1949年10月1日下午3时，中央人民政府主席毛泽东，副主席朱德、刘少奇、宋庆龄、李济深、张澜、高岗，政府秘书长林伯渠，政府总理兼外交部长周恩来等人鱼贯登上天安门城楼。

毛泽东打量着依然是头戴黑色瓜皮帽、身着灰蓝土布长袍的张澜，不由得兴叹道："您是艰苦朴素第一老哇！"

周恩来笑得真切，扶携着张澜步往城楼中央。

张澜再度自剖着心曲："能跟上你们，为人民做点事，是张澜我此生的荣幸！"

毛泽东紧拉过张澜，深邃的眸子充溢着信任："表老，您很好，您的德很好，是与时俱进的呀！"

张澜头一摇，道："哪里。怕进慢了，跟不上啊。"

不光毛泽东与周恩来，连旁边的朱德、刘少奇几位也笑了。

林伯渠轻声提醒："主席，时间到了。"他是中央人民政府委员兼秘书长，时年六十三。

毛泽东庄重地一点头。

林伯渠往麦克风前跨近一步。

霎时间，城楼上一片肃穆。

城楼下，广场上，三十万人的欢乐海洋，此时此刻一样地肃穆以待。那是多少年的期盼，做梦都不敢想象的期盼哪！

哦，这从不曾有过的如此庄严、如此肃穆的期盼！

林伯渠庄严地宣布："请中央人民政府毛主席讲话。"

毛泽东沉稳地跨近一步。

肃穆的城楼！

肃穆的人海！

张澜屏息凝神，想到了当年的润之先生……

时机到了！世界的大潮卷得更急了！洞庭湖的闸门动了，且开了！

——当时的李大钊先生颇欣赏这位《湘江评论》主笔的气魄，几番跟自己推介过。

我们中华民族原有伟大的能力！压迫愈深，反动愈大……

——李大钊、陈独秀先生看得何其精准哪！《湘江评论》报社虽小，但这位主笔心里，却盛着中华民族。

蓄之既久，其发必速。

——《民众的大联合》中的解析可谓辩证，又在理。看看今朝，蓄之既久的伟大能力迸发出来了，这“其发必速”可是蒋介石连做梦都不曾料到的！

当年的主笔，竟就是今朝的中华人民共和国主席！

瞩目着眼门前的毛泽东，张澜焉能不感慨万端?！还有他紧旁的周恩来，不也一样吗？以民为镜，不忘使命。他们成就天翻地覆的伟业，亦是必然之理。张澜笃信：一个心里盛着民众百姓的人，是大写的人；一个始终不忘民众百姓的党，必是受民众百姓欢迎的、大有作为的党。今天如此，明天如此，永远如此。反之，必亡！

张澜，一个世纪老人就这么久久瞩目着眼门前的润之——毛泽东。

毛泽东此刻的目光深情地投往他久久依靠、久久敬重、久久为之奋斗的人海，有顷，渐渐又挪往标志着胜利与新生的五星红旗：

中华人民共和国中央人民政府今天成立了！

气吞山河的宣告，在彩旗、彩球、人潮、和平鸽的海洋中，在辽阔无垠的白云蓝天里，隆隆回荡着……

林伯渠报告着议程：“请毛主席升国旗。”

毛泽东的眼睛里划闪出一种光彩，他沉稳地揿下电钮。

万众瞩目下，雄壮的国歌——《义勇军进行曲》的旋律中，一面鲜艳的五星红旗冉冉升上新中国的天空。

林伯渠随即宣布：“鸣礼炮。”

礼炮应时频频打响，一声、两声……二十八响礼炮伴和那阵阵回荡着的宣告声……

张澜的眼睛湿润了。他谛听着礼炮、谛听着礼炮声中回荡的世纪之声，那目光中澎湃的人潮渐渐融作——

嘉陵江的狂澜。

生命的狂澜涤荡着、奔流着，滔滔东去……

狂澜中渐现出与浪共浮沉的世纪老人张澜，隽永的心声鼓涌而出：

哦，是你，只有你共产党、社会主义，才能赢得和平、民主，才能赢得人民的新中国！

图书在版编目(CIP)数据

以民为镜照肝胆:张澜/赵遵生著.—长沙:岳麓书社,2021.9
ISBN 978-7-5538-1490-2

Ⅰ.①以… Ⅱ.①赵… Ⅲ.①长篇小说—中国—现代
Ⅳ.①I247.5

中国版本图书馆 CIP 数据核字(2021)第 161953 号

YIMINWEIJING ZHAO GANDAN——ZHANG LAN

以民为镜照肝胆——张澜

作　　者:赵遵生
责任编辑:蒋　浩
责任校对:舒　舍
封面设计:山与水设计工作室

岳麓书社出版发行
地址:湖南省长沙市爱民路 47 号
直销电话:0731-88804152　0731-88885616
邮编:410006

版次:2021 年 9 月第 1 版
印次:2021 年 9 月第 1 次印刷
开本:710mm×1000mm　1/16
印张:28
字数:403 千字
书号:ISBN 978-7-5538-1490-2
定价:88.00 元

承印:长沙鸿发印务实业有限公司

如有印装质量问题,请与本社印务部联系
电话:0731-88884129